Jan-Erik Fjell

DUNKELHAUS

Thriller

Aus dem Norwegischen
von Andreas Brunstermann

GOLDMANN

Die norwegische Originalausgabe erschien 2020 unter dem Titel »Gråsonen«
bei Capitana Forlag, Bonnier Norsk Forlag, Oslo.

MIX
Papier | Fördert
gute Waldnutzung
FSC® C014496
FSC
www.fsc.org

Penguin Random House Verlagsgruppe FSC® N001967

1. Auflage
Deutsche Erstveröffentlichung November 2023

Umschlaggestaltung: UNO Werbeagentur, München
Umschlagmotive: Trevillion Images/Evelina Kremsdorf; FinePic®, München
Redaktion: Julie Hübner
KS · Herstellung: ik
Satz: Uhl + Massopust, Aalen
Druck und Bindung: GGP Media GmbH, Pößneck
Printed in Germany
ISBN 978-3-442-20659-9

www.goldmann-verlag.de

TEIL I

KAPITEL 1

Freitag, 7. September

Aslak Rød stellte sich vor den Eingang des Dorfladens, in dem er arbeitete. Es war halb zwei. Er steckte sich eine Zigarette an und saugte das Nikotin ein, während er zu zwei Wolken hinaufsah, die am blauen Himmel ineinanderglitten. Ein Wagen kam angefahren und parkte. Die Fahrerin, die in seiner Erinnerung immer schon uralt gewesen war, stieg aus und bewegte sich langsam auf die Eingangstüren zu, während sie sich auf eine Krücke stützte. Aslak Rød hörte sie ein schwaches »Hallo« murmeln, als sie an ihm vorbeiging. Im selben Moment, in dem die Türen aufglitten und sie einließen, konnte er Glenn an der Kasse etwas sagen hören, was von dem jungen Mann, der gerade seine Waren einpackte, mit einem höflichen Lachen quittiert wurde.

Aslak Rød starrte auf die Glut seiner Zigarette.

Er hatte Glenn schlechte Scherze machen hören, seit der vor zwanzig Jahren im Laden angefangen hatte. Dagegen war auch so weit nichts einzuwenden – solange nur sie beide anwesend waren. Und ja, manchmal landete er durchaus einen Volltreffer. Das Problem war nur, dass Glenn nicht begriff, wann etwas nicht mehr lustig war. Irgendwie kapierte er nicht, wann er besser aufhören und den Mund halten sollte. Und so tischte er einen blöden Witz nach dem anderen auf, derweil die Kunden ihre Waren aufs Band legten, bezahlten, einpackten, gingen und dabei die Augen verdrehten. So wie Aslak Rød jetzt.

Er blickte die Landstraße hinunter, die sich zwischen dem Laden auf der einen und der Tankstelle auf der anderen Straßenseite fortsetzte. Er drehte eine kleine Runde über den Parkplatz, rauchte weiter und glotzte über die Straße hinweg einen Mann an, der mit dem Helm in der Hand neben seinem Motorrad stand und tankte.

Die Ladentüren gingen wieder auf, und der Kunde mit dem höflichen Lachen trat auf die Straße. Er wünschte Aslak Rød ein schönes Wochenende und schritt mit einer Tragetasche in jeder Hand auf seinen Wagen zu.

»Ebenfalls«, entgegnete der Kaufmann und klopfte die Asche an seiner Zigarette ab. »Schönen Gruß zu Hause.«

Er rauchte zu Ende, trat die Zigarette auf dem Boden aus und ging wieder hinein. Dort stellte er sich vor die Kasse, an der Glenn saß, und hörte die Tür des Milchkühlschranks knarren, als die am anderen Ende des Ladens geöffnet wurde.

»Die müsste mal geölt werden«, sagte Glenn, während er den Verschluss einer Limonadenflasche aufdrehte und seine vollen Lippen um das Mundstück legte.

»Und wieso ölst du sie dann nicht, Glenn?«

Statt zu antworten, nahm Glenn zwei Schluck. Der Tischventilator, den er neben sich aufgebaut hatte, lief auf vollen Touren, nutzte aber nicht viel. Glenns Stirn glänzte. Die ohnehin schon dunklen Flecken unter seinen Armen waren noch größer geworden und korrespondierten mit den feuchten Streifen rechts und links unterhalb seiner Brust. Es spielte keine Rolle, ob das Thermometer zwanzig Grad über oder zwanzig Grad unter null anzeigte. Glenn schwitzte.

»Gibt's schon was Neues von der Ladenkette?«, fragte Glenn und schraubte die Flasche wieder zu.

Als der frühere Ladenbesitzer ins Rentenalter gekommen war

und beschlossen hatte, das seit drei Generationen in der Familie befindliche Lebenswerk an eine Ladenkette zu verkaufen, hatte Aslak Rød nicht gedacht, dass sich allzu viel verändern würde. Doch er hatte sich geirrt. Das Management der Ladenkette hatte seine Fleischtheke abgeschafft. Das war der erste Schritt gewesen. Wo Aslak Rød seit Beginn seiner Lehrzeit im Jahr 1984 gestanden und erstklassige Fleischwaren zerteilt und feilgeboten hatte, standen drei neue Kühltruhen mit vakuumverpackten Produkten. Eigentlich hatte er mit dem Gedanken gespielt, sich für einen Job an einer Fleischtheke unten in Halden zu bewerben, doch als er gefragt worden war, ob er die Stelle des Geschäftsführers von Aremarks *neuem* Lebensmittelgeschäft übernehmen wolle, hatte er dummerweise zugesagt. Jetzt war es zu spät. Wer würde schon einen Mann jenseits der fünfzig anstellen? Niemand. Allerdings war ihm vor vierzehn Tagen eine Idee gekommen, die er Glenn und Emily sogleich präsentiert hatte und die von beiden positiv aufgenommen worden war. Gleich am nächsten Tag hatte er dem Management der Ladenkette in Oslo eine E-Mail geschickt und den Wunsch geäußert, in seinem Laden wieder eine Fleischtheke zu installieren. Nicht so groß wie die ehemalige, denn dann würde er sie nicht allein bedienen können, und für mehr Angestellte reichten die Umsätze nicht. Aber eine kleine Theke in der Ecke, ein bescheidenes Plätzchen, wo er das tun könnte, wozu er am besten geeignet war: gutes, frisches Fleisch verarbeiten.

»Nein, ich habe aber gestern Morgen noch eine weitere Mail geschickt. Hab ein paar Zeichnungen hinzugefügt, die zeigen, wie ich mir das vorstelle. Nur um zu unterstreichen, dass ich es ernst meine.«

»Clever«, meinte Glenn. »Und was machst du, wenn die Nein sagen?«

»Mich erschießen.«

Glenn lachte, dass sein Wanst und seine Wangen nur so schwabbelten.

»Aber ernsthaft, was machst du dann?«

»Dann sagen sie eben Nein. Ich werde dann gar nichts machen, aber ich bin optimistisch. Ich hab nämlich auch die Zahlen aus den Jahren angehängt, als wir die Theke noch hatten, und hab darum gebeten, die mit dem letzten Jahresumsatz zu vergleichen. Und solange diese Idioten noch Plus und Minus beherrschen, werden sie sehen, dass mit Qualitätsfleisch und gutem Service noch immer Geld zu machen ist.«

Glenn griff wieder nach der Limonade, drehte den Verschluss ab und sagte: »Weißt du eigentlich, wie die Samen ihre verflossenen Liebhaber nennen?«

»Nein«, stöhnte Aslak Rød.

»Examen.«

Aslak Rød schüttelte resigniert den Kopf und lief weiter in den Laden hinein, während er Glenn hinter sich lachen hörte.

»Hab ihn jetzt übrigens bekommen«, rief Glenn ihm nach.

»Was denn?«, fragte Aslak Rød und ordnete einige Packungen in den Regalen.

»Den Podcast, für den ich interviewt wurde.«

Glenn hielt sein Handy hoch.

»Ich hab die Aufnahme als E-Mail bekommen und kann sie mir noch vor der Veröffentlichung am Montag anhören. Wusstest du, dass die jede Woche 150 000 Hörer haben?« Glenn zeigte auf sich selbst und grinste. »Und jetzt wird dieser Typ hier berühmt.«

Aslak Rød trat zurück an die Kasse.

»Lass mal hören.«

Glenn reichte ihm das Handy. Es war fettverschmiert.

»Hast du wieder Chips gegessen?«, fragte Aslak Rød.

»Ja. Drück einfach auf den Anhang.«

»Ich bin nicht ganz blöd, Glenn«, entgegnete Aslak und ging weiter.

»Willst du meine Ohrstöpsel leihen?«

»Nein.«

Im Pausenraum legte er das Handy auf den Tisch und drückte auf die Audiodatei. Er warf einen Blick auf die Wand, wo seine Messer hingen. Die hatte ihm sein Vater geschenkt, als er den Gesellenbrief erworben hatte. Jetzt waren sie das Einzige im ganzen Gebäude, das ihn daran erinnerte, was er eigentlich war.

»Sie hören den Krimipod«, verkündete eine Stimme hinter dem simplen Gitarrenakkord der Erkennungsmelodie.

Aslak Rød trat an den Kühlschrank und nahm einen Milchkarton heraus.

»Mir gegenüber sitzt ein glatt rasierter Mann mit ernstem Gesicht.« Die Stimme klang seriös und klar. »Seine Augen sind braun. Er hat grau meliertes Haar. Breite Schultern. Wenn man ihn ansieht, fällt es schwer sich vorzustellen, dass er ein Leben hinter sich hat, in dem Gewalt, Mord und andere ernsthafte Verbrechen ein ebenso natürlicher Teil des Alltags waren wie ein Leberwurstbrot für uns andere. Sie und ich, liebe Hörer, werden nun Bekanntschaft mit dem Mann schließen, der jahrelang das Flaggschiff der Kripo Oslo verkörperte. Mein Name ist Kristian Bolstad.«

Wieder ertönte der Gitarrenjingle. Aslak Rød trank direkt aus dem Milchkarton und rülpste dezent.

»Der ehemalige Hauptkommissar und Mordermittler Harald Uteng – danke, dass Sie meine Einladung endlich angenommen haben.«

»Ich habe zu danken«, entgegnete Harald Uteng.

»Ja, liebe Zuhörer, Ihnen kann ich's ja erzählen: Ich habe schon früher versucht, Harald hierher zu bekommen. Nach vier Absagen gab ich auf, aber dann, vor zwei Monaten, rief er mich plötzlich an und fragte, ob ich noch interessiert sei. Darüber werden wir später noch sprechen. Aber erst zu Ihnen, Harald. siebenundvierzig Jahre bei der Polizei, vierzig davon als Mordermittler bei der Kripo in Oslo.«

»Tja«, sagte Harald Uteng. »Ich bin schon seit einigen Jahren offiziell kein Polizist mehr, obwohl ich dort noch lange Zeit gearbeitet habe.«

»Weil Sie aufhören mussten, als sie siebenundfünfzig wurden?«

»Es ist ja nun einmal so, dass man in einigen Berufen in Pension gehen kann, wenn man siebenundfünfzig wird, so auch bei der Polizei. Aber ich habe beim Einstellungsgremium um Verlängerung ersucht, und da ich die Anforderungen an den Job noch immer erfüllte, wurde dem Antrag stattgegeben. Als ich dann zweiundsechzig wurde, war per Gesetz eine weitere Verlängerung nicht mehr möglich.«

»Aber in Pension wollten sie auch nicht gehen?«

»Offen gestanden dachte ich, ich wäre dafür bereit. Ich war gerade mal zwanzig, als ich bei der Polizei anfing. Da war es nicht so wie heute. Seinerzeit reichten einigermaßen gute Zeugnisse, vom Militärdienst zum Beispiel, um aufgenommen zu werden. Ich habe kurze Zeit für die Schutzpolizei in Oslo gearbeitet, bevor ich mich bei der Mordkommission beworben habe – in der Abteilung, die wir alle heute als Kripo kennen.«

»Mit so viel Ermittlungserfahrung auf dem Buckel sollte man vielleicht meinen, dass Sie irgendwann mal genug hatten?«

»Ja. Aber als ich das Kripo-Gebäude zum letzten Mal verließ, kam ich mir wie ein kleiner Junge vor, den man zu Beginn der Sommerferien vergessen hatte, derweil die anderen unterwegs ins Ferienlager waren. Plötzlich war alles leer. Schluss. Aus und vorbei. Ich war schlichtweg total einsam. Das Einzige, was mir bevorstand, war ewigwährende Freizeit. Alles, was ich gekannt hatte, gab es nicht mehr.«

Aslak Rød nahm noch einen Schluck Milch, stellte den Karton zurück in den Kühlschrank und wischte sich mit dem Handrücken über den Mund.

»Und dann wurden Sie Abteilungsleiter an der Polizeihochschule und haben unter anderem Polizeibeamte zu Mordermittlern ausgebildet. Da waren Sie bis vor gut sechs Monaten, als sie schließlich siebenundsechzig wurden. Musste man Sie hinaustragen?«

»Es war kurz davor«, erwiderte Harald Uteng kichernd. »Inzwischen sind ja ein paar Monate vergangen, aber ich finde es immer noch seltsam, morgens aufzustehen und dann nichts zu tun zu haben.«

Aslak Rød nahm das kleinste seiner fünf Schlachtermesser, setzte sich wieder und fuhr mit dem Daumen vorsichtig über die Messerschneide.

»Sie sagten, Sie seien einsam gewesen, als Sie aufhörten. Gab es keine Familie, die nur darauf wartete, mehr Zeit mit Ihnen zu verbringen?«

»Nein«, entgegnete Harald Uteng rasch. »Ich war mal verheiratet, aber … Als Mordermittler hat man theoretisch natürlich die gleichen Arbeitszeiten wie jeder andere – und trotzdem ist man ständig mit der Arbeit beschäftigt. Man hört nie auf zu grübeln. Man hört nie auf zu jagen. Wenn das Wochenende kommt, und man sitzt da mit seiner Frau und soll sich entspannen … ich habe das nie geschafft, solange ich einen laufenden Fall hatte. Das ist ein bisschen so wie in diesem Song … *You can check out any time you like, but you can never leave.*«

»The Eagles«, sagte Kristian Bolstad. »›Hotel California‹.«

»Ich konnte meine Frau gut verstehen. Ich wäre auch nicht gern mit mir verheiratet gewesen.«

»Sie haben über vier Jahrzehnte in mehreren hochkomplexen Mordfällen ermittelt, aber in all diesen Jahren haben Sie nur ein einziges Interview gegeben, wenn man das überhaupt so nennen kann. Wieso?«

»Tatsächlich war es so, dass ich gar keine Interviews geben durfte, in denen das, was ich sagen würde, nicht vorher abgesprochen war. Ich war immer ein wenig zu freimütig. Deshalb habe ich komplett darauf verzichtet und es den PR-Verantwortlichen bei der Kripo überlassen.«

Aus dem Handylautsprecher kam das Geräusch von knisterndem Papier.

»Ich habe hier eine Ausgabe der *VG* vom 5. Oktober 1989. Harald Uteng ist auf der Titelseite abgebildet und sagt – ich zitiere: ›Ich bin froh, dass man als Polizist nicht die Robe des Richters tragen muss.‹« Es entstand eine kurze Pause. »Sie nicken, Harald, aber was wollten Sie mit dieser Bemerkung eigentlich ausdrücken?«

»Ich habe im Laufe der Jahre an so vielen unterschiedlichen Fällen gearbeitet, und manchmal stellt man sich eben die Frage: Hat er oder sie das verdient?«

»Reden Sie jetzt von den Tätern?«, fragte Kristian Bolstad.

»Ja. Manchmal spielen eben auch andere Faktoren eine Rolle.«

»Können Sie ein Beispiel nennen?«

»Es ist ja kein Geheimnis, worauf sich dieses Zitat bezieht«, sagte Harald Uteng. »Ich habe 1989 zu dieser Aussage gestanden und werde das bis zu meinem Tode auch weiter tun.«

»Möchten Sie unseren Hörern verraten, worum es dabei ging?«

Aslak Rød sah sein Spiegelbild in dem polierten Messerstahl. Die Tür des Pausenraums wurde geöffnet. Glenn füllte beinahe den ganzen Türrahmen. Aslak drückte auf Pause.

»Wurde ich schon erwähnt?«, wollte Glenn wissen.

Aslak Rød holte tief Luft und stieß sie wieder aus.

»Nein.«

»Und? Ist er gut?«

Aslak Rød beugte sich vor und las vom Display ab.

»Ich habe vier Minuten und sechsundvierzig Sekunden gehört.«

»Ah, ja.«

»Aber du, Glenn …« Langsam richtete sich Aslak Røds Blick auf die Gestalt an der Tür. »Hast du jemanden ohne mein Wissen eingestellt?«

»Wovon redest du?«

»Hast du jemandem eine Stellung in diesem Geschäft verschafft, ohne mich zu informieren?«

»Hä?« Glenn lachte nervös. »Nein?«

»Anders ausgedrückt: Können sich die Kunden da draußen jetzt einfach an den Waren bedienen? Also, weil du da stehst … und nicht an der Kasse sitzt.«

»Ach so. Das meinst du.« Neues, nervöses Lachen. »Ich geh jetzt zurück.«

Glenn schloss die Tür hinter sich, und Aslak Rød hörte ihn davoneilen. Er drückte wieder auf Play.

»Ein Vater kam nach Hause und fand dort seine elfjährige Tochter vor, die vergewaltigt und misshandelt worden war«, fuhr Harald Uteng fort. »Sie lebte gerade noch, war bis zur Unkenntlichkeit zusammengeschlagen worden. Während sie auf den Rettungswagen warteten, fragte der Vater, wer ihr das angetan habe, woraufhin die Tochter ihm einen Namen nannte. Den Namen eines sechsundzwanzigjährigen Mannes, der in derselben Straße wohnte. Der Vater fuhr mit seiner Tochter im Rettungswagen mit. Im Krankenhaus war die Kleine nicht in der Verfassung, mit der Polizei zu reden, und der Vater sagte kein Wort. Er hatte bereits entschieden, was er tun würde. Noch am selben Abend ging er zu dem Haus, das etwa hundert Meter von seinem entfernt lag. Als der junge Mann die Tür öffnete, hielt ihm der Vater das Gewehr an den Hals. Sagte vermutlich keinen Ton. Drückte einfach nur ab. Da kann man sich jetzt fragen: Hat der Vater vierzehn Jahre Gefängnis verdient? Juristisch betrachtet: definitiv. Aber wenn man mal einen Augenblick vom rein Juristischen absieht? Verdiente der Mann, der das elfjährige Mädchen vergewaltigt und zusammengeschlagen hatte, zu sterben? Vielleicht. Denn was soll eine Gesellschaft mit solchen Menschen tun? Ich meine, dass es keine Möglichkeit für Rehabilitierung geben sollte, wenn man solch eine Tat begangen hat, und mit dieser Meinung habe ich auch nie hinter dem Berg gehalten. Denn: Dieser sechsundzwanzigjährige Mann hätte niemals Gelegenheit bekommen dürfen, das zu tun, was er getan hat. Er hätte schon längst im Gefängnis sitzen müssen.«

»Er war einige Jahre zuvor verdächtigt worden, ein dreizehnjähriges Mädchen in Trondheim ermordet zu haben, richtig?«

»Ja, aber er kam frei und zog an einen Ort, wo niemand wusste, wer er war. Zu jener Zeit war so etwas ja noch ohne Probleme machbar.«

»Sie haben nie daran gezweifelt, dass er das Mädchen in Trondheim umgebracht hat?«

»Nicht eine Sekunde. Aber ich konnte es nie beweisen. Hätte ich das gekonnt, wären der Gesellschaft drei tragische Ereignisse erspart geblieben. Die Elfjährige wäre nicht vergewaltigt worden, ihr Vater hätte wahrscheinlich niemanden ermordet, und der Täter wäre noch am Leben – auch wenn man ihn vermutlich zu einundzwanzig Jahren einschließlich Sicherungsverwahrung verurteilt hätte. Aber noch mal zurück zu meiner Aussage. Die wirft nämlich eine neue Frage auf: Was, wenn der Vater ein weiteres

Mal die Beherrschung verloren hätte? Wer hätte dann darunter gelitten? Ich kann das nicht beantworten. Und deshalb bin ich froh, dass meine Aufgabe darin bestand, mich an Fakten und Beweise zu halten. In der Robe des Richters hätte ich ihn verurteilen müssen. Auch wenn er vielleicht nicht einen einzigen Tag im Gefängnis verdient hatte. Denn die Gesellschaft muss beschützt werden, Kristian. Selbst wenn dieser arme Vater tat, was wir uns alle in diesem Fall zu tun gewünscht hätten, steht die Gesellschaft an erster Stelle. Immer.«

»Verstehen Sie, warum Ihnen daraufhin von Ihren Vorgesetzten ein Maulkorb verpasst wurde?«

»Ja, natürlich. Es war eine Gedankenlosigkeit. Ich hätte das für mich behalten müssen.«

»Liebe Hörer«, sagte Kristian Bolstad. »Kommen wir jetzt zu dem Fall, der Harald dazu bewegt hat, Kontakt zu mir aufzunehmen. Ich habe hier ein altes Pressefoto in Schwarz-Weiß liegen. Es wurde im Dezember 1991 vor einer Steinhütte im Wald von Aremark geschossen. Um die Hütte ist Absperrband gespannt. Harald trägt einen langen dunklen Mantel. Neben ihm steht ein jüngerer Kollege. Beide sehen ziemlich mitgenommen aus. Das war ein schlimmer Fall, nicht wahr, Harald?«

»Ja«, erwiderte Harald Uteng nach einer langen Radiosekunde. »Dieser Fall war … grauenhaft.«

KAPITEL 2

Freitag, 7. September

Die unmöblierte Wohnung im Zentrum von Fredrikstad wirkte auf den ersten Blick nicht sonderlich groß. Und nachdem er den Großteil der achtundvierzig Quadratmeter in Augenschein genommen hatte, konnte Anton Brekke konstatieren, dass sie auch auf den zweiten Blick nicht geräumiger wirkte.

Er hatte sich ans Wohnzimmerfenster gestellt. Drei Etagen tiefer auf der Straße hing eine Gruppe Jugendlicher vor dem gegenüberliegenden Gebäude herum: Nelly's Kebab House. Aus der Küche ertönte die Stimme des Maklers, der die Interessenten über die Wohnung und die Eigentumsverhältnisse im Haus aufklärte. Neben Anton selbst und Magnus Torp waren zwei junge Paare zur Besichtigung gekommen sowie ein älteres Paar mit erwachsenem Sohn, den der gut gekleidete Vater als »Junior« bezeichnete.

Die Jugendlichen unten betraten gerade den Kebabschuppen.

Die Oberflächen der Kücheneinrichtung erstrahlten in Hochglanz. Neu und modern. Helles Parkett und weiße Wände. Eines der jungen Paare bewunderte die integrierte Kaffeemaschine. Die Tür zum Schlafzimmer stand offen. Junior unterhielt sich leise mit seinen Eltern.

»Tja, und dann die Lage«, sagte der Makler und breitete den Arm in weitem Bogen aus. »Zentraler als hier kann es kaum werden. Im Erdgeschoss liegt ein Lebensmittelgeschäft, das auch sonntags geöffnet ist.« Er blickte Magnus mit einem schiefen

Lächeln an. »Kein Problem also, wenn man tags zuvor auf 'ner Party war.« Er stieß ein trockenes Lachen aus. »Und alles ist schnell erreichbar. Ein knapper Kilometer bis zum Bahnhof und etwa zweihundertfünfzig Meter zum Busterminal.«

Anton warf einen Blick in den Gang, um zu prüfen, ob er beim Hereinkommen vielleicht eine Tür übersehen hatte. Das war nicht der Fall. Daher fragte er: »Aber wo ist das Bad?«

»Das Bad, ja!« Der Makler trat einen Schritt vor und zeigte auf die offene Schlafzimmertür. »Da drinnen.«

»Im Schlafzimmer?«, Anton zog eine Augenbraue hoch. »Offene Küchenlösungen kennt man ja, aber offene Badlösungen? Könnte ja richtig interessant werden, eine Tour mit der MS Porzellan zu machen, wenn man Übernachtungsgäste hat.«

Magnus schloss die Augen und schüttelte sanft den Kopf, während Junior lachte. Anton ging ins Schlafzimmer, öffnete die Tür zum Bad und schaltete das Licht ein. Drinnen sah es aus wie in der übrigen Wohnung. Modern, mit bestmöglicher Raumnutzung.

»Du kannst wohl nicht anders, wie?«, murmelte Magnus.

»Was denn?«, fragte Anton, während er untersuchte, ob sich die Tür zur Duschkabine problemlos öffnen und schließen ließ.

»Eine Tour mit der MS Porzellan?«

»Zur Abwechslung hab ich's mal hübsch verpackt. Aber mal was ganz anderes, wie wäre es mit: *Danke, dass du mich an einem Freitagnachmittag zu einer Wohnungsbesichtigung begleitest, Anton. Das ist wirklich sehr nett von dir.«*

»Als ob du was Besseres zu tun hättest«, meinte Magnus. »Aber danke, dass du mitgekommen bist. Und danke für all die guten und wichtigen Fragen, die ich zu stellen vergessen habe, an die du aber gedacht hast.«

»Nichts zu danken«, erwiderte Anton.

»Das war Ironie.«

»Und das habe ich begriffen.« Anton trat ans Schlafzimmerfenster. Der Ausblick war der gleiche wie aus dem Wohnzimmer. »Ich bräuchte morgen mal deine Hilfe.«

»Was ist morgen?«

»Hab 'nen Volvo entdeckt, der zu verkaufen ist. Steht oben in Sarpsborg. Du kennst dich mit Autos besser aus als ich.«

»Du hast also weder Ahnung von Wohnungen noch von Autos?«

»Touché. Kommst du mit?«

»Jaja, aber brauchst du wirklich ein Auto?«, fragte Magnus.

»Klar brauch ich ein Auto!«

»Ernsthaft? Überleg mal. Du kannst mit dem Zug nach Oslo und dann weiter mit öffentlichen Verkehrsmitteln zur Arbeit fahren. Und falls du im Laufe des Arbeitstages einen Wagen brauchst, kannst du dir einfach einen aus der Garage holen. Und zu Hause hast du im Umkreis von 'nem halben Kilometer alles, was du brauchst. Gut für dich und die Umwelt.«

»Vielleicht sollte ich auch einfach aufhören, Fleisch zu essen, und fortan mein Leben mit Yoga und Sojamilch würzen?« Anton schüttelte den Kopf. »Du redest manchmal einen Stuss.«

Der Makler betrat das Zimmer. Junior führte die Schlange der Kaufinteressenten an. Anton ging zurück in das, was in einigen Tagen oder Wochen das möblierte Wohnzimmer von jemandem sein würde, einschließlich Küche, während Magnus mit den anderen im Schlafzimmer blieb. Unten auf der Straße wurde ein Scooter angelassen. Hinter dem Dach des Hauses, das unter anderem den Kebabschuppen beherbergte, konnte Anton die Glasfassade vom *Fredrikstad Blad* sehen. Ein paar Silhouetten bewegten sich hinter den großen Fenstern.

Er wollte gerade näher an die Küchenzeile herantreten, als die Champions-League-Version von »Zadok the Priest« aus seiner

Innentasche drang. Er öffnete den Reißverschluss seiner Jacke, fischte das Handy heraus und nahm den Anruf an.

Nach fünfzig Sekunden hatte der Anrufer sein Anliegen vorgebracht.

»Torp!«, rief Anton, während er auf den Flur trat. »Wir müssen los.«

Magnus' Kopf erschien in der Schlafzimmertür.

»Was'n los?«

»Mord.«

KAPITEL 3

Freitag, 7. September

Der pensionierte Hauptkommissar stand im sechzehnten Stockwerk und blickte aus den Fenstern von Adrian Lockes Büro. Das Opernhaus lag wie ein Eisberg am Ufer. Die erleuchtete weiße Fassade des Ekeberg-Restaurants hob sich von dem grünen Hügel oberhalb des Mossevei ab. Die Wohnungen, die drüben in Sørenga gebaut worden waren, sahen aus wie unzählige, übereinander errichtete Kaninchenställe. Auf der anderen Seite des Boulevards am Barcode standen Baukräne, die sich am kommenden Montagmorgen wieder hin- und herbewegen würden.

»Was zu trinken, Herr Kommissar?«, fragte Adrian Locke vom anderen Ende des Raums, wo es eine Schrankbar gab.

Harald Uteng schüttelte den Kopf.

»Ach, kommen Sie schon«, sagte Adrian Locke. »Ich kann doch sehen, dass das heute nicht Ihr erster ist.« Er gab jeweils anderthalb Fingerbreit Whisky in zwei Gläser und stellte eines davon auf die andere Seite des Schreibtischs. Steifes Leder knirschte, als er sich hinsetzte. Harald Uteng nahm ihm gegenüber Platz. Adrian Locke trank, während er in die feuchten Augen des alten Polizisten blickte, deutete mit dem Kopf auf den Drink, hob sein eigenes Glas und sagte: »Prost!«

Harald Uteng griff nach dem Glas, ließ kurz die Hand kreisen und sah den brauen Inhalt am Rand hochschwappen, ehe er einen Schluck nahm.

»Wissen Sie noch, als wir letztes Mal so zusammensaßen, Adrian?«

»Ja.«

»Ist jetzt einige Jahre her.«

»Länger als ein halbes Leben«, entgegnete Adrian Locke.

»Ich bin in letzter Zeit ein paarmal in Aremark gewesen.«

Harald richtete den Blick auf das Modell eines F-16-Kampfflugzeugs, das auf einem Mahagonistativ die Ecke des Schreibtischs zierte. Er stellte das Glas auf seinem Oberschenkel ab und hielt es fest. Ein Handy klingelte. Adrian Locke zog das Telefon aus der Tasche, schielte auf das Display und stellte den Ton ab.

»Werden Sie nicht vermisst?«, fragte Harald Uteng.

»Ich weiß nicht, ob Sie es mitbekommen haben« – Adrian Lockes Ton war sarkastisch –, »aber ich saß gerade in einer Besprechung, als Sie aufgetaucht sind. Also lassen Sie uns gleich zur Sache kommen, Hauptkommissar. Was tun Sie hier?«

Harald Uteng kippte den Drink in zwei Zügen in sich hinein und fuhr sich mit Daumen und Zeigefinger über die Lippen.

»Wie schon gesagt: Ich bin in letzter Zeit ein paarmal in Aremark gewesen.«

»Meinetwegen können Sie nach Aremark fahren, so oft Sie wollen, aber was hat das mit mir zu tun?«

»Vor ein paar Monaten rief mich Kristian Bolstad an. Kennen Sie ihn?«

Adrian Locke schüttelte den Kopf.

»Der macht so ein Radioprogramm im Internet. Sie wissen schon, diese Sendungen, die gerade so angesagt sind.«

Adrian Locke sah auf die Uhr und sagte: »Einen Podcast.«

»Ich habe nie ganz verstanden, was die Menschen an den Tragödien anderer so sehr fasziniert«, sagte Harald Uteng, »aber das liegt vielleicht daran, dass ich mich so viele Jahre intensiv damit beschäftigt habe. Deshalb habe ich seine Frage nach einem Gespräch höflich abgelehnt.« Er rutschte auf dem Stuhl hin und her, hob leicht eine Schulter und lehnte sich zurück. »Ich lebe auf einem Boot, habe aber nicht mal was fürs Angeln übrig. Pensioniert zu sein ist sicher schön, wenn man ein Hobby hat oder eine Familie. Aber ich habe nichts dergleichen. Es hat nicht lange gedauert, bis ich den halben Tag im Bett verbracht habe. Ich bin sogar einmal zu so einem Treffen für pensionierte Polizeibeamte gegangen. Da habe ich jemanden kennengelernt, der vor zwei Jahren aufgehört hat. Ein Kerl aus Bergen, der mit mir im selben Boot saß, wenngleich er nicht wie ich auf einem lebte. Er sagte, dass er sich die Zeit damit vertriebe, sich alte, aufgeklärte Fälle anzusehen, und empfahl mir, das Gleiche zu tun. Ich bin seinem Rat gefolgt, und der Mann hatte recht. Es war interessant. Ich bin herumgefahren und habe Zeugen besucht, die ich seit fünfzehn, zwanzig oder auch vierzig Jahren nicht gesehen hatte. Ich suchte nach Antworten, die ich damals bei den Ermittlungen nicht bekommen hatte. Ein paarmal bekam ich sie, ein paarmal auch nicht. Aber es war anregend und auch sehr bewegend. Besonders, wenn ich die Eltern von Söhnen oder Töchtern wiedersah, deren Ermordung ich damals untersucht hatte.« Er klopfte mit dem leeren Glas sachte auf seinen Schenkel. »Das war verdammt schwer. Weil das Leben für alle anderen weitergegangen ist. Sehen Sie nur sich selbst an.«

»Es vergeht kein Tag, an dem ich nicht an sie denke.«

»Das glaube ich Ihnen, Adrian. Aber für eine Mutter oder einen Vater geht das Leben niemals einfach so weiter. Ein Bruder oder eine Schwester kommen schon damit zurecht. In der Regel tun sie das. Oft sogar sehr gut. Aber Eltern?« Harald Uteng schüttelte den Kopf. »Die können sich vielleicht wieder auf die Knie hochrappeln, aber sie kommen niemals wieder auf die Füße.«

»Sie haben das Schwein gekriegt, das ist trotz allem das Wichtigste.«

»Ja, ich habe das Schwein gekriegt. Aber habe ich auch alle Antworten bekommen, Adrian?«

Adrian Locke warf einen neuen, indiskreten Blick auf die Uhr.

»Das müssen Sie andere fragen, Kommissar. Jedenfalls kann ich Ihnen die Antwort nicht geben.«

»Ich habe sie nicht bekommen.«

Die beiden sahen einander an.

»Ja, wie gesagt«, fuhr Harald Uteng fort, »ich fing schnell an, mich zu langweilen, nachdem ich pensioniert worden war. Mitte Juli kam ich in meinem Unterlagenstapel zu dem Punkt, an dem ich Ihre Heimatgefilde aufsuchen wollte. Malins Mutter war nicht anders als jede andere Mutter, die so etwas erlebt hat. Sie war genauso wie damals, als ich Aremark verlassen hatte. Ein Wrack. Wir hatten ein langes und gutes Gespräch. Nachdem ich mich verabschiedet hatte, habe ich den Wagen an der Tankstelle aufgetankt und in dem alten Lebensmittelladen eingekauft. Und ... tja, was soll ich sagen? Der einzige Unterschied zu damals war, dass der Laden seinen Namen geändert hatte. Es war wie eine Zeitreise. Dieses Gefühl hatte ich bei keinem der anderen Besuche, die ich gemacht habe. Es war so intensiv, dass ich zu der alten Steinhütte rausfahren musste, um mich zu überzeugen, dass Malin nicht doch noch dort lag.«

Adrian Locke hob den Kopf und sah sein Gegenüber fragend an.

»Ja«, sagte Harald Uteng. »Das klingt vielleicht etwas seltsam. Ich wusste ja, dass sie nicht mehr da war. Aber mich überkam ein Drang, den Ort wiederzusehen. Oder vielleicht auch ein Zwang. Ich weiß nicht. Aber egal: Ich musste das ganze Wochenende an Malin denken. Am darauffolgenden Montag habe ich Kristian

Bolstad angerufen. Der mit diesem …« Harald Uteng schnippte mit den Fingern. »Sie haben es vorhin gesagt. Dieses Internetradio.«

»Podcast«, murmelte Adrian Locke.

»Ja. Ich sagte ihm, wir könnten tief in einen über fünfundzwanzig Jahre alten Mordfall eintauchen und herausfinden, wie sich so ein Ereignis auf einen kleinen Ort mit knapp 1500 Einwohnern auswirkt – auch noch viele Jahre später. Und hier kommen Sie ins Spiel. Wir haben bereits die erste von drei Episoden eingesprochen – die erscheint am kommenden Montag. Episode zwei werden wir am Mittwoch produzieren, doch die dritte und letzte … Nun, ich hatte gehofft, dass Sie da mitmachen würden. Das würde dem Ganzen viel mehr Leben geben. Aus Bolstads Studio werden auch Videos gesendet. Direkt ins World Wide Web.«

»Warum um alles in der Welt möchten Sie mich dabeihaben?«

»Weil Sie damals mittendrin gestanden haben. Und Sie und ich könnten das ein für alle Mal in Ordnung bringen.«

»In Ordnung bringen?« Adrian Locke hob den Kopf. »Wir beide? Ich wüsste nicht, was ich mit Ihnen zu klären hätte.«

»Ach nein?« Harald lächelte. »Dann sind Sie dabei? Ich schätze auch, dass es den Aremarkern gefallen würde, etwas von Ihnen zu hören. Immerhin sind ja in all diesen Jahren große Dinge mit Ihnen passiert.«

Adrian schüttelte sanft den Kopf.

»Ich gebe keine Interviews.« Er hob einen Finger in die Luft und fügte hinzu: »Es sei denn, es geht um die Locke-Stiftung.«

»Warum nicht?«

»Weil ich dabei nichts zu gewinnen habe. Die Presse dreht einem doch nur das Wort im Mund herum. Und dann habe ich plötzlich etwas gesagt, woraus mir sechs Monate später dann womöglich ein Strick gedreht wird.«

»Aber ist nicht jede PR gute PR?«

»Da irren Sie sich. Jede PR ist schlechte PR.«

»Das soll ja auch gar kein richtiges Interview werden«, sagte Harald Uteng. »Mehr so etwas wie ein Gespräch zwischen alten Bekannten.«

»Nein, danke. Und man muss kein Ermittler sein, um den Zweck von so etwas zu erkennen.«

Es wurde leise an die Tür geklopft, die sich dann einen Spaltbreit öffnete. Sandra Locke schaute herein. Als sie den Besucher erblickte, zog sie die Tür weiter auf und trat über die Schwelle. Der alte Ermittler stellte das Glas auf den Schreibtisch, wischte ein paar unsichtbare Krümel von der Hose und erhob sich.

»Harald Uteng?«, sagte sie überrascht.

Ihre Lippen verzogen sich zu einem Lächeln, während sie gleichzeitig die Hand ausstreckte und ihn begrüßte.

»Höchstpersönlich«, erwiderte er. »Wie geht es Ihnen?«

»Sehr gut.« Ihr Lächeln verwandelte sich in eine fragende Miene, während sie ihren Ehemann anblickte. »Aber was … Was gibt es denn?«

»Ich komme sofort«, sagte Adrian Locke. »Wir sind hier gleich fertig.«

Sandra Locke trat einen Schritt zurück und sagte: »Die Ministerin für Entwicklungshilfe muss gleich weiter.« Sie setzte wieder ein Lächeln auf und senkte die Stimme: »Schön, Sie wiederzutreffen.«

»Ebenso«, entgegnete Harald Uteng. Die Tür wurde geschlossen.

»Sie ist noch immer genauso schön.«

Adrian Locke überhörte das Kompliment.

»Und ich kann auch gleich für sie antworten. Falls Ihnen der Gedanke gekommen ist, Sandra da mit reinzuziehen: Kommt nicht infrage. Und falls es schwierig für Sie ist, darüber zu reden, ohne uns zu erwähnen, dann müssen Sie uns anders nennen.«

»Sie beide anonymisieren? Was damals geschehen ist, ist doch kein Geheimnis.«

»Nein, aber Sie verstehen doch wohl, dass wir unsere Namen nicht noch einmal mit diesem Fall in Verbindung bringen möchten. Wozu sollte das gut sein? Es spielt keine Rolle, dass das Ganze lange her ist. Und dabei denke ich zuallererst an Sandra. Es wäre ihr Zusammenbruch. Und darüber hinaus ...«

Adrian sprach nicht weiter.

»Die Geschäfte?«, ergänzte Harald Uteng.

»Ja – so einfach kann man es auch sagen.«

»Aber das hat doch nichts zu bedeuten. Sie und Ihre Frau waren Zeugen.«

»Ja, immerhin haben Sie schließlich verstanden, dass ich nichts anderes als ein Zeuge war. Aber das spielt auch keine Rolle. Halten Sie meinen – und Sandras – Namen da raus.«

»Ich werde niemanden anonymisieren. Deshalb will ich ja, dass Sie dabei sind. Dann können Sie Ihre Version erzählen. Ich kann niemals vermitteln, wie das alles damals die Bevölkerung vor Ort geprägt hat. Das könnt nur ihr, die ihr alles hautnah miterlebt habt. Besonders Sie. Und wer weiß, vielleicht würde es Sandra ja sogar guttun.«

»Lassen Sie es mich ein für alle Mal klarstellen: Halten Sie unsere Namen da raus!«

»Nein.«

Adrian Locke legte die Fingerspitzen aneinander. Behutsam fuhr er sich mit der Zungenspitze über die Lippen.

»Ich habe schon seit vielen Jahren keine Angst mehr vor der Polizei, Herr Hauptkommissar. Ich bin nicht mehr der zwanzigjährige Bauernbursche aus Aremark, den Sie einschüchtern können, indem Sie Ihre Stimme erheben. Denn wie Sie es selbst eben gesagt haben: Das Leben geht weiter. Wenn Sie darüber nachdenken, und dabei müssen Sie das noch nicht mal sonderlich gründlich tun, werden Sie begreifen, dass es äußerst unklug wäre, meinem einzigen Wunsch nicht nachzukommen.«

»Das kann ich nicht tun.«

»Ich möchte sogar behaupten, dass Sie es mir schulden.«

»Ihnen schulden? Ich habe lediglich meine Arbeit getan.«

»Ihre Arbeit bestand darin, den Täter zu fassen – und nicht darin, jeden geschlechtsreifen Mann im Bezirk als potenziellen Mörder und Vergewaltiger abzustempeln.«

»Das habe ich auch nicht getan.«

»Aber so gut wie, verflucht«, fauchte Adrian Locke. »Wenn Sie meinen Wunsch nicht respektieren, kann ich Ihnen versichern, dass Sie sich in Zukunft nicht langweilen werden. Weil Sie dazu schlichtweg keine Zeit mehr haben. Und ich werde Sie nicht in Ruhe lassen, bis Sie all Ihr gespartes Geld für Anwaltsrechnungen aufgebraucht haben und das Boot, auf dem Sie wohnen, mir gehört.« Adrian Locke legte den Kopf schräg. »Und selbst dann werde ich Sie nicht in Frieden lassen.«

Harald Uteng blickte wortlos über den Schreibtisch.

»Also wirklich …«, fuhr Adrian Locke in milderem Ton fort. »Wozu? Warum wollen Sie jetzt alte Wunden aufreißen?«

»Es geht nicht darum, alte Wunden aufzureißen, sondern der Sache auf den Grund zu gehen.«

»Wovon reden Sie? Der richtige Mann wurde gefasst und in zwei Instanzen verurteilt.«

»Wie ich bereits sagte: Das heißt nicht unbedingt, dass man alle Antworten kennt.« Harald Uteng nahm das F-16-Modell vom Tisch, hielt es mit beiden Händen fest und betrachtete es von allen Seiten.

»Wussten Sie, dass die F-16 das erste Jagdflugzeug mit seitlich montiertem Steuerknüppel war?«

»Ja«, erwiderte Adrian Locke. »Das hat man gemacht, damit der Pilot den einen Arm ausruhen konnte und bessere Kontrolle hatte, wenn er bei seinen Manövern hohen G-Kräften ausgesetzt war.«

»Wenn Sie ins Studio kommen, können Sie selbst am Steuerknüppel sitzen und sich den G-Kräften entgegenstellen. Denn Ihr Name wird erwähnt werden, Adrian. Genauso sicher wie die Tatsache, dass alles, was aufsteigt« – Harald Uteng hielt das Flugzeugmodell seitlich am ausgestreckten Arm und ließ es an der Schreibtischkante landen, ehe er es vor Adrian hinstellte –, »irgendwann wieder auf den Boden zurückmuss.«

KAPITEL 4

Freitag, 7. September

Harald Uteng starrte auf die Buchstaben, die auf seinem Notizblock ineinanderflossen. Seine Beine wirkten kraftlos. Er unterstrich das letzte Wort viermal und ließ das Notizbuch samt Kugelschreiber auf den Nachttisch fallen. Er hob das Ladekabel vom Boden auf, steckte es in sein Handy und schaltete das Gerät wieder ein.

Bevor er dazu kam, das Telefon wegzulegen, klingelte es. Harald Uteng spähte auf das Display und brauchte ein paar Sekunden, um die Buchstaben zusammenzusetzen, die ihm entgegenleuchteten.

»Ja«, meldete er sich.

»Sie leben also noch«, sagte Kristian Bolstad hörbar erleichtert. »Ich hab schon angefangen, mir Sorgen zu machen. Ich versuche seit zwei oder drei Stunden, Sie zu erreichen.«

»Mein Akku war leer. Worum geht's denn?«

»Da ist was, worüber wir reden müssen, Harald. Wenn es für Sie so wichtig ist, dass wir mit der letzten Episode live gehen, dann muss ich wissen, was passieren wird.«

»Kein Interesse.«

»Es muss aber sein. Ich dachte deshalb, dass wir uns diese Woche ein wenig früher als vereinbart treffen könnten, und Sie verschaffen mir etwas mehr Überblick.«

Harald Uteng legte eine Hand in den Nacken und massierte die Muskeln.

»Das war aber nicht die Absprache.«

»Das ist mir schon klar, und ich kann mich dafür nur entschuldigen. Aber das muss ja auch keine Veränderung bedeuten.«

»Wir können das Video auch lassen und gehen nur mit dem Ton live.«

»Das spielt keine Rolle. Ich bin aber der verantwortliche Redakteur und muss daher wissen, was gesendet wird. Wenn wir live gehen wollen, muss ich darüber im Bilde sein. Wie gesagt: Ich bin verantwortlich.«

»Jetzt tun Sie doch nicht so, als wären Sie der Chef von *Aftenposten*«, sagte Harald Uteng mit lauter Stimme. »Sie haben mir freie Hand versprochen!«

»Ich weiß«, entgegnete Kristian Bolstad versöhnlich. »Aber es gibt Sponsoren, auf die ich Rücksicht nehmen muss.«

»Ihre Sponsoren gehen mich 'nen Scheißdreck an!«

»Harald ...«

»Nein, jetzt kommen Sie mir nicht mit *Harald*. Wissen Sie, wie meine Alt...« Harald Uteng holte Luft. »Wissen Sie, wie meine Alternative aussieht?«

»Nein ...«

»Ich könnte den Revolver rauskramen, der hinten im Schrank liegt. Ich könnte ihn reinigen und von alten Pulverspuren befreien, bevor ich nach Aremark fahre und die Innenwände der Steinhütte mit meiner Hirnmasse bemale.«

»Sind Sie vielleicht im Laufe des Abends auf den Kopf gefallen?«

Harald Uteng schloss die Augen und rieb sich mit der Hand das Gesicht.

»Sind Sie zu Hause, oder ...?«, fuhr Kristian Bolstad fort.

»Ja.«

»Möchten Sie, dass ich vorbeikomme?«

»Nein.«

»Sind Sie sicher?«

»Verdammt, natürlich bin ich sicher!«

»Hören Sie«, sagte Kristian Bolstad. »Ich will lediglich eine gewisse Kontrolle behalten. Ich brauche etwas mehr Klarheit über das, was kommt. Ich verspreche Ihnen, dass wir das trotzdem genauso gut und authentisch hinkriegen, wie Sie sich das vorgestellt haben. Ich garantiere Ihnen, dass ich nicht eingreife. Jedenfalls nicht, solange das, was Sie sagen wollen, keine heiklen Grenzen überschreitet.«

Harald Uteng gab keine Antwort. Er starrte nur auf seinen Notizblock.

»Harald …«, fuhr Kristian Bolstad fort. »Sie klingen erschöpft. Ich rufe Sie morgen wieder an, okay? Versuchen Sie, ein paar Stunden zu schlafen.«

»Kristian.«

»Ja?«

»Fahren Sie zur Hölle.«

Harald Uteng brach die Verbindung ab und warf das Handy aufs Bett. Er tastete sich an der Wand entlang und bewegte sich vorsichtig in den Salon. Ein gelber Lichtstrahl fiel auf Fußboden und Steuerrad, als er den Kühlschrank öffnete. Er nahm eine Dose Tuborg heraus. Das Metall klickte scharf, als er sie öffnete. Dann führte er sie an die Lippen und trank, ging zum Bug des Bootes und schaltete den CD-Spieler ein. Er regulierte die Lautstärke, dann trat er wieder in den Salon und trank im Stehen, während Johnny Cash »Don't Take Your Guns to Town« anstimmte.

Nach vier Schluck Bier drückte er die Bierdose zusammen und warf sie in den leeren Mülleimer unter dem Spülbecken. Er setzte sich an den Tisch und starrte in die Dunkelheit. Das CD-Gerät wechselte die Tonspur und spielte »I've Always Been Crazy«. Mit den Fingern trommelte Harald Uteng den Takt auf die Tischplatte. Er zog den Vorhang so weit wie möglich zur Seite, spähte in die Nachbarschaft, die aus Segel- und Motorbooten verschiedener Größe bestand, und sang leise mit: *I've always been crazy, but it's kept me from going insane …*

Seine Finger hörten auf zu trommeln, während er gleichzeitig The Highwaymen das Singen überließ.

Harald ahnte eine Bewegung bei einem der Bootshäuser in der Nähe. Er drückte sich enger ans Fenster, starrte hinaus. Nichts. Er kniff die Augen zusammen und schüttelte den Kopf, versuchte den Alkoholrausch zu verscheuchen, der erst vor einer halben Stunde leicht abgeklungen war, jetzt aber wieder an Intensität zunahm. Abermals warf er einen Blick hinaus. Wer oder was auch immer dort gewesen sein mochte, war jetzt verschwunden.

Er ließ den Vorhang wieder los und sang: *But I can say I never intentionally hurt anyone.*

Harald Uteng zuckte zusammen. Aus schmalen Augen blickte er auf seine Armbanduhr. Viertel vor zwölf. Die Musik hatte aufgehört zu spielen, aber er war nicht deswegen wach geworden. Irgendwo auf dem Boot hatte es eine Bewegung gegeben. Und ein Geräusch. Zumindest eines von beidem. Er hielt den Atem an, konnte aber nur das Brummen des Kühlschranks hören.

Und Schritte. Behutsame Schritte. Als ob derjenige, der sie machte, nicht gehört werden wollte.

Harald richtete sich auf. Lauschte. Lächelte schwach in sich hinein und schüttelte den Kopf. Da waren keine Schritte. Da war überhaupt nichts. Er blickte noch einmal auf die Uhr, stand auf und trat an die Anrichte, griff nach der Zigarettenschachtel und klemmte sich eine Kippe in den Mundwinkel. Dann öffnete er die Salontür und ging hinaus aufs Deck. Es fiel leichter Nieselregen, dennoch erlaubte ihm die Wolkendecke über dem Oslofjord hier und da ein paar Sterne zu sehen.

Harald Uteng ging nach achtern, stützte sich mit einer Hand an der Reling ab und holte das Feuerzeug hervor, um sich die Zigarette anzuzünden.

Er stellte sich an den Relingdurchgang, schirmte die Zigarette mit der Hand gegen den leichten Wind ab und gab sich Feuer. Er füllte die Lunge und blies den Rauch wieder aus, während er auf das Wasser und die sanften Hügel blickte, die sich hinter dem nächtlichen Oslo erstreckten.

Plötzlich waren die Schritte wieder da.

Und jetzt waren es keine leichten, behutsamen Schritte.

Jetzt waren sie sehr zielbewusst.

KAPITEL 5

Montag, 10. September

»Ich habe beschlossen, heute ein Gebot abzugeben«, sagte Magnus und nahm einen Bissen von seinem Leberwurstbrot mit sauren Gurken. »Der Makler meinte, die Wohnung sei sofort bezugsbereit. Wäre wirklich schön, endlich ein eigenes Zuhause zu haben.«

»Mmhm«, entgegnete Anton, während er einen Schluck Kaffee trank und seinem Spiegelbild im Fenster zunickte.

Er hatte sich ein paar Scheiben Schinken, Salami, eine Ladung Frühstücksspeck und einen Kanten Weißbrot genommen, vorläufig aber nur ein paar Streifen von dem Speck gegessen. Sie hatten sich zum dritten Mal im Thon Hotel Parken getroffen, saßen an einem der Fenstertische und frühstückten. Es war noch früh. So früh, dass das Frühstücksbuffet eigentlich erst in zwanzig Minuten bereitstand, aber niemand hatte etwas gesagt, als Anton und Magnus sich bedienten. Um sie herum war es leer, bis auf eine Kellnerin, die mit Brotkörben, Aufschnittplatten und einfachen warmen Gerichten zwischen Küche und Buffettisch hin- und herrannte. Auf der anderen Seite der menschenleeren Fußgängerzone leuchtete der Turm der Domkirche in der morgendlichen Dunkelheit auf.

»Was würdest du tun?«, fragte Magnus.

»Ich würde was in Oslo kaufen«, erwiderte Anton. »Ist halt praktischer, wo du schon da arbeitest.«

»Du ja auch, aber trotzdem wohnst du in Fredrikstad.«

»*Tu das, was ich sage – und nicht das, was ich mache*«, entgegnete Anton. »Wie oft hab ich das jetzt schon gesagt?«

»Öfter.« Magnus nahm noch einen Bissen und sagte schmatzend: »Aber die Wohnung war doch schön, die wir uns angesehen haben. Wenn ich die kaufe, kann ich's mir sogar leisten, mein Auto zu behalten. Garagenplatz ist ja inklusive.«

»Mmhm.«

Antons Augen sahen aus wie die eines Baby-Kätzchens. Am Abend zuvor war es spät geworden. Sie waren erst kurz nach Mitternacht ins Hotel zurückgekehrt. Den ganzen Samstag und Sonntag hatten sie Zeugen vernommen.

»Glaubst du, es ist der Ehemann?«, fragte Magnus leise.

»Nein. Ich *weiß*, dass er es ist. Wir bleiben also an ihm dran, bis wir was finden. Ich denke, das wird dauern, deswegen solltest du deine Mutter bitten, die Wohnungsschlüssel für dich zu holen – sofern du die Bieterrunde gewinnen solltest.«

Anton rollte zwei Scheiben Schinken zusammen und schob sie sich in den Mund. Dann reckte er den Hals und spähte zum Buffettisch hinüber. Magnus stand auf und nahm seinen Teller.

»Guckst du bitte mal, ob da irgendwo Senf ist?«, fragte Anton. »Grober.«

Magnus nickte einer hübschen Kellnerin zu und näherte sich dem gut bestückten Buffettisch. Er füllte ein Glas mit Orangensaft und nahm sich dann noch etwas Graubrot, ein gekochtes Ei und geräucherten Lachs.

Anton hatte ihm den Rücken zugekehrt und beugte sich über den Tisch, während er in sein Handy sprach. Magnus konnte an seiner Körpersprache erkennen, dass etwas passiert war. Vielleicht gab es Neuigkeiten in ihrem Fall.

Magnus ging zum Tisch zurück und setzte sich, während er Anton fragend ansah.

»Morgen um zwölf an der Polizeihochschule? … Ich wäre ja gern gekommen … Nein, das möchte ich bezweifeln … Ob ich ein paar Worte sagen kann?« Anton seufzte. »Was heißt schon kennen? … Ja, von uns aus der Kripozentrale in Bryn, vielleicht … Nein, ich komme. Torp wird schon einen Tag allein klarkommen.« Er sah plötzlich hellwach aus, als ob er hoch konzentriert eine Pistole im Anschlag hätte und ein Ziel anvisierte. »Gut … dann sehen wir uns morgen.«

Anton blieb stehen und blickte so lange auf sein Handy, bis das Display schwarz wurde. Er fuhr mit den Vorderzähnen über seine Bartstoppeln am Kinn.

»Ist was passiert?«, fragte Magnus.

»Harald Uteng ist tot.«

KAPITEL 6

Dienstag, 11. September

Vierzig Minuten, nachdem Professor Jens Lunder von der Polizeihochschule zur Gedenkstunde willkommen geheißen hatte, begaben sich Anton und der Leiter der taktischen Ermittlungsabteilung, Roar Skulstad, mit der Menschenmenge aus dem Auditorium nach draußen. Es handelte sich um ehemalige und aktive Studenten, alte Kollegen von Harald Uteng sowie Lehrer und Referenten. Die Menschen verteilten sich in den Gängen. Einige waren stehen geblieben und unterhielten sich. Skulstad wechselte ein paar Worte mit Jens Lunder und einigen anderen Rednern, ehe er sich wieder Anton anschloss.

»Wieso hast du nichts davon gesagt?«, fragte Skulstad, als die beiden weitergingen.

»Was denn gesagt?«

»Jens Lunder hat mir erzählt, er hätte dich gefragt, ob du nächsten Monat für die Studenten im dritten Jahrgang einen Vortrag über organisierte Kriminalität halten willst.«

»Ja, er wollte wissen, ob ich für ein Comeback bereit bin.«

Professor Jens Lunder war schon an der Polizeihochschule gewesen, als die noch gar keine Hochschule war. Anton hatte immer mit ihm zu tun gehabt, wenn er seine Vorträge hielt. Doch dann war Anton nach einer Razzia in einem illegalen Pokerclub vor vier Jahren in den Streifendienst strafversetzt worden. Der Vortrag, den er einmal im Jahr hielt, war aus dem Vorlesungsprogramm genommen worden – genauso wie er die Streifen an seiner Schulter verloren hatte.

»Wieso hast du Nein gesagt?«

»Weil ich keine Lust habe.«

»Anton.«

»Außerdem ist mein Vortrag nicht mehr auf dem letzten Stand.«

»Die Kriminalität in Norwegen hat sich seit deinem letzten Auftritt nicht radikal verändert.«

»Nein«, sagte Anton. »Aber es fühlt sich irgendwie nicht richtig an, das Gleiche wie vor fünf, sechs oder sieben Jahren zu erzählen.«

»Ich finde, du solltest noch mal darüber nachdenken«, sagte Skulstad. »Ist doch eigentlich was Gutes, die eigenen Erfahrungen an zukünftige Polizisten weiterzugeben.«

Anton setzte ein schiefes Grinsen auf und sagte:

»Ja, Skulstad, genau das ist meine große Leidenschaft ...«

Schulter an Schulter betraten sie den Hof. Skulstads alter, aber gepflegter Jaguar glänzte im Licht der Herbstsonne, die ihren höchsten Stand erreicht hatte.

»Kaum zu glauben, dass er sein Leben tatsächlich im Wasser beendet hat«, sagte Anton. »Warum konnte er sich nicht eine Wohnung kaufen, wie alle normalen Menschen auch? Wieso musste er sich unbedingt diesen verfluchten Kahn aussuchen?«

»Das Gleiche ist mir auch schon durch den Kopf gegangen.«

»Und du weißt noch immer nicht mehr?«

»Ich habe kurz mit dem Kollegen aus dem Polizeidistrikt Øst gesprochen.« Skulstad steckte den Autoschlüssel ins Türschloss. Die vier Schlösser klickten, als er ihn herumdrehte. »Die haben eine Kippe an Deck gefunden. Vermutlich war er also draußen, um eine zu rauchen, und ist dann ausgerutscht oder hat das

Gleichgewicht verloren. Freitagabend hat's geregnet, an Deck war es also rutschig. Er hat sich hier …«, Skulstad deutete auf seine Schläfe, »… eine Verletzung zugezogen, die laut Rechtsmedizin daher rühren könnte, dass er mit dem Kopf auf die Kaikante oder gegen die Reling geknallt ist. Außerdem hatte er relativ viel Alkohol im Blut.« Skulstad ließ die Unterarme auf dem Autodach ruhen. »Jens Lunder hat mir erzählt, dass Harald ordentlich getrunken hat, dass er ein richtiger Säufer geworden sei, nachdem er hier aufgehört hatte. Wusstest du das?«

»Nein.«

»Wann hast du ihn zuletzt gesehen?«

Anton blies die Backen auf und ließ die Luft langsam wieder entweichen. Er überlegte.

»Muss zwei Jahre her sein. Ich war unten am Bootsverein in Bekkelaget und hab bei ihm vorbeigeschaut.«

»Ah, ja. Zuletzt hatte er einen Liegeplatz im Bootshafen Oksval.«

»Wo ist der?«, fragte Anton.

»Nesoddtangen«, erwiderte Skulstad und öffnete die Fahrertür. Er setzte sich in den Wagen. Anton nahm neben ihm Platz. »Du hast ihn also seit zwei Jahren nicht gesehen?«

»Nein«, sagte Anton mit einem schwachen Kopfschütteln. Er blickte zur Seite, ehe er Skulstad wieder ansah. »Er war schon ein spezieller Typ, stimmt's?«

»Ein schlechtes Gewissen brauchst du jedenfalls nicht zu haben.«

»Du hast leicht reden«, entgegnete Anton. »Er rief mich im Sommer an. Hab ich das erzählt?«

»Nein. Was wollte er?«

»Er hat völlig unzusammenhängendes Zeug geredet. Dass alles nicht so ist, wie es aussieht, und so weiter. *Wovon redest du,*

Harald?, hab ich ihn gefragt. Er meinte dann, er hätte Turid besser behandeln müssen. Dass sie neunzehn Jahre ihres Lebens an ihn verschwendet hätte. Ihre besten neunzehn Jahre.«

Skulstad starrte nachdenklich auf das Lenkrad.

»Weißt du, was das Schlimmste ist?«, fuhr Anton fort. »Das ist mir die letzten Nächte während unseres Falls da unten in Kristiansand ständig durch den Kopf gegangen.«

»Was denn?«

»Dass ich eine Scheißangst davor habe, so zu enden wie er. Sieh dir nur mein beschissenes Leben an. Ich bin neunundvierzig und besitze nicht mehr als eine Wohnung, die ich *vielleicht* abbezahlt habe, ehe ich mich in die Kiste lege.«

»Vergiss nicht deinen Jungen.«

»Das tue ich nicht. Aber das war genau das, was Harald klar geworden ist. Alex ist bald erwachsen, und wie spannend ist es dann noch, seinen alten Vater zu besuchen? Einen Vater, der es nicht mal geschafft hat, das Einzige zu tun, worum Alex' Mutter ihn gebeten hat, sondern der alles vergeigt hat, weil er nur an sich selbst gedacht hat. Ich habe das nie jemandem erzählt, aber ich bin froh, dass Alex nicht bei mir wohnt. Nicht, weil ich keine Zeit mit ihm verbringen will, sondern weil er durch das Zusammenleben mit Elisabeth ein viel besserer Mensch geworden ist und es auch bleibt.«

»Bist du deprimiert?«

»Nein«, erwiderte Anton. »Wenn ich allerdings ein paar funktionierende Hirnzellen hätte, dann müsste ich es wohl sein. Weil mich die Sache mit Harald daran erinnert, dass plötzlich alles vorbei sein kann.« Er lehnte sich zurück. »Hast du vielleicht Lust, mich nach Gardermoen zu fahren? Ich muss zurück zu meinem Mordfall.«

TEIL II

EINIGE WOCHEN SPÄTER

KAPITEL 7

Sonntag, 7. Oktober

Die weiße Boeing 737 hatte gerade ihre Flughöhe erreicht, als auch schon der Anflug auf Gardermoen, den Osloer Flughafen, eingeleitet wurde. In der Kabine war es ruhig. Anton konnte nur Zeitungsseiten hören, die umgeblättert wurden. Magnus blickte abwechselnd auf sein iPhone sowie auf die beiden Flugbegleiterinnen, die vor dem Cockpit standen und sich leise unterhielten. Anton saß in der zweiten Reihe am Fenster. Magnus hatte den Gangplatz gewählt. Der Sitz zwischen ihnen war frei. Anton schaute aus dem Fenster und konnte zwischen den Wolken unter sich die Hauptstadt erkennen. Tjuvholmen und Aker Brygge. Holmenkollen. Die Innenstadt. Er entdeckte Smestad, wo er die besten Jahre seines Lebens verbracht hatte, und er versuchte, den Garten auszumachen, wo Alexander seine ersten Schritte gemacht hatte, zog dann jedoch die Sonnenblende herunter, ehe er ihn erblickte. Er lehnte den Kopf an die Nackenstütze und schloss die Augen.

»Die Pressekonferenz läuft jetzt«, sagte Magnus.

Er hielt das Handy hoch, und sie steckten die Köpfe zusammen. Auf dem Bildschirm waren ein Mann und zwei Frauen zu sehen. Alle drei trugen Uniform und saßen an einem Tisch mit Mikrofonen und provisorischen Namensschildern aus gedruckten Blockbuchstaben auf einem A4-Blatt. Die Polizeichefin, eine Frau Anfang fünfzig, saß in der Mitte und wurde von der Kamera herangezoomt.

Der ganze Fall hatte Ende August begonnen. Ein Mann hatte seine Frau bei der örtlichen Polizeidienststelle als vermisst gemeldet, nachdem sie von einem Abend bei einer Freundin nicht zurückgekehrt war. Die Entfernung zum Haus der Freundin betrug achthundert Meter. Kein langer Spaziergang. Polizei, Rotes Kreuz und Freiwillige suchten nach ihr, ohne Erfolg. Neun Tage nach der Vermisstenmeldung hielt sich eine Gruppe von Kita-Kindern am Strand auf, um eine Flaschenpost ins Meer zu werfen. Die Kinder hatten einen zusammengeknoteten Müllsack gefunden, der wie ein Ball geformt war. Sieben Stunden nachdem die Kinder den Müllsack aufgerissen hatten, waren Magnus und Anton am Flughafen Kristiansand gelandet.

Das Video, das in der Pressekonferenz gezeigt wurde, füllte den ganzen Bildschirm aus. Fotokameras und blitzende Lichter.

»… stehen wir Ihnen nach diesem Briefing für Einzelinterviews zur Verfügung.« Die Polizeichefin trank einen Schluck Wasser. »In den letzten sechs Wochen hat der Polizeidistrikt Agder, mit Unterstützung der Kripo, intensive Untersuchungen im Hinblick auf den Mord an Mona Vale durchgeführt. Sie war von ihrem Ehemann am 29. August dieses Jahres als vermisst gemeldet worden. Aufgrund bestimmter Funde in der Wohnung der Verstorbenen hat die Polizei am Dienstagabend die Festnahme von Mona Vales Ehemann beschlossen.«

Ein neuer Blitzlichtregen folgte.

»Nach Vernehmungen durch Ermittler der Kripo am Donnerstag und Freitag gestand der Ehemann gestern Nachmittag, dass er Mona Vale in der Nacht zum 29. August getötet hat. Er ist mittlerweile offiziell des Mordes beschuldigt. Was zur Festnahme geführt hat, möchten wir zum gegenwärtigen Zeitpunkt nicht näher erörtern, dasselbe gilt für das Tatmotiv.« Die Polizeichefin blickte auf ihre Notizen. »Die weitere Ermittl…«

Anton winkte ab und ließ sich wieder zurücksinken. Magnus schaltete das Video aus, legte das Handy weg und fragte, ob Anton Lust hätte, ihm am Abend beim Möbelaufbau in der neuen Wohnung zu helfen.

»Ich kann leider nicht, Alex kommt. Aber wir könnten ja morgen mal bei dir vorbeikommen?«

»Kommt er heute? An 'nem Sonntag?«

»Die Herbstferien fangen morgen an«, sagte Anton mit geschlossenen Augen. »Ich hab mir die ganze nächste Woche freigenommen. Der Junge und ich haben uns seit einer Ewigkeit nicht gesehen.«

»Verstehe«, entgegnete Magnus. »Ich muss übrigens kurz nach Elverum.«

Anton öffnete die Augen.

»Jetzt gleich?«

»Ich will mir da einen Schreibtisch ansehen, den ich im Internet entdeckt habe.«

»*Kurz nach Elverum* ist aber nichts, was so einfach mal eben geht. Selbst von Gardermoen dauert das mindestens eine Stunde.« Anton stöhnte. »Dann nehme ich den Zug nach Hause.«

»Sicher?«

»Klar«, erwiderte Anton und schloss wieder die Augen.

Es war elf Minuten nach fünf, als der Zug aus Oslo mit einem metallischen Kreischen auf Gleis 1 des Fredrikstader Bahnhofs einlief.

Anton folgte dem Beispiel des Mitreisenden in Jeans und Blazer neben ihm: Er wartete, bis der Waggon sich fast geleert hatte, bevor er sich von seinem Sitz erhob. Dann setzte er die Sonnenbrille auf und folgte seinem Sitznachbarn durch den Mittelgang nach draußen, danach weiter über den Bahnsteig und zum Taxistand, wo sie getrennter Wege gingen. Mit der Reisetasche über der Schulter schlenderte Anton nach Hause. Auf den Gehsteigen lag haufenweise trockenes Laub. Vor dem Café Qvarteret am Ende der Jernbanegate saß eine Gruppe von Frauen in den Vierzigern, die laut lachten und an ihren Weingläsern nippten. Anton bog nach rechts ab und ging an dem alten, stillgelegten Krankenhaus vorbei, dessen zwei verlassene Hochhausblöcke in den Himmel ragten.

Er betrat den Eingangsbereich zum Ferjestedsvei 20, während gleichzeitig hinter ihm eine Autotür zugeknallt wurde. Ein umgestürzter Gartenstuhl lag neben einem Tisch. Er stellte ihn wieder auf und setzte den Weg zu seiner Wohnung fort. Hinter sich hörte er schnelle Schritte auf dem Kiesweg und warf einen Blick über die Schulter. Es war ein junger Mann mit knabenhaftem Gesicht. Höchstens fünfundzwanzig. Gut angezogen. Anton setzte den Fuß auf die unterste Treppenstufe.

»Brekke!«

Anton drehte sich um. Der junge Mann stand fast direkt hinter ihm.

»Ja?«

»Ich habe Ihnen eine E-Mail und mehrere SMS geschickt, aber keine Antwort bekommen. So langsam frage ich mich, ob ich die korrekten Kontaktdaten bekommen habe.«

»Wer sind Sie?«

»Kristian Bolstad.«

Irgendwo klingelte etwas bei Anton. Mehrmals, um genau zu sein. Die E-Mail war vor drei oder vier Wochen gekommen, und die beiden SMS hatten ihn letzte Woche im Abstand von zwei Tagen erreicht. Alle drei waren mit *Kristian Bolstad, Journalist* signiert gewesen. Die E-Mail war lang gewesen. So lang, dass Anton die ersten beiden Sätze gelesen und dann gleich zum

Ende gescrollt hatte. Alle drei Kontaktversuche hatten Bolstads Wunsch ausgedrückt, Anton im Zusammenhang mit einer True-Crime-Sendung, die der Journalist über den Mord in Kristiansand plante, sprechen zu können.

»Ach ja«, sagte Anton, kramte seinen Schlüssel hervor und nahm die beiden letzten Stufen in Angriff. »Die Kontaktdaten stimmen.« Dann fiel ihm plötzlich ein, dass seine Adresse geheim war und es niemandem in der Zentrale der Kripo erlaubt war, Informationen über seinen Wohnort herauszugeben. »Woher wissen Sie, dass ich hier wohne?«

»Ich wollte Sie eigentlich schon Mitte August aufsuchen«, erwiderte Kristian Bolstad und trat einen Schritt vor. »Ich hab schon da draußen gestanden.« Er zeigte auf die Eingangspforte. »Aber Harald hat sich plötzlich anders entschieden.«

»Harald? Harald Uteng?«

»Ja.«

»Und wieso waren Sie beide hier?«

»Ich produziere einen regelmäßigen Podcast, in dem ich mich mit alten Kriminalfällen beschäftige. Nennt sich Krimipod. Harald und ich wollten eigentlich drei Spezialepisoden über den Aremark-Mord im Jahr 91 machen. Aber dann … tja, dann ist Harald gestorben, und ich musste das ganze Projekt einstellen.«

Offenkundig hatte Harald zum Ende seines Lebens viel getrunken, dachte Anton. Normalerweise wäre er jedem ausgewichen, der ihm eine Kamera oder ein Mikrofon vors Gesicht hielt. Auf so etwas hätte er sich niemals eingelassen, wenn er bei klarem Verstand gewesen wäre.

»Ich war ebenfalls in Kristiansand und habe die Ermittlungen verfolgt. Deshalb wollte ich gern mit Ihnen in Kontakt kommen. Ich hatte gehofft, dass wir da unten ein Gespräch führen könnten.«

»Aber daraus wurde nichts«, konstatierte Anton.

»Wäre es vielleicht möglich, jetzt …«

»Nein«, unterbrach Anton ihn. »Das ist nicht möglich.«

»Harald war ziemlich zufrieden mit der einen Episode, die wir einspielen konnten. Könnten Sie sich die nicht mal anhören? Ich schicke sie Ihnen gern zu. Ich möchte nämlich mit Ihnen was Ähnliches machen, auch wenn daraus dann kein Podcast wird. Ein bisschen darüber reden, wer Anton Brekke eigentlich ist. Sie sind ja mehr oder weniger der einzige landesweit bekannte Polizeibeamte, der sich nichts hat zuschulden kommen lassen. Der nicht anfällig ist für Korruption. Aber natürlich sollte der Fokus auf dem Mord an Mona Vale liegen.«

Anton schüttelte den Kopf, steckte den Schlüssel ins Schloss und drehte ihn herum.

»Das Ganze würde auch erst dann publiziert werden, wenn ein Urteil gesprochen ist«, fuhr Kristian Bolstad fort. »Falls es das ist, woran Sie denken. Dass es noch zu früh ist, *Unterhaltung* aus dem Fall zu machen, meine ich.« Mit den Fingern zeichnete er Anführungszeichen in die Luft. »Allerdings muss man von Anfang an *dabei* sein, wenn das Ergebnis gut werden soll. Ich denke an sechs Episoden à dreißig bis vierzig Minuten. Wie ich der Pressekonferenz entnommen habe, waren Sie es, der ihn zu einem Geständnis gebracht hat. Unter anderem könnten wir natürlich gern darüber reden.«

»Ich war das nicht«, sagte Anton. »Und ich stehe für so was ganz einfach nicht zur Verfügung. Ich schlage vor, Sie versuchen Ihr Glück bei einem der lokalen Ermittler dort unten.«

»Das wäre allerdings nicht ganz dasselbe«, sagte Kristian Bolstad. »Aber natürlich respektiere ich Ihren Standpunkt. Tut mir leid, wenn ich Ihnen zu nahe getreten bin. Im Übrigen wollte ich Ihnen noch mein Beileid aussprechen. Wie ich Harald verstanden habe, haben Sie ihm viel bedeutet. Ich hatte eigentlich damit gerechnet, Sie auf der Beerdigung zu sehen, aber da waren Sie ja in Kristiansand beschäftigt.«

Anton nahm seine Sonnenbrille ab.

»Sind viele gekommen?«

»Nein.«

Anton war froh, dass Kristian Bolstad sich bereits umgedreht hatte und losgegangen war, denn er wusste nicht, was er darauf noch antworten sollte. Er betrat seine Wohnung, ließ die Reisetasche im Flur fallen und ging weiter in die Küche. Durch das Fenster sah er, wie Kristian Bolstad sich in einen schwarzen Polo setzte und davonfuhr.

Antons Magen knurrte. Er legte sein Handy zum Aufladen auf die Fensterbank und öffnete dann den Kühlschrank. Die wenigen darin befindlichen Lebensmittel hatten das Haltbarkeitsdatum überschritten. Er warf alles in den Müll. Die Uhr an der Mikrowelle zeigte 17:28. Alex würde in zweieinhalb Stunden eintreffen.

Höchste Zeit zum Einkaufen.

KAPITEL 8

Sonntag, 7. Oktober

Eine Stunde nachdem Kristian Bolstad wieder gefahren war, kam Anton mit drei vollen Einkaufstüten in den Ferjestedsvei zurück.

Er stellte die Waren vor dem Kühlschrank ab. Das Handy auf der Fensterbank zeigte sieben Anrufe. Einer von einem *VG*-Journalisten, den er einfach unter »Roy *VG*« abgespeichert hatte, zwei von einer ihm unbekannten Nummer sowie vier von Alexander. Anton rief seinen Sohn zurück.

»Hallo, Papa«, meldete sich Alexander.

»Hallo, mein Junge«, sagte Anton. »Bist du unterwegs?«

Sein Sohn ließ ein langgezogenes Äääh hören.

»Ist was passiert?«

»Nein«, erwiderte Alexander. »Aber Birthe hat mich vor 'ner Dreiviertelstunde angerufen und wollte, dass ich mit ihr und ihrer Familie zu deren Hütte rausfahre, und die brechen heute Abend auf …«

»Oh«, sagte Anton, zog einen Küchenstuhl heran und setzte sich.

»Ja … da wollte ich wissen, ob es in Ordnung für dich ist, wenn ich mit denen fahre, anstatt nach Fredrikstad zu kommen.«

»Das musst du selbst entscheiden, Alex. Aber wusstest du denn von der Hüttentour?«

»Nein. Oder doch. Ich wusste, dass Birthes Eltern fahren, und ihr Bruder und seine Freundin sollten auch dabei sein. Aber denen ist jetzt was dazwischengekommen, und gestern Abend, als du und ich das verabredet haben, habe ich ihr auch gesagt, dass ich nach Fredrikstad fahren würde.«

»Und jetzt will sie, dass du mitkommst, damit sie sich nicht langweilt.«

»Ja.«

»Und von welchem Zeitraum reden wir hier?«, fragte Anton.

»Bis Sonntag.«

»Die ganze Woche?«

»Ich habe ja auch Lust nach Fredrikstad zu kommen, das ist es nicht, aber ...«

Anton seufzte. Dann dachte er nach. Alexander war inzwischen sechzehn. Birthe ein Jahr älter. Jedenfalls ein Kalenderjahr. Es war durchaus nicht verwunderlich, dass es ihn mehr reizte, mit ihr auf die Hütte zu fahren, als hier zusammen mit seinem Vater zu sitzen und Fernsehen zu gucken. Denn so endete es immer. Billige Mahlzeiten essen, Süßkram in sich hineinstopfen und Filme und Serien anschauen.

»Tut mir leid, Papa, aber d...«

»Alex«, unterbrach Anton ihn. »Du musst nichts erklären, und es muss dir auch nicht leidtun.«

»Und du bist auch nicht sauer?«

»Nein. Allerdings werde ich sauer, falls ich in neun Monaten Opa werden sollte. Das kann ich mir nämlich nicht leisten.«

Alex lachte. »Entspann dich, Papa. Sie nimmt die Pille.«

»Was sagt man d...«

»Aber vielen Dank! Ich rufe dich später in der Woche an. Mach's gut!«

»Alex?«

Alexander hatte schon aufgelegt. Anton lehnte sich zurück und warf einen Blick auf die drei vollen Einkaufstüten. Er packte alles aus und setzte sich dann wieder an den Küchentisch. Während er sich mit der Hand über die Bartstoppeln fuhr, legte er den Kopf zurück und starrte an die Decke.

Die nächste halbe Stunde verbrachte er damit, seine Dienstwaffe auseinanderzunehmen und zu reinigen. Er ließ sich Zeit, schmierte den Lauf und ölte die einzelnen Teile, ehe er alles wieder zusammensetzte. Dann legte er das volle Magazin ein, zog den Schlitten zurück und ließ ihn mit einem metallischen Klicken wieder einrasten. Er sicherte die Waffe, ehe er sie ins Holster zurücksteckte, das er in der Kommode im Flur verstaute. Das entsprach nicht ganz den Vorschriften, doch als er das letzte Mal eine Waffe gebraucht hatte, die dann nicht so einfach zugänglich gewesen war, hatte er einen kleinen Verlust hinnehmen müssen. Wo sich früher ein Ohrläppchen befunden hatte, war jetzt nur noch ein Stumpf, der an einen kleinen Blumenkohl erinnerte. Falls es also notwendig werden sollte, jemanden in seiner eigenen Wohnung zu erschießen, wäre die nötige Erklärung, warum die Waffe nicht ordentlich in einem verschlossenen Waffenschrank gelegen hatte, das Letzte, worüber er sich Sorgen machen müsste.

Das Handy auf der Fensterbank signalisierte den Eingang einer E-Mail.

Er hatte mehrere ungelesene Mails. Die letzte war Werbung für Poker Stars. Er löschte sie, ohne auch nur einen Blick auf die Betreffzeile zu werfen. Anton hatte weder Spielkarten angerührt, noch sich in der Nähe von Jetons aufgehalten, seit er vor zwei Jahren in Las Vegas auf Grund gelaufen war. Mit Geld, das ihm nicht gehörte. Das Geld hatte er sich von Herlov Langgård, dem neuen Mann seiner Ex-Frau geliehen. Ein Mann, der laut Wirtschaftsmagazin *Kapital* so reich war, dass er sich mit Fug und Recht Milliardär nennen konnte. Aus einer Suite im Bellagio hatte Anton sich telefonisch 20 000 geliehen. In jenem Moment war es ihm gar nicht so viel vorgekommen. Jedenfalls angesichts der Topform und der Glückssträhne, in der er sich befand. Denn er hatte in diesem Casino Karten gespielt, als ob er sein Leben lang nichts anderes getan hätte. Es war einer dieser Abende, an denen alles stimmte. Bis dann nichts mehr stimmte. 20 000 Dollar. Als er die Summe in norwegische Kronen umrechnete, erschien sie ihm nicht mehr so gering. Und *wirklich* viel wurde es erst, nachdem er ein Minuszeichen davorgesetzt hatte. Doch Herlov Langgård hatte den Verbleib des Geldes nie hinterfragt. Es war nicht so, dass Anton ihm die Summe nicht zurückzahlen wollte, allerdings handelte es sich um ein halbes Jahreseinkommen. Nicht eben ein Problem, das sich mit der Bitte um einen Vorschuss auf sein Urlaubsgeld lösen ließ. Und dann und wann mit einem Tausender vorbeizuschauen, wäre bloß peinlich gewesen. Und daher hatte Anton im Laufe der letzten zwei Jahre die einfachste Lösung gewählt: Er war Herlov Langgård aus dem Weg gegangen. Das wollte er so lange tun, bis er so viel im Glücksspiel gewonnen hätte, dass er die Schuld um ein paar Prozentpunkte, und nicht nur Promille, würde abtragen können.

Vier weitere ungelesene Mails lagen im Postfach. Eine war vom Wettanbieter Unibet, eine andere von Antons Bank, die über eine Kampagne informierte, bei der Einkäufe bei verschiedenen Onlinehändlern mit zwanzig Prozent rabattiert wurden, sofern man mit Kreditkarte bezahlte. Wusste die Bank etwa nicht, dass er nicht einmal mehr eine einzige Krone auf seiner Kreditkarte hatte? Er hatte sein Limit von 50 000 komplett ausgereizt. Und die Zinsen waren so hoch, dass er mit den üblichen Rückzahlungsraten für lange Zeit nicht einmal mehr 500 Kronen über die Karte würde abrechnen können. Er löschte beide Mails. Mit der dritten, in der Ray-Ban-Sonnenbrillen zu einem Spottpreis angeboten wurden, verfuhr er ebenso.

Die letzte Mail, die vor exakt einer Stunde eingetroffen war, stammte von Kristian Bolstad. Die Betreffzeile war leer.

Tut mir leid, dass ich so unangemeldet bei Ihnen aufgetaucht bin. Ich hoffe, Sie nehmen sich die Zeit und hören sich die bis heute unveröffentlichte Episode an. Wäre schön, wenn Sie noch einmal nachdenken könnten, ehe Sie Ihre Teilnahme absagen. Harald hat auch eine ganze Weile gebraucht, es aber nie bereut. Ich hoffe, wieder von Ihnen zu hören.

Kristian Bolstad hatte seinen Text mit einem Smiley signiert. Darunter befand sich der Link zu einer Audiodatei. Anton drückte auf die Sperrtaste des Handys und legte es zurück auf die Fensterbank, ehe er den Fernseher einschaltete und sich aufs Sofa setzte.

Erst in einer Woche würde er wieder im Büro auftauchen müssen. Vielleicht sollte er mit dem Zug nach Göteborg fahren und zwei oder drei Versuche im Casino Cosmopol machen. Zuletzt war er vor einigen Jahren dort gewesen und hatte ein paar Tausender gewonnen. Doch als er Hotel- und Reisekosten abzog, hatte er lediglich ein paar Hunderter im Plus gelegen.

Er klappte sein Laptop auf und rief die Website vom Comfort Hotel in Göteborg auf. Sie hatten freie Zimmer. Nein, dachte er und klappte das Gerät wieder zu. Nicht heute Abend. Genau darum ging es nämlich. Dem Drang zu widerstehen, wenn er sich meldete.

Sein Magen knurrte. Zur Abhilfe bereitete er sich Taco à la Alex zu: Eine Tortilla, Hackfleisch, Gewürze, Käse und Salsa. Nicht mal den Hauch einer Gurkenscheibe. Er aß und starrte dabei auf die Straße hinter dem Küchenfenster, spülte das Geschirr und wischte über die Arbeitsplatte. Dann sank er zurück auf das Sofa vor dem Fernseher. Nachdem er versucht hatte, etwas auf

Netflix zu finden, das er nicht schon gesehen hatte, gab er auf und schaltete zum normalen Fernsehprogramm um. Als er beim *NRK* landete, erhaschte er einen kurzen Blick auf sich selbst und Magnus. Sie standen an dem Strand, wo vor über vier Monaten jeder Zweifel daran ausgeräumt worden war, dass Mona Vale noch lebte.

Die Reisetasche. Er könnte sie auspacken, dachte er, trat in den Flur und zog den Reißverschluss auf. Dann legte er die Kulturtasche zurück ins Bad und das Rasierzeug in den Schrank. Vor dem Spiegel blieb er stehen und musterte seine mehrere Tage alten Bartstoppeln.

Eine Viertelstunde später waren sie nicht mehr zu sehen. Anton spülte die Reste des Rasierschaums ab, schaltete das Licht aus und ging zurück ins Wohnzimmer. Er hatte den Eindruck, dass es auf Mitternacht zuging, doch die leuchtenden Digitalziffern am Decoder unter dem TV-Gerät verkündeten mitleidslos, dass vom Sonntag noch immer drei Stunden übrig waren. Er zog eine der Jalousien hoch. Die Straßenbeleuchtung vor dem Fenster in der Ridehusgate blinkte sporadisch. Vor seinem inneren Auge sah er Alexander im Auto auf dem Weg in die Berge, wo eine Woche mit guter Stimmung, über offenem Feuer gegrillten Würstchen und langen Abenden mit Brettspielen und Gesprächen auf ihn wartete. Er musste an Harald Uteng denken, der alles vorausgesehen hatte. Der den Sturm hatte kommen sehen, noch ehe sich das erste Lüftchen regte. Er hatte Anton geraten, mit dem Glücksspiel aufzuhören, weil ihm sonst eines Tages nur die Einsamkeit bleiben würde, an die er sich zwischen den Mordfällen klammern könnte. Denn Harald Uteng kannte das ganze Ausmaß. Alle in der Kripozentrale in Bryn wussten, dass Anton das Kartenspiel liebte, auf Pferde wettete, Fußballtoto spielte, aber nur Harald Uteng hatte gewusst, um welche Summen es dabei ging. Und als Elisabeth eines Tages schließlich das Wort *Scheidung* hervorzischte, hatte Harald später am Abend gesagt: »Tut mir leid, Kumpel. Aber ich verstehe sie gut. Reiß dich zusammen. Werd erwachsen. Übernimm Verantwortung. Vielleicht ist es noch nicht zu spät.«

Es war zu spät. Elisabeth war unnachgiebig. So sehr, dass Anton eine Zeit lang glaubte, sie hätte einen anderen gefunden, und dass es diesen Typen schon länger gab. Aber so war es nicht. Es vergingen noch mehrere Jahre, bevor Herlov Langgård am Horizont auftauchte. Auch nachdem der alte Kollege Anton prophezeit hatte, was passieren würde, wenn er sich nicht zusammenriss, hatte Anton die Spur nicht gewechselt. Mit vollem Tempo hatte er auf den Abgrund zugehalten und die Kante überfahren. Wenn er ehrlich war, kam es ihm vor, als fiele er noch immer. Es spielte auch keine Rolle, dass er seit zwei Jahren alle Pokerrunden mied. Er saß ohnehin im Dunkeln. Er lebte das gleiche Leben wie Harald Uteng am Ende seiner Tage. Der Unterschied bestand lediglich darin, dass Harald auf einem Boot gewohnt hatte und stets durstig und einsam gewesen war. Auf Anton traf nur das Letzte zu.

Mit dem Handy legte er sich aufs Sofa, knüllte eine Decke zusammen und schob sie sich unter den Kopf. Dann öffnete er die Mail von Kristian Bolstad und klickte auf die Audiodatei.

KAPITEL 9

Sonntag, 7. Oktober

Emily Solberg ließ Wasser in die Badewanne ein, drückte etwas Schaumbad aus der Flasche und holte die Teelichter hervor. Sie stellte zwei davon auf die Ablage, eines an jede Ecke der Badewanne und drei auf den Fußboden. Dann ging sie hinaus in die Küche, trank ein Glas Wasser und schälte eine Banane. Während sie aß, schaute sie aus dem Fenster. Der Fernseher beim Nachbarn leuchtete unregelmäßig im Wohnzimmer auf. Eine Gestalt erhob sich vom Sofa. Der Typ, der dort wohnte, war Mitte fünfzig. Seine Kinder waren am Nachmittag gekommen, nachdem sie die Woche über bei der Mutter gewesen waren. Ein vierzehnjähriger Junge und ein neunjähriges Mädchen. Das Licht in einem der Kinderzimmer erlosch. Emily beobachtete die Gestalt, die ins Wohnzimmer zurückkam und sich wieder aufs Sofa setzte.

Im Badezimmer zog sie sich aus und stand splitterfasernackt im orangen Schein der Teelichter. Irgendwo knackte es plötzlich laut. Emily zuckte zusammen. Das Geräusch erinnerte sie daran, was Fillip im letzten Winter einmal gesagt hatte – dass sich das Holz bei Kälte zusammenzog. Dass es der hauseigene Protest gegen die Temperaturschwankungen sei. Draußen wurde es zwar langsam kühler, aber war es wirklich schon *so* kalt geworden? Sie hatte doch bis jetzt noch nicht einmal die Wärmepumpe einschalten müssen.

Emily ließ die Hände auf dem Waschbecken ruhen. Weitere

Geräusche blieben aus. Sie betrachtete ihr Spiegelbild. Die dünnen Arme, die schlanke Taille. Im Licht der Kerzen konnte sie am Oberbauch gerade noch zwei Vierecke sehen.

Fillip. Sie hatte es geschafft, weniger an ihn zu denken, aber abends tauchte er mitunter gern in ihrem Kopf auf. Sie wünschte, er könnte sie jetzt sehen. Könnte sehen, dass sie sich keinen Kummerspeck angefressen hatte, weil sie gegen die Schlampe an der Rezeption, wo er arbeitete, ausgetauscht worden war. Die Tusse war gerade neunzehn geworden und hatte sich vierhundertfünfzig Gramm Silikon in jeden Busen spritzen lassen. Emily wusste das, weil dieses Luder es den Jungs – darunter auch Fillip – bei der Arbeit erzählt hatte, der es dann wiederum Emily berichtet hatte. »Fändest du es gut, wenn ich auch so große Möpse hätte?«, hatte Emily gefragt. »Nein, ich mag auch deine Klöpse«, hatte er erwidert.

Klöpse. Was für ein Arsch er doch war!

Drei Wochen später hatte Emily ein Foto auf Facebook bekommen. Absender war die Schlampe gewesen. Das Foto zeigte Fillip. In ihrem Bett. »Ich dachte, du wüsstest vielleicht gern, dass dein Typ dich betrügt«, hatte sie dazugeschrieben.

Emily fuhr sich mit der Hand über die Brüste. »Ich mag auch deine Klöpse.« Zum Teufel mit dir, dachte sie und entfernte ihr Haargummi.

Der Schaum hatte den Rand der Badewanne erreicht. Emily drehte den Hahn zu, beugte sich vor und hielt eine Hand ins Wasser. Sie stützte sich an der Wand ab, stieg in die Wanne und ließ sich mit einem wohligen Seufzen langsam ins Wasser sinken. Sie streckte die Hand nach dem Handy auf dem Waschbecken aus, rief Spotify auf und aktivierte ihre Favoritenliste. Dann schloss sie die Augen, während sie abwechselnd laut mitsang und lautlos die Lippen bewegte.

Dreieinhalb Stücke später wurden Ed Sheeran und Andrea Bocelli von einem lauten Knall übertönt. Ein Krachen geradezu. Emily setzte sich mit einem Ruck auf, sodass das Wasser über den Rand der Wanne schwappte und das eine Teelicht löschte. Sie lauschte konzentriert. Die Pumpe in ihrer Brust arbeitete schneller. Sie stieg aus der Wanne, trocknete sich schnell ab und wickelte sich in ein Handtuch ein, während sie dachte, dass anscheinend wieder die Holzbalken protestierten. Und doch fand sie, dass das Geräusch dieses Mal lauter gewesen war als zuvor.

Emily verließ das Badezimmer, während ihr das Wasser aus den Haaren auf die nackten Schultern tropfte.

KAPITEL 10

Sonntag, 7. Oktober

»… mein wichtigstes Werkzeug als Ermittler?«

Harald Utengs Stimme kam aus dem Handy auf Antons Brust.

»Ja«, sagte Kristian Bolstad.

»Vermutlich die Kriminaltechniker. Wenn die einen physischen Beweis fanden, der den Verdächtigen mit einem Tatort oder unmittelbar mit der Handlung verknüpfte, dann war es oft wesentlich einfacher, ein Geständnis zu erwirken.«

»Braucht man eigentlich ein Geständnis, wenn es einen physischen Beweis gibt?«, fragte Kristian Bolstad.

»In einem Strafprozess gibt es strenge Anforderungen an Beweise. Das Gericht braucht aber nicht notwendigerweise den einen schlagenden Beweis, der die Schuld des Angeklagten untermauert. Natürlich ist es am allerbesten, so einen Beweis zu haben, aber unbedingt erforderlich ist er nicht. Und ebenso wenig muss jeder einzelne Aspekt allein über berechtigte Zweifel hinaus bewiesen werden. Entscheidend ist, dass nach der Gesamtbeurteilung des Beweisbildes keine Zweifel mehr an der Schuld des Angeklagten bestehen. Und wenn die Ermittler dem Verdächtigen ein Geständnis abringen können, geht das ganze Verfahren schneller und spart der Gesellschaft viel Geld und Mühe.«

»Und wenn es keine Beweise gibt?«

»Wenn Logik und Intuition einander ergänzen, geht die Gleichung für gewöhnlich auf.«

»Sie sagen also, dass ein Mordermittler seinem Bauchgefühl nachgeht?«

»Ja, das passiert oft. Besonders zu Beginn einer Ermittlung. Aber das Bauchgefühl allein reicht natürlich nicht aus. Das ist so, als benutzte man beim Examen einen Taschenrechner – die Prüfer würden das nicht gutheißen. Man muss das Ergebnis eben selbst errechnen. Gleichwohl ist die Intuition eines Ermittlers wichtig, oft sogar entscheidend.«

»Liebe Hörer«, sagte Kristian Bolstad, »die Richter, die im Winter 1992 in Saal 1 des Amtsgerichts Halden den Strafprozess führten, meinten, es bestünde kein Zweifel, dass der Angeklagte Espen Skaar die siebzehnjährige Malin Rekve vergewaltigt und ihr die Kehle durchgeschnitten hatte. Sie verurteilten ihn zu achtzehn Jahren Gefängnis. Die Geschworenen im Berufungsverfahren zogen ein Jahr später den gleichen Schluss. Das Urteil von achtzehn Jahren wurde bestätigt.« Im Hintergrund ertönte die Erkennungsmelodie, während Kristian Bolstad weitersprach: »In der nächsten Episode wird Harald über seine erste Begegnung mit dem Täter berichten. Außerdem werden Sie jemanden kennenlernen, der noch immer nicht davon überzeugt ist, dass der richtige Mann verurteilt wurde.«

Die Gitarrenriffs wurden lauter und intensiver, ehe sie jäh verstummten. Anton blieb auf dem Sofa liegen und starrte an die Decke. Harald Uteng hatte sich nie von den Medien vereinnahmen lassen. Im Laufe der Jahre hatte er Hunderte von Interviewanfragen bekommen, aber alle abgelehnt.

Anton überlegte, was die Beweggründe des alten Kollegen gewesen sein könnten. Denn es musste einen Grund dafür gegeben haben, dass er dem Drängen von Kristian Bolstad schließlich nachgegeben hatte. Anton fand die Telefonnummer des jungen Journalisten unten in der E-Mail.

»Kristian am Apparat«, meldete sich Bolstad nach zweimaligem Klingeln.

»Anton Brekke.«

»Hat Ihnen der Podcast gefallen?«

»Ich würde auch gern Episode 2 hören.«

»Ich auch«, entgegnete Kristian Bolstad. »Aber daraus ist leider nichts geworden.«

»Ich will Sie gar nicht lange aufhalten, Bolstad, aber ich bin doch etwas neugierig, zu erfahren, was eigentlich der Anlass für … Ihr gemeinsames Projekt gewesen ist.«

Kristian Bolstad erzählte, dass er Harald nur wenige Tage nach seiner Pensionierung im Winter kontaktiert hatte.

»Der Mann war ja schon eine Legende, als er noch lebte, nicht wahr? Ich hatte mir ein Porträtinterview gewünscht. Nie zuvor hatte das jemand mit ihm gemacht. Er hat abgelehnt und aufgelegt. Ich ließ aber nicht locker, erzählte ihm, das ganze Land wäre daran interessiert, von seinen Erlebnissen zu hören – ganz zu schweigen von seiner eigenen Geschichte. Die Antwort war immer noch nein, aber ich wollte nicht so schnell aufgeben. Als ich ihn das vierte Mal anrief, hat er reagiert, als sei ich ein Vollidiot, sodass ich schließlich begriff, dass er sich nicht überreden lassen würde. Also strich ich den Namen, der ganz oben auf meiner Wunschliste stand, seit ich vor zweieinhalb Jahren mit dem Podcast angefangen hatte. Im Juli rief er mich dann plötzlich ganz überraschend an und fragte, ob ich noch interessiert sei, etwas mit ihm zu bringen. ›Aber sicher‹, erwiderte ich. Er hat sofort klargemacht, dass er kein Porträtinterview wollte, weil er dafür nicht interessant genug sei, wie er meinte. Aber er wollte gern über den Aremark-Mordfall reden. Und ich fragte: ›Warum wollen sie gerade darüber sprechen? Der Fall ist aufgeklärt, und der Verurteilte wurde längst aus dem Gefängnis entlassen.‹ Worauf Harald erwiderte: ›Stimmt schon, aber überlegen Sie mal, was so ein Fall mit einem kleinen Ort wie Aremark macht.‹ Ich war nicht wahnsinnig vor Begeisterung, aber die Sache war originell genug, und ich sagte, so ein Konzept hätte Potenzial, weil alle Norweger, die damals alt genug waren, um Zeitung zu lesen, sich an den Fall erinnerten. Wenn das also nötig war, um Harald ins Studio zu bekommen, dann machen wir das so, dachte ich.«

»Okay«, sagte Anton. »Immer langsam. Es war also Harald, der Sie kontaktiert hat und etwas machen wollte?«

»Ja, ich hatte zwei oder drei Monate nicht mehr mit ihm gesprochen, als er plötzlich anrief. Ich war ziemlich überrascht.«

»Verstehe«, sagte Anton. »Und weiter?«

»Wir trafen uns am nächsten Tag in einem Café. Tja, und da kam Überraschung Nummer zwei.«

Anton setzte sich auf.

»Ach ja?«

»Er sagte nämlich, er wolle nicht eine Episode machen, sondern drei.«

»Und wieso das?«

»Das hab ich mich auch gefragt. Die beiden ersten sollten vorher aufgenommen werden, aber mit der dritten wollte er unbedingt live gehen. Mit Ton und Bild.«

»Und wieso hat er darauf bestanden?«

Eine lange Pause trat ein. Schließlich sagte Kristian Bolstad: »Das sind jetzt nur wilde Spekulationen, aber ich glaube, er wollte etwas aufdecken. Etwas Sensationelles. Und durch die Liveübertragung wollte er sichergehen, dass ich nicht auf den Reueknopf drücken konnte. Dass es also unmöglich wäre, etwas wegzuredigieren. Jedenfalls war das mein Eindruck, als wir mit der Recherche begonnen haben.«

»Etwas aufdecken? Was denn?«

»Ich habe das nicht so genau hinterfragt, weil mir klar war, dass es keine dritte Episode geben würde, wenn wir damit nicht live gingen. So ähnlich wie in der Episode, die Sie gehört haben. Harald hatte die Regie. Ich habe mich nur an ein paar Stichwörter gehalten.«

»Alles, was ich von Ihrer Seite gehört habe, kam also mehr oder weniger impulsiv?«

»Ja. Harald wollte nur, dass ich ihn nach einer speziellen Sache frage, das war ihm wichtig.«

»Nämlich?«

»Er wollte, dass ich ihn frage, wieso er sich nie zuvor hatte interviewen lassen. Und da kam er mit der Ri…«

»Richterrobe, ja«, fiel Anton ihm ins Wort. »Weshalb war das so wichtig für ihn?«

»Vielleicht hatte er das Gefühl, den Hörern erklären zu müssen, warum er nie ein Interview gegeben hatte. Ich habe versucht, etwas mehr über seine Beweggründe zu erfahren, nachdem wir an jenem Tag im Studio fertig waren. Ich war ja neugierig darauf, zu erfahren, was er mit der dritten und letzten Episode beabsichtigte. Da meinte er: ›Ich kann nur sagen, dass Sie in der dritten Episode dafür entlohnt werden, es mit mir ausgehalten zu haben.‹ Ich wurde in dem Moment natürlich etwas unruhig, angesichts meiner Sponsoren und so weiter. Hier geht's ja auch ums Geschäft, und ich habe eine Verantwortung. Ich habe eine Weile nachgedacht und kam zu dem Schluss, dass ich verlangen musste, mehr über den Inhalt der letzten Episode zu erfahren. Also rief ich ihn an. Das war übrigens am selben Abend, als er starb. Ich erklärte ihm, dass ich für die Inhalte des Podcasts verantwortlich sei und er mir daher erzählen müsste, wie sein Plan für die dritte Episode aussah. Daraufhin meinte er, ich sollte zur Hölle fahren. Ich kann also definitiv sagen, dass er nicht sonderlich happy war. Hat davon gesprochen, sich das Hirn wegzublasen und so.«

Offenbar hatte es um Harald schlimmer gestanden, als er gewusst hatte, dachte Anton.

»Allerdings«, fuhr Kristian Bolstad fort, »habe ich mir auch keine großen Sorgen gemacht. Er war ja ziemlich temperamentvoll. Hat sich gern schnell aufgeregt. Ich hatte mich daran gewöhnt, dass er mich manchmal anbellte, denn schließlich hat er sich meist auch schnell wieder beruhigt. Ich dachte dann, ich gebe ihm ein paar Tage, ehe ich mich wieder bei ihm melde.«

»Warum haben Sie so lange gewartet, ehe Sie verlangt haben, dass er Ihnen von seinen Plänen erzählt? Dass Sie die Verantwortung hatten und Ihre Sponsoren nicht aufregen durften, wussten Sie doch die ganze Zeit.«

»Ich hatte ursprünglich wohl Angst davor, dass er sich wieder rauszieht. Ich dachte, dass er es vielleicht anders sieht, sobald wir in Gang gekommen wären.«

»War er betrunken, als Sie an diesem Abend mit ihm gesprochen haben?«

»Ja. Er hat ja wohl ziemlich regelmäßig getrunken.«

»Ist mir schon klar«, sagte Anton.

»Er hat nie getrunken, während wir gearbeitet haben, jedenfalls ist mir das nie aufgefallen. Aber sobald wir fertig waren, ist er in die nächste Bar gerannt.«

»Wie oft waren Sie mit ihm zusammen?«

»Häufig. Das erste Mal haben wir uns am 23. Juli getroffen und dann täglich miteinander gesprochen, bis zu dem Freitag im September, als er gestorben ist. Im Laufe dieser Wochen sind wir uns etwa fünfzehn- oder zwanzigmal begegnet. Vielleicht auch öfter.«

»Und er hat jedes Mal danach getrunken?«

»Jedenfalls meistens. Ich war also nicht sonderlich überrascht, als ich dann hörte, er sei ins Wasser gefallen.«

»In Ordnung, vielen Dank für das Gespräch, Bolstad.«

»Aber was sagen Sie denn jetzt, Brekke?« Kristian Bolstads Tonfall veränderte sich. »Wollen wir diese Woche ein wenig über Kristiansand reden? Ich könnte zu …«

»Nein.«

Antons Finger landete auf der Aus-Taste.

Haralds Stimme hatte genauso geklungen, wie er sie in Erinnerung hatte – und er *war* genauso gewesen, wie Anton sich an ihn erinnerte. Harald hatte auf alles eine Antwort gehabt. Hatte nie gezögert. Das hatte er in dem Podcast auch nicht getan. So wie in den unzähligen Prozessen, in denen Anton ihn erlebt hatte. Kristallklar bei jeder Formulierung. Alles, was er sagte, war durchdacht gewesen. Das hier war nichts, was er sich im Rausch ausgedacht hatte, weil ihm Zerstreuung fehlte.

Anton trat an die Kommode, zog die unterste Schublade ein Stück heraus und griff nach einem Stapel Fotos. Er blätterte sie schnell durch und fand, was er suchte. Das Foto zeigte eine zweiundzwanzigjährige Ausgabe seiner selbst neben einem Volvo 240 mit Blaulicht auf dem Dach. Auf der Motorhaube stand in fetten Buchstaben POLIZEI. Anton trug eine Uniform: Stoffhose, Lackschuhe, Nylonjacke mit dunklem Pelz am Kragen und das Schiffchen mit dem norwegischen Löwen.

Er klopfte mit dem Foto auf seinen Oberschenkel, dachte zurück an die Unterhaltung, die er im Sommer mit Harald geführt hatte. Genau wie in dem Podcast hatte Harald über das Mädchen gesprochen, das ihr siebzehntes Weihnachtsfest nie feiern durfte. Und darüber, dass die Dinge nicht immer so waren, wie sie zu sein schienen.

KAPITEL 11

Montag, 8. Oktober

Es war ein Uhr mittags. Die Sonne war gerade hinter der dünnen Wolkendecke hervorgetreten, als Anton in Richtung Innenstadt schlenderte.

In nicht einmal zehn Jahren würde dies hier alles sein, was er zu tun hätte. Verdammt, es waren nicht einmal neun Jahre, sondern eher acht. Siebeneinhalb, wenn er ganz präzise wäre. Dann würden die Tage nur noch daraus bestehen, dafür zu sorgen, dass die Lunge frische Luft und der Magen Nahrung bekäme. Sofern er keinen Schlaganfall erlitt oder sonst wie pflegebedürftig würde. In diesem Fall würde die Verantwortung von anderen übernommen werden, doch Anton war sicher, dass bei seinem Glück – oder Unglück, das käme auf die Sichtweise an – seine Krankenakte beim Pflegedienst verschwinden und er erst dann gefunden werden würde, wenn sich am Ferjestedsvei 20 ein süßlicher Gestank ausbreitete.

Beim Narvesen-Kiosk im Zentrum kaufte er sich einen Schokoriegel, den er auf einer Bank in der Fußgängerzone verspeiste, während er die Passanten beobachtete. Gruppen von Teenagern liefen an ihm vorbei. Studenten von der Hochschule waren auf dem Weg zum Torvbyen-Einkaufszentrum und zum Busbahnhof.

Anton machte sich auf den Heimweg. Er folgte der Fußgängerzone in Richtung Café Cicignon. Draußen vor dem Dragen-Pub saß ein halbes Dutzend älterer Männer, die sich an ihrem Pils erfreuten. Keinen schien es zu stören, dass es bewölkt war und die Temperatur bei gerade mal neun Grad lag. Anton ging weiter, vorbei am Rathaus und hinein in den Lykkebergpark. Zwei Männer in Kondomkleidung rasten auf ihren Fahrrädern an ihm vorbei und unterhielten sich laut miteinander. Anton überquerte die Straße. Im Dompark schossen ein paar Kinder zwischen den Spielgeräten umher, während die Mütter auf einer Bank saßen und plauderten. Sobald er den Park durchquert hatte und sich wieder auf dem Gehweg befand, klingelte sein Handy. *Roar Skulstad* leuchtete ihm vom Display entgegen. Anton meldete sich.

»Der Jurist, der in Haralds Todesfall ›keine strafbare Handlung‹ konstatiert hat, ist ziemlich berüchtigt«, sagte Skulstad, »und das nicht, weil er zu größerem Entgegenkommen neigt. Er folgt der Heiligen Schrift, die in seinem Fall den Namen norwegisches Gesetzbuch trägt, bis zum letzten Komma.«

»Aber was hat er gesagt? Was ist passiert?«

»Keiner der Nachbarn im Bootshafen Oksval hat irgendwas Verdächtiges gesehen oder gehört. Harald wurde zuletzt von einer Frau beobachtet, die am Freitagabend gegen elf ihren Hund ausgeführt hat. Sie ist ihm begegnet, als er gerade seinen Müll rausbrachte. Er war nett und freundlich, hat sie berichtet, und leicht angetrunken. Die beiden haben sich etwa eine Minute unterhalten, und dann hat sie gesehen, dass er wieder an Bord seines Bootes gegangen ist.«

»Hast du gefragt, ob wir Einblick in den Fall nehmen dürfen?«

»Wurde rundweg abgelehnt. Wenn das ein verdächtiger Todesfall wäre, würde das anders aussehen. Dann hätten sie uns um Unterstützung gebeten, aber so ist es eben nicht. Ich habe verdeutlicht, dass ich nur inoffiziell und unter Kollegen anfrage, aber dieser Jurist fühlte sich gleich auf den Schlips getreten. Wollte wissen, ob ich die gleiche inoffizielle Anfrage unter Kollegen auch dann stellen würde, wenn der Tote *nicht* Harald Uteng hieße und ehemaliger Ermittler bei der Kripo wäre. *Aber selbstverständlich,* habe ich erwidert. Dann hat er mich darüber belehrt, dass bei Todesfällen wie diesem erst mal alles ruht, bis der vorläufige Obduktionsbericht vorliegt. Tja, da habe ich heute doch tatsächlich was Neues gelernt.« Skulstad kicherte. »Egal, der Bericht kam schon zwei Tage nach Haralds Tod, und unser engagierter Jurist hat die Ermittler in der Zwischenzeit ein paar Untersuchungen vornehmen lassen – wie der Arsch nicht zu betonen vergaß. Aus dem einzigen Grund, wie er unterstrich, weil der Verstorbene eben der war, der er war. Die haben auch ein Bedrohungsszenario geprüft, allerdings ohne Ergebnis. Seine Kontobewegungen verweisen auf ausgedehnte Kneipentouren im Osloer Zentrum, freitagnachmittags und -abends. Und … seien wir doch mal ehrlich, oder?«

»Ja?«

»Wir wissen, dass er zum Schluss ziemlich viel getrunken hat. Und wir wissen, dass er total voll war, als er starb. Angeblich zwo Komma eins Promille. Ich stimme dir zu, das mit dem Podcast klingt ungewöhnlich, jedenfalls für die, die ihn kannten. Das passte überhaupt nicht zu ihm, aber anscheinend ist alles genau so, wie der Jurist sagt.«

»Und was heißt das letztlich?«

»Ich habe getan, was ich tun konnte. Wenn wir mal das Persönliche beiseitelassen, dann hätten wir beide vermutlich die gleiche Schlussfolgerung gezogen wie die Kollegen vom Distrikt Øst. Der Unterschied ist nur, dass wir sehr gern jemand anderen als Harald selbst verantwortlich machen möchten. Aber wie unser Jurist gesagt hat: Die Sache ist tragischerweise selbst verschuldet.«

»Aber wer hat denn zuletzt mit Harald gesprochen?«

»Alles deutet darauf hin, dass das die Frau mit dem Hund gewesen ist.«

»Haben die Øst-Kollegen denn seine Handyverbindungen überprüft?«

»Ich habe danach gefragt«, sagte Skulstad. »Aber solange es keinen Verdacht gibt, dass was Kriminelles vorliegt, dürfen die seine Daten nicht einsehen.«

»Und wie sah es auf dem Boot aus?«

»Keinerlei Anzeichen, dass was passiert ist. Alles sauber und ordentlich.«

»Ich könnte ja zumindest mal einen Blick darauf werfen«, sagte Anton.

»Dann überschreitest du aber mehrere Grenzen«, entgegnete Skulstad.

»Juristische?«

»Nein, Bezirksgrenzen«, sagte Skulstad voller Ironie. »Natürlich juristische.«

»Die Antwort ist also Nein?«

»Spielt eh keine Rolle, was ich jetzt zu dir sage, du hast dich ja schon entschieden. Achte bloß darauf, dass du nicht in Schwierigkeiten gerätst. Und sorg auf alle Fälle dafür, dass ich nicht in der Scheiße lande.«

KAPITEL 12

Montag, 8. Oktober

»Hattest du nicht gesagt, es sei nur noch *ein wenig* Arbeit zu tun?« Anton blickte auf das Chaos, das sich in Magnus' neuer Wohnung in der Agentgate vor ihm ausbreitete. Pappkartons und Plastiktüten bedeckten den Fußboden in Wohnzimmer und Flur. Dem Sofa fehlten die Beine. Seitlich am Kühlschrank lehnte ein zu einem flachen Paket zusammengefalteter Küchentisch von IKEA. Daneben standen vier übereinander gestapelte Stühle sowie ein Fernsehgerät in einem Karton. »Das schaffen wir heute wohl nicht mehr.«

»Ist nicht so schlimm, wie es aussieht«, meinte Magnus.

Anton ging in die Küche und blickte in die Schränke. Es standen Gläser und Teller darin, die noch nicht von ihrer Verpackung befreit worden waren. Er schob einen Karton mit dem Fuß zur Seite, verließ die Küche und öffnete die Schlafzimmertür. Diverse, anscheinend mit Kleidung gefüllte Müllsäcke standen herum, sowie zwei Nachttische in Kartons, die noch nicht ausgepackt waren, und ein Einzelbett.

»Irgendwie merkt man, dass im Leben etwas total schiefgegangen ist, wenn man dreißig ist und in einem Einzelbett schläft«, sagte Anton. »Da hockt man entweder im Knast oder man wohnt in einer Einrichtung.«

»Ha, ha. Ich habe das richtige Bett am selben Tag bestellt, als ich die Wohnung gekauft habe. Allerdings hat es fünf bis sechs

Wochen Lieferzeit. Ich kann in der Zwischenzeit schlecht auf dem Sofa pennen.«

Anton ging wieder in die Küche und nahm ein Messer aus dem Werkzeugkasten. Er setzte sich auf den Fußboden und machte sich an die Verpackung des Küchentischs. Er befreite die Tischplatte von der Plastikfolie und kramte die Beine hervor.

»Die Bauanleitung liegt irgendwo unten drin«, sagte Magnus.

»Es sind vier Beine, die an einer Holzplatte festgeschraubt werden müssen.« Anton durchsuchte das Paket und fand den Beutel mit den Schrauben. »Ich hab zwar nur eine bescheidene Ausbildung als Polizist, aber ich glaube, ich schaffe das. Dreh du schon mal das Sofa um.«

Einen Kebab und drei Stunden später hatte Magnus einen Tisch mit vier dazugehörigen Stühlen in der Küche stehen. Anton und er hatten ein Bücherregal zusammengeschraubt und den Fernseher an der Wand angebracht. Die Klamotten aus den Müllsäcken hatten Platz in den Schlafzimmerschränken gefunden, und die beiden Nachttische standen rechts und links von Magnus' Einzelbett.

Jetzt lagen sie beide in den Ecken des Sofas, das Beine bekommen hatte. Magnus lachte über einen Sketch mit Bill Burr auf Netflix. Anton nahm die Fernbedienung und schaltete das Gerät aus.

»Was machst du denn?«, fragte Magnus.

»Wir müssen arbeiten.«

»Hä? Wovon redest du?«

Anton stand auf, ging zur Tür und sagte: »Ich erklär's dir unterwegs.«

Dutzende von Masten ragten um sie herum in den Himmel. Der Mondschein spiegelte sich im Fjord und warf ein schwaches Licht auf die Boote, die sich an den Anlegern im Jachthafen Oksval drängten. Anton hockte am Relingdurchgang vor Haralds alter Grand Banks 36 und warf einen Blick auf den letzten Tatort seines alten Kollegen – seinen eigenen. Das Wasser schwappte leicht und regelmäßig gegen den Rumpf. Magnus war etwas weiter auf den Schwimmkai hinausgegangen, der die sechs Bootsstege zusammenhielt. Er blickte über den Fjord hinaus auf die in der Ferne leuchtende Hauptstadt.

Anton stieß einen kurzen Pfiff aus, ehe er sich an Deck begab. Der Salon lag hinter zugezogenen Vorhängen. Mit dem Fingernagel kratzte Anton am Absperrband der Polizei herum, das quer über Salontür und Türrahmen verlief. An einem Ende löste es sich. Er zog es ganz ab, öffnete die Tür und trat ein. Im Salon befanden sich das Steuerrad, eine voll ausgestattete Küche und eine Sitzecke mit dazu passendem Tisch. Auf der Anrichte stand ein Serviettenhalter, der mit Rechnungen vollgestopft war. In der Ecke des Sofas lagen ein paar Zierkissen.

Anton spürte, wie das Boot leicht schaukelte, als Magnus an Bord kam.

»Der Kumpel von meinem Opa ist vor ein paar Jahren auf die gleiche Weise umgekommen«, sagte Magnus, als er in den Salon getreten war. »Ist auf die Schnauze gefallen und hat sich den Kopf an der Kaikante angeschlagen, als er an Land gehen wollte. Mit Uteng kann tatsächlich das Gleiche passiert sein.«

Ohne etwas zu entgegnen, ging Anton nach vorn zum Bug.

»Bist du hier schon mal gewesen?«, fragte Magnus und blieb an der Anrichte stehen.

»Ja, vor ein paar Jahren. Als sein Boot noch oben im Bootsverein in Bekkelaget lag. Harald hat die hier 2007 gekauft.« Anton erinnerte sich, dass vorn am Bug eine Schlafkajüte gewesen war, die inzwischen jedoch als Aufenthaltsraum diente. An der Wand hing ein Fernseher. »Nachdem er geschieden worden war.« Was früher mal ein Bett gewesen war, hatte sich in die Unterlage für eine Stereoanlage verwandelt. Gleich daneben stand ein CD-Regal überwiegend mit Musik aus den Siebziger- und Achtzigerjahren.

Anton setzte sich. Er wusste nicht genau, was er zu finden gehofft hatte, wusste nur, dass es nicht da war. Er erinnerte sich daran, was Skulstad gesagt hatte: Alles schien genau so zu sein, wie der Polizeidistrikt Øst es protokolliert hatte.

Magnus kam herein. Er hielt einen Notizblock in der Hand, den er Anton reichte. Auf dem obersten Blatt stand mit schiefen Buchstaben *Ruf Siw Rekve an. Entschuldige dich!* geschrieben. Das Letzte war viermal unterstrichen.

»Sieht aus, als hätte er es im Suff gekritzelt«, sagte Magnus. »Siw Rekve … Ist das die Mutter des Mädchens, das du erwähnt hast? Die in Aremark umgebracht wurde? Hieß sie nicht Maren Rekve?«

»Malin«, korrigierte Anton leise, während er auf die Notiz starrte.

»Entschuldige dich …«

»Jedenfalls ein typischer Merkzettel. Solche hab ich im Suff auch schon mal geschrieben.«

»Hast du morgen Pläne?«

»Nein«, erwiderte Magnus. »Ich wollte nur den Bericht über den Einsatz in Kristiansand zu Ende schreiben.«

»Kannst du mich gegen halb zehn abholen?«

»Ja, ich wollte eh einen frühen Zug in die Stadt nehmen.«

»Wir fahren nicht nach Oslo«, sagte Anton.

KAPITEL 13

Dienstag, 9. Oktober

Aslak Rød starrte die Wand an, als die Tür zum Pausenraum geöffnet wurde. Er brauchte sich gar nicht erst umzudrehen, um zu wissen, wer hereinkam. Ihr Duft war unverwechselbar.

Außer ihm selbst waren nur Emily und Glenn im Laden. Und Glenn saß an der Kasse und würde sich keinen Zentimeter davon entfernen, ehe seine Schicht nicht beendet war. Allenfalls dann, wenn er so viel zuckerhaltige Limonade zu sich genommen hätte, dass die Natur ihr Recht verlangte.

Aslak Rød hatte an diesem Tag eigentlich Glenn für die Regale und Emily für die Kasse eingeteilt, damit ihr süßes Lächeln das Letzte wäre, was die Kunden beim Verlassen des Ladens sehen würden, doch irgendwann, nachdem die Molkerei mit der Wochenlieferung gekommen war, musste Glenn sie überredet haben, mit ihm zu tauschen, sodass ihm das Einräumen der Ware erspart blieb.

»Ruhig heute«, sagte Aslak Rød, als Emily in die Küchenecke trat.

»Heute?«, entgegnete Emily lachend. »Vergiss bitte nicht, noch mehr von der glutenfreien Ware zu bestellen. Es gibt nur noch drei Tüten Brötchen, und das Brot ist ausverkauft.«

»Mach ich nach dem Mittagessen.«

Aslak Rød betrachtete Emily von hinten, während sie die Kühlschranktür öffnete und in die Hocke ging. Die Arbeitshose saß an dem gutgebauten dreiundzwanzigjährigen Körper wesentlich besser als an seinem eigenen. Sie nahm eine Proviantdose und den Milchkarton heraus, schenkte sich ein halbes Glas ein und stellte die Milch zurück, ehe sie sich ihrem Chef gegenüber hinsetzte und die Dose öffnete. Zwei Knäckebrote mit Käse lagen darin. Sie fing an zu essen und blickte in die gleiche Richtung wie er. An die Wand.

»Du bist ganz schön stolz auf die da, hm?«, fragte sie neckend. Ihre Augen verengten sich. »Auf die Messer?«

»Ich hab sie von meinem Vater bekommen, als ich die Gesellenprüfung abgelegt habe. Klasse, oder?«

»Eigentlich ganz normale Messer, oder?«

»Wie bitte?« Aslak Rød runzelte die Stirn. *»Normale Messer?«* Er stand auf, trat an die Wand und nahm das größte Messer herunter. Er legte es vor sie auf den Tisch. Kleine Karos waren in das Messerblatt eingraviert. Wie Spinnweben. »Fass mal an.«

Sie blickte zu ihm auf. »Ich soll es anfassen?«

»Ja. Nimm's mal in die Hand.« Er machte eine schnelle Geste mit der Hand. »*Normale Messer,* also wirklich.«

Emily legte ihr Knäckebrot beiseite und umfasste den Holzgriff.

»Der Schaft ist aus Ebenholz«, ließ Aslak Rød sie wissen. »Ein afrikanischer Baum. Das gleiche Material, aus dem oft schwarze Klaviertasten gefertigt sind.« Er legte einen Finger auf die Stelle, wo der Schaft in die Klinge überging, und fuhr damit vor bis an die Messerspitze. »Böhlerstahl. Der beste Messerstahl auf der Welt. Und wenn du die Finger ausstreckst und das Messer auf der Handfläche ruhen lässt ...« Er sah sie an, bis sie seiner Aufforderung gefolgt war. »... also, dann spürst du, dass es kein *normales Messer* ist.«

Emily hob die Hand und ließ sie wieder sinken.

»Ja, doch.«

»Ja, doch?« Aslak Rød nahm ihr das Messer aus der Hand, trat wieder an die Wand und redete weiter, während er das Messer zurückhängte. »Wirklich eine Schande, dass die hier drinnen hängen. Die müssten draußen im Laden in einem Schaukasten ausgestellt sein. Als ich die Fleischtheke noch hatte, wurde ich oft für die Messer gelobt. Die Leute bemerken eben Qualität.« Er setzte sich wieder. »Der Mann, der die hier hergestellt hat, ist ein Nachfahre des Schmieds, der das Schwert für Sir William Wallace gemacht hat. Das zweihändige Schwert, das er 1297 in der Schlacht von Stirling benutzte und ein Jahr danach in der Schlacht von Falkirk.«

»Okay«, sagte Emily und trank etwas Milch, bevor sie sich wieder ihrem Knäckebrot widmete. »Coole Sache.«

»Du hast doch sicher mal von Sir William Wallace gehört?«

Sie gab ein genuscheltes *Nein* von sich und schüttelte den Kopf.

»Das gibt's doch nicht, Emily. Mel Gibson!«

»Von dem hab ich schon mal gehört.«

»Mel Gibson hat Sir William Wallace in Braveheart gespielt. Den hast du doch wohl gesehen?«

»Glaub nicht. Worum geht's denn da?«

»Du meine Güte«, sagte Aslak Rød und lachte. Dann wurde er plötzlich ernst und sagte: »Weißt du was? Der Film kam im selben Jahr raus, als du geboren wurdest. Ist also nicht weiter verwunderlich, dass du den nicht kennst. Allerdings hab ich ihn auf DVD. Sogar den Director's Cut. Du kannst ihn dir gern ausleihen.« Oder wir können ihn uns zusammen ansehen, dachte er, wagte aber nicht, die Frage laut zu stellen. »Also, falls du gern Filme siehst.«

»Das tue ich.«

Sie aß ihr Knäckebrot auf. Die Stuhlbeine quietschten auf dem

Linoleum, als sie den Stuhl zurückschob. Aslak Rød schielte abermals zu ihr hinüber, während sie sich vorbeugte und das Glas in die Spülmaschine stellte. Er stand auf. Emily lehnte sich mit dem Rücken an die Anrichte. Aslak Rød stellte sich vor die Wand und starrte seine Messer an.

»War das heute, dass du früher gehen wolltest?«, fragte er, obwohl er es genau wusste. »Eigentlich solltest du doch bis Geschäftsschluss arbeiten?«

»Ja.«

»Große Pläne?«

»Ich wollte mit ’ner Freundin, die Geburtstag hat, was essen gehen und ein paar Drinks nehmen.«

»Wohin wollt ihr denn? Ins Kongens?«

»Nein, sie will nach Fredrikstad.«

»*Fredrikstad?* Ist ja ganz schön weit.«

»Bloß ’ne halbe Stunde.«

»Von Halden, ja.«

»Na ja, ich fahr gleich nach der Arbeit los und mach mich bei ihr zurecht.«

Aslak Rød hätte gerne gefragt, was *zurechtmachen* wohl beinhaltete, ließ es aber sein.

»Glaubst du denn, da ist überhaupt was los in Fredrikstad, an einem Dienstag?«

»Im Alibi soll’s irgendwelche Studentenpartys geben«, erwiderte Emily.

»Alibi?«

»So ’ne Kneipe.«

»Ach so.«

Aslak Rød kannte das Kongens in Halden. Das reichte ihm.

»Du fährst aber abends wieder nach Hause?«

»Muss ich ja«, sagte sie und setzte wieder das schelmische, beinahe verwegene Lächeln auf. »Es sei denn, du möchtest mir morgen Vormittag freigeben.«

»Ich brauche dich hier aber.«

»Ich weiß. Glenn ist total lieb. Er meinte, er könnte kommen und mich heute Abend in Fredrikstad abholen.«

»Hat er sich so etwa an die Kasse getrickst?«

Emily lachte.

Dieses Schwein, dachte Aslak Rød. Emilys stramme feste Schenkel bewegten sich zur Tür. Sie war schon ein paar Stunden bei der Arbeit, roch aber immer noch so, als sei sie gerade aus der Dusche gekommen. Er nahm den Duft von Honig und vielleicht Mandeln wahr. Frisch. Sauber. Und da sie heute Abend ausging, hätte er schwören können, dass sie sich mit Sicherheit auch rasiert hatte.

KAPITEL 14

Dienstag, 9. Oktober

Ein Summgeräusch ertönte im Inneren des Hauses, als Anton auf den Klingelknopf drückte. Er trat einen Schritt zurück und sah zu Magnus hinüber, der noch hinter dem Steuer saß. Er hatte auf dem Hof neben einem alten Opel geparkt, der auf Siw Rekve zugelassen war.

An der Tür waren Schritte zu hören, dann tauchte eine Gestalt hinter dem farbigen Riffelglas auf. Das Türschloss klickte, die Tür öffnete sich ein paar Zentimeter, und Siw Rekves halbes Gesicht erschien in dem schmalen Spalt.

»Ja?«, sagte sie. »Kann ich Ihnen helfen?«

Ihre Stimme, dachte Anton, die war noch dünner geworden. Mit einem Auge musterte sie den Körper und das Gesicht vor ihr.

»Hallo, Siw«, sagte Anton. »Du erkennst mich wohl nicht wieder?«

Die Tür wurde zwei Zentimeter weiter geöffnet. Sie trug eine anthrazitfarbene Jogginghose und ein T-Shirt mit nahezu ausgewaschenem Indianermotiv. Ihr Haar war grau und strähnig. Anton konnte ihr ansehen, dass sie überlegte, während sie ihn weiter anblickte. Dann atmete sie langsam aus und sagte: »Nein, du meine Güte …« Ihr Mund war ein stummes O. »Anton Brekke?«

Anton verzog den Mund zu einem vorsichtigen Lächeln. Sie öffnete die Tür und kam auf die Treppe hinaus. Dort nahm sie ihn in den Arm. Anton spürte ihre Tränen an seinem Hals.

»Entschuldige«, sagte sie schluchzend. »Es ist nur … Es ist nur so überraschend und so gut, dich zu sehen.«

Er fuhr mit der Hand über ihren Rücken. Sie ließ ihn los, entschuldigte sich abermals und trocknete ihre Wangen mit der Handfläche.

»Das war doch früher weiß, oder? Das Haus?«

»Ja. Paul und ein Kumpel haben es vor ein paar Jahren gestrichen. Es brauchte mal etwas neue Farbe, und Paul dachte, rot wäre schön.«

»Das ist es.«

»Wer ist denn da, Mama?«, erklang eine Stimme aus dem Haus.

Eine große, schlanke Gestalt erschien hinter Siw. Anton hatte ihn nicht mehr gesehen, seit er Aremark im Sommer 1992 verlassen hatte. Damals war Paul Rekve gerade mal einen Meter groß gewesen. Jetzt überragte er seine Mutter um einen Kopf. Er trug eine Küchenschürze über einem Flanellhemd. Eine runde Brille mit dickem Gestell thronte auf seiner Nase. Sein blondes Haar stand von seinem Kopf ab.

»Hallo, Paul«, sagte Anton. »Du bist ja ordentlich gewachsen.«

»Erkennst du ihn wieder, Paul?«, fragte Siw Rekve.

»Ja.«

Anton streckte die Hand aus. Paul Rekve begrüßte ihn und ging dann ins Haus zurück, ohne etwas zu sagen.

»Paul backt gerade Waffeln. Möchtest du hereinkommen?«

»Gern.«

Anton streifte die Schuhe ab. An der Wand im Flur hingen drei gerahmte Bilder. Ein großes Porträtfoto der Tochter, und eines, auf dem sie ihren jüngeren Bruder in den Armen hielt. Daneben hing ein Bild von Siw Rekves verstorbenem Ehemann und Vater der beiden Kinder. Anton konnte Mutter und Sohn leise in der Küche reden hören, während er weiter ins Wohnzimmer ging.

An den Wänden hing noch immer dieselbe halbhohe Holzvertäfelung. Das Sofa war ausgetauscht worden, dachte er. Damals hatte dort ein Ecksofa aus Leder gestanden, jetzt sah er am selben Platz eine Art Chaiselongue aus dunklem Stoff stehen.

»Riecht gut«, sagte er.

Siw sah ihn aus der Küche an und lächelte, während ihr Sohn eine gebackene Waffel aus dem Eisen löste. Auf dem Esstisch lag ein Waffenkoffer, auf dem in großen Buchstaben *Smith & Wesson* stand. Anton hob den Deckel ein Stück an. Ein glänzender Revolver kam zum Vorschein.

Anton drehte sich zur Küche um und sagte: »Bist du hier der Schütze, Paul?«

»Ja«, erwiderte der junge Mann und gab Waffelteig in das Eisen. »Ich habe einen vorschriftsmäßigen Waffenschrank, aber manchmal nehme ich sie bloß raus, um sie zu pflegen. Ich reinige und öle sie gern. Ich darf sie offiziell hier liegen haben.« Er zog seine Geldbörse hervor. »Du kannst meinen Waffenschein sehen.«

»Nein, nein«, entgegnete Anton. »Das ist nicht nötig.«

Paul Rekve hatte bereits die laminierte Karte hervorgezogen, die seine Erlaubnis dokumentierte.

»Aber vielleicht könntest du sie jetzt weglegen, Paul«, sagte seine Mutter.

»Ja, natürlich.«

Ein paar Minuten später standen Teller, Tassen, Kaffee, Marmelade, Butter, Braunkäse und ein großer Teller Waffeln auf dem Tisch. Sie aßen und unterhielten sich etwa zwanzig Minuten. Das Gespräch zwischen Siw Rekve und Anton floss leicht dahin, während der Sohn mehr oder weniger nur zuhörte.

»Du hast also Aremark nie verlassen, Paul?«, fragte Anton.

Paul Rekve schüttelte den Kopf.

»Nein«, sagte die Mutter und tätschelte leicht Pauls Oberschenkel, »seit fast fünfzehn Jahren sage ich ihm, dass es Zeit ist, in die Welt hinauszuziehen und eine Familie zu gründen. Aber nein, er will nicht auf seine Mutter hören.«

»Wer sollte denn dann auf dich aufpassen, Mama? Wenn ich ausziehen würde?«

»Ich käme schon gut zurecht.« Sie warf einen Blick auf Anton. »Meinst du nicht?«

»Dessen bin ich mir sicher«, entgegnete Anton und nahm sich noch ein Waffelherz. »Und, arbeitest du?«

»Ein bisschen«, sagte Paul Rekve.

»Ja, es ist wichtig, dass man nicht zu viel arbeitet.« Anton bestrich das Waffelherz mit Marmelade. »Und womit beschäftigst du dich? Ich weiß noch, als du klein warst, hast du gesagt, du wolltest Rettungswagen fahren.«

Paul Rekve stand auf und ging in die Küche. Gläser klirrten. Anton verfolgte seine Bewegungen. Paul öffnete die Kühlschranktür einen Spalt weit und machte sie dreimal wieder zu, ehe er sie ganz öffnete und einen Krug Saft herausnahm. Das gleiche Ritual wiederholte sich, ehe er zum Sofa zurückkehrte.

»Paul ist etwas eingeschränkt«, sagte Siw Rekve, während ihr Sohn die Gläser füllte. »Aber er arbeitet manchmal für Adrian und Sandra.«

»Locke?«

»Ja. Auf ihrem Gut. Er hat's ja weit gebracht, der Adrian, aber das stand wohl die ganze Zeit schon in den Karten. War immer ein kluger Kopf.«

»Ich wusste gar nicht, dass er immer noch hier im Dorf wohnt«, sagte Anton. »Ich war sicher, dass er schon längst abgehauen wäre.«

»Offiziell wohnen sie in Oslo, kommen aber in den Ferien und an manchen Wochenenden hierher. Sie sind doch jetzt auch gerade hier. Oder, Paul?«

»Ja, sind am Sonntag gekommen.«

»Und was machst du dann da?«

»Ach, eigentlich ganz verschiedene Sachen.«

»Man könnte durchaus von Hausmeistertätigkeiten reden«, warf die Mutter ein. »Du sorgst doch dafür, dass alles immer in Ordnung ist, teilst dir den Posten mit jemand anderem. Sonst würdest du dich ja auch völlig verausgaben.«

»Aha?«, sagte Anton. »Gibt's da oben so viel zu tun?«

»Nein, nein. Aber wegen Lucy und Billy bin ich viermal am Tag da oben, wenn Adrian und Sandra nicht vor Ort sind.«

»Lucy und Billy?«

»Die Pferde.«

»Nicht schlecht«, sagte Anton und lächelte. »Schön zu wissen, dass es dir gut geht. Aber du sagtest *auf ihrem Gut*? Oder ist das nur der alte Hof, der renoviert wurde und einen neuen Namen bekommen hat?«

»Adrians Vater wohnt noch auf dem Hof«, erwiderte Siw. »Aber das Gut liegt auf der anderen Flussseite, beim Sportverein. Adrian hat es 2001 gekauft, wenn ich mich nicht täusche.«

Anton wusste, welchen Ort sie meinte. Ein majestätischer Besitz, der völlig ungestört am Ufer auf der Westseite des Aremarksees lag.

»Die Mutter lebt nicht mehr?«

»Nein, ist schon vor ein paar Jahren gestorben. Aber was ist mit dir?« Sie schob zwei Finger in den Henkel der Kaffeetasse. »Du hast doch bestimmt eine Familie? So'n netter Kerl wie du?«

»Ich hab einen Sohn und eine Ex-Frau«, erwiderte Anton und erzählte, dass er einige Jahre bei der Schutzpolizei und bei der Drogenfahndung in Oslo gewesen sei, jetzt aber bereits seit sechzehn Jahren bei der Kripo arbeite.

»Wie schaffst du so was bloß? Du kannst doch kaum die eine

Tragödie hinter dich bringen, bevor du schon mit der nächsten zu tun hast.«

Anton antwortete mit einem Schulterzucken und fragte nun seinerseits, wie es ihr gehe.

»Es war lange sehr schwer, und das *ist* es immer noch. Nach einigen Jahren habe ich begriffen, dass es eben das war, was für mich gedacht war. Ich habe mich dann mit dem Gedanken getröstet, dass ich es immerhin geschafft habe, eine gute Mutter für Paul zu sein.« Sie zerteilte zwei Waffelherzen und nahm einen Bissen. »Ich nehme verschiedene Tabletten, die mich durch den Tag bringen. Aber nicht, dass du denkst, dass ich dauernd auf Drogen bin.«

»Das hätte ich auch nicht angenommen«, sagte Anton.

Sie legte eine Hand auf seine. »Mein lieber Anton.« Sie zwang sich zu einem Lächeln. »Wir können später mehr über das alles reden. Jetzt sag mal, weswegen du gekommen bist.«

KAPITEL 15

Dienstag, 9. Oktober

»Röstzwiebeln, Aslak?«, fragte Roger hinter der Theke der Tankstelle, während er Senf und Ketchup im Zickzackmuster auf ein Würstchen spritzte.

Aslak Rød starrte von der anderen Straßenseite auf seinen Laden. Sollten die Trottel in Oslo zur Vernunft kommen und seine Fleischtheke bewilligen, würde er vorschlagen, das Geschäft in *Røds Delikatessen* umzutaufen. Die Firmenleitung müsste bloß begreifen, dass der Umsatz beträchtlich ansteigen würde, sofern sie ihm die Entscheidung zur weiteren Gestaltung des Ladens überließen. Dann müsste die lokale Bevölkerung auch nicht mehr nach Halden oder über die schwedische Grenze fahren, um einzukaufen. Und die Leute aus Halden würden dann eher zwanzig Minuten nach Norden fahren und jede Menge Zaster in Aremark lassen.

Im Übrigen durfte man nicht ignorieren, dass auch Schweden mitunter hier einkauften.

»Heute nicht. Ich krieg immer so'n schlechten Atem davon.«

»Ach ja?« Roger setzte ein schlaues Grinsen auf. »Emily arbeitet also heute?«

»Du bist ein verkommenes Schwein«, sagte Aslak Rød. »Weißt du das eigentlich?«

Roger kam hinter der Theke hervor, gab Aslak Rød das Brötchen mit der Wurst und trat zurück an die Kasse, während er seinen langen Kinnbart mit den Fingernägeln kämmte. Ein grell orangener Lamborghini kam mit einem lauten Dröhnen angerauscht. Der Fahrer schaltete herunter und hielt vor der Zapfsäule an. Roger machte einen langen Hals. Aslak Rød biss ein Ende der Wurst ab und kaute.

»Das Aremark-Benzin ist also immer noch gut genug für ihn«, sagte er mit einem Schmatzen.

»Der Wagen ist anscheinend neu«, sagte Roger und warf einen langen Blick auf den Lamborghini. »Hab ich hier jedenfalls noch nie gesehen.«

Adrian Locke stieg auf der Fahrerseite aus und fing an, den Wagen zu betanken. Eine schwere Sonnenbrille bedeckte sein halbes Gesicht. Seine Frau saß im Wagen und starrte auf ein Handy.

»Hat wohl keine größere Brille finden können.« Aslak Rød drehte die Wurst um und biss das andere Ende ab. »Sieht aus, als wär er auf dem Weg zum Mond. Wie lange wird es wohl noch dauern, bis er das hier andere Leute für sich machen lässt?« Aslak Rød deutete mit dem Kopf auf die Zapfsäule. »Den Tank auffüllen.«

»Wenn er dafür bisher noch keinen gefunden hat, wird da vermutlich auch nichts mehr draus.«

»Er könnte ja einfach diesen Trottel Paul damit beauftragen. Hab den vorhin gesehen, da fuhr er ihren weißen Mercedes. Hockte da hinterm Lenkrad und hat gegrinst wie irgend so'n Mongo.«

Er stellte sich neben Roger, der seinen Blick auf Sandra Locke auf dem Beifahrersitz gerichtet hatte.

»Weißt du noch, wie nett die früher war?«

Aslak Rød kicherte. »Nee, nett ist die nie gewesen. Oberflächliche Person.« Die Wurstpelle knackte geräuschvoll, als er abermals zubiss. »Genau wie der Sack, mit dem sie verheiratet ist.«

»Hab ich dir eigentlich erzählt, dass sie mal hinter mir her war?« Roger ging zurück hinter seinen Tresen und lehnte sich darüber.

»Ungefähr zweihundert Mal.« Aslak Rød schluckte. »Aber irgendwie seltsam, dass nur du das mitbekommen hast, Roger. Dass sie es irgendwie auf dich abgesehen hatte.«

»Wieso sollte ich lügen, was das angeht?«

Aslak Rød lachte. »Ja, wieso solltest du …?«

»Aber wenn ich sie jetzt so ansehe, kann ich es selbst kaum glauben. Damals war sie nämlich noch knackig, weißt du. Und scharf wie Nachbars Lumpi.«

Aslak Rød stopfte sich einen weiteren Bissen in den Mund. Ein Krümel landete in seinem Mundwinkel. Er wischte ihn weg, kaute weiter und sagte: »War das, bevor ihr klar wurde, dass bei dem Schuppen hier nicht viel zu holen war?«

»Die Zeiten waren besser damals«, verteidigte sich Roger. »Mein Vater hatte ja nebenbei noch die Werkstatt. Fragt sich allerdings, ob ich 'ne Chance bei ihr gehabt hätte.« Er klopfte sich leicht auf den Bauch, der sich gegen den Gürtel drückte. »Sind inzwischen ein paar Kilo dazugekommen.«

»Und auch ein paar Milliarden.«

Adrian Locke hängte den Tankstutzen zurück an die Zapfsäule. Sekunden später glitt die Tür auf.

»Hallo, Jungs«, sagte er, sobald er hereingekommen war. »Wie geht's denn so?«

Aslak Rød antwortete mit einem Grunzen. Adrian Locke trat an das Kühlregal und nahm sich zwei Flaschen Wasser, ehe er sich an den Tresen stellte.

»Hast dir ja 'nen schönen kleinen Italiener zugelegt«, sagte Roger und schielte wieder nach draußen. »Und was für ein Motorengeräusch. Lässt du mich irgendwann mal ein bisschen da drinsitzen?«

»Aber sicher doch, Roger«, sagte Adrian Locke lächelnd und

zog seine Geldbörse hervor. »Komm einfach mal vorbei, dann kannst du ihn ausprobieren.«

»Herrje«, sagte Roger überrascht. »Ich meinte eigentlich als Passagier … Du würdest mich also auch mal fahren lassen? Ich habe noch nie in einem Lambo gesessen. Ist eigentlich das erste Mal, dass ich überhaupt einen in natura sehe.«

»Klar kannst du den mal testen. Aber nur, wenn du ihn fährst, als wäre es dein eigener Wagen.«

Roger grinste.

»Ich weiß noch, mein Vater fuhr in den Achtzigern einen Fiat«, sagte Aslak Rød. »War öfter in der Werkstatt als auf der Straße.«

»Die beiden Autos kann man ja wohl nicht vergleichen«, meinte Roger.

»Klar kann man das. Italienischer Dreck. Die sollten sich mit dem begnügen, was sie können.«

»Wie Pizza?«, fragte Roger.

»Und Pasta.«

»Vergiss nicht den Wein«, warf Adrian Locke ein, während er den Code für seine Bankkarte eingab. »Wie läuft denn überhaupt das Geschäft, Aslak?«

Aslak Rød schob sich die übrige Wurst in den Mund und sagte mit vollem Mund: »Läuft wie geschmiert.«

»Wie schön.« Adrian Locke nahm die Tüte mit den zwei Flaschen Wasser entgegen, blickte einmal im Halbkreis um sich, als überlegte er, ob er noch mehr brauchte oder versuchen sollte, das Gespräch fortzusetzen. Er entschied sich für nichts dergleichen. Im nächsten Moment war er auf dem Weg nach draußen und sagte: »War nett, euch zu treffen.«

Die beiden folgten ihm mit den Blicken, als er auf seinen Wagen zutrat und sich hineinsetzte. Die Fensterscheiben zitterten, als er den Motor anließ.

»Ist dir aufgefallen, dass er so getan hat, als wäre gar nichts passiert?«, sagte Aslak Rød, als der Wagen zurück auf die Landstraße 21 fuhr.

»Wovon redest du?«

»Adrian. Er war doch total garstig, als ich ihn im Sommer unten in Halden getroffen habe.«

»War er da nicht besoffen?«

»Und?«

»Der hat das bestimmt alles vergessen.« Roger warf eine Handvoll Würste ins heiße Wasser und spähte zum Laden auf der anderen Straßenseite. »Wie geht's denn heute mit Emily?«

»Das sollte dir doch scheißegal sein. Du bist viel zu alt für sie.«

»Als ob du dir nicht vorstellen könntest, sie mal in den Arm zu nehmen«, entgegnete Roger lachend.

»Nein, das könnte ich nicht. Ich bin alt genug, um ihr Vater zu sein.«

»Das bin ich auch. Aber ich habe auch kein Problem zu sagen, dass ich sie einfach erstklassig finde.«

Aslak Rød schüttelte entnervt den Kopf und trat auf die Tür zu.

»Das ertrage ich nicht länger.«

»Hey«, rief Roger ihm nach. »Du musst noch die Wurst bezahlen!«

KAPITEL 16

Dienstag, 9. Oktober

»Ich habe seine Todesanzeige in *Aftenposten* gesehen«, sagte Paul Rekve.

Seine Mutter nickte zur Bestätigung. Dann fragte sie: »Hat er es selbst getan?«

»Er ist ertrunken«, erwiderte Anton. »Wurde zwischen dem Kai und dem Boot gefunden, auf dem er lebte.«

»Ich weine nicht mehr, wenn ich traurig bin. Das tue ich seit vielen Jahren nicht mehr. Jetzt weine ich nur noch, wenn ich mich freue. Deshalb habe ich auch geweint, als ich dich draußen auf der Treppe gesehen habe. Plötzlich kamen so viele Erinnerungen hoch. Aber überwiegend gute. Kannst du dir das vorstellen?« Ihre Augen wurden wieder feucht. »Ich weiß noch, wie lieb du immer zu Paul gewesen bist. Er konnte dich immer gut leiden. Weißt du noch, Paul? Wie du immer gestrahlt hast, wenn Anton vorbeikam?«

»Ja«, sagte Paul. »Ich weiß noch, dass wir immer in meinem Zimmer gespielt haben. Und dann weiß ich noch, dass wir einmal am Heiligabend nach Halden gefahren sind und Süßigkeiten für die Weihnachtsstrümpfe gekauft haben, weil Mama es vergessen hatte.« Er schenkte seiner Mutter ein warmes Lächeln. »Erinnerst du dich, Mama?«

Siw Rekve nickte.

»Daran kann ich mich auch noch gut erinnern«, sagte Anton,

lehnte sich zurück und schwieg einen Augenblick, ehe er fortfuhr: »Es war wirklich sehr schön, euch wiederzusehen, und es tut mir aufrichtig leid, dass ich nicht schon früher vorbeigekommen bin.«

»Keine Ursache.« Sie legte ihre knochigen Finger um Antons Handgelenk. »Du hast getan, was du tun musstest. Und mehr als das.«

Sie schnitt zwei Scheiben Braunkäse ab und legte sie auf ein Waffelherz.

»Hast du vielleicht die Podcast-Episode gehört, die Harald kurz vorher noch mit Kristian Bolstad aufgenommen hat?«, fragte Anton.

»Nein«, erwiderte Siw mit einem knappen Kopfschütteln. »Ich wollte das nicht hören. Paul meinte, es sei gut gewesen, aber ich hab's nicht über mich gebracht. Ist einfach zu schmerzlich.«

»Du hast sie gehört?«, fragte Anton über den Tisch hinweg.

»Ja. Ich habe sie vor einiger Zeit als E-Mail bekommen.«

»Wisst ihr, was er damit bezweckte? Also, weshalb er auf die Idee kam, das zu machen?«

Paul Rekve zuckte mit den Schultern.

»Er war furchtbar wortkarg, als er das zweite Mal zurückkam«, sagte die Mutter. »Da hat der Journalist die Fragen gestellt, und dabei ging es mehr um mein Befinden. Wie man weiterkommen kann, nachdem man … ja, nachdem man das Kostbarste verloren hat. Eine Antwort darauf habe ich ja nicht. Denn weitergekommen bin ich eigentlich nie.«

»Das zweite Mal? Ist er früher schon mal hier gewesen? Oder denkst du jetzt an damals zurück, vor vielen Jahren?«

»Nein. Harald ist allein hierhergekommen. Im Sommer. Muss so Mitte Juli gewesen sein, oder?«

»Ja, stimmt«, sagte Paul schmatzend. »Am 19. Juli. Das war ein Donnerstag.«

»Plötzlich stand er auf der Treppe«, fuhr Siw fort. »Genau wie du heute.«

»Und was wollte er?«

»Nachdem wir uns ein bisschen unterhalten hatten, hat er mir erzählt, er sei die letzten Wochen herumgereist und habe mit Angehörigen und Zeugen aus früheren Fällen gesprochen. An dem Tag war er viel redseliger als zwei Wochen später bei dem Gespräch mit dem Journalisten.«

»Wollte er beim ersten Besuch was Besonderes?«

»Nein ...«, sagte sie leise.

»Worüber habt ihr gesprochen?«

»Über Malin. Mich. Paul. Ihn selbst. Und über den Ort hier.«

»Aber vorhin hast du mich gefragt, ob er es selbst getan hätte. Was hat dich auf den Gedanken gebracht?«

»Bevor er beim ersten Mal wieder fuhr, hat er gefragt, ob er Malins Zimmer sehen dürfte.«

»Und, durfte er?«

»Ja. Da ist mir dann aufgefallen, dass es ihm nicht so gut ging.«

»Wieso?«

»Ich habe die Tür zugemacht und ihn da drinnen allein gelassen. Als er wieder herauskam, hatte er ganz feuchte Augen. Er hat versucht, es so gut wie möglich zu verbergen, aber es war nicht schwer zu erkennen, dass er geweint hatte. Ich fand das schon ungewöhnlich. Damals war er ja meist wie aus Stein gemeißelt gewesen. Knallhart. Das war er doch, oder?«

»Ja, das war er.« Anton seufzte. »Tut mir leid. Das hättest du nicht erleben sollen.«

»Schon in Ordnung. Ich habe währenddessen aufgeräumt. Aber er war bestimmt eine Viertelstunde in ihrem Zimmer. Vielleicht auch länger.«

»Und dann ist er gefahren?«

»Ja, er hat mich umarmt und sich bedankt. Wir haben Telefonnummern ausgetauscht und abgemacht, in Kontakt zu bleiben. Ein paar Tage später rief dann dieser Kristian Bolstad an. Mich haben im Laufe der Jahre viele Journalisten angerufen, und ich habe es immer abgelehnt, mich interviewen zu lassen. Ich war auch da ziemlich skeptisch, habe aber zugestimmt, dass sie vorbeikommen könnten, weil ich verstanden habe, dass es für Harald wichtig war, und … ja, ich hatte wohl das Gefühl, es ihm zu schulden. Wegen allem, was er für mich – für uns – damals getan hat.«

»Würdest du mich auch ihr Zimmer sehen lassen?«

Die zarte Gestalt erhob sich vom Sofa und trat auf den Flur. Anton folgte ihr. Vom Sicherungskasten an der Wand nahm sie einen Schlüssel und schob ihn in das Schloss der Tür, hinter der sich einst das Zimmer ihrer Tochter befunden hatte. Siw Rekve trat einen Schritt zurück.

»Danke«, sagte Anton.

Er öffnete die Tür und trat über die Schwelle. Das Zimmer wirkte völlig unberührt. Ihre Schulhefte waren immer noch da. Das Bett war mit derselben Bettwäsche bezogen. Ihre Schultasche stand unter dem Schreibtisch. Das Federmäppchen ragte ein Stück daraus hervor.

Anton drehte sich um und sah die Frau in der Türöffnung an.

»Weiter als bis hierhin komme ich nie«, sagte sie und blickte auf ihre Füße. »Nachdem sie nicht mehr da war, bin ich bloß ein einziges Mal hier drin gewesen.«

»Ich wollte mich nicht aufdrängen.«

»Nein, nein. So war das nicht gemeint. Ich schaffe es nur einfach nicht, das Zimmer zu betreten.«

»Aber es ist doch ganz sauber hier …«

»Paul kümmert sich. Er saugt manchmal durch und wischt den Staub weg.«

Anton ging wieder hinaus und schloss die Tür hinter sich. Während Siw Rekve die Tür abschloss, sagte er: »Ich habe zu Hause bei Harald eine Notiz gesehen, Siw. Deshalb bin ich heute hierhergekommen.«

»Eine Notiz?«

»Ja. Er hatte sich selbst einen Zettel geschrieben, dass er dich anrufen sollte, und wie ich das verstanden habe, wollte er sich entschuldigen. Weißt du, worum es da gehen könnte?«

»Ja … er hat mich am Abend seines Todes angerufen.«

»Was ja wirklich nicht nötig war«, kam es von Paul.

»Aber Paul«, sagte seine Mutter in Richtung Wohnzimmer. »Er hatte wohl das Bedürfnis, mit jemandem zu reden.«

»Du hast doch selbst gesagt, du fändest ihn etwas unangenehm, Mama.«

»Unangenehm? Inwiefern?«, hakte Anton nach.

»Nein, Paul, das hast du missverstanden.«

»Hast du aber gesagt«, kam es vom Sofa.

»Ich fand die Situation unangenehm, nicht ihn.«

»Welche Situation?«, fragte Anton.

»Er wollte einfach nicht auflegen, war ziemlich voll. Für längere Zeit hat er eigentlich gar nichts gesagt. Wir haben bloß die Verbindung gehalten. Ich war etwas besorgt und habe ihn gefragt, ob ich jemanden für ihn anrufen könnte oder ob Paul und ich vorbeikommen und dafür sorgen sollten, dass er nach Hause käme. Er meinte, ich sollte mich nicht beunruhigen, er würde immer klarkommen.«

»Aber was wollte er denn?«

»Er hat geweint. Und dann sagte er, es täte ihm leid.«

»Leid? Was denn?«

»Das hat er nicht gesagt. Das Gespräch endete schließlich nicht, weil er auflegen wollte, sondern weil sein Akku leer war.

Er sagte, er säße in einem Park. Ich kenne ja nur den Vigelandpark in der Stadt, also hab ich gefragt, ob er da sei, aber das war er nicht. Dann war er eine Weile ganz still. Ich habe ihn atmen hören, aber er hat nichts gesagt. Das Letzte, was er sagte, bevor die Verbindung unterbrochen wurde, war: ›Ich glaube nicht, dass Sie mir jemals vergeben werden, Frau Rekve, denn alles ist meine Schuld.‹«

KAPITEL 17

Dienstag, 9. Oktober

Das Gebäude stand noch, aber das Polizeischild, das einst am Lensmannbüro gehangen hatte, gab es nicht mehr. Die Fina-Tankstelle hieß jetzt Best, die Lebensmittelkette hatte das alte Logo entfernt und ihr eigenes angebracht. Wo der Diner sich befunden hatte, war nur noch ein Flecken Gras mit zwei Hockern. Davon abgesehen war Aremark noch genauso, wie Anton es in Erinnerung hatte.

»Ich habe mir den Podcast zu Ende angehört, während ich auf dich gewartet habe«, sagte Magnus, der sich vor dem alten Lensmannbüro an den Wagen lehnte. »Die meisten Episoden von Krimpod habe ich ja gehört, aber diese war eine von den besseren. Schade, dass die nie publiziert wurde.«

»Kennst du irgendwelche Leute bei Telenor?«

»Nein. Woran denkst du?«

»Ich hätte gern gewusst, mit wem Harald telefonisch Kontakt hatte.«

»Kann da nicht irgendein Jurist einen Beschluss anordnen?«

»Keine Chance. Falls in dem endgültigen Obduktionsbericht nicht irgendwas Besonderes auftaucht, wenn wir den in zwei oder drei Monaten vorliegen haben, ist der Fall beim Polizeidistrikt Øst abgeschlossen. Es müsste dann auch irgendwas Verdächtiges aus der toxikologischen Untersuchung sein, und das wird kaum passieren. Also nein.«

»Ich kenne leider auch niemanden, der da arbeitet. Kannst du dich nicht mit einem unserer Hausjuristen in Verbindung setzen?«

»Nee, die folgen dem vorgeschriebenen Protokoll auf Punkt und Komma.« Anton schob die Hände in die Taschen, ließ den Kopf kreisen und sah zur Landstraße, die ein paar Meter entfernt vorbeiführte. »Oder doch. Da gibt's jemanden, den ich fragen kann.«

»Wen denn?«

Anton gab keine Antwort. Stattdessen holte er sein Handy hervor, tippte mehrfach darauf und ging hinüber zum Parkplatz. Er setzte sich auf einen der Hocker, die dort standen, wo einst der Diner gewesen war. Nach ein paar Minuten kam er zurück.

»Mit wem hast du gesprochen?«, fragte Magnus neugierig.

»Frag lieber nicht«, erwiderte Anton.

»Okay … Ich hab übrigens gehört, dass man Aremark leicht verpassen kann, wenn man beim Durchfahren nur einmal kurz blinzelt.«

»Da ist was Wahres dran«, entgegnete Anton. »Knapp 1500 Einwohner.«

»Du hast früher nie so viel von Harald Uteng gesprochen. War er dein praktischer Ausbilder, als du bei der Kripo angefangen hast? In etwa so wie du jetzt für mich?«

»Harald hat eigentlich keine Menschen gemocht. Sie würden ihm nur im Weg stehen, meinte er. Er hatte natürlich Verständnis dafür, dass neue Ermittler angelernt werden mussten, hat das aber immer anderen in der Abteilung überlassen. Bei mir war das was anderes, hat er zumindest damals gesagt, weil wir uns kennengelernt hatten, lange bevor ich dort anfing. Und obwohl niemand von uns je von so was wie einem *praktischen Ausbilder* gesprochen hat, war er das wohl, ja.«

»Und du bist ihm zum ersten Mal hier begegnet. Beim Fall Malin Rekve.«

»Ich kam im Juni 1991 hierher. Den Sommer und Herbst über habe ich in meinem Büro da drinnen hauptsächlich Patiencen gelegt.« Anton zeigte auf das Gebäude hinter ihnen. »Aus Herbst wurde Winter, und als der Lensmann die Weihnachtsdekoration aufhängen wollte, ist er gestürzt und hat sich den Oberschenkel gebrochen. Da saß ich dann – allein. Die beschissenste Zeit in meinem zweiundzwanzigjährigen Leben. Der spannendste Einsatz drehte sich um einen Jagdhund, der vermeintlich von einem Wolf attackiert worden war.«

»Und Harald Uteng?«, fragte Magnus. »Was ist passiert?«

»Was passiert ist?« Antons Blick folgte einem Wagen, der die Straße zwischen Tankstelle und Dorfladen entlangfuhr. »Es kam der dritte Advent.«

KAPITEL 18

1991, Tag 1

»Hast du schon aufgegeben?«, fragte der Lensmann am anderen Ende der Leitung.

»Ich war seit sieben Uhr draußen.« Anton blickte aus dem Fenster. »Es schneit seitwärts.« Am Tag zuvor war es fast trocken gewesen. Jetzt war der Boden mit fünfundzwanzig Zentimetern Schnee bedeckt. Alles war in der Nacht und den frühen Morgenstunden heruntergekommen. Auf dem Parkplatz vor dem Gebäude, das Lensmannbüro und Sparkasse beherbergte, schabte ein Traktor mit der Schneefräse über den Asphalt, während das orange Licht auf dem Dach in regelmäßigem Takt die weiße Landschaft durchzuckte. »Ich habe zwölf Autofahrer kontrolliert. Sogar der alte Gundersen hat heute Morgen grün geblasen, was er übrigens selbst ziemlich eigenartig fand.«

»Gut gemacht, Brekke. Schöner Einsatz. Du kannst ja später noch mal mit dem Radar rausfahren.«

»Radarkontrolle? Heute? Glaubst du nicht, die Leute fahren bei diesem Wetter extra vorsichtig?«

»Doch, da hast du vermutlich recht. Mach doch irgendwas zur Vorbeugung. Spiel mit den Jugendlichen im Diner 'ne Runde Billard.«

Mehr hatte Lensmann Trond Larsen nicht zu sagen. Anton legte auf. Der Traktor fuhr vom Parkplatz weiter zur T-Kreuzung, die das Zentrum der Gemeinde Aremark darstellte.

Es war erst ein paar Minuten nach halb zehn. Die Wintersonne hätte bereits aufgehen müssen und hatte es vermutlich auch getan, war aber hinter den Wolken, die das weiße Pulver ausschütteten, nicht mal ansatzweise zu erkennen.

Anton verließ die Küche, ging am unbesetzten Empfang und der einzigen Gefängniszelle der Polizeidienststelle vorbei und betrat den Aufenthaltsraum. Dort gab es einen Tisch, einen Fernseher und ein Schlafsofa. An der Wand hingen Fotos aller neunundzwanzig ehemaligen Lensmänner neben dem des amtierenden. Auf der Fensterbank stand ein siebenarmiger Leuchter. Eine der Glühbirnen blinkte sporadisch. Anton setzte sich gemütlich auf das Sofa, griff nach der Fernbedienung und schaltete den Fernseher ein. Er gähnte und schloss halbwegs die Augen.

»Bestellen Sie heute Ihren CutPlate, und Sie bekommen eine SwingBlade kostenlos dazu!«, ertönte eine schwedische Männerstimme leise aus dem Lautsprecher. Das Bild zeigte eine hübsche blonde Frau, die mit Hilfe eines Spezialgeräts eine Schlangengurke zu einer langen Spirale verarbeitete. »CutPlate und SwingBlade sind so einfach anzuwenden, dass sogar die Kleinsten wie Meisterköche schneiden können!« Die Kamera wechselte zu einem kleinen Jungen ohne Vorderzähne. Im Hintergrund saß dieselbe Frau mit einem Buch in den Händen, während sie voller Bewunderung dem Jungen zusah, der schnell eine Zwiebel über die CutPlate führte. »Aber beeilen Sie sich! Bestellen Sie noch heute, wenn Sie sicher sein wollen, dass Ihre Waren vor Weihnachten eintreffen!«

Anton wusste nicht, wie lange er geschlafen hatte, als er von einer Stimme geweckt wurde. Er setzte sich auf und spähte aus der offen stehenden Tür.

»Hallo?«, rief er.

Eine Antwort blieb aus. Er rieb sich die Augen. Gähnte. Die Frau und der Junge waren vom Bildschirm verschwunden. Stattdessen wurde ein Standbild mit der norwegischen, der dänischen und der schwedischen Flagge samt den dazugehörenden Telefonnummern gezeigt. Das Logo des TV-Shops war oben in der Ecke, eine eingeblendete Schrift erinnerte daran, dass das exklusive Angebot nur an diesem Tag galt.

»Brekke?«, ertönte es scharf, gefolgt von dem typischen Rauschen eines Funkgeräts.

Anton stöhnte und schwang die Füße auf den Boden. Die Stimme wiederholte seinen Namen. Begleitet von einem weiteren Stöhnen erhob er sich.

»Zentrale an Brekke«, fuhr die weibliche Stimme fort.

Anton fand das Funkgerät in der Küche. Er drückte auf den Knopf. »Ja?«

»Sind Sie beschäftigt?«

Draußen hatte es aufgehört zu schneien. Der Himmel war wolkenlos. Anton sah auf die Wanduhr. Sie zeigte Viertel vor zwölf.

»Alles ist relativ.«

»Wir haben gerade einen Anruf von einer Mari Ramm aus Ihrer Gegend bekommen.« Anton hörte, wie ein Feuerzeug betätigt wurde. »Kennen Sie die?«

Mari Ramm. Verheiratet mit Oddvar, der offshore arbeitete und mit seinen Zwei-Wochen-Arbeit-und-vier-Wochen-frei-Schichten genügend Geld verdiente, dass seine Frau nicht arbeiten musste, sondern ihre ganze Zeit für die Versorgung der beiden Zwillingsjungen einsetzen konnte.

»Ja, ich weiß, wer sie ist.«

»Ihre Kinder waren draußen, um eine Schneehöhle zu bauen«, sagte sie und blies hörbar den Rauch ihrer Zigarette aus, »aber die beiden waren nach knapp dreißig Minuten schon wieder da.«

»Ja, und?«

»Sie sind bei der alten Steinhütte gewesen, hat die Frau erzählt. Wissen Sie, wo die liegt?«

Nein, hätte Anton am liebsten geantwortet.

»Da ist anscheinend irgendwas Schlimmes passiert. Sie haben Blutspuren gesehen.«

»Blutspuren? Darwin, nehme ich an.«

»Hä?«

»Survival of the fittest. Raubtier gegen Beutetier.«

»Genau das hab ich auch gesagt, aber sie meinte, die Blutspuren wären *in* der Hütte.«

Anton kannte die Hütte. Er war in den Sommerferien ein paarmal da oben gewesen und hatte ein paar Teenager verscheucht, die zu viel Schnaps in sich hineingekippt hatten.

»Die Kinder sind gerannt, so schnell sie konnten«, fuhr die Frau fort. »Ich habe versprochen, dass wir das untersuchen.«

»Haben Sie mal aus dem Fenster geguckt?«, sagte Anton laut. »Ich weiß ja nicht, wie's da unten in Halden aussieht, aber hier ist gerade mal die Hauptstraße geräumt worden, und diese Hütte liegt ein ganzes Stück im Wald. Rufen Sie Frau Ramm an und sagen Sie ihr, sie soll selbst gehen. Die wohnen doch nicht mal einen Kilometer entfernt.«

»Brekke.«

»Ja?«

»Was haben Sie denn sonst gerade zu tun?« Sie wartete die Antwort nicht ab und fuhr fort: »Dann gebe ich Frau Ramm also Bescheid, dass wir unterwegs sind.«

Anton gab keine Antwort.

»Verstanden?«, fragte sie betont.

»Verflucht«, murmelte Anton, ehe er auf den Knopf drückte und sagte: »Ja … verstanden.«

»Zentrale Ende.«

Er befestigte das Funkgerät am Gürtel und ging in den Aufenthaltsraum, um seine Uniformmütze zu holen.

»Und wenn Sie CutPlate sofort bestellen, bekommen Sie SwingBlade umsonst dazu – ohne Extrakosten!«

Anton schaltete den Fernseher ab und ging hinaus.

Der Inhaber des Diners gleich neben dem Lensmannbüro war gerade dabei, den Bereich vor dem Eingang zu fegen, wo der Traktor nicht hingekommen war. Mit dem Unterarm wischte Anton den Schnee von der Frontscheibe und setzte sich in den kalten Wagen. Die Temperatur betrug nur sieben oder acht Grad minus, fühlte sich aber eher nach minus zwanzig an. Sobald er den Zündschlüssel herumgedreht hatte, erklang »Little Drummer Boy« aus dem Autoradio. Anton drehte die Heizung voll auf und blies warmen Atem auf seine Hände, während Johnny Cashs Stimme den Innenraum füllte. Die Handschuhe lagen auf dem Rücksitz. Anton zog sie an und fuhr vom Parkplatz.

»Pa-rum-pum-pum-pum«, sang Anton laut mit und trommelte mit seinen behandschuhten Fingern auf dem Lenkrad herum. »Rum-pum-pum-pum, rum-pum-pum-pum.«

An der Kreuzung bog er links ab und fuhr in Richtung Süden. Der Inhaber des Diners hob die Hand und winkte. Anton erwiderte den Gruß.

Die Sonne blitzte zwischen den dunklen Baumstämmen auf und tauchte die weiße Landschaft in blendendes Licht.

Anton hielt die Arme vor der Brust verschränkt, während er durch etwa einen viertel Meter Schnee stapfte. Er zitterte. Zwei Fußspuren führten den schmalen Waldweg hinauf. Zweihundert Meter hinter ihm sorgte nur das Blaulicht dafür, dass der Streifenwagen nicht mit dem weißen Terrain verschmolz. Ein paar Meter vor ihm flitzte ein Hase vorbei und verschwand im Wald.

Die Hütte bestand aus grob behauenem Naturstein. Teilweise war sie in das abfallende Gelände hineingebaut. Ein Schornstein ragte aus dem Torfdach hervor. Die Tür war geschlossen, jedoch war der Schnee beiseitegeschoben worden, als die beiden Jungen sie vor Kurzem geöffnet hatten. Zwei kräftige Beschläge verliefen quer über das Türblatt. Sie zeigten die gleiche rostige Färbung wie das große Schlüsselloch. Die Fußspuren der Ramm-Jungen verliefen kreuz und quer über den Platz vor der Hütte. Als wären sie hin- und hergerannt, ehe sie beschlossen hatten hineinzugehen.

Anton trat über die Spuren hinweg und blieb an der Tür stehen. Die beiden Jungen mussten Hals über Kopf fortgerannt sein; die von der Hütte wegführenden Spuren schienen von Siebenmeilenstiefeln zu stammen.

Die trockenen Angeln quietschten laut, als Anton zwei Finger in das Schlüsselloch steckte und die Tür aufzog.

Fünf Sekunden später stand er wieder vor der Hütte und stützte sich an der Außenwand ab. Das Frühstück kam ihm wieder hoch: braune, halb verdaute Pfefferkuchenstücke und bunte M&Ms landeten im Schnee. Er hob den Kopf, schielte zu den dunklen Bäumen hinüber und blinzelte in den blauen Himmel. Ein neuer Schwall ergoss sich auf den Boden.

Dann tat er das, was die Zwillinge vor einer knappen halben Stunde bereits getan hatten: Er rannte davon.

KAPITEL 19

Dienstag, 9. Oktober

»Es war also kein Raubtier?«, fragte Magnus mit gedämpfter Stimme.

Sie hatten angehalten und sich ein Mittagessen bei Circle K in Ørje gekauft, zwanzig Minuten nördlich von Aremark. Jetzt saßen sie in Magnus' Wagen auf dem Parkplatz und aßen Baguettes, während die dreihundertfünfzig Pferdestärken unter der Motorhaube im Leerlauf vor sich hin brummten. Im Spiegel konnte Anton den dichten Abgasnebel aus den Auspuffrohren herausströmen sehen.

»Oh doch.« Anton sah zur E18, die vor ihnen vorbeiführte. »Es war das schlimmste von allen.«

»Aber was denkst du heute, nachdem du mit Siw Rekve gesprochen hast?«

»Ich bin nicht einen Deut klüger«, sagte Anton. »Aber Tatsache ist, dass ein ehemaliger Ermittler, der die letzten fünf Jahre mehr oder weniger alkoholisiert durch die Gänge der Polizeihochschule geschwankt ist, genau in dem Augenblick ohne Anwesenheit von Zeugen ertrinkt, als er – vermutlich – mit einer Entdeckung an die Öffentlichkeit treten wollte.«

»Warum hast du noch nie von dieser Geschichte erzählt?«

»Ach, irgendwie war die nie ein großes Thema. Ich glaube, Harald und ich haben insgesamt nur zweimal darüber gesprochen. Er hat halt nicht gern darüber geredet.«

»Wirklich nicht?« Magnus hörte für einen Moment auf zu kauen, ehe er den nächsten Bissen hinunterschluckte. »Dann ist es aber ziemlich seltsam, dass er dreimal fünfundvierzig Minuten Podcast auf den Fall verwenden wollte.«

»Was glaubst du wohl, wieso ich derzeit an nichts anderes denken kann?«

Sie hockten ein paar Minuten schweigend nebeneinander. Dann fragte Magnus: »Was geschah, nachdem du sie gefunden hattest?«

»Ich weiß noch, dass ich zitternd im Streifenwagen saß, als ich die Zentrale anrief. Ich hatte 'ne Scheißangst, dass der Täter womöglich noch irgendwo im Gebüsch hockte. Wir haben ja auch damals keine Waffe getragen, da lag nicht mal eine im Wagen bereit, so wie das heute normal für uns ist. Die Waffen hingen im Lensmannbüro in einem verschlossenen Schrank. Ich wäre am liebsten ganz weit weggefahren, aber das konnte ich natürlich nicht. Nach fünfundzwanzig Minuten kamen die ersten Kollegen aus Halden. Die wollten wissen, was sie meiner Meinung nach tun sollten ... Als ob ich das hätte wissen können. Ich konnte gar nichts. Ich hatte nur gelernt, Beweise nicht zu kontaminieren. Daher habe ich vorgeschlagen, dass sie die ganze Gegend absperren. Ich saß im Wagen und habe mir immer wieder dieselbe Frage gestellt: Was soll ich jetzt tun?«

»Da der Lensmann krank war, lag es also in deiner Verantwortung? Also, nicht direkt *Verantwortung*, aber du verstehst schon, was ich meine.«

»Die Leute haben bloß die Uniform gesehen. Aber nicht den Zweiundzwanzigjährigen, der noch grün hinter den Ohren war. Für die Dorfbewohner war ich dem Lensmann gleichgestellt, und da er außer Gefecht war, konnten sich die Aremarker nur auf mich verlassen, falls irgendwas schiefgehen sollte. Und nun war etwas gewaltig schiefgegangen. Natürlich fühlte ich mich verantwortlich.«

Magnus kaute weiter und hörte aufmerksam zu.

»Nach und nach kam Verstärkung hinzu, und ich fuhr zum Lensmann nach Hause, der sofort um Unterstützung durch die Kripo bat. Er fuhr dann mit mir zum Tatort. Ich und zwei andere mussten ihn zu der Hütte hochtragen. Er hat das Mädchen sofort erkannt.« Anton parkte sein Baguette auf dem Oberschenkel und schraubte den Verschluss einer Colaflasche ab. »Ich habe ihn und den Pastor zu ihrer Mutter gefahren, damit sie ihr die Todesbotschaft überbringen konnten. Zwei Stunden später tauchte Harald im Büro des Lensmanns auf, und dann sind wir zusammen zu der Steinhütte raufgefahren.«

KAPITEL 20

1991, Tag 1

Die Sonne stand tief und warf ihre letzten Strahlen über die beiden Polizisten, die in der Türöffnung der Steinhütte standen. Harald ging einen Schritt hinein und hockte sich neben das tote Mädchen. Anton blieb an der Tür stehen. Harald musterte die Tote und schürzte dabei die Lippen. Betrachtete sie von Kopf bis Fuß und wieder zurück. Hose und Unterhose waren bis auf die Knöchel heruntergezogen. Auf beiden Seiten des Halses befanden sich Pfützen aus getrocknetem Blut. Von Antons Standpunkt sah es aus, als hätte man ihr von Ohr zu Ohr die Kehle durchgeschnitten. Die Blutlache darunter erstreckte sich bis unter einen alten Holztisch. Eine Handtasche war im Blut auf dem Boden festgefroren.

»Ist sie von hier?«, fragte Harald.

»Ja«, erwiderte Anton. »Malin Rekve. Siebzehn Jahre alt.«

»Hey!«, rief Harald einem der weiß gekleideten Kriminaltechniker zu, der bis zu den Knien im Schnee stand. »Habt ihr schon Fotos gemacht?«

»Ja«, erwiderte der Mann hinter seinem Mundschutz. »Drinnen sind wir fertig.«

»Dann seht zu, dass ihr sie in einen Leichensack packt! Sie muss ja hier nicht ausgestellt werden.«

Der Techniker schickte sich an, zu den Fahrzeugen hinüberzugehen. Harald zog Gummihandschuhe über, warf einen Blick in die Handtasche und nahm eine rosa Geldbörse heraus. Aus seiner Manteltasche zog er eine kleine Taschenlampe. Er schaltete sie ein, leuchtete in die Geldbörse und legte sie dann zurück. Langsam ließ er den Lichtkegel über Wände und Decke gleiten. Dann erhob er sich und leuchtete in alle Ecken, die vom Sonnenlicht ausgespart wurden.

»Wenn sie aufrecht gestanden hätte, wäre noch Blut an anderen Stellen«, sagte er nachdenklich. »Es wäre aus ihrem Hals geströmt und hätte ihre Jacke getroffen.« Er hielt die Lampe kurz auf das Vorderteil der Jacke gerichtet. »Wie du siehst, ist da so gut wie nichts. Sie wurde in der Stellung umgebracht, in der sie sich jetzt befindet. Er hat ihr den Hals durchgeschnitten, nachdem er mit ihr fertig war. Möglicherweise auch währenddessen.« Harald starrte in die offene Wunde am Hals. »Der Frost hat sich noch nicht stark im Gewebe festgesetzt. Wann ist es kalt geworden?«

»Am späten Vormittag. Es ist lange kalt gewesen, es gab quasi keinen Niederschlag, aber gestern Abend kam mildes Wetter mit Schnee auf, ehe es dann am Vormittag wieder umgeschlagen ist.«

»Wann fing es an zu schneien?«

»Ich war um Viertel nach eins mal auf, um zu pinkeln. Da ist mir beim Blick aus dem Fenster aufgefallen, dass der Boden weiß geworden war. Wie lange ist sie denn vermutlich tot?«

»Schwer einzuschätzen, angesichts der derzeitigen Temperatur. Als du am Vormittag hierhergekommen bist, gab's da noch andere Spuren im Schnee?«

»Nur von den beiden Kindern, die sie gefunden haben.«

»Was bedeutet das, Brekke?«

»Dass sie ermordet wurde, bevor der Schnee fiel.«

Harald fischte eine Schachtel Zigaretten aus der Tasche, klopfte eine Kippe heraus und zündete sie an. Dann nahm er einen tiefen Zug. Der Schnee draußen war inzwischen platt getrampelt worden. Uniformierte Kollegen aus den Nachbargemeinden Ørje und Halden standen vor und hinter dem Absperrband, das die Hütte umgab. Vier Techniker in Winterkluft spähten in verschiedene Richtungen, während der fünfte dort, wo Anton vor ein paar Stunden sein Frühstück gelassen hatte, im Schnee hockte.

»Weißt du, was die Jungs da mehr als alles andere hassen?«, fragte Harald mit Blick auf die Kriminaltechniker.

»Nein.«

»Niederschlag.« Er klopfte die Asche mit dem Zeigefinger ab. »Die Eltern? Wohnen die weit von hier entfernt?«

»Es gibt nur die Mutter, sie wohnt mit dem Auto maximal drei Minuten von hier entfernt. Der Vater ist vor drei oder vier Jahren bei einem Arbeitsunfall gestorben.«

»Du musst mich da hinfahren.« Harald nahm einen tiefen Zug von seiner Zigarette und ging los. »Jetzt gleich.«

Anton folgte ihm und sagte: »Die Mutter des Mädchens hat vermutlich nur geschrien, oder?«

Er holte Harald ein und blieb neben ihm stehen.

»Vermutlich … Warst du nicht mit drin?«

»Nein, der Lensmann kennt sie. Er hat ihr auch damals Bescheid gesagt, als ihr Mann gestorben ist. Er meinte, der Pastor und er wären genug. Ich musste draußen im Wagen warten. Als ich ihn später wieder nach Hause gebracht habe, hat er noch gesagt, ich solle dir Bescheid geben, dass sie ein paar Stunden brauchen würde, um zu sich zu kommen, ehe wir sie besuchen.«

»Das hat der Lensmann also gesagt?« Harald blies Zigarettenrauch aus. »Nun ja, ich habe jedenfalls nicht vor, zu warten.«

Ein blonder Junge von fünf oder sechs Jahren öffnete ihnen. Er sah Harald skeptisch an, schob dann aber die Tür ganz auf, als er Anton in der Uniform erblickte.

»Hallo«, sagte Harald leise. »Ist deine Mama zu Hause?«

»Ja.«

»Dürfen wir hereinkommen?«

Der Junge ließ die Tür offen und ging ins Haus. Die beiden Polizisten traten in den Flur. Ein mit kleinen Schnörkeln vollgeschriebener Notizblock lag auf dem Telefonbänkchen gleich hinter der Haustür. Das Sitzkissen war abgenutzt. Aus zwei kleinen Löchern am Saum lugte die Schaumstofffüllung hervor. Sie gingen weiter in das Haus hinein.

Siw Rekve saß auf dem Sofa. Sie hatte die Knie unter das Kinn gezogen und hielt sie mit den Armen umschlungen. Sie war etwa Ende dreißig. Das lange struppige Haar hing ihr zu beiden Seiten des Gesichts herunter. Sie war schlank, bis an die Grenze zu abgemagert und sah nicht auf, als die beiden Polizisten das Wohnzimmer betraten. Harald zog seinen Mantel aus und reichte ihn Anton, ehe er sich neben sie setzte.

»Ist sie noch da oben?«, fragte Siw Rekve mit heiserer Stimme. Sie hob den Kopf. Ihre Augen waren rot und geschwollen. »Ist sie?«

»Frau Rekve, mein Name ist Harald Uteng. Ich komme von der Kripo und unterstütze das lokale Lensmannbüro. Zuerst möchte ich Ihnen mein tiefstes Beileid aussprechen.« Er sprach leise und langsam. »Nichts, was ich sagen könnte, würde Ihnen im Augenblick helfen, und deshalb mache ich auch gar nicht erst den Versuch.«

»Ist sie … noch immer … da oben?«

Harald nickte. Siw ließ den Kopf wieder auf die Knie sinken. Der ältere Kollege legte einen Arm um sie und strich ihr über den Rücken, während sie leise vor sich hin wimmerte.

»Ich verspreche Ihnen, dass wir uns gut um sie kümmern werden.«

»Wo bringen Sie sie hin?«

»Nach Oslo.«

Die Mutter schüttelte den Kopf und richtete sich auf.

»Ich will, dass sie hierhergebracht wird.«

»Nachdem wir miteinander gesprochen haben, fahre ich zurück und bleibe bei Malin, bis sie weggebracht wird. Ich muss Ihnen jetzt ein paar Fragen stellen, Frau Rekve. Und danach lasse ich Sie wieder in Frieden. Es dauert nicht lang. Wann haben Sie Ihre Tochter zuletzt gesehen?«

»Gestern. Wir haben zu Abend gegessen. Und dann wurde sie um kurz vor sechs abgeholt.«

»Wer hat sie abgeholt?«

Harald schnipste mit dem Finger und zeigte auf seinen Mantel. Anton reichte ihn herüber. Harald zog einen Stift und einen Notizblock aus der Innentasche.

»Sandra«, sagte die Mutter und wischte sich die Tränen ab. »Eine Freundin.«

»Sandra wie weiter?«

»Julsen.«

Harald notierte.

»Wohin wollten sie?«

»Zu einer Geburtstagsfeier.«

»Waren sie da beide eingeladen, oder hat Sandra sie nur gefahren?«

»Beide. Sie wollten zu Adrian. Sandras Freund. Adrian Locke.«

Siw Rekve ließ den Kopf erneut auf die Knie sinken. Harald sah Anton an und nickte.

Darauf hatte Anton schon gewartet. Das Kopfnicken. In den zwei Minuten, die sie für die Fahrt gebraucht hatten, hatte Anton Instruktionen erhalten. Zwei. Die erste lautete, den Mund zu halten. Die zweite, auf Haralds Signal zu achten und sich dann im Haus einmal umzuschauen.

Anton verließ das Wohnzimmer. Im Flur gab es vier Türen. Hinter der ersten lag das Schlafzimmer der Mutter. Anton ging zur nächsten Tür. Das Zimmer des Mädchens. Das Bett war gemacht. Der Schreibtisch stand vor dem Fenster, das auf den Garten hinter dem Haus hinausging. Anton trat ein. Auf dem Schreibtisch lagen Schulbücher und Hefte. Die Schultasche, aus der ein schlankes Etui herausragte, stand unter dem Tisch.

Anton schloss die Tür bis auf einen schmalen Spalt und ging an dem nächsten Zimmer vorbei, dessen Tür geschlossen war. Er betrat das Bad. Reste von getrockneter Zahnpasta klebten im Waschbecken. Anton öffnete den Schrank neben dem Spiegel. Drei Gläser mit je einer Zahnbürste standen im untersten Fach. Im mittleren befanden sich Parfumflaschen, Q-Tips, ein Paket Watte und ein paar Schminkutensilien. Im obersten Fach lag ein Erste-Hilfe-Kasten. Daneben stand ein Pillenglas mit Valium. Der Name der Mutter war darauf vermerkt. Auf dem Etikett der Apotheke stand: »Gegen Angst«.

Anton ging wieder hinaus und stellte sich an die verschlossene Tür. Aus dem Zimmer dahinter kamen Geräusche. Er klopfte vorsichtig an. Es wurde still. Er öffnete die Tür und trat über die Schwelle. Der Junge, der sie vor ein paar Minuten eingelassen hatte, saß auf dem Boden und spielte mit einem großen Kranwagen. Er sah kurz zu Anton auf, dann fiel sein Blick zurück auf das Spielzeug.

»Hallo«, sagte Anton. »Wie heißt du denn?«

»Paul«, erwiderte der Junge und fuhr mit dem Kran bis an Antons Fuß heran.

Anton setzte sich neben ihn auf den Fußboden, schaute in eine Spielzeugkiste und entdeckte einen Wohnwagen, den er verkehrt herum auf den Boden legte. Er griff nach dem Kran, erzeugte ein tiefes Motorengeräusch mit den Lippen und fuhr das Spielzeug an den Wohnwagen heran. Mit zwei Fingern löste er den Haken vom Führerhaus, stieß einen elektrischen Summton aus und brachte den Kran zum Stehen.

»Jetzt kannst du den Haken herunterlassen und ihn am Wohnwagen befestigen«, sagte Anton. »Dann hieven wir ihn hoch.«

Ohne zu blinzeln, starrte der Junge auf sein Spielzeug.

»Hoffen wir mal, dass es nicht so weit ist bis zur nächsten Werkstatt«, fuhr Anton fort und zeigte unter den Schreibtisch. »Ob da drüben vielleicht eine ist?«

»Mama hat gesagt, dass Malin verschwunden ist. Weißt du, wo sie ist?«

Anton ließ den Kranwagen los, sah den Jungen an und dachte, dass er selbst zwar die Antwort kannte, aber nicht die geringste Ahnung hatte, wie er es diesem kleinen Jungen erklären sollte.

KAPITEL 21

Dienstag, 9. Oktober

Der Dreck auf dem Autobahnring 3, der vier Etagen unterhalb von Antons Büro vorbeiführte, wurde von all dem Wasser weggespült, das aus den grauen, über Oslo hängenden Wolken fiel. Auf dem Schreibtisch lagen sein Handy und Haralds Notizblock. Das Telefon stand auf lautlos, zeigte aber eine Nachricht von Alexander an. Anton öffnete sie. Es war ein Foto von seinem Sohn und dessen Freundin. Sie standen nebeneinander und grinsten in die Kamera. Anton schrieb: »Sieht aus, als ginge es euch gut. Habt viel Spaß!« Er fügte ein Smiley hinzu und schickte die Nachricht los. Dann trat er in den Gang, holte sich einen Kaffee und sank wieder auf seinen Stuhl.

Was es mit Haralds Notiz auf sich hatte, war nach dem Gespräch mit Siw Rekve geklärt. Es ging um das Telefonat, das er im betrunkenen Zustand geführt hatte und wofür er sich entschuldigen wollte.

Anton sah ihn gleichsam vor sich, wie er nachdenklich und reumütig an der Aker Brygge entlangspazierte, mit einem Handy in der Tasche, dessen Akku leer war. Vermutlich hatte er sich geärgert, sobald das Gespräch unterbrochen worden war. Auf der kurzen Fährüberfahrt von der Aker Brygge nach Nesoddtangen hatte er sich wahrscheinlich immer heftiger dafür geschämt, im betrunkenen Zustand angerufen zu haben, und in den zwanzig Minuten, die er vom Fähranleger zum Oksval Jachthafen benötigte, hatte er vielleicht an nichts anderes gedacht. Dann hatte er sich auf die Bettkante gesetzt und eine Notiz geschrieben, dass er Siw Rekve am folgenden Tag anrufen und sich bei ihr entschuldigen müsse.

Anton drückte auf eine Taste und weckte seinen PC aus dem Ruhemodus. Er loggte sich ins System ein und schrieb *Espen Skaar* in das Suchfeld.

Die Bürotür wurde geöffnet. Es war Magnus. Anton deutete auf den Bildschirm. Magnus trat zu ihm hinter den Schreibtisch.

»Espen Skaar? Wer ist das?«

»Der Mann, der Malin Rekve ermordet hat«, erwiderte Anton.

Magnus musterte die beiden Aufnahmen auf dem Bildschirm. Es waren Polizeifotos aus dem Jahr 1992, eines im Profil und eines, auf dem Espen Skaar direkt in die Kamera sah. Er trug einen Mittelscheitel, die Haare reichten ihm bis kurz über die Ohren. Er hatte schmale Lippen und ein dreieckiges Gesicht. Seine Augen strahlten eine Intensität aus, als wäre er dem Gefängnisbeamten, der hinter der Kamera stand, am liebsten an die Gurgel gegangen.

»Sieht nicht besonders nett aus.«

»Das war er auch nicht«, sagte Anton.

Magnus las vom Bildschirm ab. Espen Skaar lebte seit seiner Entlassung aus der Haft in Larvik. Im Polizeiregister gab es keinen Eintrag. Nicht mal eine gebührenpflichtige Verwarnung für irgendein Verkehrsdelikt.

»Hat seit dem Knast anscheinend ein ruhiges Leben geführt«, konstatierte Magnus.

»Ja. Und von allen Fällen, die Harald untersucht hat, nimmt er sich also den Mord an Malin Rekve vor, als er schließlich entscheidet, sich von einem Journalisten befragen zu lassen. Aber *wieso*? Der Aremark Fall war brutal und hässlich, aber dennoch ganz unten auf der Liste einzuordnen, wenn es darum geht, einen unterhaltsamen Podcast zu produzieren. Er hätte ja auch über den Doppelmord in Elverum reden können, über den dreifachen Mord in Ytre Enebakk oder über unzählige ungeklärte Vermisstenfälle. Aber nein, er entscheidet sich für Malin Rekve. Der klarste aller Fälle, an denen ich bis heute mitgearbeitet habe.« Anton starrte auf das Bild von Espen Skaar, schüttelte den Kopf und stieß ein kurzes Lachen aus. »Und der Polizeidistrikt Øst will mich verdammt noch mal nicht den vorläufigen Obduktionsbericht sehen lassen.« Er griff nach Haralds Notizblock und schleuderte ihn quer durch den Raum. Mit einem lauten Knall klatschte er gegen die Wand und fiel zu Boden. »Scheiße!«

Magnus bückte sich, hob den Block wieder auf und legte ihn auf den Schreibtisch. Anton ließ sich auf seinem Stuhl zurücksinken.

»Ich verstehe gut, dass du frustriert bist«, sagte Magnus. »Willst du nicht noch mal mit Øst reden? Erzähl denen doch, dass du in Kontakt mit Siw Rekve warst. Und dass Harald bei ihr gewesen ist.«

»Sinnlos. Es würde überhaupt nichts bringen, wenn ich oder Skulstad dort anrufen und denen erklären, was ich mir für Gedanken rund um den Todesfall mache. Im Gegenteil.« Anton rieb sich das Gesicht. »Wie geht's denn mit dem Bericht über Kristiansand?«

»Gut. Du hältst es aber für ausgeschlossen, dass er durch einen Unfall ins Wasser gefallen ist?«

»Ja.«

»Und wer soll es dann gewesen sein? Der da?«

Magnus zeigte auf den Bildschirm.

Anton zuckte mit den Schultern. »Ich sollte mich auf jeden Fall mal mit ihm unterhalten.«

Magnus schüttelte resigniert den Kopf.

»Und was soll ich deiner Meinung nach dann tun?«, fragte Anton gereizt.

»Ich zitiere, was du zu mir gesagt hast, als ich mal mit einer Theorie kam, die du nicht schlüssig fandst: *Ziemlich dünne Suppe, Torp.* Denn genau das ist es, Anton. Es sei denn, Espen Skaar wurde unschuldig verurteilt. Aber selbst dann. Er hätte sich dann nämlich schon viel früher gerächt. Und außerdem wäre es das erste Mal in der norwegischen Geschichte, dass ein verurteilter Mörder den Polizisten umbringt, der ihn ins Gefängnis gebracht hat.«

»Ich weiß, Torp … Ich glaube ja selbst nicht daran.«

»Besteht denn eine Möglichkeit, dass er tatsächlich unschuldig war?«

»Nein. Die Ermittlung war völlig in Ordnung. Die ersten Tage waren schwer, aber als die Dinge sich langsam lösten, war alles ziemlich eindeutig. Es konnte niemand anderes gewesen sein. Verurteilung. Berufung. Erneute Verurteilung. Und fertig.«

»Eben. Und beschränkt das nicht die Möglichkeiten für das, was Harald womöglich enttarnen wollte?«

Anton gab keine Antwort.

»Er kann ausgerutscht sein, Anton. Guck dir die Beweise an.«

»Welche Beweise?«

»Eben«, erwiderte Magnus. »Es gibt keine Anhaltspunkte dafür, dass er *nicht* ausgerutscht sein kann.«

»Nein«, sagte Anton. »Das stimmt. Du musst aber über den Tellerrand hinausblicken.«

»Dann rede eben mit Espen Skaar. Dann bekommst du ihn jedenfalls aus dem Kopf.« Magnus sah auf die Panerai an seinem Handgelenk. »Nach Larvik hin und zurück schaffst du locker heute Abend.«

»Heute Abend habe ich andere Pläne.«

KAPITEL 22

Dienstag, 9. Oktober

Seit Hugo Babsvik in einer heißen Julinacht völlig unerwartet und unangemeldet aus dem Bauch seiner Mutter herausgeschossen kam, hatten ihn zwei Dinge verfolgt: schlechte Angewohnheiten und schlechte Gesellschaft. In schlechte Gesellschaft war er bereits als Teenager geraten. Einigen seiner Kumpel war es ziemlich übel ergangen. Schon vor langer Zeit hatten sie das Ende der Fahnenstange erreicht. Opfer der Sucht nach dem Rausch. Sogar Jostein, der immer behauptet hatte, alles unter Kontrolle zu haben. Eine gewisse Kontrolle hatte er vielleicht auch besessen, bis er dann eines Tages gepanschtes Heroin in sich hineinpumpte. Für ihn war das Licht ausgegangen, noch ehe er die Nadel hatte herausziehen können.

Dann gab es noch die anderen. Die gern Party machten, es jedoch gelernt hatten, das Ganze auf einen unschuldigen Joint zu begrenzen oder auf die nicht ganz so unschuldige Line Koks. Oder Amphetamin, wenn die Geldbörse leer war, was eigentlich zu jeder Zeit auf die gesamte Gang zutraf. Daher konzentrierten sie sich auf Einbrüche. Wenn die Ausbeute gut war, legten alle ein kleines Häufchen Bargeld auf den Tisch, das für Alkohol, Drogen und Huren bestimmt war. Sie klauten Autos, die sie über die Grenze fuhren und bei einem Serben ein paar Kilometer außerhalb von Strömstad ablieferten. Hugo Babsvik hatte stets hinter dem Lenkrad gesessen. Nicht weil er ein besonders guter Fahrer war, sondern weil er sich als Einziger in der Truppe von Alkohol und Drogen fernhielt. Nun ja, mit Ausnahme von etwas Haschisch freitags und samstags. Okay – manchmal auch sonntags und montags. Aber das lag jetzt alles lange zurück. Jahrzehnte. Er hatte das zur Kursänderung nötige Erweckungserlebnis gehabt, als sein bester Kumpel sich vor seinen Augen das Gewehr in den Mund geschoben und abgedrückt hatte. Er war zugedröhnt gewesen von hier bis zum Neptun und wieder zurück. Ein hübscher Cocktail aus Amphetamin, Heroin, Rohypnol und einem kleinen Schuss *Ministerpräsidentin*. Das war 1995 passiert, als die Landesmutter Gro Harlem Brundtland noch Vorstandsvorsitzende der Norwegen AG gewesen war. Doch erst vor ein paar Tagen hatte Hugo Babsvik gehört, dass sein alter Rauschgiftkumpel Steinar *GHB* immer noch als *Ministerpräsidentin* bezeichnete. Hugo Babsvik hatte überlegt, ob sein alter Freund womöglich nicht mitbekommen hatte, dass Gro schon vor einem halben Jahrhundert vom Thron herabgestiegen war, wollte ihn aber nicht direkt danach fragen. Stattdessen hatte er ihn nach Hause gefahren.

Als Hugo Babsvik seinerzeit miterlebt hatte, wie Fleisch, Knochen und Hirnmasse in einem roten Blitz explodierten, war ihm klar geworden, dass die Zeit für eine Umkehr gekommen war. Und die hatte er vollzogen. Eine Totalumkehr. Um hundertachtzig Grad. Er hatte gar nicht die Absicht gehabt, so zu tun, als liefe er fort und wolle nie wieder zurückblicken. Vielmehr war er bedächtig und ruhig von dannen gezogen und hatte gedacht, dass das Leben vielleicht einfacher und jedenfalls lustiger sein könnte, wenn er eine Ausbildung machte und sich einen halbwegs gut bezahlten Job suchte. Denn Hugo Babsvik war in der Schule ziemlich gut gewesen. Erst nachdem die letzte Unterrichtsstunde zu Ende gegangen war, hatte er sich mit denen zusammengerottet, die seine Eltern damals wie heute als schlechte Gesellschaft bezeichneten. Hugo Babsvik hatte sich jedoch aus diesem Milieu befreit und nach oben gekämpft.

Während des Ingenieurstudiums war es etwas chaotisch und durcheinander zugegangen, gleichwohl hatte er das Ziel erreicht. Und einige Jobs hatte er auch gehabt. Allerdings hatte er jeden einzelnen davon gehasst. Intensiv. *Babsvik, tu dies. Babsvik, tu das. Babsvik, du bist wieder zu spät. Kannst du die Uhr nicht lesen, Babsvik?* Seine Chefs waren Ärsche gewesen. Allesamt. Es hatte nicht einen gegeben, dem er nicht am liebsten den Hals umgedreht hätte. Bis er sich dann vor zehn Jahren ein wenig optimistisch auf eine Stelle beworben hatte, bei der ausschließlich Nachtarbeit gefragt war. Zu seiner großen Überraschung hatte er eine Zusage erhalten. Er brauchte lediglich sechs verschiedene Computerbildschirme im Auge zu behalten und das Telefon zu bedienen, falls es in der Nacht zu klingeln anfing. Es gab niemanden, der ihm auf die Nerven ging. Tatsächlich war überhaupt niemand in seiner Nähe. Man musste das Büro verlassen, dann dreißig oder vierzig Meter einen Gang hinunterlaufen und zwei Türen öffnen, ehe man ein anderes Gesicht zu sehen bekam. Was Hugo Babsvik ausgezeichnet in den Kram passte. Das Problem dabei war, dass es vielen anderen überhaupt nicht in den Kram passte. Es gab nämlich nicht eine einzige Frau auf der Welt, jedenfalls keine mit Verstand, die es mit seinem Lebensstil ausgehalten hätte. Er stand erst gegen vier oder fünf Uhr nachmittags auf, und die freien Stunden bis zum Dienstbeginn um zehn verbrachte er in der Regel mit dem Kriegsspiel *Call of Duty*, das er mit alten Kumpeln spielte, die noch nicht gezwungen waren, ihre Computer zu verkaufen, um die Teilnahme an dieser lebenslangen Party zu finanzieren.

Es hätte definitiv auch mit Hugo Babsvik zum Teufel gehen können, und er wusste selber nicht, wieso es nicht schon längst so gekommen war. Ein Überlebensinstinkt? Nein, das glaubte er nicht. Vielleicht hätte es damals für alle zusammen anders ausgesehen, wenn er an jenem Abend nicht allein gewesen wäre. Wenn alle in einem Halbkreis um Raymond gestanden hätten, als der beschlossen hatte, seinen Kopf vom Körper zu trennen, und die Ladung abfeuerte. Hugo Babsvik wusste es nicht. Es spielte auch keine Rolle. Das Leben bestand nur aus Zufällen. Genauso ein Zufall wäre es, wenn die Polizei plötzlich auf die Idee käme, die Tür einzuschlagen, in den ersten Stock hinaufzustürmen und ihn festzunehmen. Seine wöchentlichen Besuche hier vor Ort würden ihn dann in Erklärungsnot bringen. Alles, was er heute besaß, wäre in dem Augenblick Geschichte, in dem bekannt würde, was er hier trieb. Er würde seine Arbeit und sein solides Jahreseinkommen verlieren, was wiederum bedeutete, dass er seinen Wohnungskredit nicht würde bedienen können. Noch ehe das Jahr zu Ende wäre, würde er wieder in seinem alten Zimmer bei den Eltern wohnen. Das wusste er genau. Und dennoch ging Hugo Babsvik das Risiko einmal pro Woche ein, manchmal auch öfter. Er verdiente es. So einfach war das. Immerhin hatte er alle seine schlechten Angewohnheiten abgelegt.

Alle bis auf diese.

KAPITEL 23

1991, Tag 1

Anton sah auf seine Armbanduhr. Sechs Minuten nach sechs. Draußen war es schon längst dunkel geworden. Auf dem Parkplatz vor dem sonntags geschlossenen Lebensmittelladen wurde die Seitentür eines NRK-Übertragungswagens geöffnet. Zwei Männer in gleichen Winterjacken und Mützen stiegen aus. Der eine hatte eine Kamera in der Hand, der andere ein Mikrofon. Sie zeigten auf etwas und besprachen sich kurz, ehe sich der eine die Kamera auf die Schulter setzte. Der Reporter entfernte sich ein paar Schritte und postierte sich so, dass das Lensmannbüro den Hintergrund bildete. Das Licht an der Kamera schaltete sich ein. Anton justierte die Jalousie und lehnte sich mit dem Hintern an die Fensterbank.

Vor dem Schreibtisch saß Adrian Locke. Seine Hände wirkten stark und ruhten mit abgespreizten Fingern auf den Knien. Er trug eine gefütterte Jeansjacke und eine Manchester-United-Kappe.

Sieben nach sechs.

Bald würde Harald Uteng eintreffen. Anton hatte den Auftrag bekommen, für Adrian Lockes Wohlbefinden zu sorgen. Jedenfalls, soweit ein Wohlbefinden möglich war, wenn man im Zusammenhang mit einem Mord vernommen werden sollte. Anton hatte schon gedacht, dass es Haralds Art sei, eine Guter-Bulle-Böser-Bulle-Nummer durchzuziehen, aber er hatte ihn nicht gefragt, wollte sich auch keine Blöße geben für den Fall, dass so etwas in der Realität gar nicht vorkam. Denn von allen Vernehmungen, an denen er teilgenommen oder die er selbst in diesem Büro durchgeführt hatte, war ein Einbruchdiebstahl das ernsteste Vergehen gewesen. Und der Verdächtige hatte wie ein Kanarienvogel gesungen, sobald er auf dem Stuhl Platz genommen hatte, auf dem Adrian Locke jetzt saß. Doch dieses Mal ging es nicht um ein eingeschlagenes Fenster und eine Stereoanlage, die unfreiwillig den Besitzer gewechselt hatte. Es ging um Mord. Und obwohl Anton keinerlei Erfahrung mit dem Thema hatte, wusste er, dass es sich um ein völlig anderes Spiel handelte. Ein Spiel, in dem Harald Uteng, dem Vernehmen nach, seinen ganz eigenen Regeln folgte.

Jedenfalls wurde das von ihm behauptet.

Der Auftrag war klar: Anton sollte zehn Minuten mit Adrian Locke plaudern und dabei möglichst vermeiden, über den Fall zu reden. Nachdem Harald hereingekommen wäre, sollte Anton überhaupt nichts mehr sagen. Auch dann nicht, wenn Adrian Locke ihm eine direkte Frage stellte.

Acht nach sechs.

»Er kommt sicher bald«, sagte Anton. »Der Ermittler. Musste nur noch ein Gespräch mit Oslo führen.«

Er änderte seine Sitzposition und verlagerte das Gewicht auf das andere Bein. Adrians Adamsapfel bewegte sich, während er im Zimmer umherblickte. Er sah Anton an, ehe er die Augen wieder auf seinen Schoß richtete.

»Auf einem Plakat beim Diner hab ich übrigens gelesen, dass es zwischen den Jahren ein Billardturnier geben soll«, sagte Anton. »Tolle Gewinne gibt's auch.«

Der erste Preis bestand aus einer Reise für zwei Personen mit der Stena Line von Moss nach Fredrikshavn einschließlich drei

Nächten in der dänischen Küstenstadt. Der zweite Preis umfasste zwei kostenlose Videofilme pro Woche für das ganze nächste Jahr sowie zehn Kästen Coca-Cola. Beim dritten Preis bekäme man fünf Kästen und ebenso viele Tüten Kartoffelchips.

»Willst du dich anmelden?«

»Ich ziehe es in Erwägung, ja«, erwiderte Anton. »Ich fürchte nur, die Stimmung könnte sich etwas eintrüben, wenn ich mit den Tickets für die dänische Fähre verschwinde. Obwohl mir zehn Kästen Cola und ein Jahr kostenlose Videofilme eigentlich lieber wären.« Anton verschränkte die Arme vor der Brust. »Aber ich bin blöd und habe meiner Freundin von dem Wettbewerb erzählt – und von den Gewinnen. Jetzt freut sie sich schon auf die Tour nach Fredrikshavn.«

»Ich hab letztes Jahr gewonnen«, sagte Adrian und blickte Anton herausfordernd an.

»Das weiß ich. Dein Name steht da an der Wand. Aber letztes Jahr war ich noch nicht hier.«

Adrian lächelte kurz und sagte: »So gut bist du also?«

»Ziemlich. Ich komme ja aus der Stadt, weißt du.« Anton setzte ein verschlagenes Lächeln auf. »So'n paar Waldschrate wie euch krieg ich immer noch klein.«

Zehn nach sechs.

»Brekke, sag mal … stimmt es, dass man ihr die Kehle durchgeschnitten hat?«

»Ich kenne keine Einzelheiten«, log Anton. »Wo hast du das gehört?«

»Meine Mutter hat's gesagt. Sie hat es von einer Freundin.«

Die Tür ging auf. Harald trat mit langen Schritten ein, ließ die Tür mit Schwung wieder zufallen und blieb neben Adrian stehen. Ein Hauch von Rasierwasserduft umgab ihn.

Er entschuldigte sich für die Verspätung, drückte Adrian die

Hand und stellte sich vor, ehe er sich auf den Stuhl fallen ließ und anfing, seine Ärmel hochzukrempeln.

»Haben Sie schon mal was mit der Polizei zu tun gehabt, Adrian?«

Ein kräftiger Unterarm kam unter dem Hemdsärmel zum Vorschein. Adern dick wie Regenwürmer schlängelten sich daran entlang. Adrian nahm seine Kappe ab und legte sie sich in den Schoß. Er trug einen kurzen blonden Bürstenschnitt.

»Nein.«

»Niemals? Nicht mal ein warnender Zeigefinger, weil Sie hier auf den schönen, kurvenreichen Straßen vielleicht etwas zu viel Gas gegeben haben?«

»Niemals.«

»Bevor wir hier anfangen, Adrian, dachte ich, dass wir uns vielleicht etwas besser miteinander bekannt machen könnten. Ich kenne weder diesen Ort noch irgendjemanden, der hier wohnt. Dafür ist er hier.« Harald zeigte auf Anton. »Klingt das vernünftig für Sie?«

»Ja.«

Harald lehnte sich zurück und ließ dabei die nackten Unterarme auf der Stuhllehne ruhen.

»Wie alt sind Sie?«

»Zwanzig.«

»Und das sind Sie gerade geworden – wie ich aus Ihrer gestrigen Geburtstagsfeier schließe?«

»Ja.«

»Hier im Dorf geboren und aufgewachsen?«

»Ja.«

»Was treibt man denn als Zwanzigjähriger in einem Ort wie diesem?«

»Nichts Besonderes.«

»Hatte ich schon befürchtet«, sagte Harald. »Aber wie sieht denn ein typischer Freitag- oder Samstagabend für Sie aus? Bloß draußen rumkurven?«

»Da treffen wir uns oft im Diner.«

»Der Laden gleich hier draußen?«

»Ja.«

»Und was passiert da?«

»Wir hängen nur so rum. Spielen Billard, hören Musik.« Adrians Zunge tastete die Rückseite seiner Wangen ab. »Essen was. Sonst eigentlich nichts.«

»So ein Ort würde mir als Mann in den mittleren Jahren sicher gut gefallen, aber wenn ich jung wäre, würde ich mich wohl eher etwas langweilen.« Harald wartete auf eine Antwort, die jedoch nicht kam. »Hat Brekke Ihnen eigentlich was zu trinken angeboten?«

»Ja.«

»Keinen Durst oder liegt es nur am schlechten Service?«

»Keinen Durst.«

»Sie sind ziemlich wortkarg, Adrian. Finden Sie das hier unangenehm?«

Adrian schüttelte den Kopf.

»Wie ich bereits erwähnt habe, komme ich von der Kripo. Wissen Sie, was wir da machen?«

»Ja.«

»Dann wissen Sie sicher auch, dass es zu spät ist, das Stundenglas zu wenden, wenn die Kripo erst mal kommt. Dann ist nämlich die Zeit schon abgelaufen. Der Grund dafür, dass wir jetzt hier sitzen und reden, ist also ernster Natur. Ernster kann es eigentlich gar nicht mehr werden, Adrian. Allerdings bin ich davon abhängig, dass Sie hier zu hundert Prozent *anwesend* sind.« Harald klopfte sich mit dem Finger an die Schläfe. »Versuchen

Sie, sich ein wenig zu entspannen. Wir machen da weiter, wo wir aufgehört haben. Wie vertreiben Sie sich also die Zeit? Was machen Sie den ganzen Tag?«

»Ich mache Sport, bin mit meiner Freundin zusammen.« Adrian kratzte sich am Handrücken. »Ich lese.«

»Was lesen Sie?«

»Überwiegend Finanzkram.«

»Aha? Denken Sie beruflich in diese Richtung?«

Adrian nickte.

»Was haben Sie nach dem Gymnasium gemacht?«

»Grundwehrdienst.«

»Und Ihre weiteren Pläne? Ich meine, mit irgendwas müssen Sie ja auch Ihren Alltag füllen. Sie sind doch wohl nicht nur zu Hause und faulenzen?«

»Ich hab mich an der Wharton beworben und fliege da im Januar hin, um mich interviewen zu lassen.«

»Wharton?«

»Eine Hochschule in den USA. Philadelphia.«

»Was wollen Sie da studieren?«

»Business Management.«

»Eine Universität, bei der Sie sich persönlich vorstellen müssen?«

»Nicht ungewöhnlich für Unis mit wenigen Studienplätzen.«

Harald warf einen Blick auf Adrians Kappe, die auf seinem Schenkel lag.

»Wie ich sehe, sind Sie United-Fan.«

»Ja.«

»Ich habe einen Cousin dritten Grades, der 1982 probeweise bei United gespielt hat.«

»Tatsächlich?«

»Ja. Frode Hansen. Wurde leider nichts aus einem Vertrag in

England, aber er hat später hier im Land eine schöne Karriere gemacht.«

»Keeper«, sagte Adrian. »Ich hab ihn mal vor ein paar Jahren in Halden gesehen, aber nie mit ihm gesprochen.«

»Und waren Sie mal bei einem Match? In England?«

Harald lehnte sich zurück und kramte eine Zigarette hervor.

»Ja. Mein Vater und ich fliegen für gewöhnlich zweimal im Jahr da rüber«, erwiderte Adrian.

»Ach ja?« Harald entzündete die Zigarette und nahm einen langen Zug. »Wir sind eine Gruppe von Freunden, die jeden Herbst einmal rüberfliegen.« Er blies den Rauch an die Decke. »Machen Sie sich einfach bemerkbar, wenn Sie mich im Flugzeug oder auf der Tribüne entdecken sollten.«

»Das mache ich.«

»Das ist wirklich eine nette Unterhaltung, die ich auch gern fortsetzen würde, aber wir müssen weiter, Adrian. Malin Rekve wurde heute Vormittag tot aufgefunden. Sie wurde gestern Nacht ermordet – in den frühen Morgenstunden.« Er nahm einen Schreiber aus dem Sortiment des Lensmanns und fing an, die üblichen Felder im Protokoll auszufüllen. »Ehe wir weitermachen, werde ich Sie über Ihre Rechte als Zeuge aufklären. Sie sind nicht verpflichtet, sich gegenüber der Polizei zu äußern, aber wenn Sie es tun, müssen Sie die Wahrheit sagen. Lügen sind strafbar. Sie brauchen nichts zu sagen, wodurch Sie oder Ihre Angehörigen strafrechtlich verfolgt werden könnten. Das bezieht sich auf Ihre Mutter, Ihren Vater, Ihre Geschwister oder Ihre Ehegattin – falls Sie verheiratet wären, aber das sind Sie vermutlich nicht, da Sie eine Freundin haben. Haben Sie diese Rechte verstanden, und möchten Sie eine Aussage machen?«

Eine Antwort ließ auf sich warten.

»Adrian?«, sagte Harald.

»Hm?«

»Möchten Sie etwas aussagen?«

»Ja. Schon in Ordnung.«

KAPITEL 24

Dienstag, 9. Oktober

Wie irre sich eine Situation entwickeln konnte, war der Gedanke, der Hugo Babsvik beschäftigte, während er dalag, den sanften orientalischen Klängen lauschte und den vanilleartigen Duft der Räucherstäbchen wahrnahm, der sich mit dem süßlichen Minzgeruch des Massageöls vermischte. Immer wenn er hier war, dachte er daran. Als er noch jung gewesen war, hatte er sich niemals über irgendetwas Sorgen gemacht. Konsequenzanalyse war ein Wort, das er erst an der Hochschule gelernt hatte. Doch aus irgendeinem Grund dachte er immer an die Konsequenzen, wenn er sich hier aufhielt. Vermutlich, weil es das einzig Irre war, das er tat. Aber was heißt schon irre? Ein Idiot im Parlament hatte vor ein paar Jahren dem Rest der hirntoten Partei, der er angehörte, den Vorschlag gemacht, dass Sex zu *kaufen* strafbar sein sollte, ihn zu *verkaufen* hingegen legal. Daraufhin hatten diese Spatzenhirne den Vorschlag in den Storting eingebracht. So weit, so gut. Weniger gut allerdings war, dass er angenommen worden war. Er sollte das Leben der Prostituierten vermutlich sicherer machen. So viel dazu.

Er öffnete die Augen und sah Ploy, die junge Thailänderin, an, die ein durchsichtiges Nachthemd trug. Ihre Hände waren so klein, dass beide exakt um seinen steifen Schwanz passten.

»Happy ending?«, fragte sie.

»Ich will das Gleiche wie beim letzten Mal«, erwiderte Hugo Babsvik.

»Das kostet tausend extra.«

»Du bekommst 1200 extra.«

»Du netter Mann, Hugo. Du netter Mann.«

Ploy streifte ihr Nachthemd ab, kletterte auf die Massagebank, die fast so hart war wie Hugo, und setzte sich mit leichtem Stöhnen auf ihn.

Kein Kondom. Vertrauen, dachte Hugo Babsvik. Er kannte zwei andere, die die Kleine gevögelt hatten. Der eine war ein Kollege, der erzählt hatte, dass sie auf ein Kondom bestünde. Das hatte sie die ersten Male mit Hugo auch tatsächlich getan. Dann hatte er gefragt, ob er auch ohne dürfe, und sie hatte ihre Zustimmung gegeben. Seitdem waren Gummis kein Thema mehr gewesen.

Ein paar Minuten später erzitterte er, während er eine ihrer Brüste und eine Arschbacke zusammendrückte. Sie starrte ihm in die Augen, biss sich auf die Unterlippe und fuhr mit den Fingern über seine behaarte Brust, ehe sie von ihm herunterstieg. Er blieb liegen und sah zu, wie sie sich mit einem Handtuch abwischte.

Hugo Babsvik stieg von der Massagebank, zog seine Geldbörse hervor und bezahlte, bevor er seine Sachen mit ins Bad nahm und sich unter die Dusche stellte.

Eine Viertelstunde später lächelte Hugo Babsvik zufrieden in sich hinein, als er die wenigen Meter zu der Stelle zurücklegte, wo er den Wagen geparkt hatte. Er öffnete die Tür und setzte sich hinein. Und auch als er losfuhr, lag ihm noch immer das befriedigte Grinsen auf den Lippen. Wenn er einen Blick in den Spiegel geworfen hätte, wäre ihm vielleicht ein dunkler Kombi aufgefallen, der den Motor anließ und ihm nachfuhr. Derselbe Wagen, der ihn verfolgt hatte, als er vor einer Stunde von zu Hause weggefahren war.

KAPITEL 25

1991, Tag 1

»Das sind alle«, sagte Adrian und schob die Liste mit den Namen der achtzehn Personen über den Tisch, die an seiner Geburtstagsfeier teilgenommen hatten. »Und ich natürlich.«

Voller Selbstsicherheit hatte er erklärt, dass das Fest in der Scheune stattgefunden habe und dass die ersten Gäste ein paar Minuten nach fünf eingetroffen seien. Malin und Sandra eine knappe Stunde später. Um halb sieben seien alle Gäste da gewesen, und er habe einen Eintopf serviert, den die Mutter früher am Tag zubereitet hatte. Danach habe die Lautstärke der Stereoanlage im Takt mit dem Alkoholkonsum der Gäste zugenommen.

»Ihre Eltern waren zu Hause?«, fragte Harald, während er die Gästeliste betrachtete.

»Nein, sie waren zum Abendessen bei Freunden in Sarpsborg, sind aber gegen elf nach Hause gekommen.«

»Wie sind sie denn nach Hause gekommen? Mit dem eigenen Wagen?«

»Ja.«

»Der Abend ist also ruhig verlaufen, mit Ausnahme der lauten Musik, die zu so einem Fest dazugehört? Sonst nichts? Keine Streitereien?«

»Nur gute Stimmung.«

»Hat Malin Alkohol getrunken?«

»Ja.«

»War sie betrunken?«

»Sie war verhältnismäßig früh am Abend schon betrunken, hat es dann aber ruhiger angehen lassen. Sie war alles andere als nüchtern, als sie wieder ging, aber da konnte sie zumindest aufrecht gehen und ist nicht geschwankt.«

»Also nicht volltrunken?«

»Nein.«

»Und Sie? Wie voll waren Sie?«

»Nüchtern.«

»Nüchtern? An ihrem zwanzigsten Geburtstag?«

»Ja, ich war gestern nicht so richtig in Form«, erwiderte Adrian. »Bin mit Fieber aufgewacht.«

»Sind Sie jetzt wieder gesund?«

»Besser.« Er schniefte. »Jedenfalls kein Fieber mehr.«

»Okay. Wann ist Malin gefahren?«

»Zehn nach zwölf. Zusammen mit Sandra. Die beiden waren die letzten Gäste.«

»Zehn … nach … zwölf«, wiederholte Harald und schrieb mit. »Ein ziemlich frühes Ende, oder?«

»Ja. Aber meine Eltern hatten darum gebeten, dass ab Mitternacht Ruhe herrscht. Die meisten sind dann auch gegangen, als mein Vater und meine Mutter gegen elf nach Hause kamen.«

»Ein kurzes Fest.«

»Das war auch mehr zum Vorglühen gedacht«, sagte Adrian. »Ein paar sind noch nach Halden gefahren, um da auszugehen.«

»Okay. Malin ist also mit Ihrer Freundin zu Fuß losgegangen. Und Sandras Wagen ist dann bei Ihnen stehen geblieben?«

»Ja.«

»Aber wieso ist denn Sandra nicht bei Ihnen geblieben? Oder verbringen Sie die Nächte nicht miteinander?«

»Doch, aber ich war wie gesagt nicht gut in Form. Eigentlich hätte ich am liebsten alles abgeblasen.«

»Und warum haben Sie das nicht getan?«

»Weil viele sich darauf gefreut hatten. Und meine Mutter hatte schon das Essen zubereitet, als ich dann aufgestanden bin. Da hab ich mir gedacht, ich lasse es einfach ganz ruhig angehen.«

»Wie war denn Sandras Form?«

»Betrunken, aber eher fröhlich, wenn Sie verstehen.«

»Ist es weit von Ihnen bis zu dem Haus, in dem Malin wohnt?«

»Etwa anderthalb Kilometer Luftlinie. Zu Fuß ist es aber weiter. Vier Kilometer vielleicht.«

»Und Sandra? Wohnt sie weiter weg von hier oder näher dran?«

»Näher dran, aber in entgegengesetzter Richtung.«

»Die beiden haben also nicht viele Meter gemeinsam zurückgelegt?«

»Doch. Eins Komma sechs Kilometer. Bis zur Kreuzung.«

»Eins … Komma … sechs.« Harald notierte. »Sie haben wohl Sinn für Zahlen?«

»Nun ja, ich habe schließlich mein ganzes Leben hier gewohnt.«

»Und Sie wissen, dass die beiden sich an der Kreuzung getrennt haben, weil Sie später mit Ihrer Freundin gesprochen haben?«

»Wenn Sandra nicht fährt, trennen sie sich immer an der Stelle. Aber ja, Sandra hat's mir auch erzählt.«

»Hat sie noch was anderes gesagt?«

»Ich habe nur kurz mit ihr telefoniert.«

»Sie haben sie also nicht besucht, nach all dem, was geschehen ist?«

»Sie konnte kaum sprechen, hat nur geweint. Sie hat länger mit ihrem Vater geredet als mit mir. Ich fahre später mit ihrem Wagen hoch und bleibe den Abend über wohl da.«

»Okay … Malin und Sandra sind zehn nach zwölf losgezogen. Sonst waren keine Gäste mehr da?«

»Nein.«

»Und was haben Sie dann gemacht?«

»Ich hab den gröbsten Müll weggeräumt und bin dann ins Bett gegangen.«

Harald ließ den Stift auf das Papier fallen. Er lehnte sich zurück und verschränkte die Finger ineinander.

»Wie war Ihr Verhältnis zu Malin?«

»Wir waren Freunde.«

»Das habe ich verstanden.« Haralds Ton war mild. »Kannten Sie sich lange?«

»Ja, wir kennen uns eigentlich seit wir Kinder waren, aber erst seit einem oder anderthalb Jahren waren wir dann häufiger zusammen.«

»Aha? Weil sie drei Jahre jünger war als Sie, und weil der Altersunterschied nicht mehr eine so große Rolle spielte wie früher?«

»Nein … Wobei, deswegen wahrscheinlich auch. Aber Sandra und Malin haben sich schnell angefreundet, als Sandra vor zwei Jahren hierhergezogen ist.«

»Ah ja. Sandra ist also nicht von hier?«

»Nein, ihre Familie ist 89 hergezogen. Nach etwa einem halben Jahr sind Sandra und ich dann zusammengekommen, und so hat es sich ergeben, dass Malin öfter dabei war.«

»War sie beliebt bei den Jungs?«

»Malin?«

»Ja.«

»Nicht so sehr, wie man vielleicht glauben könnte.«

»Was meinen Sie damit?«, fragte Harald.

»Sie war ja …« Adrians Blick fiel auf den Fußboden und verharrte dort.

»Sehr hübsch?«, ergänzte Harald.

»Ja.« Adrian sah auf und nickte. »Aber …«

»Aber was?«

»Sie war vielleicht ein bisschen zu ruhig. Hat kein großes Theater um sich selbst gemacht. Außer, wenn sie getrunken hat.«

»Man kann doch auch beliebt sein, wenn man kein großes Aufhebens um sich macht?«

»Ja klar, so war das auch nicht gemeint. Aber es schien sie nicht besonders zu interessieren, mit jemandem zusammen zu sein und so. Ich habe jedenfalls nie gehört, dass sie darüber geredet hat.«

»Sie kennen also niemanden, für den sie romantische Gefühle gehegt hat?«

Adrians Miene wurde nachdenklich.

»Nein.«

Fünf Minuten später war Adrian auf dem Weg nach draußen. Harald hatte sich ans Fenster gestellt.

Er blickte über den schmalen Bach und das schneebedeckte Gras zwischen Lensmannbüro und Lebensmittelgeschäft. Der Übertragungswagen vom NRK war noch immer da. Auf der anderen Straßenseite kam gerade ein Tanklaster auf die Fina-Tankstelle gefahren.

Anton nahm die Kaffeekanne aus der Maschine und öffnete eine der Schranktüren, während er gleichzeitig Harald fragte, ob er auch eine Tasse wolle.

»Hm?« Harald drehte sich zu ihm um. »Wie bitte?«

»Kaffee. Willst du auch einen?«

»Ja …« Er sah wieder aus dem Fenster. »Gern.«

Anton schenkte ein, stellte sich neben ihn und reichte ihm den Kaffee.

»Das mit Frode Hansen war gut«, sagte Anton. »Cousin dritten Grades, also echt.«

Harald lächelte und zeigte auf die Tasse.

»Wenn du dein Talent zum Kaffeekochen noch etwas ausbaust, teilen wir uns vielleicht eines Tages ein Büro.«

»Ich glaube nicht, dass die Mordkommission was für mich ist. Ich könnte mir aber vorstellen, in Oslo bei der Drogenfahndung zu arbeiten.«

»Mord ist nicht unbedingt was für jeden, aber auch die Toten sollen gehört werden. Was hat mich verraten?«

»Dich verraten?«

»Meine Geschichte. Frode Hansen.«

»Frode Hansen ist aus Fredrikstad.«

»Das weiß ich, aber er könnte doch trotzdem mein Cousin sein.«

»Er stammt aus Gressvik. Ich bin da aufgewachsen. Mein Vater kennt Frode gut, und wenn der ein Cousin von *dem* Harald Uteng wäre, dann wüsste ich das.« Die Scheinwerfer am Übertragungswagen wurden eingeschaltet. »Du hast das gesagt, damit ihr beide was gemeinsam hattet, oder?«

»Ja. Du hast sicher bemerkt, wie er sich sofort entspannt hat. Es geht darum, eine Verbindung zu dem Vernommenen aufzubauen. Die kann in allem Möglichen bestehen. Ich hatte heute Glück, weil ich Fußball ein bisschen verfolge. Aber natürlich bin ich nicht für United, sondern für Liverpool. Und du? Welche Mannschaft liegt dir am Herzen?«

»Käme auf die Quoten an.«

»Aha, so einer bist du …«

»Sieht so aus.«

»Manchmal geht's aber einfach darum, das Blaue vom Himmel zu lügen, Brekke. Das ist nicht verboten. Achte nur darauf, es gut zu machen. Alles hängt von der Glaubwürdigkeit ab und davon, ein Verhältnis zum Befragten aufzubauen. Versuche dein

Gegenüber vergessen zu lassen, warum er oder sie dort sitzt. Dann kommen die Antworten von selbst.«

»Ich verstehe.«

»Und wie ist er?«, fragte Harald und stellte seine Tasse auf der Fensterbank ab. »Dieser Adrian Locke.«

»Ich kenne ihn nicht so gut. Wir haben im Diner mal ein paar Worte gewechselt. Aber wie er ist?«

Der Übertragungswagen gab Gas und setzte den Blinker. »Ein Bauernsohn.«

»Viel Geld?«

»Sein Vater ist einer der größten Landbesitzer in ganz Aremark, vermutlich geht es ihnen also ganz gut.«

»Hab's ihm angemerkt.« Harald zündete sich eine Zigarette an und ließ sie im Mundwinkel hängen. »Bisschen wortkarg, aber sonderlich nervös kam er mir nicht vor. Ist wohl dran gewöhnt, dass sich das meiste schon irgendwie regelt.«

»Wieso hätte er denn nervös sein sollen?«

»Du hast mich beim Lügen erwischt. Allerdings würde ich mir eher wünschen, dass du seine Lüge bemerkt hättest.«

»Welche Lüge denn?«

»Das weiß ich noch nicht.« Harald spähte in die Dunkelheit. »Aber er hat gelogen.«

KAPITEL 26

Dienstag, 9. Oktober

Emily legte die Lippen um den Strohhalm und schlürfte den Drink in sich hinein, bis nur noch zerstoßenes Eis im Glas übrig war. Sie überprüfte, ob Handy und Geldbörse in der Handtasche lagen, rief nach ihrer Freundin und hoffte, die hämmernde Musik übertönt zu haben.

»Hä?«, rief die Freundin. »Schon so früh?«

»Glenn ist da«, rief Emily über den Tisch zurück. »Ich hab ihm vor einer Stunde eine Nachricht geschickt.«

»Vor einer Stunde?« Die Freundin warf den Kopf zurück. »Du machst Witze?«

»Ich hab's doch vorhin gesagt. Kommst du?«

Die andere antwortete mit einem Luftkuss, formte die Hand zu einem Telefon und rief: »Ich rufe dich morgen an!«

»Bist du sicher, dass du nicht mitkommen willst?«

»Äh …« Die Freundin blickte Emily dümmlich an und strich dem jungen, halbwegs gut aussehenden Typen neben sich über den Oberarm. »Ja.«

Emily erhob sich von der Sitzgruppe in der hintersten Ecke des Club Alibi, richtete ihr kurzes Kleid und spürte, wie der Alkohol in ihrem Blut kreiste und die Muskeln entspannte. Der Kopf dröhnte. Die Haut wirkte wie taub. Sie ließ den Blick durch das grottenähnliche Lokal schweifen, versuchte, den einfachsten, mit möglichst wenig menschlichen Hindernissen bestückten Weg hinaus zu finden, merkte aber bald, dass es nur einen Weg gab: durch das Wirrwarr der Menschen auf der Tanzfläche.

Bunte Lichter glitten über sie hinweg und umkreisten sie. Die Musik pochte in ihren Ohren. Sie spürte eine Hand auf dem Hintern, doch anstatt sich umzudrehen und dem Typen mit der flachen Hand zu antworten, lief sie schneller. Sie schob sich an den Tanzenden vorbei und zwischen ihnen durch, holte ihre Jacke von der Garderobe und trat auf die Storgate hinaus. Es war kühl. Sie zog den Reißverschluss hoch und ging an den Wartenden vorbei, die Schlange standen, um in den Club hineinzukommen.

Ein Mann schwankte aus der Reihe. Er entdeckte Emily und rief ihr etwas nach, das sie nicht verstehen konnte. Sie überquerte die Straße und lief weiter den Stortorv entlang.

Glenns Wagen stand mit laufendem Motor vor dem 7-Eleven-Kiosk. Er winkte ihr zu, als er sie entdeckte.

Der Geruch von Frittieröl schlug ihr entgegen, als sie die Autotür öffnete. Emily setzte sich hinein, legte sich die Handtasche in den Schoß und umarmte Glenn. Mit den Schuhen schob sie zwei leere Limonadenflaschen und etwas Einwickelpapier von irgendeiner Imbissbude im Fußraum zur Seite.

Glenn trug ein Basecap, das er sich tief ins Gesicht gezogen hatte. Seine molligen Arme ragten aus einem T-Shirt hervor.

»Danke«, sagte sie und lehnte sich an die Kopfstütze. »Ich weiß nicht, was ich heute ohne dich getan hätte. Du bist wirklich lieb.«

»Kommt deine Freundin nicht mit?«

»Nein, ich hab sie zu überreden versucht, aber sie hat sich Hals über Kopf in einen Typen verknallt, den sie vorhin in der Warteschlange kennengelernt hat.«

»Und, war's nett?«, wollte Glenn wissen.

»Ja. Wir waren erst im St. Raw und haben was gegessen, und

dann habe ich *viel zu viel* getrunken, aber ich glaub, so langsam geht es wieder.«

»Gut …«

»Mmhm«, entgegnete sie. »Aber Sara hat sich richtig volllaufen lassen. Deshalb hab ich mich auch so früh bei dir gemeldet. Ich war eigentlich schon bereit für die Heimfahrt, nachdem wir gegessen hatten.«

Emily sah, dass er einen Blick auf ihre nackten Beine warf, und Glenn sah, dass sie es gesehen hatte. In einer fließenden Bewegung wandte er den Blick ab und setzte den Blinker.

»Ich kann dich gern für die Fahrerei bezahlen.«

»Nein.«

»Dann wenigstens etwas Benzingeld.«

»Das brauchst du nicht.«

Sie sah sich um. Auf dem Rücksitz lag ein Spaten.

»Wozu fährst du denn mit einem Spaten durch die Gegend?«

»Oh.« Sein Schlabberhals verdrehte sich so weit wie möglich zur Seite. Dann sah Glenn wieder nach vorn. »Ich … ich weiß nicht.«

»Du bist manchmal echt seltsam.«

Ein Becher von Burger King ragte aus der Mittelkonsole hervor, am Rückspiegel hingen mehrere Wunderbäume. Er bremste für eine Gruppe Jugendliche, die die Straße beim McDonald's überquerte. Seine Pranken waren rund, und wenn er die Finger um den Schaltknüppel legte, waren die Knöchel kaum zu erkennen. Die Hand zitterte schwach.

»Du zitterst ja«, sagte sie. »Frierst du etwa?«

Seine Wangen schwabbelten, als er den Kopf schüttelte. Sie sah ihn schelmisch an und sagte:

»Liegt's daran, dass ich dich nervös mache?«

»Ich habe etwas, das sich essenzieller Tremor nennt.«

»Was ist das?«

»Unfreiwilliges Zittern.«

»Das ist mir vorher noch nie aufgefallen.«

Emily legte den Kopf zur Seite und schaute aus dem Fenster. Sie spürte die Schläfrigkeit kommen. Nichts ließ sie schneller und leichter einschlafen als in einem Auto mitzufahren. Sie würde sich bis nach Aremark kaum wachhalten können. Nicht mal bis zur E16. Sie fuhren an Peppe's Pizza und der Feuerwache vorbei. Am Kreisverkehr beim Café St. Croix gab Glenn Gas, und sie fuhren über die Fredrikstadbrücke.

»Da gibt's doch bestimmt was dagegen?«, fragte Emily und blickte auf die Glomma, die unter ihnen dahinfloss. Ihr Atem beschlug an der Seitenscheibe. »Gegen das Zittern.«

»Eigentlich sieht man das nur, wenn mein Blutzuckerspiegel zu niedrig ist oder wenn ich nervös bin.«

Zu niedriger Blutzucker konnte es jedenfalls nicht sein, dachte Emily und betrachtete den Müll zu ihren Füßen.

»Du bist doch nicht wegen mir nervös?«

Glenn schüttelte stumm den Kopf.

KAPITEL 27

Dienstag, 9. Oktober

Vom Dienstag waren nur noch wenige Minuten übrig, als die Räder einer Straßenbahn an der Ecke Hegdehaugsvei und Bogstadvei laut aufkreischten. Ausdruckslose Gesichter starrten ihn aus den Straßenbahnfenstern an. Das Handy stand auf lautlos, vibrierte jedoch in der Jackentasche. Kristian Bolstad zog es heraus. *Anton Brekke* leuchtete ihm vom Display entgegen. Es war jetzt das dritte Mal, dass der Ermittler ihn zu erreichen versuchte. Das erste Mal früh am Nachmittag, dann noch einmal vor ein paar Stunden. Er konnte eigentlich nur eines wollen, denn er würde wohl kaum anrufen, um mitzuteilen, dass er zur Teilnahme an der Dokumentation bereit wäre. Harald hatte es damals schon gesagt, als sie vor Antons Wohnung in Fredrikstad im Wagen gesessen hatten: »Lassen wir das, Kristian. Anton würde bei so etwas niemals mitmachen.« Kristian hatte protestiert. Immerhin waren sie eine Stunde gefahren, um mit Anton Brekke zu reden, und Kristian hatte gefragt: »Wie kannst du dir so sicher sein?« Harald hatte zu Brekkes Wohnung hinübergesehen und geantwortet: »Weil er alles, was er kann, von mir gelernt hat. Einschließlich, ›Nein!‹ zu solchen Angeboten zu sagen. Wir fahren nach Oslo und trinken stattdessen lieber ein paar Schnäpse. My treat.«

Im Sir Winston angekommen, hatte Kristian Bolstad es dennoch nicht ruhen lassen können. Er war einfach zu neugierig, zu erfahren, warum sie bei Haralds früherem Kollegen nicht geklingelt hatten. »Weil ich ihn nicht in diese Sache hineinziehen will, und jetzt sprich bitte nicht mehr davon.«

Kristian Bolstad hatte beschlossen, nicht mehr davon zu sprechen. Er traute sich nicht, noch tiefer zu graben. Und jetzt hatte Brekke selbst versucht, ihn anzurufen. Nicht einmal, sondern dreimal. Was bedeutete, dass er etwas von ihm wollte. Kristian Bolstad verspürte eine gewisse Aufregung. Denn er hatte etwas, das Brekke wollte, und Brekke hatte verflucht noch mal ganz bestimmt etwas, das Kristian haben wollte. Ja gut, er könnte sich an die örtlichen Ermittler unten in Agder wenden, die würden ganz bestimmt auch Ja sagen. Aber er wollte *ihn*. Den Star der Kripo. Den Ermittler, der intern den Staffelstab von der Legende Harald Uteng übernommen hatte. Kristian Bolstad war sicher, dass die Dokumentation ohnehin gut werden würde, doch das Ganze würde erst dann Gewicht bekommen, wenn er Brekke dabeihätte.

Am liebsten hätte er den Anruf angenommen. Mit ihm gesprochen. Und das würde er auch. Aber erst morgen im Laufe des Tages. Er wollte beschäftigt erscheinen. Das war die Taktik, die vielleicht funktionieren könnte. Geben und nehmen. Er stopfte das vibrierende Handy zurück in die Jackentasche.

Kristian Bolstad lief an den alten Prachtvillen in der Professor Dahls gate vorbei. Eine Sirene heulte in der Ferne auf und verstummte wieder.

Der Journalist blieb am Eingang zu seinem Wohnhaus stehen, ließ die Sporttasche fallen und fischte den Haustürschlüssel heraus. Er schob ihn ins Schloss und drehte ihn herum, dann warf er sich die Tasche wieder über die Schulter und betrat den Hausflur. Er konnte hören, wie die Tür automatisch verschlossen wurde, als sie hinter ihm ins Schloss fiel.

Kristian Bolstad stieg die Stufen im dunklen Treppenhaus hinauf. Seine Schritte hallten von den Wänden wider. In einer

Wohnung im ersten Stock wurde Musik gespielt. Eine Oper. Die alte Frau, die dort wohnte, war fast taub. Die Tageszeit spielte keine Rolle. Die Lautstärke war immer dieselbe.

Im zweiten Stock blieb er vor seiner Tür stehen.

»Gerade noch vor der Sperrstunde«, hörte er jemanden sagen.

Kristian Bolstad fuhr zusammen, drehte sich um und spähte die Treppe hinauf. Er konnte das Gesicht nicht erkennen. Die Gestalt erhob sich.

KAPITEL 28

Mittwoch, 10. Oktober

Emily wurde wach, als der Wagen anhielt. Sie wusste nicht, wie lange sie geschlafen hatte, geschweige denn, wo sie sich überhaupt befand. Alles, was sie sehen konnte, waren Bäume und Büsche, die im Scheinwerferlicht badeten. Benommen richtete sie sich im Sitz auf. Das Radio spielte leise Musik. Sie rieb sich die Augen und zog das Kleid wieder herunter, das weit über die Schenkel heraufgerutscht war und um Haaresbreite ihr Höschen freigelegt hatte.

Glenn starrte reglos geradeaus. Seine Hand ruhte auf dem Schaltknüppel, zitterte aber nicht mehr. Er zog die Handbremse an. Emily drehte sich um und blickte aus dem Heckfenster. Ein rötlicher Schimmer kam von den Rückleuchten. Davon abgesehen war alles pechschwarz.

Sie befanden sich tief im Wald.

»Wo sind wir eigentlich?«

»Nicht so weit von zu Hause«, erwiderte Glenn. »Du warst hier wohl noch nie?«

»Nein … aber was machen wir denn hier?« Sie sah auf die Handyuhr. »Es ist verdammt spät, Glenn. Ich muss morgen echt früh aufstehen und den Laden öffnen. Aslak rastet aus, falls ich verschlafe.«

»Es dauert nicht so lang.«

»Was willst du denn? Pinkeln?«

»Nein …« Mit einem Finger schaltete er das Radio aus. »Wie lange ist es her, dass du hierhergezogen bist?«

»Äh …« Das taube Gefühl hatte nachgelassen, der Alkoholpegel sank.

»Im nächsten Monat ist es ein halbes Jahr.«

»Aber wieso Aremark?« Er schaltete den Motor aus. Mit einem Mal saßen sie im Dunkeln. »Weil das nämlich kein Ort ist, wo man *hin*zieht, sondern von dem man *weg*zieht.«

»Kannst du das Licht wieder einschalten?«, fragte sie.

»Unheimlich?«

»Nein, aber ich kann dich ja nicht mal richtig sehen.«

Er schaltete das Standlicht ein. Ein gelber Schein legte sich um den Wagen und ließ Glenns Konturen erkennen.

»Also … weshalb?«

»Fillip hat ja den Job unten in Halden bekommen, also haben wir hier ein Haus gekauft, weil es günstig war. Als im Sommer dann Schluss war und er ausgezogen ist, da … Es war ja nicht geplant, dass ich hier allein wohnen würde. Aber inzwischen gefällt es mir, und der Ort ist wirklich schön.« Sie setzte ein schiefes Lächeln auf. »Obwohl hier wirklich absolut nichts los ist.«

»Deswegen bin ich auch hier reingefahren«, sagte Glenn und blickte geradeaus. »Du hast dich bei der Arbeit ja öfter darüber beschwert, dass Aremark langweilig und trist ist. Dass hier nie was passiert.«

»Aber Glenn …« Sie legte eine Hand auf seinen Unterarm. Er zuckte leicht zusammen. »Du nimmst dir das doch nicht zu Herzen, oder? Ich sage das ja nicht, um den Ort schlechtzumachen, aber es stimmt doch?« Sie zog die Hand wieder zurück und richtete sich auf. »Du willst doch wohl nicht behaupten, dass hier *viel* passiert? Aremark ist ja nicht gerade ein Zirkus.«

Ohne den Blick vom dichten Wald vor ihnen abzuwenden,

sagte er: »Bist du mal auf den Gedanken gekommen, dass hier schon so viel passiert ist, dass es mehr als ausreichend ist?«

»Wie meinst du das?«

»Komm«, sagte er und öffnete die Autotür.

KAPITEL 29

Mittwoch, 10. Oktober

»Wie sind Sie ins Haus gekommen?«, war alles, was Kristian Bolstad hervorbringen konnte.

»Mit der hier.« Die Gestalt stieg die Treppe hinunter, schob die Hand in die Tasche und zog eine Plastikkarte mit einem Bild von sich und der Aufschrift POLIZEI hervor.

»Ah, ja«, sagte der junge Journalist und schloss auf. »Ich wollte Sie morgen zurückrufen. Hatte den ganzen Tag zu tun.«

»Gut«, sagte Anton Brekke. »Wenn ich es nicht besser wüsste, hätte ich glauben können, Sie wollten nicht mit mir reden. Dass Sie beleidigt wären, weil ich Sie bei Ihrem Vorhaben nicht unterstützen wollte. Aber dafür sind Sie wohl ein bisschen zu professionell, nicht wahr?«

»Nein, nein.« Kristian Bolstad hörte, dass seine Stimme heller wurde. »Ich war einfach nur sehr beschäftigt.« Er stellte die Tasche im Flur ab. »Kommen Sie rein.«

Sie gingen ins Wohnzimmer. Er schaltete eine Stehlampe ein. Anton Brekke sah sich interessiert um.

»Ziemlich geräumig«, sagte er. »Wie groß ist die Wohnung?«

»Einhundertvier Quadratmeter«, erwiderte Kristian Bolstad aus der Küche. »Ich …«

Anton Brekke stieß einen Pfiff aus.

»Einhundertvier quadratische Meter. Mitten im Herzen von Oslo. Wie alt sind Sie? Dreiundzwanzig?«

»Vierundzwanzig.«

»Tja, da sollte ich wohl die Handschellen ins Regal legen und mir besser zwei Mikrofone kaufen. Was ist nötig, um so erfolgreich zu sein wie Sie? Ich weiß, dass man als junger Mann auch ein YouTube-Konto hat. Ist das der richtige Ort, um einen Podcast zu starten?«

Kristian grinste in den Kühlschrank hinein.

»*So* lukrativ ist es nun auch nicht.« Er nahm eine Flasche mit einem fertig gemixten Proteinshake heraus. »Ich habe die Wohnung vor zwei Jahren von meinem Großvater geerbt.«

Er setzte sich ans andere Ende des Sofas, auf dem Anton schon Platz genommen hatte. Der junge Mann drehte den Verschluss ab, nahm einen ordentlichen Schluck und erzählte, dass er zum Training gehe, allerdings Probleme mit der Gewichtszunahme habe, weshalb er morgens und abends mit einer in Milch aufgelösten Portion Kraftfutter nachhelfe. Dann fragte er Anton, was der Anlass für seinen Besuch sei.

»Harald«, erwiderte Anton knapp.

»Das hab ich schon verstanden. Wollten Sie was Bestimmtes wissen?«

»Mein Eindruck ist, dass Harald am Ende ziemlich viel getrunken hat. Sie haben es gesagt, und andere, mit denen er Kontakt hatte, haben es auch erwähnt.«

»Ja«, sagte Kristian Bolstad und nickte. »Das stimmt. Er hat viel getrunken.«

»Also …« Anton fing seinen Blick auf. »Was habt ihr beide eigentlich getrieben, dass Harald sich so vom Barschrank angezogen gefühlt hat?«

Kristian hielt sich die Nase zu und kippte den Rest des Aufbaudrinks in sich hinein.

»Wie ich schon am Sonntag erwähnt habe …«, sagte Kristian

und rülpste, »… tut mir leid … aber wie gesagt, hat Harald vorgeschlagen, dass wir in einen über fünfundzwanzig Jahre alten Mordfall eintauchen, um uns näher anzusehen, wie so etwas Brutales einen kleinen Ort wie Aremark und die dortige Bevölkerung beeinflusst – selbst noch so lange danach.« Kristian stand auf und ging wieder in Richtung Küche. »Wir haben Kaffee getrunken und uns unterhalten. Und bei dieser ersten Unterhaltung sind wir übereingekommen, dass wir in der ersten Episode viel über seine Person sprechen würden, ehe wir uns dann schrittweise dem Aremark-Fall nähern wollten. Harald gefiel das nicht, aber ich habe ihm erklärt, dass die Hörer in erster Linie auf *ihn* neugierig wären.«

Er stellte die leere Flasche auf die Anrichte. »Wollen Sie was zu trinken?«

»Danke, aber nein.«

Kristian füllte ein Glas mit Wasser, während er weiterredete: »Als wir das erste Mal in diese tiefen Wälder in Østfold gefahren sind, hat Harald mich überall herumgeführt. Die Steinhütte …« Er kam zurück zum Sofa. »… das alte Lensmannbüro. Malins Grab. Die Häuser, wo die Beteiligten wohnten und teilweise noch immer wohnen. Er hat mich durch den ganzen Fall geführt, während wir da unten rumgefahren sind. Danach habe ich überall angerufen, hab erklärt, was wir vorhaben. Die meisten hatten nichts dagegen, mit uns zu reden, abgesehen von diesem Kaufmann, Aslak Irgendwas … wie heißt er noch gleich?«

»Rød«, sagte Anton. »Aslak Rød.«

»Ja, stimmt. Er war zu Beginn einigermaßen aufgeschlossen, hat sich dann aber anders entschieden. Grantiger Typ, der meinte, es sei bloß Unsinn, was ich vorhätte. Und dass das Dorf in ein schlechtes Licht gerückt werden würde.«

»Am Ende des Podcasts sagen Sie, dass man in der nächsten

Episode eine Person kennenlernen würde, die immer noch denkt, dass der falsche Mann verurteilt wurde. Um wen handelt es sich dabei?«

»Tove Asp.«

Anton dachte nach.

»Es ist zu lange her, als dass ich mich noch an alle Namen erinnern könnte. Wer ist sie?«

»Eine alte Frau.« Kristian legte drei Finger auf sein Auge. »Sie trägt so eine Augenklappe, allerdings weiß ich nicht, ob sie die 1991 auch schon hatte.«

»Ja, doch, dann weiß ich, wer gemeint ist. Sie war schon damals nicht mehr die Jüngste. Muss doch inzwischen bestimmt hundert sein?«

»Dagegen kann man nichts machen, aber im Kopf ist sie topfit. Das Ganze war purer Zufall. Wir sind uns im Laden begegnet, und sie hat Harald wiedererkannt. Wollte wissen, was ihn zurück ins Dorf gebracht hätte. Da dachte ich, dass es vielleicht ganz interessant wäre, die Betrachtungen einer alten Frau zu hören, die ihr ganzes Leben in Aremark verbracht hat. Am nächsten Tag haben wir sie dann besucht, und als wir da saßen, tja nun, ich will nicht sagen, dass sie zu *schimpfen* anfing, aber sie wurde Harald gegenüber ganz streng.«

»Inwiefern?«

»›Ihr habt den falschen Mann ins Gefängnis geschickt!‹, bellte sie. ›Das hab ich euch gleich von Anfang an gesagt! Der junge Mann hatte nichts mit der Sache zu tun!‹«

»Was meinte sie denn damit?«

»Sie erzählte, sie hätte die Zwillinge an dem Abend von ihrem Schlafzimmerfenster aus gesehen. Wobei sie nicht *Zwillinge* gesagt hat, sondern *kleine Teufel.*«

KAPITEL 30

Mittwoch, 10. Oktober

Die Blätter in den Baumkronen rauschten.

Wie ein Bulldozer bahnte sich Glenn einen Weg in den Wald hinein. Emily folgte ihm dichtauf. Ihre Augen hatten sich einigermaßen an die Dunkelheit gewöhnt, doch mehr als Büsche und Bäume, die an dunkle Schatten erinnerten, war nicht zu erkennen.

»Jetzt mal im Ernst, Glenn«, sagte Emily lachend, »was hast du denn bloß vor?«

Ein Zweig berührte ihr Bein. Sie fluchte leise.

»Hast du mal von Malin Rekve gehört?«, fragte Glenn, ohne sein Tempo zu drosseln.

»Nein.«

»Sie wurde 1991 hier ermordet.«

»Ah ja, stimmt. Ein Nachbar hat es Fillip und mir erzählt, nur zwei Tage nachdem wir hergezogen waren.«

»Zwillingsbrüder, die hier lebten, haben sie damals gefunden.« Glenn ging schneller. »Es war kurz vor Weihnachten. Im Laufe der Nacht war viel Schnee gefallen. Aber damals hat es hier noch ganz anders ausgesehen. Man konnte mit dem Wagen hier herauffahren.«

Er kam etwas außer Atem.

»Wurde sie nicht in einer Hütte gefunden? Mit durchgeschnittener Kehle?«

»Ja, genau«, sagte Glenn. »Sieh mal, hier.«

Er blieb stehen. Emily ebenso. Ein offener Platz mit einer in den Hang gebauten Hütte kam zum Vorschein, als Glenn ein paar Äste zur Seite schob.

»Du machst … Witze …«, sagte sie und spähte mit offenem Mund in Richtung Hütte. »Das war doch nicht hier?«

Glenn gab keine Antwort, sondern überquerte nur den offenen Platz vor der Hütte. Er öffnete die Tür und ging hinein. Emily blieb an der Tür stehen, während Glenn ein paar Schritte weiter hineintrat. Dann stellte sie sich mitten in den Raum. Es roch faulig. Zu hören war nur der Wind, der durch die Blätter der Bäume draußen strich. Emily konnte einen offenen Kamin, eine Steinbank an der Wand und einen alten Holztisch erkennen.

»Da«, sagte Glenn leise, »genau wo du jetzt stehst, da hat sie gelegen. Dein rechter Fuß ist jetzt da, wo ihr Kopf lag. Er hing gerade noch am Körper.«

Emily blickte zu Boden. Spürte Gänsehaut an den Beinen.

»Wo ihr Kopf lag …?« Sie blickte ihn an. »Woher weißt du das?«

»Mein Bruder und ich haben sie gefunden.«

Emily erschauderte, spürte, wie ihr Herz schneller schlug. Von einer Sekunde auf die andere war sie vollkommen nüchtern. Als hätte sie zuvor nicht einen einzigen Tropfen Alkohol getrunken. Ihr Mund war mit einem Mal so trocken, als hätte sie den ganzen Tag überhaupt keine Flüssigkeit zu sich genommen. Allerdings nicht, weil sie dort stand, wo ein paar Jahre vor ihrer Geburt ein siebzehnjähriges Mädchen vergewaltigt und umgebracht worden war, sondern weil sie erst in diesem Moment bemerkte, dass Glenn den Spaten mitgenommen hatte.

KAPITEL 31

Mittwoch, 10. Oktober

»Es sei nicht das erste Mal gewesen, erzählte sie«, sagte Kristian Bolstad. »Die beiden haben sich wohl ständig nachts rausgeschlichen. Niemals, wenn der Vater zu Hause war, aber sobald er wieder zu seiner Arbeit auf der Bohrinsel in der Nordsee aufgebrochen war, galten anscheinend andere Regeln. Oder besser gesagt, keine Regeln.«

»Das ist mir neu.«

»Das war auch neu für Harald. Aber laut Tove Asp hatte sie am Tag nach dem Mord Lensmann Larsen darüber informiert – als sie hörte, was oben in der Steinhütte passiert war.«

»Klingt merkwürdig«, sagte Anton. »Dass Larsen diese Information nicht an Harald oder mich weitergegeben haben soll. Ich war doch jeden Abend bei ihm zu Hause, um ihn über die Geschehnisse auf dem Laufenden zu halten.«

»Das hat Harald auch gesagt.«

»Habt ihr mit den Zwillingen darüber gesprochen?«

»Jedenfalls mit dem einen, der noch lebt. Er hat es bestritten. Später hat er dann zugegeben, dass sie sich manchmal rausgeschlichen haben, aber angeblich nicht an jenem Abend.«

»Der eine, der noch lebt?«

»Rolf hat sich erhängt«, sagte Kristian Bolstad. »Im Sommer 96.«

»Das wusste ich gar nicht.«

»Auf der Rückfahrt habe ich zu Harald gesagt: ›Was, wenn da was dran ist, was sie sagt.‹ Ich meine, sie kann natürlich auch die Tage durcheinandergebracht haben, aber das bezweifle ich.«

»Was hat Harald geantwortet?«

»Nichts. Auf der ganzen Fahrt zurück nach Oslo hat er kaum ein Wort gesagt. Und dann hat er sich besinnungslos volllaufen lassen. Im wahrsten Sinne des Wortes. Fast bis zur Bewusstlosigkeit. Ich habe mich nicht getraut, ihn allein mit der Fähre nach Nesoddtangen rüberfahren zu lassen. Ich habe ihn also begleitet, und darüber bin ich froh. Sonst hätte er nicht mal sein Boot wiedergefunden.«

»Habt ihr Lensmann Larsen dann damit konfrontiert?«

»Er ist 2002 gestorben. Aber ich sehe keinen Grund, warum die alte Frau bei dieser Sache gelogen haben sollte, oder?«

»Nein. Dennoch seltsam, dass wir diese Information nicht bekommen haben.«

»Wir haben uns dann weiter mit Leuten getroffen, die direkt von dem Mord betroffen gewesen waren, und anderen, die das Ganze nur von der Seitenlinie miterlebt hatten. Ich habe das Harald gegenüber nie erwähnt, aber mir kam es so vor, als hätte er unseren eigentlichen Plan vergessen. Es war ihm nämlich total egal, wie sich der Mord an Malin Rekve auf das Dorf ausgewirkt hatte. Mein Ausgangspunkt bei der ganzen Sache war der menschliche Aspekt. Harald hat aber die ganze Zeit nur über den Fall gesprochen und darüber, dass die Zwillinge in der Mordnacht angeblich draußen gewesen waren und das nie bekannt geworden war … Das ist auch der Grund dafür, dass ich Harald die ganze Zeit seinen Willen gelassen habe. Ich wusste, dass früher oder später etwas bekannt würde, das Schlagzeilen gemacht hätte. Dass er mich deswegen kontaktiert hatte.«

»Was kann das gewesen sein?«

»Wenn ich das nur gewusst hätte. Es war diese Intensität, mit der er darauf bestand, dass die letzte Episode live gesendet werden sollte. Er hat also da unten ganz andere Ziele verfolgt als die, über die wir uns zuvor geeinigt hatten … Ich habe das damals relativ schnell kapiert. Allein, dass Harald nach dem Gespräch mit Tove Asp so still wurde …« Kristian Bolstads Blick richtete sich auf einen Punkt in der Ferne. »Da wusste ich einfach, dass ich hier eine richtig spannende Sache am Laufen hatte.«

»Und was glauben Sie? Sie haben sich ja vermutlich ein paar Gedanken gemacht.«

»Ich glaube, dass Harald in der letzten Episode einen alternativen Täter entlarven wollte. Das ist das Einzige, was erklärt, warum er so unnachgiebig auf die Livesendung bestanden hat.«

KAPITEL 32

Mittwoch, 10. Oktober

»Ich bin immer schon kräftig gewesen«, sagte Glenn und blickte dabei zum Tisch. »Aber erst, als mein Bruder starb, bin ich richtig fett geworden.« Mit dem Spaten zwischen den Knien hatte er sich auf die Steinbank gesetzt. »Ich hab dir doch davon erzählt, oder?«

»Ich finde nicht, dass du fett bist, Glenn. Ich finde, du bist genau richtig.«

»Dann würdest du also Ja sagen, wenn ich dich um ein Date bitten sollte?«

»Das weiß ich nicht, Glenn … Du bist sechzehn Jahre älter als ich. Mein Vater ist total durchgedreht, als ich ihm erzählte, dass Fillip zehn Jahre älter ist als ich.«

»Aber du warst doch schon siebzehn, als ihr zusammengekommen seid?«

»Ja, stimmt.«

»Ich finde, sechzehn Jahre sind nicht so viel. Zwischen George und Amal liegen siebzehn Jahre.«

»George und Amal?«

»George Clooney«, sagte Glenn. »Hab's in einer Zeitschrift gelesen.«

»Nun …«

»Wir könnten doch einen Abend nach Halden fahren und ins Restaurant gehen?«

»Das können wir«, sagte Emily aufmunternd. »Aber nach Fillip und dem Ganzen ist es mir noch viel zu früh, von einem Date zu reden.«

»Auch gut.« Er gähnte. »Ich werde langsam müde. Vielleicht Zeit, dass wir nach Hause fahren. Du willst doch morgen zeitig zur Arbeit, oder?«

»Genau«, erwiderte Emily. »Aber was hast du denn eigentlich mit dem Spaten vor, Glenn?«

»Nichts. Ich habe mich anders entschieden.«

KAPITEL 33

Mittwoch, 10. Oktober

Mit Ausnahme des rund um die Uhr besetzten Empfangs, lag das Kripogebäude in tiefem Schlaf. Nur ein grünes Notausgangsschild erhellte den Gang im dritten Stock. Anton konnte Musik hören, als er an Magnus' geschlossener Bürotür vorbeikam. Er blieb stehen und sah auf seine Handyuhr. 00:58. Er öffnete die Tür. Aus den PC-Lautsprechern ertönte Rapmusik. Anton formte ein W, indem er Mittel- und Ringfinger aneinanderpresste, Zeigefinger und kleinen Finger abspreizte. Er legte das W an sein Herz und sagte: »Westside yo bro.«

»Werd' erwachsen«, entgegnete Magnus und tippte weiter. »Ich arbeite.«

Anton trat ein.

»Diese Perle, die du da hörst, ist fast auf einem Niveau mit Led Zeppelins ›Stairway to Heaven‹. Vielleicht sogar besser.« Er ließ das W rhythmisch durch die Luft tanzen. »Wenn man das Geplapper entfernt, bleibt eine fantastische Komposition, die sogar Beethovens muffige Unterhosen erzittern ließe.«

»Du bist so unfassbar komisch«, sagte Magnus, ohne vom Bildschirm aufzublicken. Die Tastatur klapperte. »Ich dachte, Kommissar Herbstferien sei schon längst weg.«

»Ist er auch«, entgegnete Anton und wechselte zu einem theatralischen, britischen Akzent: »*And then he returned.* Hast du vielleicht eine Tablette gegen meine hämmernden Kopfschmerzen?«

Magnus stellte die Musik leiser, öffnete eine Schublade und kramte darin herum. Dann nahm er eine Packung Ibuprofen heraus. Anton durchquerte das Büro und stellte sich hinter ihn, griff nach den Tabletten und steckte sie in die Tasche.

»Die ganze Packung?«, sagte Magnus. »Reichen da nicht eine oder zwei?«

»Torp, wie bei allem anderen mache ich es ordentlich. Kopfschmerzen sind da keine Ausnahme.«

Auf dem Bildschirm war ein Textdokument zu sehen. Magnus' Finger tanzten schnell über die Tastatur und fügten neue Sätze hinzu. Am Rande des Bildschirms stand »Seite 29«. Anton gab ein langes »Hhmm« von sich. Dann noch eins. Gereizt schob Magnus die Tastatur zur Seite.

»Echt jetzt, Anton«, sagte er. »Ich bin total geschafft. Aber Skulstad will den Bericht morgen früh haben, und ich nähere mich dem Ende.«

Anton deutete mit der Hand auf den Bildschirm. »Ist das der Bericht über Kristiansand?«

»Was sollte es sonst sein?«

Magnus schaltete die Musik ab.

»Schwer zu sagen. Bei neunundzwanzig Seiten könnte es auch der Beginn eines Romans sein. So was kannst du Skulstad aber nicht schicken.«

»Was redest du da?«

»Neunundzwanzig Seiten, Torp. Und du *näherst* dich dem Ende. Hast du wirklich vor, einen über dreißigseitigen Bericht abzugeben – von uns?«

»Äh ...« Magnus scrollte das Dokument rauf und runter. »Ja?«

»Tut mir leid, ich hätte dir das sagen sollen. Aber maximal vier Seiten.«

»Sehr witzig.« Magnus grinste, zog die Tastatur wieder zu sich heran und tippte weiter.

»Skulstad hat nicht die zeitlichen Kapazitäten, einen dreißigseitigen Bericht zu lesen, Torp. Dann würde er nichts anderes mehr tun.« Anton beugte sich vor und las einen Satz aus dem Dokument vor. *»Um 13:59 an diesem Freitagnachmittag begannen Polizeihauptkommissar und Ermittlungsleiter Anton Brekke und Polizeioberkommissar Magnus Torp die zweite Vernehmung des Beschuldigten nach seiner Festnahme, oder die sechste Vernehmung, wenn man die Befragungen mitrechnet, die nach seiner … Bla, bla, bla … Zu diesem Zeitpunkt war der Beschuldigte …«* Anton schüttelte den Kopf. »Der Typ hat gestanden, Torp. Kurze Beschreibung der gemachten Funde. Kurze Beschreibung der Konfrontation. Kurze Beschreibung seines Mordgeständnisses. Du solltest fähig sein, so etwas auf anderthalb Seiten zusammenzufassen.« Er trat auf die Tür zu. »Gute Nacht.«

Hinter sich konnte er Magnus stöhnen hören. Dann sagte er: »Warte, du kriegst um diese Zeit eh keinen Zug nach Hause.«

»Ich weiß«, sagte Anton. »Ich schlafe hier.«

»Warum das?«

»Weil ich morgen früh eine Verabredung habe.«

»Mit wem?«, fragte Magnus neugierig.

»Das sind vertrauliche Informationen.«

»Hör auf mit dem Scheiß, Anton. Ich bin müde und hab schlechte Laune. Wen wirst du treffen?«

»Das sind wirklich vertrauliche Informationen. Aber wenn du morgen früh immer noch hier sitzt, was wahrscheinlich der Fall ist, darfst du mitkommen.«

KAPITEL 34

Mittwoch, 10. Oktober

»Ich hoffe, du hast dich nicht erschreckt wegen des Spatens, Emily«, sagte Glenn, als er vor ihrem Haus vorfuhr. »Aber den habe ich immer bei mir, wenn ich abends im Wald bin.«

»Wieso denn?«

»Weil der Wald in Aremark nicht sicher ist. Soll ich dich noch ins Haus begleiten?«

»Nicht nötig, Glenn.« Emily beugte sich über die Mittelkonsole und umarmte Glenn. »Vielen Dank fürs Abholen.«

»War mir ein Vergnügen«, erwiderte Glenn. »Ruf einfach an, wenn was sein sollte.«

Sie lächelte ihn an und stieg aus. Es war kalt. Sie schloss die Autotür und winkte ihm durchs Fenster zu. Er winkte zurück und gab Gas. Die Rücklichter seines Wagens verschwanden hinter der Hecke.

Emily ging zur Haustür und wollte gerade den Schlüssel ins Schloss stecken, als sie schnelle Schritte auf dem Asphalt hörte. Mit dem Schlüssel in der Hand drehte sie sich um und wollte das Geräusch lokalisieren. Sie entdeckte einen Kopf, der über den Rand der Hecke ragte.

Ihr Nachbar. Der alleinerziehende Vater. Sie sah auf die Uhr und seufzte. Es war schon nach eins, und der Nachbar hatte die leidige Tendenz, unendlich lang zu reden. Und dazu war es meist nur Gelaber. Er war mehr als doppelt so alt wie sie und hätte somit streng genommen mehr zu erzählen gehabt. Aber das hatte er nicht. Niemals. Sogar Fillip war nicht sonderlich interessiert gewesen, sich mit ihm zu unterhalten, und wenn schon Fillip so etwas sagte … nun, ja.

»Hallo, Emily«, sagte der Nachbar, als er hinter der Hecke hervorkam und näher trat. An der Vortreppe blieb er stehen.

»Hallo«, sagte sie. »Bist du so spät noch auf?«

»Ja, ich fange morgen nicht vor zwölf an. Ich wollte nur hören, ob du möchtest, dass ich mir vielleicht deine Wärmepumpe mal ansehe. Wenn's plötzlich kalt wird, ist es nämlich gut, wenn die funktioniert.«

»Meine Wärmepumpe?« Sie trat einen Schritt zur Seite.

»Ja.« Er ging durch den Vorgarten zur Hauswand. »Christer ist vorhin abgehauen.«

Als er Christer zum ersten Mal erwähnt hatte, war Emily sicher gewesen, dass die Rede von seinem vierzehnjährigen Sohn war. Aber dem war nicht so. Christer war sein Rottweiler.

Emily folgte ihm.

»Ich hab ihn hier bei dir wiedergefunden, und dabei ist mir das hier aufgefallen.«

Sie fluchte.

»Das ist wirklich kein Problem. Wenn du willst, kann ich mich morgen vor der Arbeit darum kümmern. Ich glaube, ich habe das nötige Material, und wenn nicht, besorge ich es.«

Der außen befindliche Teil der Wärmepumpe schien sich von der Befestigung gelöst zu haben und stand schräg von der Wand ab. 28 000 verdammte Kronen hatte sie dafür bezahlt. *Sie.* Nicht Fillip. Sie sollte die Hälfte zurückbekommen, sobald sein Urlaubsgeld gekommen wäre. Das Urlaubsgeld war schon längst gekommen, da waren sie sogar noch zusammen gewesen, aber er hatte keine einzige Krone an sie überwiesen.

»Ich hatte keine Ahnung«, sagte sie. »Wie kann das passiert sein?«

»Das habe ich mich auch gefragt«, murmelte der Nachbar.

Sie schaltete die Taschenlampe an ihrem Handy ein und leuchtete den außen liegenden Teil des Kastens von der Rückseite an. Eines der Kupferrohre, die vom Kompressor ins Haus hineinführten, hatte sich gelöst. Emily fluchte erneut. Wie konnte es nur sein, dass es einfach von der Wand abgefallen war? Hätte Fillip es festgeschraubt, wäre ihr alles klar gewesen, aber es war extra ein Monteur gekommen. Sie ließ den Lichtkegel umhergleiten. Ihr Arm erstarrte mitten in der Bewegung. Langsam richtete sie das Licht zurück auf den Kasten. Da waren zwei große Schuhabdrücke. Sie leuchtete auf das Blumenbeet an der Grundmauer. Auch in der Erde konnte sie Spuren von dicken Schuhsohlen erkennen.

Emily war nicht mehr kalt. Eine plötzliche Hitze durchströmte ihren Brustkorb, setzte sich unter den Armen fort und schoss ihr in die Wangen. In den Schläfen pochte das Blut. Denn während sie die Wand betrachtete, wurde ihr plötzlich klar, was hier am Sonntagabend geschehen war, als sie gemütlich in der Badewanne gelegen hatte. Sie schaute zu dem kleinen Fenster hinauf, das gleich unterhalb der Zimmerdecke lag. Das Fenster, durch das man problemlos hineinblicken konnte, wenn man auf dem Kompressor stand und sich leicht zur Seite neigte.

KAPITEL 35

1991, Tag 1

Die von Sandra Julsen gemachten Angaben stimmten mit Adrian Lockes Schilderungen über den Verlauf des Abends überein.

Sie saß auf dem Sofa, von ihren Eltern flankiert, die beide nervös an ihren Zigaretten saugten. Sandras Stimme war so leise, dass Anton sich konzentrieren musste, um zu verstehen, was sie sagte. Ihre Augen waren verweint und geschwollen. Sie hatte die ineinander verschränkten Hände auf die Wolldecke gelegt, die über ihrem Schoß lag. In den wenigen Minuten, seit Anton und Harald eingetroffen waren, hatte sie kaum aufgesehen. Ihr Blick konzentrierte sich auf eine ausgebrannte Kerze auf dem Tisch. Anton war ihr ein paarmal im Diner begegnet, hatte ihr aber bloß zugenickt, wie auch allen anderen Jugendlichen, auf die er traf.

»Weißt du noch, wie spät es war, als ihr euch getrennt habt?«

Sandra Julsen antwortete, aber weder Harald noch Anton konnten sie verstehen.

»Sandra«, sagte Harald sanft. »Ich kann dich nicht hören.«

»Ich weiß nicht. Ich hab nicht auf die Uhr gesehen.«

»Sie ist jedenfalls um fünf nach halb eins nach Hause gekommen«, sagte der Vater und klopfte seine Zigarettenasche über einer leeren Bierdose ab. »Und von der Kreuzung hierher dauert es exakt drei Minuten.«

»Sie waren wach?«, wollte Harald wissen.

»Wir hatten uns schon hingelegt, aber sie schaute kurz herein, um zu sagen, dass sie nach Hause gekommen sei. Dabei habe ich auf die Uhr gesehen.«

»Und von der Kreuzung zu Fuß hierher dauert es exakt drei Minuten?«

»Man kann die Kreuzung von hier aus sehen«, sagte Anton und trat ans Fenster.

Harald folgte ihm. Der Hof der Familie Julsen lag auf einer kleinen Anhöhe. Anton zeigte nach draußen. Man konnte die Kreuzung und ein ganzes Stück der Landstraße 21 sehen. Harald nickte und ging zurück zum Sofa. Anton blieb am Fenster stehen und hörte, wie das Gespräch fortgeführt wurde. Er sah hinaus auf den Hof. Die Garage war mit derart viel Schrott vollgestopft, dass sich die Tür nur halbwegs schließen ließ. Der Firmenwagen der Julsens stand gleich davor. Ein heruntergekommener Lieferwagen mit großen Rostflecken an den Radkästen. Auf der Seite stand *Maurermeister Benny Julsen.*

Harald schrieb langsam mit. Als ob er die nächste Frage im Kopf formulierte, während er die Antwort auf die vorherige notierte. Adrian Locke hatte erzählt, dass die beiden jungen Frauen um zehn nach zwölf aufgebrochen seien. Die eins Komma sechs Kilometer müssten sie in zwanzig Minuten bewältigt haben, dachte Anton. Wenn die beiden nicht ewig für die Verabschiedung gebraucht hatten, dann ging die Rechnung auf. Harald musste das Gleiche gedacht haben, denn Anton sah, dass er *Zeit – ok* notierte und doppelt unterstrich.

»Habt ihr auf dem Weg zur Kreuzung irgendjemanden gesehen?«

Sandra Julsen schüttelte den Kopf.

»Niemanden? Nicht mal ein Auto, das vorbeigefahren ist?«

»Nein ...« Zitternd blickte Sandra zu Anton auf. »Ich habe Malin gefragt, ob sie bei mir übernachten will, aber sie konnte nicht. Sie hatte versprochen, nach dem Fest gleich nach Hause zu gehen.«

Die Mutter nickte und drückte fest die Hand ihrer Tochter, ohne den Blick von ihr abzuwenden. Ein paar Tränen rollten an Sandras schmalem Gesicht hinunter.

»Wir sind bald fertig, Sandra«, sagte Harald. »Jetzt haben wir über euren Fußmarsch zur Kreuzung gesprochen. Was ist denn passiert, als ihr dort angekommen seid?«

»Wir … wir haben uns verabschiedet.«

»Wie lange habt ihr da gestanden, ehe ihr euch getrennt habt?«

»Ich weiß nicht … Jedenfalls nicht lange. Zwei Minuten vielleicht.«

»Und dann seid ihr in verschiedene Richtungen davongegangen?«

»Ja.«

Harald sah den Vater an.

»Sie wohnen ja ziemlich dicht an der Hauptstraße. Ist das normal, dass an einem Samstagabend so wenig Verkehr herrscht?«

»Ja, zwischen einem Wagen und dem nächsten können abends manchmal Stunden vergehen. Besonders am Wochenende.« Der Vater blies den Rauch aus, löschte die Zigarette und sah seine Tochter an. »Was ist mit dem Wagen?«

»Welcher Wagen?«, fragte Harald.

Sandra sagte etwas, war aber auch dieses Mal nicht zu verstehen. Die Mutter hatte es offenbar auch nicht mitbekommen, denn sie strich ihrer Tochter über die Schulter und bat sie, das Gesagte zu wiederholen.

»Das war später«, sagte sie. »Nachdem wir uns getrennt hatten. Gleich da unten.«

»Er hat angehalten«, sagte der Vater. »Und mit dir gesprochen. War es nicht so?«

»Er wollte wissen, ob er mich irgendwohin mitnehmen sollte«, flüsterte Sandra. »Ich habe bloß aufs Haus gezeigt und gesagt, dass ich da wohne. Aber ich hab ihm für sein Angebot gedankt.«

»Weißt du, wer das war?«

»Nein, er kam nicht aus Aremark.«

»Was für einen Wagen fuhr er denn?«

Sie sah ihre Mutter an.

»So einen wie Opa ihn früher hatte.«

»Ein Pick-up?«, fragte die Mutter.

»Ja.«

»In welche Richtung ist er gefahren?«

»Nach Süden. Richtung Malin.«

»Genauer kannst du es nicht beschreiben? Marke? Farbe?«

»Tut mir leid …«, schluchzte sie. »Ich weiß nicht, ich glaube, da fehlte ein Rücklicht. Und dann hat der Wagen totalen Lärm gemacht, als er anhielt, hat geheult und gequietscht.«

»Das habe ich auch gehört«, sagte der Vater. »Abgefahrene Bremsen. Weißt du noch, was ich zu dir gesagt habe, Bjørg?« Er sah seine Frau an. »›Da kommt einer mit abgefahrenen Bremsen‹.«

Seine Frau nickte.

»War der Fahrer jung oder alt?«, fragte Harald.

»Es war so dunkel«, schniefte Sandra, »aber vielleicht zwischen achtzehn und fünfundzwanzig.« Sie zuckte mit den Schultern. »Jedenfalls nicht alt.«

»Wie ist er dir vorgekommen?«

»Ich bin nicht sicher«, sagte Sandra. »Aber ich weiß noch, dass ich froh war, mich bloß dreißig Sekunden von der Haustür entfernt zu befinden. Er ist nämlich erst weitergefahren, nachdem ich hineingegangen war.«

TEIL III

KAPITEL 36

Mittwoch, 10. Oktober

Drei Stockwerke unter der Erde, ganz hinten im Gang von Zone 2c im J-Block, war die Nacht wie erwartet verlaufen: Ruhig. Das Telefon hatte zwischen drei und halb vier zweimal geklingelt, davon abgesehen war es so still gewesen, dass Hugo Babsvik die halbe fünfte Staffel von *Breaking Bad* hatte anschauen können, während er einen knappen Liter Red Bull in sich hineingekippt hatte. Darüber hinaus hatte er entschieden, wo er Weihnachten verbringen würde. Am liebsten wäre er am 23. Dezember aufgebrochen, aber als Sohn und einziger Erbe von Runar und Laila Babsvik hatte er beschlossen, den Weihnachtsabend mit ihnen zusammen in Oslo zu verbringen.

Brasilien hatte zur Auswahl gestanden. Auch Litauen, Polen und die Ukraine, allein wegen der weitaus kürzeren Anreise, doch gegen Viertel vor fünf am Morgen waren etwa 30 000 Kronen von seinem Konto verschwunden, und kurz danach war die E-Mail-Bestätigung über Flug und dreizehn Nächte Aufenthalt in einem Hotel in Pattaya in seiner Mailbox gelandet. Seine Wahl war nicht ganz ohne gewisse Bedenken erfolgt. Als er nämlich vor vier Jahren das letzte Mal nach Thailand gereist war, hatte er sich während des Flugs derart volllaufen lassen, dass er kaum den Weg aus der Maschine gefunden hatte. Es hatte auch nicht eben geholfen, dass er sich gleich an die erste Thailänderin herangemacht hatte, die ihm begegnet war. Bedauerlicherweise hatte es sich um eine

Zollinspektorin gehandelt, was er erst nach einer langen Weile begriffen hatte. Einer exakt so langen Weile, dass er überhaupt nie aus dem Flughafen in Bangkok herausgekommen war. Es folgten ein gerade ausreichend glatter Finger in seinem Hintern, vierundzwanzig Stunden in einer Flughafenzelle und der unmittelbare Rückflug nach Gardermoen. Der Finger war gerade noch auszuhalten gewesen. Was ihn hingegen lange gewurmt hatte, waren die dreißig großen Scheine, die das Ganze gekostet hatte. Inzwischen jedoch war das vergessen. Schnee von gestern. Jetzt war der Tisch für einen zweiten Versuch gedeckt.

Und nachdem die zweite Schicht der Woche nun vorbei war, musste er genau daran denken, als er durch den Gang im J-Block zum Parkplatz ging. Vierzehn Tage würde er im Land des Lächelns verbringen. Herrje, wie gut es doch wäre, von alldem hier fortzukommen. Fort von kalten und unangenehmen norwegischen Frauen und Tagen. Schrecklich allerdings, dass sich seine Träume erst in zweieinhalb Monaten erfüllen würden. In dieser Scheißstadt gab es nämlich nicht ein einziges tagsüber geöffnetes Massagestudio. Sich vögeln zu lassen war im Prinzip kein Problem, aber eine von diesen Straßenhuren aufzugabeln kam nicht infrage. Die waren verdreckt. Voll mit HIV, im besten Fall. Mit HIV konnte man ganz gut leben, hatte er gelesen. Aber was hieß schon gut? Vermutlich war so etwas noch immer sozial geächtet. Er würde es sich zwei- oder dreimal überlegen, ehe er seine Ausrüstung in etwas *so* Positives steckte.

Es gab auch noch solche Escort-Girls. Hübsch und sauber. Doch Hugo wollte kein Risiko eingehen. Die Bullen interessierten sich wohl weitaus mehr für das, was im High-End-Bereich des Freudenmädchenmilieus vorging, als nachzuforschen, was Ploy nach etwas Schulter- und Rückenmassage sonst noch im Angebot hatte. Doch ja, er hatte es einmal mit einem Escort-Service probiert. Die tollste Frau, mit der er je zusammen gewesen war. Eine zweiundzwanzigjährige blonde ukrainische Schönheit. Allerdings hatte er nicht das Maximum aus seinem Einsatz herausholen können. Hatte schlicht und einfach versagt. 2000 Mücken hatte er für eine Stunde hingeblättert. Nicht mal eine blaue Tablette von Pfizer hatte geholfen. Alles war total danebengegangen. Denn draußen vor der Tür hatte ein Slobodan, Besnik, Milo oder wie immer er geheißen hatte, gestanden. Eine Mischung aus Zuhälter, Leibwächter und Aufräumer. Jedenfalls riesig wie ein Berg. »Don't worry about him«, hatte sie gesagt. Klar, hatte Hugo gedacht, als er versuchte, einen hochzukriegen, du hast leicht reden.

Da war es mit den orientalischen Klängen und dem Vanilleduft in Ploys Studio schon wesentlich angenehmer.

Mit seiner Schlüsselkarte öffnete er die Tür zum Parkhaus und trat auf den rückwärts eingeparkten Tesla zu. Er ließ den Rucksack auf den Beifahrersitz fallen, klemmte sich hinter das Lenkrad und aktivierte den Wagen mit einem Knopfdruck. Das Bluetooth verband sich mit dem seines Handys, das »Thunderstruck« von AC/DC spielte. Hugos Finger klopften rhythmisch auf das Lenkrad, als er das Parkhaus verließ und in den Snarøyvei einbog.

Die herbstliche Dunkelheit hüllte ihn ein. Hugo verstand nicht, dass man von der Dunkelheit Depressionen bekommen konnte. Die Dunkelheit gefiel ihm. Er liebte sie. Schon als kleiner Junge hatte er das getan. In seiner Jugend hatten er und seine Kumpel Vorteile daraus gezogen. Die Menschen neigten dazu, nicht mitzubekommen, was sich in der Nacht ereignete. Und wer bei Tage vielleicht Verantwortung übernommen und sich selbst zum Helden gekürt hätte, überlegte in der Nacht lieber zweimal, etwas zu unternehmen, wenn er zufällig sah, dass jemand versuchte in einen Wagen einzubrechen, der ihm offensichtlich nicht gehörte. Nein, dachte Hugo. Die Dunkelheit war schön. Besser, das ganze Jahr in gleichmäßig guter Stimmung zu sein, als manisch im Sommer und depressiv im Winter.

Über den Drammensvei fuhr er weiter nach Oslo. Der Morgenverkehr hatte schon eingesetzt, doch noch floss alles gleichmäßig dahin. Hugo wechselte auf die rechte Spur und schaltete den Tempomat ein, während er mit einem Finger die Musik wechselte. Gerade als der Drummer von AC/DC den Gitarristen beim Beginn von »Highway to Hell« unterstützte, blitzte ein blaues Licht im Rückspiegel auf. Instinktiv sah Hugo auf den Tachometer. Achtundachtzig Kilometer pro Stunde. Hier waren achtzig erlaubt. Das wusste er. Eigentlich gab es nichts auf der Welt, dessen er sich sicherer war. Denn er hatte diese Strecke zehn Jahre lang fünf Mal in der Woche zurückgelegt. Niemand wurde doch wegen einer Geschwindigkeitsüberschreitung von acht Stundenkilometern angehalten? Und rechnete die Polizei nicht auch mit dieser sogenannten Toleranzgrenze? Doch, das hatte er gelesen. Bis zu einer Geschwindigkeit von hundert wurden drei Kilometer pro Stunde abgezogen, was bedeutete, dass der Polizeiwagen hinter ihm maximal fünfundachtzig gemessen haben konnte. *Maximal.* Nein, er konnte gar nicht gemeint sein. Die wollten vermutlich nur vorbei. Allenfalls dann, wenn der Polizist am Steuer hellsichtig wäre, könnten sie ihm etwas anhaben.

Hugo bremste ab und hielt an der ersten Bushaltestelle, um den Cowboy passieren zu lassen. Er fluchte, denn anstatt vorbeizufahren, blieb der andere Wagen hinter ihm und hielt ebenfalls an.

Hugo spürte sein Herz schneller pochen. Hatte sich die Osloer Polizei plötzlich etwa das Ziel gesetzt, gegen die Massagestudios der Hauptstadt vorzugehen? War das etwa in der letzten Nacht geschehen, als er Walter White angefeuert und Red Bull getrunken hatte?

Er würde nicht behaupten wollen, dass Ploy dumm war, doch andererseits hatte er niemals ein intelligentes Gespräch mit ihr geführt. Konnte der Durchzug zwischen ihren kleinen süßen Ohren etwa so groß sein, dass sie eine Liste ihrer Kunden führte? Schließlich hatte sie seine Handynummer. Auf diese Weise buchte er seine Termine. Er rief an. Gut – mitunter schickte er auch eine SMS. Im besoffenen Kopf hatte er vermutlich auch das eine oder andere Bild mit dem einen oder anderen Motiv geschickt.

Hugo holte tief Luft und atmete langsam wieder aus, während er spürte, dass seine Handflächen feucht wurden. Er sah in den Rückspiegel. Die Fahrertür des zivilen Polizeifahrzeugs wurde geöffnet. Hugo richtete den Blick auf den Seitenspiegel. Der Polizist trat auf den Tesla zu.

Okay, sagte Hugo zu sich selbst, beruhige dich. Denn welchen Grund hatte er eigentlich, nervös zu sein. Nun gut – womöglich hatte die Polizei Ploys bescheidenes Lokal in der vergangenen Nacht tatsächlich gestürmt. Und eine Reihe weiterer Massagestudios im Zentrum dazu. Vielleicht hatten all diese Damen Listen ihrer Kunden angelegt. Na, und? Das führte ja nicht unbedingt dazu, dass sich das Schnelle Einsatzkommando aus einem Helikopter abseilen würde. Und die Haustüren der Kunden würden auch nicht mit Rammböcken aufgebrochen. Es würde nicht einmal dazu führen, dass Hugo auf dem Heimweg von der Arbeit festgenommen würde.

Oder?

Er schaltete die Musik ab. Eine Taschenlampe leuchtete auf, sobald Hugo das Fenster herunterließ. Der Polizist ging an ihm vorbei, ohne etwas zu sagen. Dann stellte er sich vor den Wagen, wo er mit der Lampe auf den Kühlergrill zielte, ehe er an die Fahrerseite trat.

»Hallo«, sagte Hugo.

Mit zusammengekniffenen Augen versuchte er dem Lichtkegel auszuweichen, der sein Gesicht erhellte.

»Guten Morgen«, sagte der Mann. »Ich bin von der Polizei.« Er identifizierte sich, wobei es Hugo unmöglich war, im grellen Lichtschein etwas zu erkennen. »Haben Sie den Führerschein und die Wagenpapiere?«

»Ja, natürlich«, erwiderte Hugo und nickte.

Er beugte sich über die Mittelkonsole, öffnete das Handschuhfach und nahm die Papiere heraus. Er zog die Geldbörse aus der Hosentasche, blätterte in Bank- und Kreditkarten, fand den Führerschein und reichte ihn mit den Wagenpapieren dem Polizisten. Der Cowboy warf einen kurzen Blick darauf und musterte dann Hugo. Als ob er sich vergewissern musste, dass der Mann auf dem Foto mit dem Mann am Steuer übereinstimmte.

»Altes Foto«, sagte Hugo. »Damals war ich noch kräftiger.«

Der Polizist gab keine Antwort.

»Aber … wieso haben Sie mich eigentlich angehalten? So viel zu schnell bin ich doch wohl nicht gefahren?«

»Ihr hinteres Kennzeichen fehlt«, entgegnete er.

»Was?«, sagte Hugo und öffnete die Tür.

Der Polizist trat einen Schritt zur Seite. Hugo stieg aus und trat hinter den Wagen. Das Autokennzeichen fehlte tatsächlich. Er fluchte.

»Vorn ist es noch dran. Sie haben es also nicht mit Diebstahl zu tun.«

»Das wusste ich nicht«, sagte Hugo und breitete die Arme aus. »Es muss gestern auf dem Weg zur Arbeit abgefallen sein. Ich parke vorwärts in den Carport zu Hause ein, und als ich von dort losgefahren bin, war es noch da. Da bin ich mir ziemlich sicher. Sonst wäre es mir ja aufgefallen.«

»Ist schon in Ordnung, Herr …«, auf dem Gesicht des Polizisten erschien ein blaues, beruhigendes Lächeln, während er die Papiere in Augenschein nahm, »... Babsvik. Setzen Sie sich einfach in den Wagen, dann sehe ich mir die hier so lange an.« Er wedelte mit Führerschein und Autopapieren.

Hugo setzte sich wieder ans Steuer und schlug die Tür zu, ließ das Fenster aber geöffnet. Der Morgenverkehr auf der Hauptader in die Stadt wurde langsam dichter.

Nach einer knappen halben Minute war der Polizist wieder am Fenster.

»Hatten Sie früher schon mal mit der Polizei zu tun?«, fragte er.

»Äh ... nicht direkt.«

Hugo bereute die Worte, noch ehe sie seinen Mund verlassen hatten. Was für ein blöder Idiot er doch war. Warum hatte er nicht einfach *Nein!* gesagt?

»Nicht direkt?«, fragte der Polizist. »Nur indirekt?« Ein neues beruhigendes Lächeln trat auf seine Lippen. »Was soll das bedeuten?«

Nein, hätte Hugo am liebsten gesagt, *nichts, was irgendwo in euren Registern steht.*

Oder? Verflucht. Vielleicht hatten sie seinen Namen doch irgendwann mal notiert? Vor ein paar Jahren hatte er in *VG* davon gelesen. Dass die Polizei über bestimmte Register verfügte, in denen man landen konnte, wenn man zum Beispiel Freunde mit obskurer Adresse hatte. Und ja ... davon hatte Hugo so einige. Allerdings waren das alles so unbedeutende Kleinkriminelle, dass sie kaum auf dem Radar der Polizei auftauchten. Hier und da mal etwas Pot und ein paar Gramm Pulver zur Stimulierung des Zentralnervensystems. So oder so aber nicht genug, als dass die Polizei seine Kumpel beschattet und sich Hugos Autonummer aufgeschrieben hätte, wenn er einmal zu Besuch kam. Denn keiner von denen verkaufte etwas. Und der Polizei gingen die Konsumenten am Arsch vorbei. Es waren die Händler, für die sie sich interessierten.

»Ich bin nie für irgendetwas verurteilt worden, wenn Sie das meinen.«

»Sie wohnen in Nordstrand, wie ich gesehen habe. Da sind Sie ja ein ganzes Stück von zu Hause entfernt. Wo sind Sie gewesen?«

»Ich komme von der Arbeit. Das habe ich doch bereits gesagt. Ich arbeite nachts.«

»Okay«, entgegnete der Polizist. »Ist es in Ordnung für Sie, wenn ich einen Blick in Ihren Wagen werfe, während mein Kollege überprüft, ob mit Führerschein und Wagenpapieren alles in Ordnung ist?«

Es gab nicht viele Vorkommnisse dieser Art, an die Hugo sich aus seiner Jugendzeit noch erinnerte. Das meiste hatte er verdrängt. Er hatte aufgehört zu zählen, wie oft sie von der Polizei angehalten worden waren. Ein paarmal war bei seinen Kumpeln etwas Hasch gefunden worden, allerdings nie mehr als ein paar Gramm. Niemals bei Hugo. Doch eines hatte er schon damals gewusst. Wenn nämlich ein Polizist sich vorgenommen hatte, einen Blick in den Wagen zu werfen, dann konnte ihn nichts davon abhalten. Hugo konnte ihm daher auch gleich die Erlaubnis geben und somit auch vermeiden, hier noch länger als nötig herumzustehen.

»Bitte sehr!«, sagte Hugo in leicht gereiztem Ton und stieg wieder aus.

Ihm wurde mitgeteilt, dass er sich neben das Zivilfahrzeug stellen solle. Hugo tat, wie ihm geheißen, während der Polizist um Hugos Wagen herumging und die Beifahrertür öffnete. Dann nahm er den Rucksack und kam damit zu Hugo, legte ihn auf die Motorhaube und nahm alles heraus. Eine halbe Flasche Limonade, ein Laptop, ein iPad, zwei verschiedene Ladegeräte. Duschgel und Shampoo. Der zweite Polizist näherte sich von der Beifahrerseite. Er hielt Führerschein und Wagenpapiere in der Hand.

»Sieht alles gut aus.«

»In Ordnung«, sagte der ältere Polizist, der das Kommando führte. »Rucksack ist auch okay. Guck doch mal in den Wagen, dann lassen wir ihn weiterfahren.«

Der Kollege öffnete den Kofferraum und sah hinein, während der Ältere Hugos Sachen wieder in den Rucksack stopfte.

»So!«, sagte er, zog den Reißverschluss zu und reichte Hugo den Rucksack. »Dann dürfen Sie gleich weiter.« Er gähnte und lehnte sich über die Motorhaube. »Wo arbeiten S…«

»Komm mal her«, unterbrach ihn der Jüngere und sah über das Wagendach zu ihm herüber.

»Was ist?«, rief der Ältere zurück.

Der Jüngere sprach es aus. Das Wort. Eine Silbe mit vier Buchstaben reichte aus, um die Kakophonie des Verkehrslärms um sie herum zum Verstummen zu bringen. Hugo wurde übel. Denn nun wiederholte der Jüngere, was er eben schon gesagt hatte, und hielt einen kleinen Ziplock-Beutel mit weißem Pulver in die Höhe.

»Fund!«

Was dann geschah, bekam Hugo nicht mehr mit. Seine Sinne versagten. Im nächsten klaren Augenblick stand er noch immer an derselben Stelle, allerdings mit auf dem Rücken gefesselten Händen. Er schaute hinunter auf seine Anzughose, während die Polizisten an seinem Wagen standen. Sein Blick fiel auf seine dunklen Schuhe. Er hätte einen Jogginganzug und Crocs tragen können. Niemand hätte sich dafür interessiert, was er trug, wenn er acht Stunden an seinem Arbeitsplatz drei Etagen unter der Erde saß. Er war dort nämlich ganz allein. Aber es gefiel ihm, sich gut anzuziehen, selbst wenn die alten Kumpel sich vor Lachen fast in die Hose gemacht hatten, als sie ihn zum ersten Mal im Anzug sahen. Sein Blick wanderte weiter an seinem Hemd hinauf. Zur Zugangskarte für seine Arbeitsstelle. Nato Cosmic, Top-Secret-Zugang, die höchste Sicherheitsstufe, die überhaupt möglich war. Sogar der Direktor konnte nicht mehr als Hugo sehen. Vielleicht genauso viel, aber nicht mehr.

Er sank vor dem zivilen Polizeifahrzeug in sich zusammen, lehnte sich mit dem Rücken an die Stoßstange, hob den Kopf und versuchte, die Tränen zurückzuhalten, während er zum Sternenhimmel aufblickte.

»Hugo«, sagte der Polizist, der seinen Rucksack durchsucht hatte. »Geht's Ihnen nicht gut?«

»Es ist nicht meins«, sagte Hugo und schüttelte den Kopf. »Es gehört mir nicht. Ich schwöre, dass es nicht meins ist.«

Denn es war tatsächlich nicht seins. Es musste Steinar gehören. Hugo hatte ihn am Samstagabend von einer Party nach Hause gefahren. Dann hatte Steinar mitten in der Nacht angerufen und ihn geweckt, hatte geschrien und gebrüllt, dass sein Koks verschwunden sei. Hugo war sicher, dass Steinar im Laufe des Abends alles in sich hineingesnifft und das dann vergessen hatte. Denn Hugo hatte das Zeug nirgendwo gesehen. Allerdings hatte er auch nicht danach gesucht. Es konnte natürlich auch Thereses sein. Sie waren am Sonntag ausgegangen und hatten einen Happen gegessen, bevor er sich im Auto an sie rangemacht und ein Nein als Antwort bekommen hatte.

»Es ist nicht meins«, wiederholte Hugo. »Ich schwöre, dass ich es nie zuvor gesehen habe.«

Der Polizist hockte sich hin und hielt ihm den Beutel direkt vor die Augen. Er war ungefähr drei mal fünf Zentimeter groß. Weißes Pulver mit drei kleineren Klumpen.

»Ist das Kokain?«, fragte der Polizist.

»Ich weiß es nicht …«, erwiderte Hugo.

»Sie sind …«, der Polizist las vom Führerschein ab, »… dreiundvierzig Jahre alt, haben keine Vorstrafen. Wo haben Sie sich denn jetzt hineingeritten?«

»Es gehört mir nicht …«, schniefte Hugo.

Tränen und Rotz liefen an Kinn und Wangen herab. Er versuchte, die Tränen mit der Schulter wegzuwischen, aber das funktionierte nicht.

»Doch. Es ist Ihres. Und streiten Sie es nicht ab, denn dann halten Sie mich für einen Idioten. Und dann werde ich sauer. Ist es Kokain?«

»Ich weiß nicht!«, brüllte Hugo verzweifelt. »Ich weiß es nicht!«

Der Polizist erhob sich, legte den Beutel auf die Motorhaube und baute sich zwischen den Scheinwerfern vor Hugo auf. Das Blaulicht warf einen zuckenden Lichtschein auf den Tesla.

»Ist da noch mehr Stoff in Ihrem Auto?«

Hugo schüttelte den Kopf.

»Wie können Sie das wissen?«, fragte der Polizist mit sanfter Stimme.

»Wenn das, was wir gerade gefunden haben, nicht Ihres ist, dann können doch einer oder mehrere von den schlechten Freunden, die Sie anscheinend haben, noch mehr hinterlassen haben?«

Der Polizist hatte recht.

Der jüngere Kollege trat näher und sagte, er habe im Handschuhfach, auf der Mittelkonsole sowie unter und zwischen den Sitzen nachgesehen. Mehr habe er nicht gefunden.

»Okay«, sagte der Ältere und nickte nachdenklich.

»Was passiert jetzt?«, murmelte Hugo.

Er blickte den Polizisten an, der sein Handy hervorgeholt hatte.

»Ich werde jetzt telefonieren und die Hundepatrouille anfordern, um sicherzugehen, dass sich nicht noch mehr Drogen im

Wagen befinden. Danach werden wir Ihre Wohnung durchsuchen. Falls wir dort nicht noch mehr finden, brauchen Sie sich um diese Sache keine großen Gedanken zu machen, Hugo. Wie viel war in dem Beutel? Vier oder fünf Gramm?«

»Ich weiß es nicht …«

»Das gibt bloß einen Bußgeldbescheid. Solange wir nicht noch mehr finden.«

»Ich habe nichts zu Hause. Bitte. Ich tue, was Sie wollen.« Denn Hugo hätte in diesem Augenblick wirklich alles getan.

»Ich rufe die Einsatzzentrale«, sagte der Polizist zu seinem jüngeren Kollegen, trat zwei Schritte beiseite und wischte auf seinem Handy herum.

»Bitte«, bettelte Hugo und versuchte, langsam zu atmen.

»Ich schwöre, dass es nicht meins ist. Ich kann mitkommen und eine Blutprobe abgeben, für die ich auch gern selbst bezahle. Dann werden Sie ja sehen, dass ich nichts nehme.«

»Leider funktioniert das so nicht«, sagte der Jüngere.

»Ich meine es ernst!«, rief Hugo. »Bitte!« Er rappelte sich auf und ging auf das Wartehäuschen der Bushaltestelle zu, wo der Ältere telefonierte. »Bitte! Ich verliere alles, wenn ich mit so was in Zusammenhang gebracht werde. Und es ist nicht mal meins!«

Der Jüngere packte Hugos Oberarm und hielt ihn fest.

»Wem gehört es dann?«, fragte er.

Steinar Svingen, hatte Hugo Lust zu sagen. Denn es konnte verdammt noch mal niemand anderes sein als dieser drogenabhängige Vollidiot.

Wenn es Thereses Zeug wäre, hätte er ja schon längst von ihr gehört.

»Das weiß ich nicht. Ehrlich. Ich habe letzten Samstag ein paar Freunde von einer Party nach Hause gefahren.« *Scheiße.* Er war aus der Übung. *Verfluchter Mist.* »Also nicht direkt Freunde, aber Leute, die da waren. Bitte. Es muss doch eine Lösung für das hier geben. Sagen Sie, was Sie wollen, und ich erledige es. Egal was. Ich kann bezahlen.«

»Also«, sagte der Jüngere streng. »Jetzt machen Sie's nicht noch schlimmer.«

Der Ältere kam aus dem Wartehäuschen. Er hielt sich das Handy ans Ohr.

»Ja, zufällige Verkehrskontrolle … Ein Mann im Wagen … Wir haben den Verdächtigen unter Kontrolle … Okay … Ist ein Victor in der Nähe?«

Victor. Polizeisprache für Hundepatrouille. Jetzt wurde es ernst. Der verdammte Arsch meinte es völlig ernst. Es gab keinen Ausweg. Hugo brüllte verzweifelt, stampfte wütend mit einem Fuß auf.

»Tun Sie mir das nicht an!«

»Augenblick«, sagte der Ältere und hielt sich das Handy an die Brust, hob die Taschenlampe und leuchtete auf Hugos ID-Karte. Er trat einen Schritt näher und las ab: »Betriebsingenieur. Telenor.« Er legte den Kopf schräg. »Verstehen Sie, in welchen Mist Sie sich hineingeritten haben? Denn es spielt überhaupt keine Rolle, ob Sie – entgegen aller Wahrscheinlichkeit – beweisen können, dass das Pulver nicht Ihnen gehört. Das hier wird dazu führen, dass Sie Ihre Sicherheitsfreigabe verlieren. Mit anderen Worten: Sie wurden gerade gefeuert – bleiben nur noch die Formalitäten.«

»Ich weiß«, schluchzte Hugo. »Ich tue, was Sie wollen.«

Der Ältere kam einen Schritt näher, ließ den Lichtstrahl der Taschenlampe ein wenig sinken und musterte Hugos Gesicht, als handele es sich um eine Landkarte.

»Wirklich?«

Hugo nickte mit zusammengekniffenen Augen. Der Polizist führte das Handy wieder ans Ohr und sagte: »Streicht Victor. Wir erledigen das hier vor Ort.«

KAPITEL 37

1991, Tag 2

Am Morgen nach dem Gespräch mit Sandra Julsen hatten Anton und Harald mit fünf der achtzehn Personen auf Adrian Lockes Geburtstagsliste gesprochen. Alle hatten mehr oder weniger das Gleiche über den Abend gesagt, und niemand konnte etwas berichten, das Harald oder Anton merkwürdig oder verdächtig vorgekommen war.

Gegen zehn nach neun am Abend waren die beiden zum Lensmannbüro zurückgekehrt. Auf dem Wohnzimmertisch lagen 73 Kronen in Münzen, ein Bibliotheksausweis, ein Kondom, zwei Quittungen aus dem Lebensmittelladen, eine Eintrittskarte vom Kino in Halden und ein kleiner Haufen Schwarz-Weiß-Fotos. Auf einigen davon war Malin allein abgebildet, auf anderen schnitt sie mit Freundinnen Grimassen. Daneben lag ein Streifen aus vier Fotos, die Malin zusammen mit ihrem kleinen Bruder zeigten.

Anton zog Wegwerfhandschuhe an, ehe er den Streifen in die Hand nahm. Auf dem obersten Foto streckte Malin die Zunge heraus und zog dabei an ihren Wangen. Der Bruder saß auf ihrem Schoß. Anton zeigte Harald das Bild.

»Sieh mal«, sagte er. »Sogar hübsch, wenn sie versucht, es nicht zu sein.«

»Ich hab's gesehen«, entgegnete Harald und spähte auf das Foto. »War das alles?«

Anton durchsuchte jedes Fach der Geldbörse und fuhr mit den Fingern in die Ecken.

»Ja.«

»Die Tasche auch?«

Die Handtasche stand in einer Plastikbox auf dem Fußboden. Der untere Teil war verfärbt von getrocknetem Blut. Anton ging in die Hocke, betrachtete sie zunächst, ohne sie anzurühren, ehe er prüfend die Hand hineinschob. Er tastete den Boden und die Seitenfächer ab. Nichts.

»Leer«, sagte Anton. »Da lag nur die Geldbörse drin.«

»Okay.« Harald atmete aus, sah auf die Uhr und schob die Fotos zusammen. »Hol mir mal einen Beweismittelbeutel für all das hier.«

Anton ging ins Lager und nahm sich eine braune Papiertüte mit liniertem Etikett. Als er zurückkam, hatte Harald schon den Mantel angezogen und war dabei, sich einen Schal um den Hals zu schlingen.

»Hast du eine Freundin?«

»Ja«, erwiderte Anton.

»Wohnt ihr zusammen? Ist sie von hier?«

»Aus Oslo. Sie studiert in Bergen.«

»Ganz schön weit weg.«

»Ja, aber in diesem Jahr, in dem ich hier bin, hätte es vermutlich eh keine Rolle gespielt, wo sie ist. Von hier aus ist nämlich alles ganz schön weit weg.«

»Stimmt allerdings.« Harald sah erneut auf die Uhr. »Dann sehen wir uns morgen früh. Und Brekke, wenn du nach Hause kommst, dann ruf sie an.«

»Elisabeth?«

»Ja, wenn deine Freundin so heißt.« Harald trat auf die Tür zu. »Sprich mit ihr.«

»Okay? Aber so viel kann ich ihr ja wohl nicht erzählen?«

»Das brauchst du auch nicht.« Harald blieb in der Türöffnung stehen. »Achte nur darauf, dass du den Tag mit was Schönem abschließt. In Ordnung?«

»Ja.«

»Ach, und ... bevor du losfährst ...« Harald deutete auf die Geldbörse und die Sachen auf dem Tisch. »Sichere alles und notier die Gegenstände auf der Tüte. Ich glaube, es waren vierundzwanzig Fotos, aber zähl sicherheitshalber noch einmal nach.«

Lensmann Trond Larsens Bart war grau und reichte von einer Schläfe zur anderen, wodurch sein rundes Gesicht ein bisschen weniger rund wirkte. Sein lockiges Haar hatte dieselbe Farbe wie der Bart und bedeckte die Seiten und den Hinterkopf. Der Schädel allerdings war so blank, dass die Flammen, die im Ofen knisterten und zuckten, sich darin spiegelten. Er war ein kräftiger Mann von hundertzwanzig Kilo, von denen jedoch vierzig aus schlaffer Muskulatur bestanden. Und wenn er drei Wochen zuvor, als er die Weihnachtsdekoration im Büro aufhängen wollte, an diesen Umstand gedacht hätte, dann hätte er Anton darum gebeten, diese Aufgabe auszuführen. Anton war sich dessen bewusst, denn genau das hatte der Lensmann, von Schimpfwörtern begleitet, aus vollem Hals gebrüllt, während er neben der Trittleiter auf dem Fußboden lag und der Oberschenkelknochen aus seiner Haut herausragte. Nun saß er im mäßig erhellten Wohnzimmer, mit einem Bein auf dem Schemel, und lauschte Antons Bericht darüber, was nach der Ankunft des Ermittlers von der Kripo weiter geschehen war.

Der Lensmann warf einen Blick auf den leuchtenden Stern im Wohnzimmerfenster.

»Klingt seltsam«, sagte er nach einer Weile. »Uteng konnte

nicht sagen, was genau er damit meinte, dass Adrian gelogen hätte?«

»Nein.«

»Sein Vater war heute Nachmittag hier.«

»Tatsächlich?« Anton nahm sich einen Pfefferkuchen aus der Schale auf dem Tisch. »Adrian Lockes Vater?«

»Ja.«

»Was wollte er?«

»Er brachte etwas Elchfleisch. Brauchte Platz im Kühlschrank, wie er meinte. Da gab's dann also Braten und zwei Filets für Ragnhild und mich.«

»Unglaublich nett«, rief die Frau des Lensmanns aus der Küche.

»Sonst hat er nichts gesagt?«

»Nein, hat nur von Adrians Geburtstagsfest erzählt, und dass sein Sohn sich gleich hingelegt hätte, nachdem die Mädchen gefahren seien.« Der Lensmann nahm eine Stricknadel vom Tisch, setzte sich gerade hin und schob die Nadel in den Spalt zwischen Gips und Bein. »Das juckt ganz grauenhaft. Die ganze Zeit.«

»Es juckt, weil es heilt«, bemerkte seine Frau.

»Jetzt ist sie plötzlich auch noch Ärztin«, murmelte er und warf die Stricknadel zurück auf den Tisch. »Aber Adrian ist ein feiner Junge. Von echtem Schrot und Korn. Genau wie sein Vater und Großvater. Kriegen wir die Suchmeldung nach dem Auto noch in die morgige Zeitung?«

»Ja. Ehe ich herkam, habe ich mit einem Journalisten gesprochen. Das ist kein Problem.«

»Erzähl von dem Weihnachtswichtel«, sagte die Frau des Lensmanns, die sich in die Türöffnung gestellt hatte.

»Ach, jetzt hör schon auf, Ragnhild.«

»Was denn?«, fragte Anton neugierig und sah sie an.

»Aufhören?«, meinte sie. »Du hast ihn doch nie geschnappt.«

»Sag das nicht so, Ragnhild. Du lässt es klingen, als sei ich völlig inkompetent.«

»Aber so war es doch nicht gemeint, mein Lieber. Doch wie soll man es sonst ausdrücken?« Sie sah Anton etwas ratlos an und fügte dann hinzu: »Ein wunder Punkt bei Trond, diese Sache.«

»Was denn ...?«, wiederholte Anton. »Welche Sache?«

Der Lensmann stöhnte und wechselte abermals seine Sitzposition. Er wandte den Blick von Anton ab und sah auf den Schnee hinaus, der den Garten vor dem Fenster erhellte.

»Es war der zweite Tag nach Weihnachten, vor fünf Jahren«, begann der Lensmann.

»Vier«, berichtigte seine Frau. »Es war 1987.«

»Bist du sicher?«, fragte er.

»Ja. Meine Eltern waren zu Weihnachten da. Im Jahr davor waren sie bei meinem Bruder. Die ungeraden Jahre waren sie immer bei uns, die geraden bei Freddy und Sylvia. Das müsstest du doch langsam wissen, Trond.«

»Stimmt«, sagte der Lensmann. »87. Ich hab genau da gesessen, wo ich jetzt sitze. Den ganzen Abend war es ruhig gewesen, da dachte ich, ich gönne mir einen Cognac. Ich hatte gerade die Flasche geöffnet, da klingelte das Telefon. Es war die Zentrale unten in Halden. Die hatten eine Meldung von einer völlig hysterischen Gruppenleiterin im Missionszentrum Fangekasa hereinbekommen.«

Anton kannte den Ort. Ein Zeltplatz, der in erster Linie für Bibelcamps und andere christliche Veranstaltungen genutzt wurde. Ein paarmal hatte er da oben auch eine halbe Pfadfinderarmee angetroffen.

»Was war passiert?«

»Es war eine schwedische Gemeinde, die ein Zeltlager zwischen den Jahren veranstaltete. Vierzig bis fünfzig Kinder im Alter von zwölf bis sechzehn. Kurz vor Mitternacht hatte eines der Mädchen das Hauptgebäude verlassen und war rüber zum Außenklo gegangen. Als sie dort fertig war und die Tür wieder öffnete, stand plötzlich ein Mann im Weihnachtswichtelkostüm vor ihr. Doch anstatt einer Maske mit Bart trug er eine Skimaske. Und er hatte seinen kleinen Freund gelüftet.«

»Er hat sich entblößt?«

»Ja.«

»Oh, Scheiße.« Anton griff nach einem weiteren Pfefferkuchen. »Klingt ziemlich kalt.«

»Ja, das kann man wohl sagen. Anna, wie das Mädchen hieß, schrie so laut wie nur ein dreizehnjähriges Mädchen schreien kann, woraufhin sich der Mann wieder verzog. Die Kleine stand völlig reglos da und schrie, bis die Erwachsenen herausgestürmt kamen. Ich war etwa zehn Minuten nach dem Anruf da oben, und nach einer Weile hatte sie sich so weit beruhigt, dass ich mit ihr reden konnte. Allerdings war sie noch immer völlig aufgelöst, sie weinte und zitterte am ganzen Körper. Ich hatte schon überlegt, einen Rettungswagen zu rufen, weil ich nicht sicher war, was er sonst noch mit ihr angestellt haben könnte.«

»Du hast doch wohl nachgefragt?«

»Natürlich habe ich nachgefragt, Brekke, und sie sagte Nein. Zwei der Gruppenleiterinnen wollten den Vorfall anzeigen, aber die dritte nahm mich zur Seite und erzählte, dass Anna mitunter Probleme hätte. Anscheinend hatte sie eine lebhafte Fantasie. Die Gruppenleiterin meinte, es würde sie nicht wundern, wenn die Kleine das Ganze nur erfunden hätte, um mehr Aufmerksamkeit zu bekommen.«

»Sie haben ihr also nicht geglaubt?«

»Die eine jedenfalls nicht.«

»Und was hast du gedacht?«

Der Lensmann zuckte mit den Schultern.

»Die Kleine …«, sagte der Lensmann und sah aus dem Fenster. »Es war etwas seltsam, als ich sie fragte, ob der Mann noch mehr getan hätte. Sie schien sich zu beruhigen und hörte auf zu weinen. In dem Moment habe ich nicht darüber nachgedacht, aber als mich die eine Leiterin dann beiseite nahm, kam mir der Gedanke, dass Anna es vielleicht nicht übertreiben wollte. Denn jetzt war die Situation ja richtig ernst.« Er drehte sich zur Küche hin. »Ragnhild?«

»Ja?«

»Könntest du wohl etwas Kaffee aufsetzen?«

»Ist es nicht schon zu spät für Kaffee, Trond?«

»Du bleibst doch noch hier, Brekke?«

»Tja …«, erwiderte Anton.

Raghnild erschien in der Türöffnung.

»Doch, klar«, sagte der Lensmann. »Brekke trinkt ein Tässchen.«

»Na, wenn ohnehin Kaffee aufgesetzt wird, dann trinke ich eine halbe Tasse mit.«

Sie lächelte und verschwand wieder. Anton hörte sie den Wasserhahn aufdrehen.

»Tja, und dann …«, fuhr der Lensmann fort. »Sechs Monate später. Johannisnacht 1988. Ein paar Jugendliche hatten oben am Knivtjern gefeiert. Eines der Mädchen hatte sich etwas zurückgezogen, um zu pinkeln, und plötzlich stand da ein Weihnachtswichtel und sah sie an, während …« Er machte eine Geste mit der Hand über dem Schritt. »Er ist auf sie zugekommen, mit seiner Ausrüstung in Bereitschaft. Sie zog sich die Hose hoch, lief zu den anderen und schlug Alarm. Die anwesenden Jungs sind gleich in alle Richtungen losgestürmt, aber nichts. Der Typ war weg, verschwunden. Ich wurde am nächsten Tag über den Vorfall informiert und nahm Kontakt zur schwedischen Polizei auf. Denn ich wollte noch mal mit Anna reden. ›Das dürfte schwierig werden‹, sagte der Schwede am Telefon. ›Denn Anna ist tot.‹«

Antons Kinnlade fiel herunter.

»Ihr Vater hatte sie nur ein paar Wochen nach der Rückkehr aus dem Camp in der Badewanne gefunden.« Der Lensmann fuhr sich mit dem Daumen über die Pulsader am linken Handgelenk. »Ich erinnerte mich natürlich, was die eine Gruppenleiterin gesagt hatte: dass Anna es nicht leicht hätte. Wobei ich nicht erfuhr, um was es eigentlich gegangen war. Dennoch konnte ich den Gedanken nicht loswerden, dass an jenem Abend noch mehr vorgefallen war, was die Kleine aber nicht zu erzählen gewagt hatte.«

»Weswegen sollte sie es nicht erzählt haben?«

»Vermutlich hatte sie das Gefühl, Gott, Jesus und die christliche Gemeinde verraten zu haben.«

»Weil sie dann nicht mehr Jungfrau war?«

»Ja.«

»Ach du meine Güte«, stöhnte Anton.

»Ein in Schweden zugelassener Saab war an jenem Tag hier im Bezirk beobachtet worden. Niemand wusste, wer das gewesen sein konnte, weswegen ich eine interne Fahndung herausgab. Aber da keiner das Nummernschild erkannt oder sich gemerkt hatte, hat sich nichts ergeben.« Der Lensmann griff abermals nach der Stricknadel und fing an sich zu kratzen. »Ich habe auch nie wirklich daran geglaubt, dass dieser Wagen etwas damit zu tun gehabt haben soll. Einerseits, weil ein Mann und eine Frau darin gesehen wurden, und andererseits dachte ich, dass derjenige, der hinter dem Ganzen steckte, aus der Gegend kommen und sich gut auskennen musste. Knivtjern ist ja nicht unbedingt ein Ort, wo man zufällig hinkommt, oder? Eine andere Theorie – sofern man davon ausginge, dass Anna damals alles erfunden hatte – lief darauf hinaus, dass die Geschichte am Knivtjern bloß ein Scherz gewesen war. Es gab zu diesem Zeitpunkt niemanden in Aremark, der nicht von diesem Vorfall beim Missionszentrum gehört hatte. War es vielleicht ein Junge aus dem Dorf, der nur Blödsinn machen und andere erschrecken wollte?«

»Eine Beschreibung hast du damals also nicht bekommen?«

»Nein. Das einzig Auffällige war, dass das Weihnachtswichtelkostüm von einem besonderen Seil zusammengehalten wurde.«

»Und mehr als diese beiden Vorfälle gab es nicht?«

»Nein. Falls die Geschichte am Knivtjern kein Scherz war, muss der Täter aus der Gegend gekommen sein. Und vielleicht hat ihn das alles selbst so erschreckt, dass er sich nicht mehr traute, das Ganze noch einmal durchzuziehen. Nach dem zweiten Vorfall habe ich eine umfassende Untersuchung eingeleitet. Ich bekam sogar Hilfe von zwei Kollegen aus Halden. Wir waren sechs oder sieben Wochen damit beschäftigt, haben richtig Druck gemacht, aber am Ende war kaum noch jemand übrig, den wir vernehmen konnten, und so mussten wir die Untersuchung einstellen.«

»Es war niemand dabei, der vielleicht ein kleines bisschen interessanter war als die anderen?«

»Nein, nichts. Es gab ein paar Gerüchte, dass es vielleicht Roger war.«

»Was? Roger von der Tankstelle?«

»Ja, wir haben ihn zweimal vernommen, aber es ist irgendwie nichts dabei herausgekommen.«

»Irgendjemand muss die Gerüchte doch in die Welt gesetzt haben?«

»Ach, du weißt doch … Kommt ja schon mal vor, dass man ein bisschen in den Magazinen hinter der Theke blättert … Diese … ich weiß nicht mal, wie die heißen … Solche mit nackten Frauen eben. Die werden ja da verkauft. Aber wie ich den Leuten schon gesagt habe: In diesen Magazinen zu blättern und das zu tun, was hier geschehen ist, sind zwei völlig verschiedene Dinge. Aber du weißt ja, wie hässlich es in so kleinen Orten zugehen kann. Niemand verurteilt dich so schnell wie das Dorf.«

»Hatte er ein Alibi?«

»Nein, aber ich glaube auch nicht, dass Roger was damit zu tun hatte. Du weißt doch, Brekke, ich kenne Roger seit er ein kleiner Junge war. Sein Vater und ich gingen zusammen zur Schule.« Der Lensmann schnalzte mit der Zunge. »Nein, das kann ich einfach nicht glauben.«

»Jedenfalls ist das eine Information, die Uteng vermutlich gern hätte. Er will bestimmt mit diesem anderen Mädchen reden. Wer ist sie denn gewesen?«

Der Lensmann führte die Hand zum Kopf und sagte:

»Es war Malin Rekve.«

KAPITEL 38

Mittwoch, 10. Oktober

Magnus schaltete das Blaulicht aus.

Die Frontscheibe beschlug von innen. Er drehte die Warmluft auf und spähte dabei zu dem Tesla hinüber, bei dem das hintere Kennzeichen fehlte. Auf dem Armaturenbrett vor ihm lag der Ziplock-Beutel mit dem Stoff. Magnus drückte auf die kleinen harten Klumpen inmitten des Pulvers und warf den Beutel dann zurück. Er sah auf die Uhr. Anton saß schon seit fünf Minuten in dem Tesla und redete mit Hugo Babsvik.

Noch weitere fünf Minuten vergingen, ehe die Beifahrertür des Tesla geöffnet wurde. Anton stieg aus. Der Tesla reihte sich geräuschlos in eine Lücke im mittlerweile dichten Berufsverkehr ein und sauste davon. Anton trat auf das Zivilfahrzeug zu. Er öffnete die Beifahrertür, griff nach dem Beutel mit dem weißen Pulver und öffnete ihn. Mit dem Beutel ging er in Richtung des Bushäuschens und ließ den Inhalt auf den Boden rieseln.

»Anton?«, rief Magnus. »Was treibst du da?«

Anton warf den leeren Beutel in einen Mülleimer, trat wortlos auf den Wagen zu und setzte sich hinein.

»Was hast du getan?«, fragte Magnus und hörte selbst, dass sein Tonfall heller und lauter geworden war.

Anton sagte nichts, während er den Blinker betätigte, in den Rückspiegel sah und aufs Gaspedal drückte.

»Kannst du mir mal antworten?«

»Ich arbeite«, erwiderte Anton.

»*Du arbeitest?* Du hast gerade vier oder fünf Gramm beschlagnahmte Drogen weggeworfen. Wie sollen wir das bitte erklären?«

»Ich habe überhaupt nicht mit der Einsatzzentrale telefoniert.«

»Hä?«, entfuhr es Magnus.

»Ich hab nur so getan, als hätte ich da angerufen.«

»Und der Stoff?«

»Das war kein Stoff, Torp. Nur zerdrückte Ibuprofen.« Anton schob die Hand in die Innentasche der Jacke und zog die Schachtel mit den schmerzstillenden Tabletten heraus, die er sich am Abend zuvor von Magnus ausgeliehen hatte. »Danke für die Leihgabe«, sagte er und warf Magnus die Schachtel in den Schoß.

»Du hast den Beutel unter den Sitz gelegt, als du den Rucksack herausgenommen hast …«

»Yes.«

»Und sein Nummernschild?«

Anton deutete durch das Seitenfenster auf den Oslofjord.

»Ich war in der Tiefgarage in Fornebu und habe es gestern spätabends abgeschraubt.«

»Um einen Grund zu haben, ihn auf dem Weg von der Arbeit nach Hause anzuhalten …« Magnus schüttelte den Kopf. »Er hat also tatsächlich gar nichts getan. Verfluchte Schei…«

»Jedenfalls nicht heute Nacht.«

»Hast du nicht gesehen, wie aufgewühlt er war?«

Anton hob gleichgültig die Augenbrauen.

»Er hat nicht das Geringste getan, Anton! Das ist verdammt noch mal nicht in Ordnung.«

»Wovon redest du? Es hat überhaupt keine Gefahr für ihn bestanden.«

»Ich kann nicht glauben, dass du das getan hast.«

»Das nennt man Polizeiarbeit, Torp. Manchmal muss man abseits der ausgetretenen Pfade wandeln.« Anton wechselte auf die linke Fahrspur und erhöhte die Geschwindigkeit. Er überholte zwei Autos und fuhr zurück auf die rechte Spur. »Mit Händchen halten und Ringelreihen bin ich schon lange fertig.«

»Das hat nicht das Geringste mit Polizeiarbeit zu tun.«

»Doch«, fauchte Anton. »Es geht darum, sich den Ball zu schnappen, wenn er vorbeigeflogen kommt. Hugo Babsvik wurde hinters Licht geführt, mag sein. Aber glaub bitte nicht, ich hätte das einfach so getan, wenn ich nicht davon überzeugt wäre, dass es uns nennenswert weiterbringen könnte.«

»Und was, wenn er völlig durchgedreht wäre und uns womöglich angezeigt hätte?«

»Mann wegen Besitz von fünf Gramm Ibuprofen in Pulverform angeklagt.« Anton kicherte. »Jetzt lass es gut sein, Torp. Dein Einspruch wurde vermerkt.«

»Aber weshalb?«, stöhnte Magnus. »Worüber habt ihr zehn Minuten lang gesprochen?«

»Alle, die bei Telenor über eine höhere Zugangsberechtigung verfügen, werden vom Nationalen Sicherheitsdienst, dem NSM, überprüft. Die Familie wird gecheckt, der Bekanntenkreis, alles. Und wie mir mein Kumpel beim NSM erzählte, als er mich gestern anrief: Hugo Babsvik hatte Glück, was seine Sicherheitsstufe angeht. Er selbst ist natürlich nicht vorbestraft, weil er dort sonst nicht mal in der Kantine arbeiten dürfte, aber seine Kumpel … Der reinste Dreck. Heutzutage würden sie Hugo dort überhaupt nicht mehr reinlassen.«

»Dreck? So wie in Dealer?«

»Ja, und weiterer Müll. Kriminelle eben.«

Magnus sah kurz aus dem Seitenfenster und wandte sich dann wieder Anton zu.

»Das war also dieser Kumpel von der NSM, der anrief, als wir gestern in Aremark waren. Als du meintest, ich solle nicht fragen, worum es geht?«

»Ja.«

Anton versuchte, die Stimmung mit einem Lächeln aufzuhellen, doch Magnus schüttelte nur erneut den Kopf.

»Ist gut jetzt, Torp«, sagte Anton. »Das hat nur Vorteile für uns. Ich bekomme Bescheid über alle ein- und ausgehenden Anrufe von Haralds Handy, und Hugo hat hoffentlich kapiert, dass es an der Zeit ist, seinen Freundeskreis zu wechseln. Und? Bist du jetzt bereit für einen Besuch bei Espen Skaar in Larvik?«

»Bleibt mir 'ne Wahl?«

»Tja. Ich kann dich auch gern an der nächsten Bushaltestelle rauslassen, dann kannst du ja sehen, wie du per Anhalter zurück in die Zentrale kommst. Oder du fährst tatsächlich mit dem Bus.« Anton bremste ab, als sie sich der nächsten Abzweigung näherten. »Und, was darf es jetzt sein?«

»Ich komme selbstverständlich mit«, erwiderte Magnus leicht gereizt. »Aber du bist einfach zu weit gegangen. Ich will so was nicht noch mal erleben.«

Anton sagte nichts und fuhr von der E18 ab.

»Ich scherze nicht, Anton. Wenn das sonst irgendwer getan hätte, wäre ich sofort eingeschritten und hätte Meldung gemacht. Ich hätte nicht mal gewartet, bis wir wieder im Büro gewesen wären.«

»Dann melde mich doch«, sagte Anton.

»Du weißt verdammt gut, dass ich das nicht tun werde. Und genau deshalb hast du mich auch mitgenommen. Damit ich derjenige sein konnte, der den Stoff findet.« Er schüttelte erneut den Kopf. »Du bist echt krank im Kopf.« Magnus ließ die Rückenlehne zurückfahren, bis er fast im Wagen lag. »Blöder Idiot!« Er schloss die Augen. »So ein Risiko einzugehen.«

»Ich habe ein Los gezogen.« Anton lenkte den Wagen durch den Kreisverkehr. »Und näher an das Gewinnerlos als jetzt, komme ich eben nicht heran in diesem Mist, der uns umgibt.«

KAPITEL 39

1991, Tag 2

»Ein Weihnachtswichtel?«, fragte Harald.

Er ließ eine Aktenmappe auf das Sofa im Aufenthaltsraum der Polizeistation fallen, zog seine Lederhandschuhe aus und legte sie daneben. Dann schlüpfte er aus dem Mantel und hängte ihn an den Kleiderständer in der Ecke. Auf dem Tisch lag eine Landkarte von Aremark. Anton hatte sie an vier Stellen markiert: Missionszentrum Fangekasa, Knivtjern-See, die Kreuzung, wo Malin Rekve und Sandra Julsen sich getrennt hatten, sowie die Steinhütte.

»Ja. Der erste Vorfall passiert hier.« Anton zeigte auf das Missionszentrum. »In der Woche nach Weihnachten 1987.« Mit dem Finger zeichnete er eine gerade Linie zum Knivtjern. »Etwa sechs Monate später passiert dann hier der nächste.«

»Wie weit sind die Orte voneinander entfernt?«, fragte Harald.

»Acht bis neun Kilometer Luftlinie.« Anton bewegte den Finger weiter in Richtung Südosten. »Und hier liegt die Steinhütte.«

»Und der Lensmann hatte nicht die geringste Ahnung, wer dahintergesteckt haben könnte? In einem so kleinen Ort wie diesem?«

Anton erzählte von den Überlegungen, die der Lensmann im Zusammenhang mit den beiden Vorkommnissen angestellt hatte. Dass es sich bei der zweiten Episode womöglich um einen Scherz gehandelt habe, der im Grunde genommen auf einer Lüge basierte.

»Was liegt hier noch?« Harald ließ den Zeigefinger über dem Bereich hinter der Steinhütte kreisen. »Irgendwelche Gebäude?«

»Das ist ein Naturreservat. Nur Wald und massenhaft kleine Seen.«

»Wer das getan hat, ist vermutlich aus der Gegend. Niemand bewegt sich in diesem Gelände, ohne genau zu wissen, wo er entlanggehen muss.«

»Ich habe letzte Nacht überlegt, dass der Exhibitionist – sofern er denn existiert – sich Malin schon vor längerer Zeit ausgeguckt haben könnte. Dass er sie sich vielleicht schon an diesem Sommerabend 1988 schnappen wollte. Womöglich war er ja besessen von ihr?«

Harald blieb stumm, während er auf die Landkarte starrte.

»Nichts kann ausgeschlossen werden«, sagte er dann.

Anton deutete auf die Mappe neben sich.

»Ist das der Obduktionsbericht?«

»Der vorläufige, ja. Der endgültige wird wohl erst in zwei oder drei Monaten vorliegen.«

Die Mappe enthielt Fotos im A4-Format sowie ein paar Formulare, die mit der Schreibmaschine ausgefüllt waren. Harald setzte sich neben Anton, beugte sich vor und musterte die Markierungen auf der Karte.

»Ist der Aufruf nach dem gesuchten Auto übrigens in der Zeitung gelandet?«

»Ja«, erwiderte Anton. »Auf der Titelseite.«

»Noch niemand, der sich gemeldet hat?«

»Nichts. Und ich bin schon seit sechs Uhr hier.«

Harald sah auf die Uhr und stellte fest, dass es schon acht war.

»Vielleicht ist es noch etwas zu früh. Hoffentlich bekommen wir bis zur Mittagspause irgendeine Reaktion.«

»Die Zeitung liegt drinnen im Büro, falls du sie sehen willst.«

Harald blieb sitzen. Anton blätterte in der Mappe. Er legte die Fotos der Leiche nebeneinander auf die Karte. Alles war jetzt viel klarer. Der Schnitt am Hals wirkte kleiner, als er in der Hütte ausgesehen hatte, war jedoch auch hässlicher. Am Tatort hatte Anton nur dunkles, getrocknetes Blut gesehen. Jetzt war alles sauber. Übrig war nur eine lange, klaffende Fleischwunde. In der Mitte war der Schnitt am breitesten. Die Kanten sahen gerade und ebenmäßig aus, die Enden waren zugespitzt. Anton musste unmittelbar an das Grinsen von Jack Nicholson in Batman denken, den er vor zwei Jahren gesehen hatte.

»Wenn man hier sitzt und sie ansieht«, sagte Harald, »dann wünscht man sich nichts sehnlicher, als den Verantwortlichen zu finden, ihm den Kopf von den Schultern zu reißen und ihn auf den erstbesten Zaunpfahl an der Landstraße zu spießen, die hier durch dieses Kaff führt, findest du nicht?«

Anton nickte.

Von dem nackten Körper auf der Stahlbank waren fünf Fotos aus verschiedenen Blickwinkeln geschossen worden. Anton nahm eine Aufnahme des Gesichts zur Hand. Sein Daumen verdeckte den größten Teil der Wunde am Hals des Opfers. Die Augen waren geschlossen, die Lippen blau-lila. Die Haut wirkte grau. Das Haar war gewaschen und nach hinten gekämmt. Ein weiteres Bild zeigte eine der Hände. Sie trug roten Nagellack. Das war Anton in der Steinhütte gar nicht aufgefallen. In einem Feld unten im Protokollbogen stand etwas in Blockbuchstaben, und Anton las es laut vor: KEINE ABWEHRWUNDEN.

»Bedeutet das, dass sie keinen Widerstand geleistet hat? Ist das nicht eigenartig?«

»Er kann sie mit dem Messer bedroht haben. Oder sie hat einen Schock erlitten. Vielleicht hat er ihr auch Drogen verpasst. Aber das erfahren wir erst, wenn der toxikologische Befund vorliegt.«

Der Rechtsmediziner Mogens Poulsen erläuterte abschließend in seinem Bericht, dass der Schnitt äußerst geschickt ausgeführt worden war und dass das verwendete Schneidewerkzeug sowohl sehr scharf gewesen sein als auch eine relativ kurze Klinge gehabt haben musste.

»*Der Körper wurde durch die durchgeführte Läsion vermutlich in einen Schockzustand versetzt, und die Verstorbene ist schnell verblutet*«, las Anton vor.

»Aber sieh mal hier. Er schreibt, dass sie kurz vor ihrem Tod Sex hatte, es sich dabei aber nicht unbedingt um eine Vergewaltigung handeln müsse. Ihr Höschen hing doch auf den Knöcheln, oder?«

»Das muss nichts bedeuten«, entgegnete Harald. »Ich bin schon vielen Frauen begegnet, die vergewaltigt wurden, es aber nicht gewagt haben, Widerstand zu leisten. Die haben den Täter einfach machen lassen. Und wenn so einer sich nicht explizit an der Gewalt an sich berauscht und selbst auch nicht gewalttätig ist, dann kann das möglicherweise wie ganz normaler Geschlechtsverkehr aussehen. Was heißen könnte, dass unser Mann entweder nicht zum Ende gekommen ist oder ein Kondom benutzt hat.«

»Sie hatte doch ein Kondom in der Geldbörse. Kann der Sex womöglich einvernehmlich gewesen sein?«

»Auch das ist eine Möglichkeit.« Harald erhob sich und sammelte die Fotos und die beiden Seiten des vorläufigen Obduktionsberichts ein. »Wir sollten mal anfangen«, sagte er und zog seinen Notizblock aus der Manteltasche. Er blätterte vor bis zu der Seite mit den Namen der achtzehn Personen, die an Adrian

Lockes Geburtstagsfeier teilgenommen hatten. »Kennst du die alle hier?«

Er hielt Anton den Block hin. Im Büro des Lensmanns klingelte das Telefon.

»Jedenfalls ein paar von denen«, erwiderte Anton nach einem kurzen Blick auf die Namen und trat dann in den Gang. Er beschleunigte seine Schritte und betrat das Büro, nahm den Hörer ab und meldete sich. Eine Minute später legte er wieder auf und lief zurück. Harald stand am unbesetzten Empfang.

»Wir müssen noch etwas warten«, sagte Anton. »Aslak Rød kommt vorbei und will eine Aussage machen. Er hat Malin in der Nacht auf Sonntag an der Landstraße 865 gesehen.«

KAPITEL 40

1991, Tag 2

»Am Samstag hatten meine Eltern Besuch, und ich habe den Chauffeur gespielt«, sagte Aslak Rød, nachdem Harald die obligatorischen Felder auf dem Formular für Zeugenbefragungen ausgefüllt hatte. Der fünfundzwanzigjährige Metzger aus dem Dorfladen saß breitbeinig auf dem Besucherstuhl im Büro des Lensmanns. Er hatte dunkles, krauses Haar, die ebenfalls dunklen Augen lagen tief unter der leicht gewölbten Stirn. Der Reißverschluss seiner Jacke war halb heruntergezogen, und auf der weißen Arbeitsjacke, die er darunter trug, waren frische Blutflecken zu sehen. In einer Hand hielt er ein Päckchen Zigaretten, in der anderen ein Feuerzeug. Mit dem Daumen betätigte er das Rädchen und erzeugte kleine Funken. »Du weißt ja, wo ich wohne, Brekke.«

»Aber *ich* weiß es nicht«, sagte Harald. »Wo wohnen Sie?«

Aslak Rød blickte Anton an, als ob er erwartete, dass der für ihn antworten werde. Anton sagte keinen Ton.

»Fast am Ende der 865«, erwiderte Aslak Rød, ohne Anton aus den Augen zu lassen. »Kurz vor der Grenze zum Nachbarbezirk.«

»Okay …« Harald drehte sich um und warf Anton einen Blick zu. »Fahren Sie fort.«

»Torleif, ein alter Kumpel meines Vaters, war der Letzte, den ich gefahren habe, u…«

»Torleif wie weiter?«, unterbrach Harald ihn.

»Harm. Torleif Harm. Ich hatte drei andere nach Halden runter gefahren, ehe ich wieder zurückfuhr und ihn abholte.«

»Was für eine Zusammenkunft war das?«, wollte Harald wissen.

»Freunde von meinen Eltern. Die treffen sich jedes Jahr vor Weihnachten. Eine Tradition, die schon so lange existiert, wie ich zurückdenken kann. Und in diesem Jahr waren meine Eltern an der Reihe, das Treffen auszurichten.«

»Okay. Wohnen Ihre Eltern bei Ihnen in der Nähe?«

»Wir haben dieselbe Adresse.«

»Sie wohnen also in Ihrem Elternhaus?«

»Wie man's nimmt«, erwiderte Aslak Rød. »Ich habe meine eigene Wohnung im Keller.«

»Gut. Sie hatten also die drei anderen Gäste nach Halden gefahren und waren gerade nach Hause zurückgekommen. Warum ist Torleif Harm nicht mitgefahren, als Sie die anderen drei wegbrachten?«

»Weil Torleif nach Ørje wollte, und ich musste ja sowieso noch mal denselben Weg zurückfahren. Da habe ich ihm vorgeschlagen, dass ich ihn auf dem Rückweg auflesen könnte.«

»Erzählen Sie weiter«, sagte Harald, während er sich Notizen machte.

»Wir sind so gegen halb eins aufgebrochen, und …« Aslak Rød klopfte eine Zigarette aus der Packung und zündete sie an. Anton reichte ihm einen Aschenbecher. »An der Straße habe ich dann Malin Rekve gesehen.«

»Kannten Sie sie?«

Aslak Rød schüttelte den Kopf und nahm einen tiefen Zug von der Zigarette.

»Nein, das würde ich nicht sagen. Ich habe sie öfter im Laden beim Einkaufen gesehen, aber darüber hinaus kannte ich sie nicht. Sie war ein paar Jahre jünger als ich.«

»Aber Sie sind sicher, dass es Malin war, die Sie dort gesehen haben?«

»Ja.« Er drehte den Kopf zur Seite und blies den Rauch aus. »Ich habe abgebremst, als ich jemanden am Straßenrand stehen sah. Ich bin relativ langsam an ihr vorbeigefahren und erinnere mich noch, dass ich sie ziemlich dünn angezogen fand.«

»Können Sie sich erinnern, was sie anhatte?«

»Dunkle Hose und Jeansjacke«, erwiderte Aslak Rød ohne zu zögern.

»War sie allein?«, fragte Harald.

»Ja. Sie stand da und … Also, im ersten Moment dachte ich, sie hätte sich dicht an den Straßenrand gestellt, weil ich angefahren kam. Aber irgendwie stand sie da etwas seltsam. Zum Wald hingedreht, verstehen Sie. Ich fand, das war eine komische Position. Denn wenn man im Dunkeln eine Straße entlanggeht und einen Wagen kommen sieht, dann stellt man sich einfach an den Straßenrand, damit man das vorbeifahrende Auto im Auge behalten kann. Aber Malin stand da, als ob sie etwas oder jemanden zwischen den Bäumen beobachtete. Eigentlich sah es sogar so aus, als hätte sie mit jemandem gesprochen.«

»Mit jemandem gesprochen?«

»Ja.« Aslak Rød nahm abermals einen tiefen Zug. »Jedenfalls sah es so aus.«

»Wo war das genau?«

»Das war glei…«

»Kommen Sie«, unterbrach Harald ihn und ging aus dem Büro. Anton und Aslak Rød folgten ihm in den Aufenthaltsraum.

»Zeigen Sie es uns, bitte«, sagte Harald und deutete auf die Landkarte.

Aslak Rød legte eine Hand auf den Tisch und beugte sich vor. Dann fuhr er mit dem Zeigefinger über die Landstraße 865.

»Da.«

Es war gleich unterhalb der Steinhütte.

»Auf welcher Seite stand sie?«, fragte Harald.

»Auf der linken. Also von mir aus gesehen. Ich kam von Süden.«

Anton hatte zuerst gedacht, dass sie in den Wald geblickt hätte, der zwischen ihr und dem Haus von Adrian Locke lag, aber dann hätte sie auf der rechten Seite stehen müssen. Tatsächlich hatte Malin jedoch in die entgegengesetzte Richtung geblickt.

»Wissen Sie noch, wie spät es war?«

»Nein, ich habe jedenfalls nicht auf die Uhr gesehen. Aber ich habe Torleif, wie eben schon erwähnt, so etwa gegen halb eins aufgelesen. Dann müssen wir ungefähr um Viertel vor an ihr vorbeigefahren sein. Sie können ihn auch gern danach fragen.«

»Haben Sie noch jemand anderen gesehen?«

»Nein.«

»Niemanden? Auch kein Auto, das Ihnen entgegenkam?«

»Nein.«

Harald legte eine Hand in den Nacken und massierte ihn mit seinem Daumen.

»Wie weit ist es von Ihnen nach Ørje?«

»Tja …«, sagte Aslak Rød und atmete aus. »Etwa vierzig Kilometer.«

»Und auf der Strecke von vierzig Kilometern haben Sie keinen einzigen Wagen gesehen?«, fragte Harald.

»Nein, erst als ich nach Ørje kam. Da war ein wenig Verkehr, aber nicht viel.«

Als die Tür des Lensmannbüros ins Schloss fiel und Aslak Rød auf dem Weg zurück zu seiner Fleischtheke im Nachbarhaus war, zog Harald seine Lederhandschuhe an und sagte: »Was war denn los? Eben im Büro? Da lag so eine gewisse Spannung in der Luft.«

»Na ja, wie man's nimmt«, erwiderte Anton. »Ich musste im Spätsommer einmal zu ihm ausrücken. Seine Lebensgefährtin rief an. Sie hatte Angst.«

»Vor ihm?«

»Die häusliche Lage war etwas außer Kontrolle geraten. Laute Wortwechsel und zerbrochenes Porzellan. Er beruhigte sich, sobald ich an der Tür klingelte. Ich habe mich lange mit den beiden unterhalten. Seine Freundin meinte, er hätte sein Temperament nicht immer im Griff, aber so wütend wie an diesem Abend hätte sie ihn vorher nie erlebt.«

»Und wie kam es dazu?«

»Er hatte wohl schon den ganzen Tag schlechte Laune, und sie hat ihn deswegen etwas gefoppt, als sie bei Aslaks Eltern zu Abend gegessen haben. Im ersten Moment hat er es mit einem Lächeln abgetan, aber dann ein gewaltiges Theater angefangen, als sie wieder allein waren.«

»Klassische Nummer«, meinte Harald.

»Wahrscheinlich hat er eben wieder daran gedacht. Ich kaufe ja fast jeden Tag mein Mittagessen bei ihm, und nach dieser Episode war er nicht eben redselig. War ihm bestimmt etwas unangenehm.«

»Ist er ihr gegenüber gewalttätig geworden?«

»Sie meinte nein.«

»Und danach war weiter nichts?«, fragte Harald.

»Nein, sie ist ein paar Tage später ausgezogen. Die hatten bloß ein paar Monate zusammengelebt.«

»Klingt vernünftig. Immerhin ist er fünfundzwanzig, hat eine feste Arbeit, lebt aber noch zu Hause ...«

»Das ist hier in der Gegend nicht so ungewöhnlich. Er wartet wohl darauf, das Haus zu erben.«

»Aber das kann doch noch dreißig Jahre dauern.« Haralds Gesicht nahm einen nachdenklichen Ausdruck an. »Dass er die 865 nach Norden gefahren ist, bedeutet allerdings, dass wir unsere einzige gute Spur verlieren.«

»Was?«, fragte Anton.

»Hast du nicht zugehört?«

»Doch. Aber was meinst du denn?«

»Der Wagen. Der Pick-up, der bei Sandra Julsens Haus kurz angehalten hat. Der nach ihrer Aussage in Richtung Malin fuhr. Das tat er auch, aber nicht lange. Er ist nicht da abgebogen, wo wir gedacht haben. Er fuhr weiter über die Landstraße 21 in Richtung Süden.«

Harald ging zurück in den Aufenthaltsraum und winkte Anton mit seinen lederbewehrten Fingern hinter sich her. »Komm mit.«

Sie stellten sich vor die Landkarte. Harald zeigte auf die Stelle, wo die 865 begann, und folgte der Straße mit dem Finger bis zur Bezirksgrenze.

»Unser Mann ist da überhaupt nicht langgefahren«, sagte Harald. »Dann hätte Aslak Rød ihn nämlich sehen müssen, weil es sonst keine andere Straße gibt. Er konnte gar keine andere Straße nehmen.«

»Stimmt schon, dass es keine alternative Strecke gibt, wenn man erst mal bis hierher gefahren ist« – Anton ließ zwei Finger über der Landstraße 865 baumeln –, »aber die Steinhütte liegt dort.« Er deutete auf die Markierung, die den Tatort anzeigte. »Und wie du siehst, ist der Kiesweg, der da hochführt, gar nicht auf der Karte verzeichnet.«

»Und?«

»An der gesamten 865 gibt es kleine Stichstraßen. Schmale Kieswege, die manchmal nur ein paar Meter, dann wieder bis zu einem halben Kilometer in den Wald hineinführen. Und keiner von denen führt an einen bestimmten Ort.«

»Sackgassen?«

»Ja, alle zusammen. Der Mann, der also bei Sandra Julsen angehalten hat, ist möglicherweise weiter über die 865 gefahren. Er kann sogar bei Malin angehalten haben, genauso wie bei Sandra. Verfl…«

»Um dann einfach weiterzufahren«, unterbrach Harald ihn und nickte. »Und dann ist er vielleicht in einen dieser kleinen Seitenwege eingebogen und wäre für alle weiteren potenziellen Verkehrsteilnehmer unsichtbar geblieben. Er hat vielleicht sogar Aslak Rød vorbeifahren sehen. Er kann die Scheinwerfer in der Ferne entdeckt haben und ist dann irgendwo in einen Seitenweg reingefahren.«

»Und danach kann er zu Fuß gegangen sein.«

»Ja«, sagte Harald. »Was wiederum erklären könnte, wieso Malin dort stand und in den Wald geguckt hat.« Harald presste die Lippen zusammen. »Sie hat ihn gehört.« Er blickte Anton an. »Gute Arbeit, Brekke.«

»Aber an diese Seitenwege habe ich gar nicht in erster Linie gedacht, während du mit Aslak Rød gesprochen hast.«

»Ach nein? Und woran hast du in erster Linie gedacht?«

»Als er erzählte, dass Malin da gestanden und in den Wald geblickt und möglicherweise sogar mit jemandem gesprochen hat, konnte ich plötzlich nur noch denken, dass da vielleicht ja ein Weihnachtswichtel mit Skimaske gestanden hat.«

»Der Gedanke ist mir auch schon gekommen, Brekke. Aber nein, das glaube ich nicht.«

»Und wieso glaubst du das nicht?«

»Es gefällt mir, dass du verschiedene Theorien in Erwägung ziehst, aber ich glaube nicht, dass das mit diesem Fall zusammenhängt. Ich erkläre dir auch wieso: Ich bin mir ziemlich sicher, dass der Mord an Malin nicht geplant war. Es handelt sich um eine impulsive Handlung, genau da, wo es passiert ist. Die Sache mit dem Exhibitionisten kann wiederum impulsiv wirken, ist stattdessen aber genau geplant. Daran darfst du nicht zweifeln. Er wusste ganz genau, wo er am Knivtjern langlaufen musste, um all den Jugendlichen zu entgehen. Das Gleiche gilt für das Missionszentrum.«

»Wir sollten das besser auf eine andere Art betrachten«, sagte Anton.

»Nämlich?«

»Dass beide Mädchen, die er belästigt hat, jetzt tot sind.«

KAPITEL 41

Mittwoch, 10. Oktober

Die Straßenbeleuchtung erlosch im selben Moment, in dem Anton und Magnus das Zentrum von Larvik erreichten. Der Verkehr bewegte sich träge vorwärts. Auf der Gegenfahrbahn blickten schlaftrunkene Gesichter in die Dämmerung. Das Kronjuwel der Stadt, Farris Bad, ragte am äußeren Ende des in Nebel gehüllten Kais ein Stück weit ins Meer hinein.

»Wir haben Sandra Julsen an jenem Tag noch einmal besucht«, sagte Anton.

»Und was hat sie gesagt?«

»Sie hatte nur gesehen, dass er weiter in Richtung Süden fuhr. Er *könnte* in den Weg eingebogen sein, auf dem Malin unterwegs war, doch Sandra wusste es nicht.«

Magnus bremste abrupt. Der Verkehr vor ihnen war zum Erliegen gekommen.

»Habt ihr irgendwann die Tatwaffe gefunden?«

»Nein. Die Techniker haben den ganzen Schnee geschmolzen, von der Hütte bis hinunter zur Landstraße. Das war der potenzielle Fluchtweg, und sie hofften, dass der Täter das Messer irgendwo weggeworfen hatte.«

»Die haben den Schnee geschmolzen? Hab noch nie gesehen, dass das im Zusammenhang mit einer Ermittlung mal getan wurde«, sagte Magnus.

»Die haben Planen ausgelegt und mit warmer Luft gearbeitet. Quadratmeter um Quadratmeter. Im Wald wurden außerdem noch Hunde und Metalldetektoren eingesetzt. Alle erreichbaren Techniker von der Kripo und aus ganz Østfold waren da zugange. Die haben eine ganze Woche dafür gebraucht.«

»Und es wurde nichts gefunden?«

»Rein gar nichts. Nach dem Gespräch mit Aslak Rød haben wir fast den ganzen Tag und die ganze Nacht gearbeitet. Wir haben Aremark komplett auf den Kopf gestellt und dadurch den Ort gleichzeitig im ganzen Land bekannt gemacht. Journalisten und Reporter haben sich vor dem Lensmannbüro und am Tatort gedrängt. Wir haben mit den Gästen von Adrian Lockes Geburtstagsfest gesprochen. Mehrere stammten aus Halden, wo Adrian sie auf dem Gymnasium kennengelernt hatte. Niemand konnte irgendwas sagen, was uns auf eine neue Spur gebracht hätte. Einer von denen meinte zwar, dass Adrian sehr ruhig und reserviert gewesen sei, aber das konnte auch daran gelegen haben, dass der Betreffende Alkohol getrunken hatte, während Adrian nüchtern geblieben war und sich außerdem ohnehin nicht wohlgefühlt hatte. Mit anderen Worten: nichts Ungewöhnliches. Und niemand von den Partygästen hatte Schwierigkeiten zu erklären, wo sie danach gewesen waren. Alle hatten ein Alibi, und jedes einzelne wurde mehrmals überprüft.«

Der Verkehr floss weiter. Vorsichtig drückte Magnus aufs Gaspedal.

»Wir haben uns an die Hoffnung geklammert, dass die Information über den Wagen mit dem fehlenden Rücklicht, die wir im *Halden Arbeiderblad* veröffentlicht haben, uns weiterbringen würde.« Anton sah auf den Handybildschirm, der als Navi fungierte. »Wir hatten weder Zeugen noch ein Motiv. Keine Mordwaffe. Nur die Spur mit dem Pick-up. Aber Sandra hatte nicht mal die Automarke erkannt, daher war es nutzlos zu versuchen, den Wagen aufzuspüren. Es gab ja unzählige Modelle. Wir haben sogar Adrian Lockes Eltern vernommen. Beide bestätigten, dass ihr Sohn sich hingelegt hatte, gleich nachdem Malin und Sandra aufgebrochen waren. Der Vater meinte, es sei nicht mehr als eine Viertelstunde vergangen. Die Mutter sagte, vielleicht auch eine halbe. Aber das spielte ohnehin keine Rolle, er hat das Haus angeblich nicht wieder verlassen.«

»Und wie ging es weiter?«

»Wir sind nur im Dunkeln getappt und nicht weitergekommen. Es kam uns vor, als hätten wir jeden Tag denselben Pfad beschritten. Und dann kam Malins Beerdigung.«

»Warst du dabei?«

»Ja. Harald und ich waren da. Und ganz Aremark.«

»Um zu beobachten?«

»Hauptsächlich deswegen, ja. Adrian Locke sollte eigentlich mit den anderen den Sarg tragen, ist aber völlig zusammengebrochen. Er lag in der Kirche auf dem Boden und hat geweint und gezittert.«

»Waren die so eng miteinander befreundet?«, fragte Magnus.

»Das war ein kompaktes Milieu da unten. Dass er also total zusammengebrochen ist, war nicht so ungewöhnlich. Sandra Julsen, die heute Locke heißt, war natürlich auch völlig fertig, aber sie musste sich dann um Adrian kümmern. Am Ende hat Adrians Vater den Sarg mitgetragen, und seine Mutter und Sandra blieben in der Kirche, bis er wieder zu sich gekommen war.«

»Ganz schön heftige Reaktion …«, sagte Magnus.

»Das hat Harald auch gesagt. Eigentlich hat er sogar von *Überreaktion* gesprochen. Er hatte den Eindruck, Adrian nicht wirklich fassen zu können. Als wir an dem Nachmittag zum Lensmannbüro zurückkamen, sagte Harald, es sei ja eigentlich seltsam, dass nur Sandra diesen Pick-up gesehen hätte. Der Gedanke war mir damals auch schon gekommen. Man darf nämlich nicht vergessen, dass diese Suchmeldung auf der Titelseite des *Halden Arbeiderblad* gestanden hat, und das nicht nur einen Tag. Das alles passierte ja zu einer Zeit, als die Menschen noch gedruckte Zeitungen gelesen haben, und als Neuigkeiten eben noch für ganze vierundzwanzig Stunden neu waren. Die Leute haben darüber gesprochen, was auf der Titelseite der Zeitung stand. Wir haben uns also etwas gewundert, dass es nur diese eine Beobachtung gegeben hat. War Adrian womöglich an jenem Abend noch mal weggefahren? Wusste Sandra, was passiert war, entschied sich aber, ihren Freund zu beschützen, indem sie diese Geschichte von dem Wagen mit dem unbekannten Fahrer erfand, der in der ruhigsten Gemeinde Ostnorwegens nachts durch die Gegend fuhr? Nach Malins Begräbnis haben wir Adrian noch einmal vernommen. Harald hat ihn vier Stunden in die Mangel genommen, während ich danebensaß und nach Anzeichen von Lügen Ausschau hielt. Harald war knallhart und konfrontativ in einem Moment«, – Anton schnipste mit dem Finger –, »und bester Kumpel im nächsten. Ich habe in jenen Stunden mehr gelernt als während der ganzen Zeit auf der Polizeihochschule. Harald hat alle Register gezogen. Von oben bis unten. Adrian hat all seinen Gefühlen freien Lauf gelassen, hat aber seine Aussage nie geändert. Und Harald war weiterhin der Ansicht, dass er log.«

»Ziemlich wilde Theorie«, meinte Magnus und gab seiner Stimme einen theatralischen Unterton:

»›Mein Liebhaber hat meine beste Freundin vergewaltigt und ermordet, aber eigentlich ist er ganz in Ordnung.‹« Er stieß ein kurzes, trockenes Lachen aus. »Sorry, aber das ist weniger als nur ein bisschen dünn.«

»Damals war das alles, womit wir arbeiten konnten«, entgegnete Anton und zeigte aus dem Seitenfenster. »Wir müssen hier lang.«

Magnus betätigte den Blinker und bog in die Langes gate ein. Zwischen den alten, schmalen Holzhäusern bremste er auf Schrittgeschwindigkeit ab.

»Der Fahndungsaufruf in der Zeitung brachte nichts?«

»Nein«, erwiderte Anton. »Der Einzige, der sich daraufhin gemeldet hat, war Aslak Rød. Und er ist als Verdächtiger sofort ausgeschieden.«

»Ihr hattet ihn verdächtigt, was mit der Sache zu tun zu haben?«

»Harald war ihm gegenüber skeptisch. Doch das war mit allen so. Es dauerte aber keine zwei Stunden, bis Aslak Rød wieder von der Liste gestrichen wurde. Wir haben mit dem Mann gesprochen, den er nach Hause gefahren hatte, und der konnte bestätigen, dass sie ein Mädchen an der Straße gesehen hatten.«

»Das heißt, dass deine ursprüngliche Theorie also stimmte? Dass Espen Skaar in diesen Weg hineingefahren war, der zur Steinhütte führte.«

»In den beiden Verhandlungen hat er ausgesagt, dort nicht entlanggefahren zu sein. Oder eigentlich hat er es gebrüllt. Während der Berufungsverhandlung ist er völlig durchgedreht. Vier Justizbeamte mussten ihn an Händen und Füßen hinauszerren und mit ihm im Hinterzimmer warten, bis er sich wieder beruhigt hatte.«

»Du hast gestern gesagt, die Ermittlung sei zu Beginn träge verlaufen. Dass ihr ungefähr gar nichts hattet, mit dem ihr arbeiten konntet.«

»Hatten wir auch nicht.« In einiger Entfernung vor ihnen überquerten zwei Kinder mit Schulranzen die Straße. »Wir haben fast eine Woche lang Tag und Nacht gearbeitet. Wenig Schlaf, wenig zu essen und ein enormer Druck durch die Presse. Von den Dorfbewohnern ganz zu schweigen.«

»Und wann kam der Durchbruch?«

»Am Nachmittag des 23. Dezember sagte Harald, dass wir uns ein paar Tage freinehmen müssten, um die Batterien aufzuladen. Am selben Abend veränderte sich dann alles.«

KAPITEL 42

1991, Tag 10

Einzig der mit unzähligen kleinen Glühbirnen geschmückte Rhododendron erinnerte daran, dass Weihnachten war.

Laut dem Bauern, bei dem Anton wohnte, hatte das Dachzimmer über der Austragsstube seit Errichtung des Wohnhauses gegen Ende des 19. Jahrhunderts als Dienstbotenzimmer fungiert. So war es bis zu einem Frühjahrsmorgen im Jahr 1942 gewesen, als vier junge Männer aus Vidkun Quislings Sturmabteilung an die Tür klopften und höflich nach dem Mädchen fragten, das angeblich verschiedene Aufgaben auf dem Bauernhof erfüllte. Der Vater des gegenwärtigen Bauern beteuerte, dass überhaupt kein solches Mädchen dort lebe, während seine Frau und seine Kinder im Hintergrund bestätigend den Kopf schüttelten. Die vier Männer fragten kein zweites Mal, sondern stürmten an der Familie vorbei und direkt in den ersten Stock, wo sie sofort die Luke zum Dachboden fanden – inzwischen war an der Stelle eine Treppe eingebaut worden – und der siebzehn Jahre alten Rosemarie Holtermann befahlen, mitzukommen. Die Geschichte, die der Bauer und seine Frau den Kindern erzählten, lautete, dass Rosemarie nach Deutschland aufgebrochen sei, wo sie ihre ältere Schwester wiedertreffen sollte. In gewisser Weise stimmte das auch. Doch erst, als die Kinder der Bauersleute älter geworden waren, erfuhren sie, dass das Wiedersehen der Schwestern in Auschwitz-Birkenau stattgefunden hatte, von wo aus sie gemeinsam in die Ewigkeit eingegangen waren.

Anton musste an Rosemarie Holtermann denken, als er aus dem Fenster blickte und die weißen Felder sah, die den Hof flankierten. Er stand nämlich an derselben Stelle, wo sie an jenem Frühlingsmorgen gestanden und Quislings Männer hatte ankommen sehen. Der Bauer hatte Anton erzählt, dass sie keinen Widerstand geleistet habe, als sie abgeholt wurde. Sie habe ihn, seine beiden Geschwister und die Eltern nur kurz umarmt, ehe sie sich von den vier Männern zu dem wartenden Wagen hatte eskortieren lassen. Vielleicht war sie vor lauter Angst vor dem, was ihr bevorstand, so gelähmt gewesen, dass sie keinen Widerstand gewagt hatte. Oder es war so, wie der Bauer gesagt hatte: Dass sie vermutlich still mitgegangen war, weil sie die Kinder nicht beunruhigen wollte.

Anton folgte der dunklen und von Schnee befreiten Auffahrt mit dem Blick, ehe er ihn auf dem Streifenwagen ruhen ließ, der dort abgestellt war. Antons Gedanken wanderten zu Malins Mutter und Bruder weiter, während er Elisabeth zuhörte, die aus dem Telefonhörer zu ihm sprach. Vor einigen Jahren hatte die Familie Rekve noch aus vier Personen bestanden. Dann war der Vater bei einem Arbeitsunfall ums Leben gekommen.

Drei Personen.

Jetzt waren sie nur noch zu zweit.

»Hallo?«, sagte Elisabeth.

»Hm?« Anton setzte sich auf das kleine Sofa. »Was hast du gesagt?«

»Ich freue mich auf unsere Fahrt nach Fredrikshavn.«

»Fredrikshavn?«

»Du hast es doch versprochen. Sobald du den Billardwettkampf gewonnen hast.«

»Der ist abgeblasen.«

In der Leitung wurde es still. Anton schloss die Augen und

stellte sich vor, dass die Atemzüge, die er hörte, nicht hundert Kilometer weit weg waren, sondern nur ein paar Millimeter von seinem Ohr. Elisabeth sagte etwas.

»Was?«, fragte er gedankenverloren.

»Ich sagte, es ist traurig, dass ich morgen nicht das Einzige bekommen werde, das ich mir wünsche.«

»Ja …«, sagte Anton und hörte selbst, wie fern seine Stimme klang. Er sah auf die Uhr am oberen Rand des Videotextes auf dem Fernsehbildschirm. Die zeigte 20:37. »Was denn?«, fragte er und starrte die schräge Zimmerdecke an. »Was wünschst du dir denn?«

»Dass du dich aus Aremark verdrücken kannst. Nur für eine Weile.«

»Das wünsche ich mir auch.«

»Ist es völlig unmöglich?«

»Wenn's nur um eine Stunde ginge, würde ich es sicher hinkriegen. Aber allein die Autofahrt nach Oslo dauert anderthalb Stunden – für eine Strecke. Da würde ja nur die Fahrerei schon drei Stunden dauern. Ich sollte dann auch kurz meine Eltern zu Hause besuchen, aber so lange kann ich von hier nicht wegbleiben. Sonst hängt mich der Lensmann an den nächsten Laternenmast.«

»Aber er kann doch nicht erwarten, dass du Aremark nicht ein einziges Mal verlässt, ehe ihm der Gips wieder abgenommen wird?«

»Nein, das tut er auch nicht, aber während der Feiertage haben wir in den Distrikten hier unten nur begrenzt Personal. Und dann der Mord, also … tja, nein, ich muss hierbleiben.«

»Hab ich schon kapiert, Anton …«, sagte sie verständnisvoll. »Es wäre nur einfach sehr schön. Mein Vater meinte übrigens, er hätte dich heute in *VG* gesehen.«

»Ach ja?« Anton schloss die Augen. »Die sind schon wieder gefahren.«

»Die Journalisten?«

»Mhmhm.«

»Und was wirst du morgen machen? Wenn man bedenkt, was passiert ist, bleibt es ja garantiert still und ruhig.«

»Das glaube ich auch. Ich hatte vorhin eigentlich Lust, zum Diner zu fahren und mir ein Videogerät und ein paar Filme auszuleihen, hab's aber sein lassen.«

»Hättest du tun sollen. Mach es doch morgen. Wirklich zu blöd, dass du abends dasitzen und die Wände anstarren sollst.«

»Der Lensmann und seine Frau haben mich zum Abendessen eingeladen. Aber ich glaube nicht, dass ich Lust dazu habe.«

»Ach, wie nett!«, sagte Elisabeth rasch. »Die Einladung solltest du annehmen.«

»Krummes Jahr.«

»Ja? Und?«

»Da kommen wohl auch die Eltern der Frau. Ich glaube, ich bleibe lieber zu Hause.«

»Dann leih dir wenigstens ein paar Filme aus«, entgegnete Elisabeth.

»Wenn ich das mache, gibt's bestimmt nur Gerede.«

»Hä, wieso?«

»Ich habe gesehen, wie unser Dorfpolizist sich gestern Filme ausgeliehen hat«, sagte Anton mit verstellter Stimme, *»kein Wunder, dass sie den Täter nicht finden.«*

»Ich verstehe ja, dass du so denkst, Liebster, aber die müssen doch verstehen, dass du dich auch mal etwas ausruhen musst. Es ist ja wohl niemandem da unten entgangen, was ihr in der letzten Zeit geleistet habt.«

»Ich lasse es lieber.«

»Willst du, dass ich am ersten Weihnachtstag zu dir komme? Ich könnte ein paar Tage bleiben.«

»Klar will ich das, aber dann kommt Uteng zurück, und ich bin vermutlich nur nachts ein paar Stunden zu Hause.«

»Ja?« Ihre Stimme klang weich. »Nachts gefällst du mir aber auch. Vielleicht sogar besser als tagsüber.«

Anton sah grinsend an die Decke.

»Was machst du gerade?«

»Ich liege im Bett und denke an dich«, erwiderte sie fast flüsternd. »Und du?«

»Ich lieg auf dem Sofa und mache gar nichts. Na, außer mit dir zu telefonieren, natürlich. Hab schon überlegt, ob ich ein Feuer im Kamin anzünde. Es ist kühl hier. Die Temperatur ist von zwei Grad minus heute Nachmittag auf minus zehn gefallen. Innerhalb von ein paar Stunden.« Anton beugte sich zur Seite und blickte auf das Fensterthermometer. »Teufel aber auch, minus achtzehn. Ist es bei dir genauso kalt?«

»Anton.«

»Ja?«

»Wir versuchen es noch mal: Was machst du …«

Die gleiche weiche Stimme.

»Oh …« Er legte die Füße aufs Sofa, streckte sich aus und ließ den Kopf auf der Armlehne ruhen. »Bist du nackt?«

»Bist du nackt …« Sie stieß ein kurzes, trillerndes Lachen aus. »Kannst du nicht wenigstens versuchen, etwas originell zu sein?«

»Du kennst mich doch, Elisabeth. Gleich zur Sache. Dafür bin ich hier in Aremark berüchtigt. Der Sheriff, der nicht um den heißen Brei herumredet.«

Sie lachte wieder.

»Also …«, fuhr Anton fort. »Bist du?«

»Warte mal«, gab sie zurück. Nach ein paar Sekunden war sie wieder am Apparat. »So. Jetzt bin ich's.«

Der Pager auf dem Tisch fing an zu piepen. Anton warf einen Blick auf das Display.

»Verflucht! Es ist Uteng.«

»Jetzt?« Elisabeth seufzte. »Rufst du mich später zurück?«

»Ja, er will sicher nur was wissen.«

»Okay … Aber du?«

»Ja?«

»Überrasch mich später ein bisschen.«

»Wetten, dass?«, entgegnete Anton.

Er unterbrach die Verbindung, in dem er zweimal auf die Gabel drückte. Als das Freizeichen ertönte, rief er Harald an. Der Kollege ging sofort ran.

»Brekke?«, sagte er nur.

Sein Tonfall klang so ernst, dass Anton vom Sofa aufstand.

»Ja?«

»Ich glaube, wir haben ihn.«

KAPITEL 43

Mittwoch, 10. Oktober

»Und dann war es vorbei«, erinnerte Anton sich. »Was weißt du von dem Prozess?«

»Eigentlich nichts«, erwiderte Magnus. »Ich war damals zwei oder drei Jahre alt. Und obwohl ich ziemlich aufgeweckt war, habe ich noch keine Zeitungen gelesen.«

»Gab es eigentlich auch andere, die gesagt haben, dass du aufgeweckt warst – außer deiner Mutter? Gib mir 'ne ehrliche Antwort.«

»Nein«, sagte Magnus mit einem Grinsen.

»Elisabeth hat das Gleiche von Alexander behauptet«, fuhr Anton fort. »Dass er so besonders aufgeweckt sei. Tatsächlich lag er ein ganzes Stück zurück. Aber wenn ich das gesagt hätte, dann wäre ich vermutlich noch früher geschieden worden.«

»Und war er es? Alex?«

»In gewisser Weise schon. Er lag so weit zurück, dass ich anfing, mir Sorgen zu machen. Aber es wurde dann besser, als er zur Schule kam. Jetzt ist er völlig normal.« Anton zeigte in eine Richtung. »Fahr da lang.«

Magnus lenkte den Wagen nach links.

»Dass dem Pick-up ein Rücklicht fehlte und er vielleicht schlechte Bremsen hatte, haben wir in der Presse nicht veröffentlicht. Das war nur intern bei der Polizei bekannt. Einen Tag vor Heiligabend entdeckte eine Streife in Halden einen Pick-up mit …?«

»Einem Rücklicht und schlechten Bremsen …«, ergänzte Magnus.

»Hinter dem Steuer saß Espen Skaar. Zum Glück für uns hatte er seinen Führerschein nicht bei sich. Die Polizisten nahmen das zum Anlass, ihn mitzunehmen, damit sie überprüfen konnten, ob er tatsächlich einen Führerschein besaß. Noch ehe Harald und ich in Halden eintrafen, hatten sie weitere Untersuchungen angestellt. Auf uns wartete ein kleiner Papierstapel«, sagte Anton und hielt Daumen und Zeigefinger etwa zwei Zentimeter auseinander.

»Ach ja? Wieso das denn?«

»Er stammte ursprünglich aus Sandefjord. Die Kollegen aus Halden riefen da an, und Sandefjord hat alles rübergefaxt, was sie über ihn hatten. Als Malin getötet wurde, hatte er gerade mal drei Monate in Østfold gelebt. Er war aus Sandefjord weggezogen, um den dortigen Problemen zu entkommen. Was für eine Ironie, stimmt's?«

»Gehörte er zum Drogenmilieu?«

»Nein. Seine Eltern waren beide abhängig gewesen. Aber das Jugendamt hat eingegriffen, als er neun Jahre alt war. Von da an lebte er in verschiedenen Pflegefamilien. Niemand hat es mit ihm ausgehalten. Die Nachbarn hörten auf, im Sommer auf der Veranda zu sitzen. Ich zitiere einen älteren Mann aus dem Prozess, der totale Angst vor ihm hatte: ›Wir wussten nie, wann dieser Terrorist wieder zuschlagen würde.‹«

»Was hat er denn so Schlimmes getan?«

»Eine ganze Menge, Torp. Er hat gestohlen, andere bedroht, Dinge zerschlagen und in den Gärten rumgelungert. Totaler Schwachsinn. Aber eben mehr, als Steinchen gegen die Fenster zu werfen oder Klingelmännchen zu spielen. Unter anderem soll er mit einem Luftgewehr von seinem Zimmer aus zwei Katzen erschossen haben.«

»Du meine Güte. Und dafür haben sie ihn geschnappt?«

»Natürlich deutete alles auf ihn, zumal er in jenem Jahr ein Luftgewehr zum Geburtstag geschenkt bekommen hatte. Aber Espen hat alles abgestritten.«

»Wie alt war er zu dem Zeitpunkt?«

»Elf.«

An einem Wohnhaus auf der rechten Straßenseite befand sich ein Schild: Larvik Transport & Spedition. Ein breites Tor führte auf den Hof. »Halt mal hier an.«

Magnus lenkte den Wagen an den Bordstein und zog die Handbremse.

»Die Pflegefamilie glaubte ebenfalls an seine Schuld und wollte ihn nicht behalten, um den Frieden in der Nachbarschaft nicht zu gefährden. Daraufhin kam er in die nächste Familie. Eine Weile ging alles gut. Bis er dann bei einem der Nachbarn einbrach und sich mit ein paar Sparbüchsen und etwas Kleinzeug davonmachte.«

»Wurde er gefasst?«

»Ja. Aber die Nachbarn waren ganz okay und wollten ihn nicht anzeigen, solange er das Diebesgut zurückgab und wegziehen würde.«

»Und dann landete er bei der nächsten Familie?«

»Ja. Die nächste Pflegefamilie hatte schon einen anderen Teenagerjungen aufgenommen. Es war bislang mit Espen nicht versucht worden, aber das Jugendamt meinte, es könnte ihm guttun. Bis dahin hatten sie gedacht, das Wichtigste sei *er*. Dass Espen jederzeit alle Aufmerksamkeit brauche. Und nach so vielen Jahren, in denen es nur schlimmer und schlimmer geworden war, gab es da einen Sozialarbeiter, der meinte, dass enger und konstanter Kontakt mit einem anderen in seinem Alter gut für ihn wäre.«

»Da ich das Ende der Geschichte kenne, können wir davon ausgehen, dass es nicht viel half«, sagte Magnus.

»Überhaupt nicht.«

»Was ist denn in dieser neuen Familie passiert?«

Anton sah auf die Uhr am Armaturenbrett. 07:55.

»Die Nachbarin war eine junge Frau in den Zwanzigern. Ihr Badezimmer lag in der ersten Etage, gegenüber dem Zimmer von Espens Pflegebruder. Sie war bei dem Malin-Prozess als Zeugin geladen. Und da berichtete sie, sie habe nackt im Badezimmer gestanden, was ja nicht so ungewöhnlich ist, und habe geduscht und sich für die Nacht fertig gemacht, du weißt schon, so Frauensachen. Und sie habe nicht daran gedacht, dass die Vorhänge nicht zugezogen waren, und außerdem sei es im gegenüberliegenden Fenster ganz dunkel gewesen. Aber dann plötzlich sei es da drüben taghell geworden.«

»Aha?« Magnus sah Anton fragend an. »Und?«

»Espens Pflegebruder war ins Zimmer gekommen und hatte das Licht eingeschaltet. Er wusste nämlich nicht, dass Espen da mit einem Fernglas und heruntergelassenen Hosen am Fenster stand. Er wurde angezeigt, aber die Frau hat ihre Anzeige dann später zurückgezogen. Während des Malin-Prozesses sagte sie aus, sie hätte genau gewusst, dass ihre Chancen schlecht standen, weil sie trotz allem eben die Vorhänge nicht zugezogen hatte. Ich muss nicht erwähnen, dass Espen es rundweg abstritt, spioniert zu haben. Er sagte, er habe das Fernglas in der Dunkelheit nur ausprobiert. Er hätte nie beabsichtigt, ihr hinterherzuspionieren, außerdem sei es schließlich erlaubt, im eigenen Haus nackt herumzulaufen.«

»Na, super.«

»Ja. Die Pflegefamilie wollte ihn natürlich nicht länger behalten. So kam er schließlich in die letzte Familie. Dort ging alles gut. Er hatte sogar eine Beziehung mit einem Mädchen, das zwei

Jahre älter war und sein Leben im Griff hatte. Alles sah gut aus. Er bekam ordentliche Schulnoten, hat den Führerschein gemacht, und die Pflegeeltern – die er zum ersten Mal Mutter und Vater nannte – schenkten ihm den Pick-up. Aber dann wurde das Mädchen untreu. Am Tag nachdem er davon erfahren hatte, wurde er wegen Vergewaltigung angezeigt und bekam sieben Monate. Als er wieder rauskam, schlug der Pflegevater ihm vor, dass er vielleicht woanders hinziehen könnte. Zu diesem Zeitpunkt wusste ganz Sandefjord, wer er war. Der Pflegevater hatte einen Cousin in Kornsjø, einen Bauunternehmer. Und Espen, der sich während der Schulzeit für das Baufach interessiert hatte, beschloss, dort eine Ausbildung zu machen.«

»Komisch, dass die Pflegeeltern ihm nach der Vergewaltigung noch vertraut haben.«

»Die waren ein Paar in den besten Jahren und hatten sich immer ein Kind gewünscht. Und als Espen damals mit einem Rucksack und in Begleitung eines Jugendamtsvertreters bei ihnen auftauchte, beschlossen sie, sich um ihn zu kümmern, als wäre er ihr leibliches Kind. Was sie dann auch taten. In beiden Prozessen haben sie ihn unterstützt.«

»Wie war er denn, als du ihm damals begegnet bist?«

»Er tat das, was er immer getan hatte.«

»Er hat also abgestritten, dass er überhaupt da gewesen war?«

»Er erzählte, dass er abends immer aufs Geratewohl durch die Gegend fuhr, weil er nun mal niemand anderen als den Mann kannte, für den er arbeitete. Außerdem fuhr er gern Auto. Das konnte der Bauunternehmer auch bestätigen. Espen sei entweder bei der Arbeit oder unterwegs, sagte er. Aber Espen behauptete, an jenem Abend gar nicht in Aremark gewesen zu sein. Ich weiß noch, dass er sagte: ›Dann hätte ich mich doch gemeldet. Ich lese schließlich Zeitung.‹«

Eine Frau mit einem Boston-Terrier an der Leine ging an Magnus' Wagen vorbei. In der anderen Hand hielt sie ein Handy. Neben ihr ging ein acht- oder neunjähriges Mädchen, das einen Schulranzen auf dem Rücken trug. Die Kleine winkte Anton und Magnus zu. Beide erwiderten ihren Gruß.

»Aber die Uhr tickte weiter ...«, fuhr Anton fort und beobachtete die beiden Zweibeiner und den Vierbeiner im Seitenspiegel. »Streng genommen wussten wir ja nur, dass er diesen Pick-up fuhr. Doch aufgrund seiner Geschichte waren wir natürlich ziemlich sicher, dass er unser Mann war. Ich rief Sandra Julsen an, die zum Lensmannbüro kam und ihn identifizierte. Erst da gab Espen zu, an jenem Abend in Aremark gewesen zu sein. Doch er stritt ab, etwas mit dem Mord zu tun zu haben. Er erzählte, er habe angehalten und ein Mädchen gefragt, ob er sie mitnehmen solle. Jemand anderes habe er aber nicht gesehen.«

»Er hat seine Aussage also einfach geändert?«

»Ja. Er behauptete, er hätte alles abgestritten, weil er Angst hatte, in irgendwas verwickelt zu werden. Er sagte, er sei die Landstraße 21 entlanggefahren, aber nicht den Weg, den Malin genommen hatte. Dreieinhalb Stunden nachdem Harald mich an dem Abend angerufen hatte, wurde Espen Skaar mitgeteilt, dass er wegen Mordverdachts verhaftet sei. Ich bin an jenem Abend zu Malins Mutter gefahren. Ich brauchte nicht mal etwas zu sagen. Sie verstand sofort, weswegen ich gekommen war. Ich hab mit ihr zusammengesessen, bis die Sonne aufging und ihr Sohn aus den Federn kroch. Ich glaube nicht, dass wir mehr als fünf Sätze gewechselt haben. Ich saß nur da und habe ihre Hand gehalten.«

»Wollte sie nicht wissen, wen ihr verhaftet hattet?«, fragte Magnus.

»Doch. Aber sie wusste nicht, um wen es sich bei Espen Skaar handelte. Das war eine Erleichterung, weil sie nämlich geglaubt hatte, dass der Mörder einer sein musste, den sie kannte. Jemand aus dem Dorf.«

»Irgendwann muss Espen ja klar geworden sein, dass er am Ende war. Wie gingen die Vernehmungen dann weiter?«

»Ich war nur bei der ersten Vernehmung dabei«, fuhr Anton fort. »Er wurde nach Oslo gebracht und kam in Untersuchungshaft. Vergiss nicht, dass ich damals nur Polizeianwärter war – auf dem Papier hatte ich keine zentrale Funktion in der Ermittlung. Doch am folgenden Tag, an Heiligabend also, rief Harald an und wollte mich sehen. Er, ich und zwei Kollegen aus Halden haben Espen Skaars Wohnung in Kornsjø durchsucht. Denn obwohl wir ihn zum Tatzeitpunkt in Aremark verorten konnten, hatten wir keinen Beweis, der ihn mit Malin oder der eigentlichen Tat verband. Harald war sicher, dass wir so einen Beweis in Espens Wohnung finden würden. Er meinte, wenn Espen nicht gestoppt worden wäre, hätte er einfach weitergemacht. Er war bereits ein Serientäter und hätte sicher früher oder später wieder gemordet. Wir haben an jenem Tag alles auf den Kopf gestellt, aber nur ein paar Hardcore-Pornos gefunden, die er irgendwo in Schweden unter der Ladentheke gekauft hatte.«

»Kein Weihnachtswichtelkostüm?«

»Nein. Harald war außerdem ziemlich sicher, dass es sich um zwei verschiedene Täter handelte.«

»Und was dachtest du?«

»Ich war nicht so sicher wie Harald, aber natürlich kann es so gewesen sein. Harald fuhr dann zurück nach Oslo und hat weitere Vernehmungen mit Espen Skaar durchgeführt.

Zwei Tage nach Neujahr meldete er sich wieder bei mir. Ich hatte seit Heiligabend nicht mit ihm gesprochen. Er wollte Espen Skaars Wohnung noch einmal durchsuchen lassen. Denn der berief sich plötzlich auf das Recht der Aussageverweigerung. Noch hatten wir nur Indizien. Zwar starke Indizien, aber die waren Harald nicht gut genug. Er wollte keine Anklage auf solch einer fragilen Basis aufbauen. Wir brauchten also etwas, das Espen Skaar mit der Mordhandlung oder dem Tatort verknüpfte – und nicht nur mit Aremark.«

»Gab's in seinem Wagen keine Fingerabdrücke von Malin?«

»Im Pick-up wurde nichts gefunden, nein. Die These lautete dann, dass sie niemals in dem Wagen gesessen hatte, er aber etwas weiter entfernt geparkt hatte, damit er von niemandem gesehen werden könnte, und dann durch den Wald zu ihr hochgegangen war. Da kann er sie bedroht und dann gezwungen haben, mit ihm zu der Steinhütte zu kommen. Vielleicht ist sie ja auch freiwillig mitgegangen. Aber das ist etwas, das wir nie erfahren werden.«

»Und den entscheidenden Beweis habt ihr dann bei der zweiten Hausdurchsuchung gefunden?«

»Ja. Ich hatte ihn beim ersten Mal übersehen. Ein peinlicher Fehler. Bei der ersten Durchsuchung hatte ich die Verantwortung für Schlafzimmer und Bad, allerdings ohne etwas zu finden. Aber es gab eine Stelle, wo ich nicht nachgesehen hatte.«

»Wo denn?«

»Er besaß ein älteres Holzbett. Die Beine waren innen hohl. Ich war gar nicht auf die Idee gekommen, die Beine abzuschrauben. Und vermutlich hätte ich es auch beim zweiten Mal nicht getan, wenn ich nicht zufällig gesehen hätte, dass Harald die Beine des Sofas abschraubte.«

»Und was hast du gefunden?«

»Ein kleines Foto aus derselben Serie, die Malin in der Geldbörse hatte, als wir sie gefunden haben.«

KAPITEL 44

Mittwoch, 10. Oktober

»Jetzt machst du aber Witze?«, sagte Glenn und riss die Augen auf. »Das Badezimmerfenster? Kann er da denn was gesehen haben?«

»Ob er was gesehen haben kann?«, entgegnete Emily aufgeregt. »Er hat ja das ganze Zeug da runtergerissen, während ich in der Badewanne lag!«

Vor vier Minuten hatten Aslak Rød und Glenn noch etwa gleich müde gewirkt, während sie mit ihrem obligatorischen Morgenkaffee im Pausenraum saßen. Dann hatte Emily von dem Lärm berichtet, den sie am Sonntag gehört hatte, und erzählt, dass sie erst am Abend des Vortages entdeckt habe, wodurch er verursacht worden war. Jetzt blickten die beiden Männer abwechselnd einander sowie Emily an.

»Tja«, sagte Aslak Rød und schob seinen Zeigefinger durch den Henkel der Kaffeetasse. »Zumindest hast du im Wasser gelegen. Da hat er vielleicht nicht so viel gesehen.«

»Vielleicht hat er ja Fotos gemacht …«, sagte Glenn nachdenklich.

»Glenn.« Aslak Rød sah ihn streng an. »Sei nicht so scheußlich.«

»Ich denke nur laut. Wenn ich so ein creepy Typ wäre, der um die Häuser schleicht und darauf hofft, ein paar Brüste zu sehen, dann hätte ich das fotografiert.«

Emily schüttelte sich.

»Denk nicht weiter daran, Emily«, sagte Aslak Rød. »Er hat da bestimmt nicht lange gestanden. Am logischsten ist ja, dass der Kasten sein Gewicht gar nicht ausgehalten hat und zusammengebrochen ist, sobald er sich draufgestellt hat.«

»Das hat der eine Polizist auch gesagt«, entgegnete Emily. »Trotzdem ist das ekelerregend. Ich konnte letzte Nacht kaum schlafen. Ich war schon kurz davor, zu meinen Eltern nach Tønsberg zu fahren und dort zu übernachten.«

»Du solltest wirklich nicht mehr daran denken«, sagte Aslak Rød. »Er weiß, dass er aufgeflogen ist. Er taucht bestimmt nicht wieder auf.«

»Das meinte die Polizei auch.«

»Na, siehst du?«, sagte Aslak Rød.

»Was wird die Polizei denn unternehmen?«, fragte Glenn.

»Die haben nur gesagt, dass sie es zur Anzeige bringen, und dann haben sie Fotos gemacht. Sie sagten, sie wollten die Nachbarn fragen, ob die vielleicht was gesehen haben. Außerdem haben sie die Fingerabdrücke am Badezimmerfenster und an dem Wärmepumpendingsbums gesichert.«

»Ach ja?«, sagte Glenn überrascht. »Die haben Fingerabdrücke gesichert?«

»Ja«, erwiderte Emily und nickte. »Sie haben das alles ziemlich ernst genommen.«

»Die hätten einen Hund dabeihaben sollen«, sagte Glenn.

»Glenn.« Aslak Rød sah ihn verständnislos an. »Das Ganze ist doch schon am Sonntag passiert. Meinst du vielleicht, der Perversling hat da zwei Tage in den Büschen rumgelungert?«

»Nein, aber der Hund hätte ja einer Spur folgen können. Polizeihunde können den Geruch von Adrenalin wittern, das habe ich im Fernsehen gesehen, und dieser Geruch ist lang anhaltend.«

»Mehrere Tage?« Aslak Rød hob eine Augenbraue. »Jetzt mach mal 'nen Punkt.«

»Hat es lange gedauert, bis die Polizei kam?«, fragte Glenn neugierig. »Musstest du lange warten?«

»Meine Güte, Glenn«, stöhnte Aslak Rød. »Sind wir hier beim Fragequiz?«

»Ich bin doch nur neugierig«, sagte Glenn beleidigt. »Findest du das so seltsam?«

»Vielleicht 'ne Dreiviertelstunde«, sagte Emily. »Kam mir allerdings wie eine Ewigkeit vor. Ich hab mich so lange im Schlafzimmer eingeschlossen.«

Emily sah auf die Uhr. Bis zur Ladenöffnung waren es noch ein paar Minuten. Aslak Rød bat Glenn, die Waren auszupacken, die am frühen Morgen eingetroffen waren. Glenn gab keine Antwort. Sein Blick wanderte durch den Raum, als hätte er überhaupt nicht wahrgenommen, dass jemand ihn angesprochen hatte. Er strich mit einem Finger über den Tisch, sah Emily an und sagte: »Wenn du willst, kannst du gerne ein Zimmer bei mir haben. Falls du dich dadurch sicherer fühlst.«

»Glenn«, sagte Aslak Rød spitz. »Ich spiele lieber den Nachtwächter vor Emilys Tür, als dass sie bei dir einquartiert wird.«

»Wieso das denn? Was wäre so gefährlich daran? Ich wohne doch allein und habe jede Menge Platz. Zwei Gästezimmer. Nein, drei sogar!«

Emily lächelte ihn entzückt an.

»Nichts ist gefährlich daran«, sagte Aslak Rød. »Ich glaube nur nicht, dass das besonders gut wäre.«

»Für wen von uns?«, sagte Emily grinsend.

Glenn wollte gerade etwas sagen, als Aslak Røds Handy klingelte. Er schob die Hand in die Tasche und runzelte die Stirn, während er die Nummer auf dem Display sah. Dann führte er das Telefon ans Ohr.

»Ja, hier ist Aslak Rød ...« Sein Adamsapfel bewegte sich

zweimal auf und ab. »Ja, hallo … Das ist richtig … Sie scherzen wohl … Nein.« Aslak stieß ein kurzes, ungläubiges Lachen aus und stöhnte dabei. Er ging zur Tür und öffnete sie. »Soll das ein Witz sein?«

KAPITEL 45

Mittwoch, 10. Oktober

Als Espen Skaar im Frühjahr 2004 nach Verbüßung von zwei Dritteln seiner achtzehnjährigen Haftstrafe aus dem Gefängnis in Skien entlassen worden war, hatten ihn draußen keine Journalisten und Fotografen erwartet. Das letzte Foto, das man von ihm geschossen hatte, war zur selben Zeit entstanden, als seine Berufung im Winter 1993 bei der Großen Strafkammer eingegangen war. Damals war Espen Skaar noch ein junger Mann gewesen. Die seit jener Zeit verflossenen Jahre waren nicht eben gnädig zu ihm gewesen. Wenn Anton nicht gewusst hätte, dass der Mann bloß ein paar Monate jünger war als er, hätte er sein Alter auf um die sechzig geschätzt. Der Bart war grau und ungepflegt und gerade lang genug, um den Hals zu bedecken. Anton vermutete, dass er ihn sich aus zwei Gründen hatte wachsen lassen. Erstens, weil es schwieriger sein sollte, ihn wiederzuerkennen. Und zweitens, weil der Bart eine Narbe an seiner Wange verdeckte. Die Haare trug er kurz geschnitten. In seinem linken Ohrläppchen glänzte ein goldener Ring.

Espen Skaar schien von dem Besuch völlig unbeeindruckt zu sein. Höflich und zuvorkommend hatte er draußen im Gang beide Polizisten per Handschlag begrüßt. Anton und Magnus folgten ihm durch die Geschäftsräume der Larvik Transport & Spedition. Zusammen mit dem Versprechen, dass sie die preiswertesten Anbieter der Branche seien, war der Name der Firma auf Espen Skaars Jackenrücken gedruckt. Unaufgefordert erzählte Espen, dass die Transportfirma zu einer Initiative gehöre, die eng mit der Arbeitsagentur und der Vollzugsbehörde zusammenarbeite, und dass neulich auch eine Filiale in Bergen eröffnet worden sei. Weiter berichtete er, dass er seit 2005 für diese Firma arbeite und schließlich zum Geschäftsführer aufgestiegen sei, nachdem der Inhaber und Initiator vor zwei Jahren pensioniert worden war.

Sie kamen an einem Pausenraum vorbei, in dem ein Hüne von Mann saß, der Kaffee trank und in der Zeitung blätterte. Ein Flammen-Tattoo ragte unter seinem Jackenkragen auf und setzte sich am Hals fort. Er blickte kurz auf, als die drei Männer passierten.

»Wir können uns hier hineinsetzen«, sagte Espen Skaar und öffnete eine Tür, auf der lediglich *Chef* stand. Sie traten ein. Magnus schloss die Tür hinter sich. Espen nahm hinter dem Schreibtisch Platz. Mit der Hand bedeutete er den Gästen, sich ebenfalls zu setzen.

»Sie sind aber vermutlich nicht gekommen, um zu erfahren, wie sich das Leben nach einer abgesessenen Gefängnisstrafe entwickeln kann, nicht wahr?«, fuhr Espen Skaar fort.

Das Büro war typisch für eine von Männern dominierte Umgebung ohne feste Reinigungskraft. Ein Mülleimer in der Ecke war bis zum Rand mit Papier und Pappe angefüllt. Auf der Rückseite des Computerbildschirms hatte sich eine dicke Staubschicht gebildet, die Schreibtischplatte zierten Kaffeeringe. Auf der Fensterbank lagen Stapel von Akten und Papieren. An der Wand neben dem Fenster hing ein Bild von Espen Skaar, das ihn zusammen mit einem wesentlich älteren Mann zeigte. Sie standen auf einem Steg und hielten Angelruten ins Wasser.

»Wo waren Sie am Freitag, dem 7. September«, fragte Anton

und sah aus dem Fenster auf den Hofplatz hinaus, wo zwei Lieferwagen und ein kleiner Lastwagen standen. Alle trugen den Firmennamen an der Seite.

Die Frage war so unverhofft gekommen, dass Magnus seine Überraschung nicht verbergen konnte. Er warf Anton einen schnellen Blick zu, ehe er wieder auf den Schreibtisch sah.

»Weshalb wollen Sie das wissen?«

Anton wiederholte die Frage.

»Ich war in Bergen.«

»Gutes Gedächtnis«, entgegnete Anton. »Ich weiß manchmal kaum, wo ich gestern war.«

»Ich erinnere mich so genau, weil wir an diesem Tag das Büro in Bergen eröffnet haben. Ich bin das ganze Wochenende dageblieben. Erst am Montag bin ich zurückgefahren. Wenn Sie das Alibi überprüfen möchten, können Sie sich mit der dortigen Leiterin der Arbeitsagentur in Verbindung setzen. Kjersti Wiborg. Sie war da bis spätabends, genau wie Kurt Hole von der Vollzugsbehörde.«

Anton nahm das Büro abermals in Augenschein. Er gab keine Antwort, während er den Hünen aus dem Pausenraum und einen dünnen jungen Mann mit Dreadlocks über den Hof laufen sah. Der Rastamann klopfte dem Riesen schelmisch auf die Schulter und trat lachend auf den Lastwagen zu.

»Aber … soweit ich dem Nachruf in *Aftenposten* entnehmen konnte, ist Harald Uteng doch ertrunken. Stimmt das etwa nicht?«

»Doch«, erwiderte Anton.

Der Lastwagen wurde angelassen und fuhr vom Hof.

»Mein Beileid, übrigens«, sagte Espen Skaar.

Etwas an der Art, wie er es gesagt hatte, ließ Anton aufhorchen. Er konnte nicht einschätzen, ob Espen Skaar sich nur bemühte, glaubwürdig zu wirken, oder es tatsächlich so meinte.

»Ist es Ihnen nahegegangen, als Sie von Haralds Tod erfahren haben?«, fragte Anton.

»Es tat mir leid, ja.«

»Das Normalste wäre gewesen, wenn Sie das Gegenteil verspürt hätten.«

»Vor vielen Jahren hätte ich zweifellos Freude bei solch einer Nachricht verspürt«, sagte Espen Skaar. »Aber den Hass habe ich schon lange hinter mir gelassen. Gott weiß, wie sehr ich Harald Uteng gehasst habe. Lange Jahre. Sie auch, übrigens. Ich habe Sie alle gehasst. Hab darüber fantasiert, wie ich euch alle fertigmache – denn das hatte ich vor. Aber nachdem ich einige Jahre in Ila gesessen hatte, wurde ich ins Gefängnis Skien verlegt. Und da habe ich diesen Kerl da kennengelernt.« Espen Skaar lehnte sich zurück und streckte den Arm aus. Er nahm das Bild von der Wand und legte es auf den Schreibtisch. Dann deutete er auf den anderen Mann und sagte: »Kent Sørensen. Sie kennen ihn vielleicht?«

Anton musterte das Foto. Espen Skaar trug den gleichen Bart wie heute, doch als es aufgenommen worden war, war er noch nicht grau gewesen. Der Mann neben ihm grinste breit in die Kamera. Er schien auf dem Bild Ende fünfzig oder Anfang sechzig zu sein, war einen Kopf kleiner als Espen, hatte aber dreimal so breite Schultern. Er trug einen kräftigen weißen Bart, der gut zu den kurzgeschnittenen Haaren passte.

»Kent Stenersen«, sagte Anton. »Nicht Sørensen.«

»Er hat seinen Namen geändert, als er entlassen wurde. Jedenfalls wissen Sie, wer er ist.«

»Ja«, erwiderte Anton. »Ich bin ihm nie begegnet, erinnere mich aber natürlich an den Namen. Haben Sie noch Kontakt miteinander?«

»Wir unterhalten uns jede Woche.«

»Wer ist denn das?«, fragte Magnus.

Anton erklärte, dass Stenersen in den Achtzigerjahren eine Art Pate in Norwegens Türsteher- und Rausschmeißermilieu gewesen sei. In den frühen Neunzigern war er zu mehreren Jahren Haft verurteilt worden, weil er einen armen Kerl erschlagen hatte, der den falschen Leuten viel Geld schuldete. Vor Gericht behauptete Stenersen, es sei nie seine Absicht gewesen, den Mann umzubringen. Das Gericht müsse dies verstehen, denn wenn der Schuldner erst einmal tot war, bestand so ja auch keine Chance, dass der Auftraggeber sein Geld zurückerhielt. Und wenn der Auftraggeber nicht bezahlt würde, dann auch Kent Stenersen nicht. Das Gericht glaubte ihm. Jedenfalls so weit, dass er wegen Totschlags verurteilt wurde und mit zwölf Jahren Haft davonkam.

»Stimmt genau.« Espen Skaar zeigte ein gelbes Lächeln unter seinem Bart. »Auch mit Ihrem Erinnerungsvermögen scheint alles in Ordnung zu sein. Wie dem auch sei, ich lernte Kent kennen, als ich 1999 ins Gefängnis in Skien verlegt wurde. Das Erste, was er mich fragte, als wir ins Gespräch kamen, war, ob ich es getan hätte. Ob ich Malin getötet hätte. Ich sagte Nein.«

»Und der gute Kent glaubte Ihnen natürlich.«

»Kent sagte: ›Ich glaube dir. Vielleicht als der Einzige im ganzen Land. Und weißt du auch, wieso?‹« Espen Skaar befeuchtete seine Lippen und fuhr fort: »›Weil ich noch nie zuvor jemanden erlebt habe, der so hasserfüllt ist wie du.‹ Wir haben uns viel unterhalten. Er erzählte mir, dass ich – auch wenn ich wieder entlassen werden würde – keine Chance hätte, in meinem Leben vorwärtszukommen, sofern ich mich nicht mit mir selbst versöhnen könnte. Ich müsste alles hinter mir lassen, weil ›niemand von uns eine Chance gegen das System hat‹, wie er sich ausdrückte. Erst wenn mir das gelänge, wäre ich auch fähig, anderen zu vergeben.«

»Wem hätten Sie denn etwas vergeben wollen? Ihren biologischen Eltern?«, fragte Anton und legte den Kopf schräg. »Weil sie den Drogenrausch Ihnen vorgezogen haben?«

»Dazu komme ich noch«, erwiderte Espen Skaar. »Kent wurde ein paar Monate später entlassen. Er hat mir das hier geschenkt.« Er legte die Hand unter den Bart und zog ein goldenes Kreuz hervor, das an einer dünnen Kette hing. Er hielt es mit zwei Fingern fest. »Einen Monat danach starb meine Pflegemutter. Und da fing ich an zu lesen.«

»Lesen? Was denn?«

»Die Bibel.«

»Und zippzapp waren Sie erlöst, und der Schöpfer hatte Ihnen vergeben?«

»Nicht *zippzapp*. Ein Jahr später starb mein Pflegevater. Zum ersten Mal seit dem Gerichtsurteil hatte ich an diesem Abend geweint. Und … ich habe es schon hundertmal versucht zu erklären, kann es aber nur so beschreiben, dass ich von einer enormen Kraft ergriffen wurde. Als wäre ich vom Bett gehoben worden und schwebte zwischen den Betonmauern. Für Nichtgläubige hört sich das seltsam an, und das verstehe ich auch, aber es war so, als ob ich jeden Moment sterben würde – nur, dass ich mich nie zuvor lebendiger gefühlt hatte. Zum ersten Mal begriff ich, dass es da draußen Kräfte gibt, die größer und mächtiger sind als wir selbst. Ich war traurig, als Mutter starb, doch als dann auch noch mein Vater ging, war ich völlig allein. Nur die beiden hatten mich im Gefängnis besucht. Und natürlich Harald Uteng. Es war *eine* Sache, allein hinter Gittern zu sitzen, doch was wirklich schmerzte, war der Gedanke, dass ich außerhalb der Gefängnismauern ebenfalls allein sein würde. Es w…«

»Augenblick mal«, unterbrach Anton. »Hat Harald Sie besucht?«

»Ja, allerdings nicht oft. Sieben Mal insgesamt.«

»Und was wollte er?«

»Er wollte, dass ich gestehe. Wenn ich das täte, so meinte er, dann würde er alles in seiner Macht Stehende tun, damit ich den Rest meiner Strafe auf Bastøy absitzen könnte.«

»Wann haben diese Besuche stattgefunden?«

»Das erste Mal 1994. Danach jedes Jahr mit einigen Ausnahmen. Das letzte Mal kam er kurz nach Weihnachten 2003. Er sagte immer das Gleiche. ›Leg ein Geständnis ab, Espen, dann wirst du sehen, wie viel besser du dich danach fühlst.‹ Damals hatte ich noch ein Jahr abzusitzen, ehe ich eine Bewährung beantragen konnte. Es gab natürlich keine Garantie, dass die bewilligt werden würde, aber Harald sagte, er wolle ein gutes Wort für mich einlegen, sofern ich gestehen würde. Und ein gutes Wort von ihm war in etwa gleichbedeutend damit, dass sich die Dinge schon irgendwie regelten.«

»Und ist es dann so gekommen?«, fragte Anton. »Haben Sie vor Harald ein Geständnis abgelegt? Wurden Sie deshalb nach Ablauf von zwei Dritteln Ihrer Strafe auf Bewährung entlassen?«

»Nein. ›Was soll ich denn bitte gestehen?‹, habe ich ihn 1994 zum ersten Mal gefragt. ›Du hast mich doch schon hier reingebracht.‹ Da sagte er, es sei wegen Malins Hinterbliebenen. Und wegen mir selbst. Ich hab ihm gesagt, er könne eher zur Hölle fahren, als dass ich mir weitere achtzehn Jahre aufhalse.« Sein gelbes Grinsen kam wieder zum Vorschein. »Ich war so wütend, dass ich ihn totgeschlagen hätte, wenn nicht die Vollzugsbeamten in der Nähe gewesen wären.«

»Sie bekamen also Ihre Bewährung den üblichen Bedingungen entsprechend?«

»Ja, ich habe in Ila gesessen und in Skien. Nirgendwo habe ich gegen die Regeln verstoßen. Nicht ein einziges Mal.«

»Und woher haben Sie das?« Anton deutete auf die Narbe, die unter dem Bart auf Espen Skaars Wange erkennbar war.

»Das passierte 1999. Ein anderer Insasse wollte mir das Augenlicht nehmen, damit ich nie wieder in Versuchung geraten sollte, ein junges Mädchen zu vergewaltigen und zu töten.« Espen hängte das Bild von Kent Stenersen und sich selbst zurück an die Wand. »Ich habe das alles Kent zu verdanken. Er hat mir den Weg gezeigt. Den Weg, der zu *meiner* Versöhnung führte. Zu *meiner* Erlösung. Denn auch wenn ich allein war, so musste ich ja nicht einsam sein. In der Nacht, als diese Kraft mich packte, hörte ich auf zu hassen. Und ich habe mir selbst versprochen, nur noch nach vorn zu sehen. Und deswegen war ich auch traurig, als ich von Harald Utengs Tod hörte. Denn in seinem Innersten« – Espen Skaar klopfte sich mit der Faust an die Brust – »war er ein guter und rechtschaffener Mann.« Seine Augen suchten die Decke. »Und ich danke dem Herrn, dass wir die Angelegenheit in Ordnung gebracht haben, ehe er gestorben ist.«

»Was meinen Sie damit?«

»Jedes Mal, wenn wir uns verabschiedeten, stand er auf und trat auf die Tür zu. Und ich sagte: ›Uteng.‹ Und jedes Mal drehte er sich um und sah mich abwartend an. Und ich sagte: ›Ich habe Malin nicht getötet.‹«

»Sie denken immer noch, dass Sie unschuldig verurteilt wurden?«

»Das wurde ich, Brekke.«

»Genauso wie Sie der Nachbarin nicht mit dem Fernglas nachspioniert haben?«

»Oh, Mann.« Espen Skaar stöhnte. »Wie alt war ich? Fünfzehn oder sechzehn? Genau gegenüber stand eine klitschnasse, nackte hübsche Frau in den Zwanzigern. Zeigen sie mir den Jungen, der behauptet, er hätte es nicht getan, und ich zeige Ihnen einen

Lügner. Die meisten Männer hätten es getan, egal wie alt sie sind. Einschließlich Sie beide.«

»Nicht mit 'nem Ständer und 'nem Fernglas«, sagte Anton. »Dann waren das vielleicht auch nicht Sie, der die Katzen erschossen hat?«

»Doch …«, erwiderte Skaar nach einer Weile. »Das war ich. Und ja, es war furchtbar, das zu tun.«

Anton sah ihn lange an. Er machte sich erst gar nicht die Mühe, Espen Skaar nach der Vergewaltigung seiner Ex-Freundin zu fragen, für die er verurteilt worden war. Er hätte bloß das Gleiche wie vor Gericht gesagt: Dass es sich nicht um Vergewaltigung gehandelt habe, sondern um einvernehmlichen, harten Sex.

»Nach jedem Besuch haben Sie also zu Harald gesagt, dass Sie Malin nicht getötet hätten.«

»Ja. Und bei allen sieben Besuchen hat er das Gleiche geantwortet. Genau das Gleiche: ›Doch, Espen, das hast du.‹ Und dann ging er. Im Sommer dann saß ich zu Hause im Garten. Und plötzlich stand er da.«

»Wie bitte? Harald Uteng ist im Sommer bei Ihnen aufgetaucht?«

»Ja.«

»Wann genau im Sommer?«

»Es war ein Freitagabend, wie ich noch weiß. Mitte Juli.«

»Unangemeldet?«

»Völlig aus heiterem Himmel«, erwiderte Espen Skaar laut. »Sie können sich ja vorstellen, wie perplex ich war. Ich wusste gar nicht, was ich sagen sollte. Ich weiß nicht mal, ob ich aufgestanden bin. Aber wir haben geredet. Es fühlte sich gut an danach. Denn es war ein völlig anderer Harald Uteng, der mich da besucht hat. Es freute ihn, dass es mir gut ging. Und wissen Sie was? Er meinte es ernst. Klar, ich hatte ihn seit 2003 nicht mehr gesehen, und er wirkte milder, was vermutlich auch damit zusammenhing, dass er ein älterer Mann geworden war. Aber diese Feindseligkeit war nicht mehr da. Diese Verachtung, die er früher nicht mal versucht hatte zu verbergen, gab es nicht mehr. Ich erzählte ihm, dass mir diese Jahre im Gefängnis etwas gebracht hätten. Dass ich vielleicht dort gelandet war, um mich und andere vor mir selbst zu beschützen. Und dass das Gottes Weg war, mich zu retten, weil der Pfad, auf dem ich mich bewegt hatte, ein schlechter gewesen war. Jedenfalls kein guter … Erst als er dann wieder aufbrach, begriff ich, dass er es endlich verstanden hatte. Denn als er auf das Gartentor zutrat, rief ich: ›Uteng.‹ Er blieb abrupt stehen und sah mich abwartend an. Genau wie früher. ›Ich habe Malin nicht getötet.‹ Und dieses Mal blickte er zu Boden und sagte: ›Wir sehen uns sicher bald wieder.‹«

*

In den wenigen Minuten, die sie vom Larviker Stadtzentrum zu der nach Oslo führenden E18 gebraucht hatten, war Anton stumm geblieben. Er hatte nur mit nachdenklicher Miene dagesessen und abwechselnd nach vorn und auf die Gummimatte im Fußraum geblickt.

»Vielleicht ist es an der Zeit, sich nochmals mit den Kollegen vom Polizeidistrikt Øst zu unterhalten?«, brach Magnus die Stille, während er gleichzeitig auf die linke Spur fuhr und einen Sattelschlepper überholte. »Oder zumindest Skulstad auf den aktuellen Stand zu bringen?«, fuhr er fort.

»Sinnlos«, erwiderte Anton. »Ich habe nicht mehr in der Hand als ich auch schon am Montag hatte.«

»Ein bisschen mehr hast du schon. Wir wissen, dass Harald bei Siw Rekve war, und wir wissen, dass er bei Espen Skaar war. Und außerdem sind wir uns ziemlich sicher, dass er bei diesem Krimipod mit irgendeiner Enthüllung aufwarten wollte.«

»Das reicht nicht, Torp.«

»Auch dann nicht, wenn er bei dieser Enthüllung einen anderen plausiblen Täter präsentiert hätte? Denn Kristian Bolstad hat doch gesagt, dass er vermutlich genau das vorhatte. Oder?«

Anton nickte.

»Gehen wir mal davon aus, dass er wirklich ehrlich war, Anton. Dass alles, was Espen Skaar gesagt hat, der Wahrheit entspricht. Welcher Name hat 1991 ganz oben auf der Liste gestanden? Adrian Locke? Dieser Schlachter? Aslak oder wie er hieß?«

»Hast du nicht gehört, was ich erzählt habe?«, fragte Anton genervt. »Aslak Rød wurde nach kürzester Zeit wieder von der Liste gestrichen. Wir hatten nichts. Bis wir dann plötzlich alles hatten.«

»Du hast aber auch erzählt, dass Harald aus Adrian Locke nicht schlau geworden ist.«

»Und was soll dessen Motiv gewesen sein? Die waren doch eng befreundet. Seine Liebste war Malins beste Freundin. Du hast es vorhin selbst gesagt. Außerdem hatte er ein Alibi.« Anton schüttelte resigniert den Kopf.

»Pack jetzt mal deinen Stolz kurz zur Seite. Tun wir so, als ob alles stimmt, was Espen Skaar gesagt hat. Also, dass er die ganze Zeit die Wahrheit gesagt hat.«

»Okay, okay«, bellte Anton. »Wir tun mal so. Wie ist er an das Bild von Malin gekommen? Erinnere dich, dass er sagte, er habe sie nie zuvor gesehen. Und erst recht nicht mit ihr gesprochen.«

»Ja, sicher«, erwiderte Magnus. Seine Hände ruhten unten auf dem Lenkrad. »Aber hat er nicht behauptet, das Foto sei ihm untergeschoben worden?«

»Wer soll das denn getan haben? Der *tatsächliche* Mörder, der auf eigene Faust herausfinden konnte, wem der gesuchte Pick-up gehörte? Und der sich dann eingeschlichen und das Foto versteckt hat, während gleichzeitig Espen Skaar von einer Polizeistreife in Halden gestoppt wurde?« Anton grinste höhnisch. »Erspar mir das.«

»Das ist das, was du dir als Möglichkeit erhoffst, sofern Espen Skaar die Wahrheit gesagt hat.« Magnus warf Anton einen Blick zu. »Tatsächlich gibt es aber nur einen, der das Foto versteckt haben kann.«

KAPITEL 46

Mittwoch, 10. Oktober

Aslak Røds Wangen waren tiefrot, als er wieder in den Pausenraum kam.

»Stimmt was nicht?«, fragte Emily.

Aslak Rød kratzte sich unter dem Arm, spitzte den Mund und starrte an die Wand. Emily und Glenn drehten sich in dieselbe Richtung und blickten auf die Schlachtermesser, ehe sie wieder ihren Chef ansahen.

»Liebe Emily«, sagte Aslak Rød mit ernster Stimme. »Glenn.«

Glenns Hand hatte zu zittern begonnen.

»Entspann dich«, flüsterte Emily.

Aslak Rød räusperte sich und fuhr fort: »Wir müssen schließen. Wir müssen den Laden dichtmachen.«

»Ach du meine Güte …«, murmelte Glenn.

»Hä?«, rief Emily und sprang von ihrem Stuhl auf. »Du machst wohl Witze. Wer hat denn da eben angerufen?«

»Der Regionalchef.«

»A…a…«, stotterte sie. »Wieso? Liegt es an den Zahlen? Sind die so schlecht?«

Aslak Rød stellte sich ans Tischende. Sein Mund war ein Strich. Glenn fluchte und trat vor das Tischbein. Emilys Augen wurden feucht.

»Wann?«, fragte sie mit einem Wimmern und legte den Kopf in den Nacken. »Sag, dass es nicht wahr ist.«

»Nach Ladenschluss heute Abend.« Aslak Røds Miene fiel plötzlich in sich zusammen. Er brach in Gelächter aus, während sich ein Grinsen auf seinem Gesicht ausbreitete. »Sie haben *Ja* gesagt!«

»Wo… wovon redest du?«, fragte Emily.

»Die Fleischtheke!«, rief Aslak Rød. Zwei Sekunden später hatte er die Arme um Emilys Taille gelegt und hob sie in die Luft. »Die Geschäftsleitung hat Ja gesagt!« Er umarmte sie erneut und setzte sie dann wieder ab. »Die haben die Zahlen mit denen aus früheren Jahren verglichen«, sagte er rasch, »als ich meine Theke noch hatte. Und anscheinend haben sie verstanden, dass es ein Fehler war, die abzuschaffen. Und als sie meine Zeichnungen gesehen haben, ist ihnen wohl klar geworden, dass das nicht nur so eine Schnapsidee ist, sondern gründlich durchdacht. Ich wollte auch gern eine Franchise-Lösung, aber daraus wird nichts. Die alten Geier wollen alles für sich behalten – aber damit kann ich leben. Denn von nun an werden wir die besten Delikatessen im Umkreis … ach, was sage ich … die besten Delikatessen im ganzen Bezirk anbieten können.«

»Das ist ja völlig irre!«, rief Emily und legte die Hände auf Glenns massige Schultern. Er war völlig bleich und schien gar nicht mitbekommen zu haben, was Aslak soeben verkündet hatte. »Hörst du, Glenn?« Emily schüttelte ihn. »Wir schließen nur für den Umbau.«

»Jetzt ist mir aber wirklich fast das Herz stehen geblieben«, sagte Glenn.

»Du hast doch wohl nicht wirklich geglaubt, dass wir schließen müssen?« Aslak Røds Lachen war so laut und schallend, dass es ganz tief aus seinem Bauch zu kommen schien. »Es gibt eben Kaufmänner, und dann gibt es *Kaufmänner*.« Er tippte sich mit dem Zeigefinger gegen die Brust. »Ich *spiele* eben nicht nur den

Kaufmann. Und das haben diese Trottel in Oslo endlich verstanden.« Er drückte ein paar Tasten auf seinem Laptop, zeigte den anderen eine Planskizze des Ladens und legte einen Finger auf den Bildschirm. »Hier stand die Fleischtheke in alten Tagen, Emily.« Er deutete auf den Bereich, wo jetzt drei große Kühltruhen platziert waren. »Der Regionalchef meinte, es dürfe natürlich nicht zu Lasten des momentanen Warenangebots gehen, und deshalb müssen wir uns was Schlaues ausdenken. Und wie ihr an der Zeichnung ablesen könnt, habe *ich* mir was Schlaues einfallen lassen. Wie ihr seht, ist unsere Garderobe zur Hälfte ein Teil der neuen Lösung. Wir müssen also diese Wand hier abreißen, u…«

»Wir sollen die Garderobe abreißen?«, fragte Glenn.

»Halt den Mund, Glenn.« Aslak Rød deutete wieder auf den Bildschirm. »Wir müssen die Wand zwischen Laden und Garderobe abreißen, und dann etwas nach hinten versetzt eine neue Rigipswand einziehen. Ist schnell gemacht. Das schaffen wir doch, oder?«

»Ja«, erwiderte Emily aufgeregt. »Total super.«

»Freust du dich gar nicht, Glenn?«, fragte Aslak Rød. »Oder hast du bloß Angst, dass du mit anpacken musst? Gnade sei mit dir, wenn ich morgen eine Krankmeldung auf meinem Schreibtisch finde. Dann bist du der Erste, der in der neuen Frischetheke landet.«

»Aslak«, sagte Emily. »Jetzt hör schon auf.«

»Ich bin eben ganz ängstlich geworden«, sagte Glenn. »Ich finde, es war unnötig, das auf diese dramatische Art und Weise zu erzählen.«

Aslak Rød winkte nur ab und fuhr fort, seine Pläne zu erläutern. Er verkündete, dass sie ein Schild aufhängen würden, worauf stehen sollte, dass der Laden wegen Umbaus vorübergehend geschlossen sei. Und natürlich könne er es nicht verlangen, fuhr er fort, aber es wäre schön, wenn Glenn und Emily zusammen mit ihm ein paar Extraschichten einlegen könnten, damit alles so schnell wie möglich fertig würde.

»Aber kriegen wir das alles hin?«, fragte Emily. »Wir haben hier ja keinen Kühlschrank oder Backofen.«

»Aber ja doch«, erwiderte Aslak Rød. »Da steht einiges in einem Lager bei Halden. Ich muss die Sachen bloß hertransportieren. Das schaffe ich mit dem Anhänger in zwei Runden. Wir müssen vor allem mit der Wand anfangen und hier etwas umräumen.«

Mit langen Schritten trat er auf die Wand zu und nahm seine Messer herunter. Eins nach dem anderen legte er sie auf den Tisch, nahm das kleinste und strich mit dem Daumen darüber.

Lächelnd betrachtete er die Klinge.

KAPITEL 47

Mittwoch, 10. Oktober

Magnus sah Anton aus dem Osloer Hauptbahnhof kommen. Mit zielgerichteten Schritten trat er auf den Taxistand zu, wo Magnus hinter einer Reihe von Taxen geparkt hatte. Im Gehen studierte Anton ein Blatt Papier in seiner Hand. Gleich hinter ihm ging Hugo Babsvik. Er folgte ihm ein paar Meter und drehte dann in Richtung Opernhaus ab.

Die Bremsen des Taxis, das hinter dem zivilen Polizeifahrzeug zum Stehen kam, quietschten leicht. Eine ältere Frau mit Hut schlurfte auf das vorderste Taxi zu. Ein Fahrer mit einem Turban auf dem Kopf erhob sich von seinem Fahrersitz, als die Frau neben der Beifahrertür stehen blieb.

»Hör mal«, sagte Magnus, als Anton sich in den Wagen setzte. »Ich habe darüber nachgedacht, was heute Morgen passiert ist.«

»Das brauchst du nicht«, entgegnete Anton und konzentrierte sich weiter auf das Blatt Papier. »Er hat seinen Teil der Absprache eingehalten« – er wedelte mit dem Schreiben – »und ich meinen.«

»Genau darum geht es«, sagte Magnus. »Ich finde, wir sollten noch mal darüber reden. Es kommt mir irgendwie … falsch vor.«

Anton hob den Kopf, presste die Lippen aufeinander und starrte aus dem Fenster. Dann sagte er: »1992 wurde die Polizeischule in eine Hochschule umgewandelt. Im Laufe dieses Prozederes wurden auch die Lehrbücher ausgetauscht. Harald wurde damals aufgefordert, ein Kapitel zum Thema Fakten und Beweise zu schreiben. Dabei ging es ganz allgemein um Ermittlungen, nicht nur um Mord. Harald willigte ein, aber ein Großteil seines Beitrags wurde vor Drucklegung wieder gestrichen – ohne dass Harald davon erfuhr. Der Text war nämlich nicht vereinbar mit den Vorstellungen der Polizeibehörde, wie die neuen Polizisten und Polizistinnen des Landes denken sollten. Er war nicht pädagogisch genug. Weißt du, wie Harald den Bachelorgrad der Polizeihochschule nannte?«

»Nein«, sagte Magnus, während er seine Sitzposition änderte.

»*Bachelor in Einfühlungsvermögen und Mitleid.* Manchmal ist es eben so, dass man weder über Fakten noch Beweise verfügt. Manchmal steht man auf nacktem, spiegelglattem Grund. Und was, verdammt, tut man dann, Torp?«

Das Taxi mit der alten Dame als Fahrgast setzte sich in Bewegung.

»Genau deshalb ermittelt man«, erwiderte Magnus. »So lange, bis man etwas findet.«

»Manchmal muss man den hier« – Anton tippte mit dem Finger gegen seinen Kopf – »zu etwas mehr benutzen, als nur dazu, das zu analysieren, was einem vorgelegt wird. Die Frage muss lauten: Was ist die wahrscheinlichste Lösung?«

»Das höre ich dich jetzt seit etwa zehn Jahren sagen«, entgegnete Magnus seufzend.

»Genau. Und von wem habe ich das gelernt, was meinst du? Falls du das Bedürfnis verspürst, noch mehr über die Ereignisse von heute Morgen zu sprechen, schlage ich vor, dass du einen Psychologen aufsuchst, ich bin nämlich fertig damit.« Anton hielt den Papierbogen hoch. »Schau dir lieber das hier an. In den letzten zwei Wochen vor seinem Tod hat Harald zweiundzwanzig Mal die Büros der Locke Holding AS angerufen. Alle Gespräche dauerten weniger als zwanzig Sekunden. Was sagt dir das?«

»Dass er nicht allzu viel auf dem Herzen hatte?«

»Schlechter Zeitpunkt für deine Humorversuche, Torp«, sagte Anton. Sein Blick fiel auf einen mageren Mann in den Dreißigern mit dem typisch schlurfenden Gang eines Drogenabhängigen und mit einem Rucksack, den die schmalen Schultern kaum zu tragen vermochten. »Wenn ich dir erzähle, dass ich eben erfolglos versucht habe, Adrian Lockes private Telefonnummer herauszukriegen, was sagen dir all die Anrufe dann? Die Anrufe, die alle an sein Büro gingen und dort vermutlich von einer Sekretärin entgegengenommen wurden, ehe sie sie eventuell zu ihm durchgestellt hat.«

»Dass Harald nicht zu Adrian Locke durchdringen konnte, es aber weiterhin versucht hat.«

*

»Dazu kann ich Ihnen nichts sagen«, sagte Kristian Bolstad.

Anton hatte alle zweiundzwanzig Anrufe markiert, die von Harald Utengs Handy an die Locke Holding AS erfolgt waren.

»Hier taucht ja auch meine Nummer auf, wie ich sehe«, fuhr Bolstad fort und legte den Finger auf den letzten Eintrag. »Das ist das Gespräch, von dem ich Ihnen erzählt habe. Als er meinte, ich solle zur Hölle fahren.«

»Ich hab's gesehen«, entgegnete Anton. »Aber worüber wollte er Ihrer Meinung nach mit Adrian Locke wohl reden?«

»Ich verstehe das nicht.« Kristian Bolstad starrte auf den Papierbogen. »Das ergibt überhaupt keinen Sinn.«

»Wieso nicht?«

»Weil wir die perfekte Möglichkeit für eine Unterhaltung mit Adrian Locke hatten, als wir einmal in Aremark waren. Wir saßen im Auto vor dem Laden da unten. Es war das einzige Mal, dass wir Locke gesehen haben. Er tankte gerade. Ich schlug vor, dass wir gleich zu ihm hingehen könnten, aber Harald sagte Nein.« Kristian Bolstad wedelte mit dem Blatt. »Dass Harald zweiundzwanzig Mal versucht hat, Adrian Locke anzurufen ist ein Ding, aber wirklich seltsam ist, dass er das hinter meinem Rücken getan hat.«

»Wie Sie vermutlich schon kapiert haben, Bolstad, ist das hier keine offizielle Untersuchung. Ich bin hier nicht als Polizist, sondern als ein alter Kumpel mit schlechtem Gewissen, der die letzten Teilchen von Haralds Puzzle gern zusammensetzen würde. Deshalb frage ich Sie höflich, ob ich alles Material bekommen kann, das Sie in Aremark zusammengetragen haben. Und alle Aufnahmen, die mit den Leuten da unten gemacht wurden.«

»Die habe ich nicht mehr.«

»Wie?«

»Aus Respekt vor Harald habe ich nach dem Begräbnis alles gelöscht. Damit ich erst gar nicht in Versuchung geriete, das Material später zu verwenden – das hätte er nämlich nicht gewollt.«

»Dann sind Sie zwar ein guter Mensch, Bolstad, aber ein verdammt schlechter Journalist«, entgegnete Anton.

»Wenn ich das hier hätte voraussehen können, hätte ich es natürlich nicht getan. Es sieht ja so aus, als hegten Sie den Verdacht, dass etwas Kriminelles passiert ist. Ich weiß ja, dass das hier« – er zeigte auf den Papierbogen – »nicht der gewöhnlichen Routine entspricht. Selbst dann nicht, wenn der Verstorbene ein ehemaliger Polizist war.«

»Nein.« Anton schüttelte den Kopf. »Das ist das, womit ich mich in den Herbstferien beschäftige.«

»Und Sie in Ihren?«, fragte Kristian Bolstad und blickte Magnus skeptisch an.

»Das hier ist keine Mordermittlung«, sagte Anton.

»Für mich sieht es aber so aus, u…«

»Nein«, unterbrach Anton.

»Augenblick. Lassen Sie mich zu Ende reden. Wie ich es sehe, war es vermutlich richtig, Harald die Führung zu überlassen. Ich habe nämlich keinen Zweifel daran, dass er in der dritten Episode etwas aufdecken oder auch jemanden entlarven wollte. Und diese Person hat offenbar gemerkt, dass Harald der Wahrheit etwas zu nahe kam. Denn nach der ganzen Zeit, die ich mit Harald verbracht habe, glaube ich nicht, dass dieser Fall in Aremark so eindeutig war, wie man vielleicht in all den Jahren angenommen hat.« Kristian Bolstad beugte sich leicht vor und legte die Ellbogen auf den Tisch. »Und wissen Sie was, Brekke?«

Anton wusste, was nun kam, ließ Bolstad aber ausreden.

»Sie glauben es auch nicht.«

»Aber wenn Sie dessen so sicher sind«, sagte Anton, »warum haben Sie dann die Aufnahmen gelöscht? Warum haben Sie die Episode nicht zu Ende gebracht? Dass die Hauptperson während der Arbeit daran gestorben ist, hätte Ihre Hörerzahlen doch sicher verdreifacht?«

»Ohne Harald hätten die ganzen Episoden überhaupt keinen Wert gehabt und wären für den Ruf von Krimipod eher schädlich gewesen. Es wäre bei reinen Spekulationen geblieben, ohne Glaubwürdigkeit. Denn diese Sache war etwas anderes als meine üblichen Podcasts. Die basieren nämlich auf Fakten und nicht auf *vielleicht* und *was wäre wenn*.«

»Wo ist Ihr Handy?«, fragte Anton.

»Hier.«

Kristian Bolstad klopfte auf seine Hosentasche.

»Geben Sie es mir.«

»Wozu?«

Anton streckte die Hand aus und schnipste mit den Fingern. Kristian Bolstad zog sein Handy hervor und gab es ihm.

»Wie lautet der Code?«

»Echt jetzt?« Bolstad setzte ein dümmliches Grinsen auf. »Was soll das?«

»Der Code.«

»1919«, erwiderte er widerwillig.

Anton gab den Code ein und überprüfte, dass die Aufnahmefunktion abgeschaltet war, ehe er das Telefon auf den Tisch legte.

»Was ich Ihnen jetzt verrate, bleibt zwischen Ihnen, ihm und mir«, sagte Anton und zeigte nacheinander auf Bolstad, Magnus und sich selbst. »Haben Sie das verstanden?«

»Äh …«

»Nein, kein *Äh*«, fuhr Anton fort. »Haben Sie das verstanden?«

»Ja, sicher«, erwiderte Bolstad leicht angesäuert.

Anton sah ihm in die Augen.

»*Ja*, ich habe es verstanden«, sagte Bolstad schließlich. »Ich finde nur, dass ich Ihnen bis jetzt schon viel gegeben habe, aber Sie wollen mir nichts zurückgeben.«

»Sie kriegen schon was zurück, Bolstad.«

»Was denn? Lassen Sie sich interviewen?«

»Nein, aber ich habe etwas für Sie, oben in der Kripozentrale in Bryn. Das bleibt natürlich unter uns zweien. Uns *dreien*.« Anton warf einen Blick auf Magnus, der an der Innenseite seiner Wange zu nagen schien, während er kaum sichtbar den Kopf schüttelte.

»Was denn?«

»Das hier zuerst. Okay?«

»In Ordnung«, sagte Anton.

Kristian Bolstads Augen wurden immer größer, während Anton von dem Besuch bei Espen Skaar erzählte und davon, dass Harald im Sommer bei ihm zu Hause gewesen war.

»Davon hat er nie etwas erzählt«, sagte Kristian Bolstad aufgeregt. »Harald hat es rundweg abgelehnt, Skaar zusammen mit mir zu besuchen. Ich habe es ihm circa zehnmal vorgeschlagen.«

»Und Harald wollte nicht?«

»Nichts da! ›Er hat seinen Teil getan‹, hat Harald gesagt, ›wir sollten ihn nicht weiter quälen.‹«

Anton entgegnete, er sei der gleichen Ansicht wie der junge Journalist: dass Harald der Wahrheit anscheinend zu nahe gekommen war. Außerdem berichtete er von dem Widerstand, auf den er beim Polizeidistrikt Øst gestoßen war, und dass die Kollegen dort die Untersuchung zu Haralds Tod schon längst abgeschlossen hatten und nichts weiter unternehmen wollten.

»Aber das allein wäre ja einen Podcast wert!«, entfuhr es Bolstad.

»Nein«, sagte Anton. »Falls Sie versuchen, ein Unterhaltungsprogramm aus der Geschichte zu machen, werde ich persönlich dafür sorgen, dass Sie sämtliche Glaubwürdigkeit verlieren – und damit jede einzelne Krone ihrer Sponsoren.«

»Sie sind ja genauso knallhart wie Harald.«

»Wir sind uns einig, nicht wahr?«

»Natürlich sind wir das. Aber dann müssen Sie auch Ihren Teil des Handels erfüllen.«

»Ich werde Sie in die Kripozentrale nach Bryn einladen. Sie haben mein Wort darauf!«

»Können Sie nicht wenigstens eine Andeutung machen, worum es dabei geht?«

»Nein«, sagte Anton und stand auf. »Das soll eine Überraschung sein.«

KAPITEL 48

Mittwoch, 10. Oktober

Es war Viertel nach zwölf, als Anton seinen Dienstausweis vor das Kartenlesegerät zum Archiv hielt. Ein grünes Licht leuchtete auf, während das Türschloss gleichzeitig ein leises Klicken von sich gab.

In dem feuersicheren Raum im Keller des Kripogebäudes reichten die Regale vom Boden bis zur Decke. Die Leuchtstoffröhren blinkten nacheinander auf, je weiter Anton sich in den Raum hineinbegab. Die Regalreihen waren mit Jahreszahlen markiert und reichten zurück bis zur Gründung der Kripo im Jahr 1959.

»Hallo«, ertönte eine Frauenstimme hinter ihm.

Anton erkannte sie gleich wieder. Sie gehörte Linn Eikemo. Sie arbeitete etwa genauso lange im Haus wie Anton selbst und hatte sich – obwohl sie Ende der neunziger Jahre die Polizeihochschule mit Auszeichnung abgeschlossen hatte – schon im Alter von vierundzwanzig für die Arbeit im Archiv der Kripo beworben. An sich kein Ort für eine frisch examinierte und erfolgshungrige Polizeibeamtin, doch Linn Eikemo hatte diese Art von Hunger nie verspürt. Schlechte Nerven hatten dazu geführt, dass sie weder für die Streifenpolizei noch als Ermittlerin für die Osloer Kriminalwacht geeignet war. In einem letzten, verzweifelten Akt hatte sie sich als Beamtin eines Lensmannbüros in einem kleinen Ort in Westnorwegen versucht, aber die Angst davor, nicht zu funktionieren, wenn es darauf ankam, hatte sie auch damals nicht losgelassen. Deswegen war sie nun auch keine Polizeibeamtin mehr, sondern eine überqualifizierte Angestellte mit nur einem einzigen Verantwortungsbereich: dem Archiv.

»Hallo, Linn«, sagte Anton und drehte sich zu ihr um.

»Anton, hab ich also doch richtig gesehen«, entgegnete Linn Eikemo. »Kann ich dir irgendwie behilflich sein?«

»Ich würde mir gern den Mord an Malin Rekve ansehen.«

»Malin Rekve …« Ihr Blick richtete sich nachdenklich nach innen. »Meinst du den Aremark-Fall?«

»Genau«, sagte Anton, »1991.« Er ließ sie vorgehen und folgte ihr dann. »Ich kann den sicher auch allein finden.«

»Macht keine Umstände«, erwiderte sie und blickte lächelnd über ihre Schulter. »So kann ich dir immerhin ein bisschen helfen.«

Sie schlüpfte zwischen die Regalreihen mit der Kennzeichnung *1990–1992*. Mit dem Fuß löste sie die Sicherung der Leiter, die am Boden und an den oberen Regalkanten auf Schienen verlief. Sie zog sie hinter sich her und musterte die in Reih und Glied angeordneten Pappkartons.

»Wie geht's dir denn so, Anton?«

»Ich will mal so sagen: Mir geht's so gut wie es nur eben möglich ist.«

»Würde ich ganz genauso sagen.« Linn Eikemo trat einen Schritt zurück. »Wollen mal sehen …« Sie schaute konzentriert zu den Regalfächern hinauf. »Da ist er ja.«

Sie wollte gerade auf die Leiter klettern, aber Anton kam ihr zuvor und setzte einen Fuß auf die unterste Sprosse. Linn Eikemo protestierte, doch Anton ließ sich nicht beirren.

Die Unterlagen zu dem Fall, für dessen Lösung Harald Uteng neunzehn Tage benötigt hatte, lagen in einem Karton im obersten Fach. Gemessen an der Staubschicht hatte sich anscheinend seit

Jahren niemand dafür interessiert. Ungeachtet dessen bat Anton die Archivarin, im Protokoll nachzuschauen.

»Nicht nötig«, meinte sie. »Niemand hat den Karton angerührt, seit das Urteil im Jahr 1993 rechtskräftig wurde. Bis auf einmal, als das Archiv hierher umgezogen ist.«

Der Karton war mit einer Fallnummer gekennzeichnet. Gleich darunter stand *Aremark-Mord.*

»Du hast ja wirklich einen guten Überblick über den ganzen Laden«, sagte Anton und nahm den Karton aus dem Regalfach. Er sah zu ihr hinunter. »Dann solltest du auch entsprechend bezahlt werden.«

Linn Eikemo kicherte und streckte die Arme aus, um ihm den Karton abzunehmen. Anton reichte ihn ihr und kletterte wieder hinunter.

»Na ja«, sagte sie. »Tatsächlich habe ich den Karton im Sommer gerade erst gesehen.«

»Ach, ja? Und wieso?«

Sie setzte ein unschuldiges Lächeln auf und atmete zwischen zusammengebissenen Zähnen ein.

»Was hast du angestellt, Linn?«, fragte Anton und sah sie mit gespieltem Ernst an. »Hm?«

»Harald ist eines Morgens in aller Frühe aufgetaucht«, erwiderte Linn Eikemo, während sie auf den Tisch am Ende des Raums zugingen. »Ich hatte mir gerade erst einen Kaffee geholt, als er kam. Aber … das bleibt doch unter uns, ja?«

»Er wollte, dass du ihn ins Archiv reinlässt?«

Linn Eikemo nickte und stellte den Karton ab. Sie setzte sich auf einen Stuhl. Anton blieb stehen.

»Er wolle bloß was nachsehen, sagte er.«

»Im Zusammenhang mit dem hier?«

Anton zeigte auf den Karton.

»Ja. Ich hätte natürlich Nein sagen sollen. Aber andererseits: Es war Harald Uteng.«

»Habt ihr darüber gesprochen?«, wollte Anton wissen.

»Nein«, gab sie zurück. »Eigentlich nicht. Ich habe gefragt, wie es ihm geht, und wie immer erwiderte er, dass er es schade fände, mich nicht öfter zu sehen.«

»Jaja, der alte Charmeur. Und weißt du, was er mit dem Karton wollte?«

»Nein, er meinte nur, er wolle was überprüfen. Etwas, das ihn nachts nicht schlafen ließ. Ich habe nicht weiter nachgefragt. Ich bin nur hinter ihm hergegangen, und als wir bei dem Gang für 1990 bis 1992 ankamen, blieb er stehen und fragte, ob ich ihn allein lassen könnte.«

»Was du getan hast«, sagte Anton.

»Ja, allerdings ...« Linn Eikemo seufzte. »Hier wird es seltsam. Ich brauche von hier aus nicht mehr als zehn Sekunden zurück in mein Büro. Von da aus kann ich alles über die Kameras im Auge behalten. Harald hat bloß dagestanden. Er hat nicht mal die Leiter verschoben.«

»Er stand nur da?«

»Ja ... also ... Er stand da und sah zu dem Karton hoch. Eine Minute oder vielleicht zwei. Und dann ging er wieder. Er schaute kurz bei mir rein und bedankte sich. Ich fragte, ob er alles erledigen konnte. Und da sagte er: ›Nein, ich lasse es lieber darauf ankommen.‹«

»Was meinte er denn damit?«

»Keine Ahnung. Ich habe ihn auch nicht gefragt. Der Punkt ist aber, dass er den Karton nicht angerührt hat.« Sie beugte sich etwas vor. »Das bleibt doch unter uns, ja?«

»Natürlich, Linn. Niemand in diesem Haus hätte Harald den Zutritt verwehrt. Ob er nun pensioniert war oder nicht.«

»Ich weiß. Dennoch hätte ich es nicht tun sollen.«

Anton nahm den Deckel ab. Der Karton enthielt verschiedene Akten. Auf den Aktendeckeln stand: *Anzeige. Zeugenvernehmung. Durchsuchung und Beschlagnahme. Festnahme und Verhör. Urteil. Nulldokumente.* In einer kleinen, durchsichtigen Plastikhülle lag das Foto, das Anton seinerzeit in Espen Skaars Bettbein gefunden hatte.

»Weißt du noch, wann genau Harald hier war?«

»Es war an einem Freitag im Sommer. Kurz bevor ich meinen Urlaub angetreten habe. Mitte Juli, würde ich sagen.«

»Kann es Freitag, der 20., gewesen sein?«

»Gut möglich.«

Das war der Tag, nachdem er Siw Rekve besucht hatte. Harald war hier gewesen, bevor er beschloss, nach Larvik zu fahren und Espen Skaar aufzusuchen.

Neben den Akten lag die braune Papiertüte, in die Anton an jenem Abend im Lensmannbüro Malins Handtasche mit der Geldbörse gelegt hatte. Es knisterte, als er sie öffnete. Vorsichtig glättete er die Kanten, als enthielte die Tüte Sprengstoff. Er schob die Hand hinein, zog die Handtasche heraus und legte sie auf den Tisch. Das braune, getrocknete Blut erinnerte an aufgeplatzten Lehm. Anton zog den Reißverschluss auf und nahm die Geldbörse heraus.

Dann legte er die durchsichtige Plastikhülle mit dem Foto von Malin auf den Tisch, ehe er ein anderes derselben Serie aus der Geldbörse nahm und danebenlegte.

»So haben wir ihn geschnappt«, sagte Anton. »Das hier haben wir bei ihm zu Hause gefunden.«

Er tippte mit dem Finger auf die Plastikhülle. Linn betrachtete die beiden Fotos.

»Ich kann mich nicht so gut an diesen Fall erinnern«, sagte sie. »Ich war damals noch ein Teenager.«

»Könntest du jetzt mal das Protokoll für mich überprüfen?«

»Aber sicher doch.« Linn Eikemo trat auf die Tür zu. »Aber worum geht's hier eigentlich?«

»Um ehrlich zu sein, weiß ich es nicht«, log Anton.

Denn als er jetzt die Papiertüte genauer in Augenschein nahm, begriff er, wie alles zusammenhing.

KAPITEL 49

Mittwoch, 10. Oktober

»Ist was passiert?«, fragte Magnus.

Anton stand auf der Türschwelle zu Magnus' Büro und hielt einen Pappkarton in der Hand. Mit dem Fuß schloss er die Tür hinter sich und setzte sich dann mit dem Karton vor den Schreibtisch.

Sein Blick wirkte so fern, dass Magnus unsicher war, ob Anton die Frage überhaupt gehört hatte.

»Hallo?«, sagte er.

»Ja ...« Die Antwort war leise. Anton stellte den Karton auf den Schreibtisch, nahm den Deckel ab und griff nach der Papiertüte. »Heute Morgen auf dem Weg von Larvik hast du gesagt, dass es nur einen gibt, der Espen Skaar das Foto untergejubelt haben kann.«

»Ja?«

»Ich glaube, du hast recht. Am ersten Abend, als Harald in Aremark war, habe ich die Geldbörse und die Handtasche in eine Tüte gelegt. Auf dem Etikett habe ich vermerkt, was die Tasche enthielt, aber auch, was in der Geldbörse gefunden wurde. Ich weiß nicht mehr, was genau ich geschrieben habe. Also, natürlich grob schon, aber nicht, wie viel Geld, wie viele Fotos im Einzelnen und so weiter. Ich erinnere mich allerdings, dass ich alles zweimal überprüft habe. Ich zählte das Geld, und ich zählte die Fotos. Und dann schrieb ich soundso viele Kronen, soundso viele

Bilder und alles andere auf. Auf der Papiertüte steht heute noch 73 Kronen in Münzen, was bestimmt mit der Summe damals übereinstimmte, aber was steht darunter?«

Anton drehte die Tüte herum. Magnus beugte sich etwas vor und blickte auf das Etikett.

»Und was steht darunter?«, fragte Anton.

»*Fotos.* Aber nicht wie viele.«

»Genau«, sagte Anton. »Linn hat das Protokoll für mich überprüft. Harald war am 2. Januar 1992 im alten Kripo-Archiv. Erinnerst du dich, was ich dir von diesem Tag erzählt habe?«

»Ihr habt an diesem Tag die zweite Durchsuchung von Espen Skaars Wohnung vorgenommen.«

»Ja. Und es gibt nur eine Erklärung dafür, warum Harald die Papiertüte ausgetauscht und ein neues Etikett geschrieben haben könnte.«

»Weil er was am Inhalt verändert hat.«

»Ja ...«

Anton erzählte von Linn Eikemos Bericht. Dass Harald am Tag nach dem Besuch bei Siw Rekve frühmorgens im Archiv aufgetaucht war. Es war derselbe Tag, an dem er später Espen Skaar in Larvik besucht hatte.

»Ich lasse es lieber darauf ankommen ...«, wiederholte Magnus. »Das hat er gesagt?«

»Also, gesetzt den Fall, dass Espen Skaar unschuldig ist, d...«

»Anton«, unterbrach Magnus ihn. »Wenn all das hier stimmt, dann *ist* Espen Skaar unschuldig. Oder er ist auch für den Mord an Harald verantwortlich. Und das ist er nicht. Ich habe nämlich mit Kurt Hole von der Justizvollzugsbehörde in Bergen gesprochen. Er hat am Freitagabend gegen halb elf diese Eröffnung verlassen. Und da war Espen Skaar noch vor Ort. Und der letzte Flug von Bergen nach Oslo geht um zehn.«

»Aber wenn Kristian Bolstad die Wahrheit sagt, und Harald in diesem Podcast einen anderen plausiblen Täter präsentieren wollte … Er hat doch gesagt, dass Bolstad in der dritten Episode den Lohn dafür bekäme, es die ganze Zeit mit ihm ausgehalten zu haben. Und falls Harald damals dieses Foto im Bettbein versteckt hat, dann wusste er, dass er mit Strafverfolgung rechnen musste, sobald er davon erzählte. Vielleicht hat er das gemeint, als er sagte, er ließe es lieber darauf ankommen. Weil er wusste, dass ein nie da gewesener Sturm über ihn hereinbrechen würde, wenn er es bekannt machte.«

»Aber weshalb war er dann im Sommer überhaupt im Archiv?«

»Ich glaube, er hatte sich vor diesem Morgen noch nicht entschieden, was er machen würde. Und dann hat er ganz spontan einen Entschluss gefasst. Nämlich, die Sache wieder gutzumachen. Obwohl er wusste, dass sein Leben und eine fast fünfzig Jahre währende Berufskarriere den Bach runtergehen würden. Danach ist er dann zu Espen Skaar gefahren. Und nachdem er das Wochenende zum Nachdenken genutzt hatte, meldete er sich bei Kristian Bolstad. Während der ersten Episode, die sie eingespielt haben, fragt Kristian Bolstad, warum Harald sich nicht früher einmal hat interviewen lassen. Harald erzählt, dass er sich ungeschickt gegenüber ein paar Journalisten ausgedrückt hatte, nachdem ein Vater einen Mann erschossen hatte, der seine Tochter vergewaltigt und fast umgebracht hatte. Es war derselbe Mann, den Harald einige Jahre zuvor nicht für den Mord an einem anderen Mädchen hatte dingfest machen können. Obwohl er genau *wusste*, dass dieser Kerl der Täter war, gelang es ihm nicht, dies auch zu beweisen. Und genau das war das Einzige, was Kristian Bolstad aufnehmen sollte. *Wieso?*«

»Damit Harald rechtfertigen konnte, was er Espen Skaar angetan hatte.«

»Ja. Denn Skaar war nicht nur der einleuchtende, sondern der perfekte Täter.«

»Abgesehen davon, dass er es vermutlich nicht getan hat. Du meine Güte …«, stöhnte Magnus. »Sollten wir nicht Skulstad verständigen? Oder zumindest Distrikt Øst?«

»Nein, wenn sich jetzt Skulstad oder Øst einmischen, ist die Hölle los. Ich werde erst dann etwas präsentieren, wenn ich auch tatsächlich etwas in der Hand habe. Ich muss das auf die richtige Art machen, Torp.«

TEIL IV

KAPITEL 50

Mittwoch, 10. Oktober

Als kleines Mädchen hatte Emily Solberg eine Heidenangst vor der Dunkelheit. So viel Angst, dass sie kaum einzuschlafen wagte und mit bangen Gefühlen das Klicken des Lichtschalters in ihrem Zimmer erwartete, wenn ihre Eltern das Licht löschten. Erst, als sie im Alter von sieben Jahren eine Woche bei ihren Großeltern verbrachte, hatte sie verstanden, dass die Dunkelheit nicht gefährlich war. »Nichts ist so sicher wie die Dunkelheit«, hatte ihr Großvater gesagt, »denn wenn du niemanden sehen kannst, kann dich auch niemand sehen.«

Fünf Abende hatte er neben ihrem Bett auf einem Stuhl gesessen und ihr schweigend und fast unsichtbar Gesellschaft geleistet, bis sie eingeschlafen war. In der sechsten und letzten Nacht war er aufgestanden und hatte gesagt, er habe vergessen seine Blutdrucktabletten zu nehmen und dass sie ruhig liegen bleiben müsse, bis er zurückkäme. Und dass es ihr nicht einfallen dürfe, das Licht einzuschalten, denn seine alten, erschöpften Augen hätten sich schon an die Dunkelheit gewöhnt und würden furchtbar brennen, wenn sie erneut dem grellen Licht ausgesetzt wären.

Der Großvater hatte sie am Morgen danach gelobt, denn sie war eingeschlafen, nachdem er aus dem Zimmer gegangen war. Beim Frühstück hatte er gesagt, sie sei das mutigste Mädchen, das er kenne, denn er selbst habe sich erst getraut, bei ausgeschaltetem Licht zu schlafen, als er acht Jahre alt gewesen war. Am

Abend war sie zurück bei ihren Eltern in Tønsberg, und als Vater und Mutter in ihr Zimmer kamen, um gute Nacht zu sagen, bat Emily sie, das Licht auszuschalten. Denn jetzt war sie ein großes Mädchen.

Besonders groß war Emily Solberg mit ihren hundertzweiundsechzig Zentimetern und fünfundvierzig Kilo zwar auch heute nicht, doch immerhin war sie inzwischen erwachsen. Erwachsen, und noch immer das mutigste Mädchen, das der Großvater kannte. An ihn dachte sie, als sie in gleichmäßigem Tempo den Weg entlangjoggte und das Herz unter ihrem Sport-BH schlagen spürte. Denn diese Stelle der Strecke war ihr immer etwas unangenehm. Vielleicht kam das daher, weil sie sich genau auf der Hälfte befand, gleich entfernt von beiden Enden. Vielleicht empfand sie aber auch deswegen so, weil sie gerade den dunkelsten Abschnitt passierte. Die Bäume waren so hoch und so dicht mit Blättern bewachsen, dass selbst bei Vollmond das Licht nicht bis auf den Waldboden hinabreichte.

Emily schaltete ihre Stirnlampe ein und sah, wie sich der Lichtkegel auf dem Boden ausbreitete. Das gelbe Licht tanzte im Takt ihrer Schritte auf und ab.

Sie sah auf ihren Pulsmesser. Nebelschwaden tauchten im Licht vor ihr auf. Einhundertdreiundvierzig. Sie verminderte ihr Tempo ein wenig. Plötzlich hörte sie es. Einen brechenden Zweig. Das Geräusch an sich war nicht erschreckend. Erschreckend war nur, dass sie so ein Geräusch hier oben nie zuvor gehört hatte. Nie war sie hier anderen Menschen begegnet. Nicht am Abend. Und deswegen blieb sie abrupt stehen. Es war nicht mal eine bewusste Entscheidung, vielmehr hatte ihr Gehirn einfach die Kontrolle übernommen. Genauso wie es sie veranlasste, den Atem anzuhalten und sich einmal langsam im Kreis zu drehen. Sie sah den Lichtkegel der Stirnlampe über Büsche und

Baumstämme gleiten und hörte einzig und allein den Klang ihres eigenen Herzschlags.

Dann schaltete sie die Stirnlampe aus. Hielt weiter den Atem an und spürte es in Brust und Wangen prickeln. Genau wie damals, als sie mit ihrem Scooter in der Nähe des Einkaufszentrums Farmandstredet in Tønsberg beinahe mit einem Taxi zusammengestoßen wäre. Dieses Gefühl im Körper, wenn man nur knapp einer Katastrophe entgeht.

Oder wenn man glaubt, allein in der Dunkelheit zu sein, es aber gar nicht ist.

KAPITEL 51

Mittwoch, 10. Oktober

Musik und menschliche Stimmen drangen in den Aufzug, während ein Signal ertönte und sich gleichzeitig die Türen öffneten. Im siebenundzwanzigsten Stock des Oslo Plaza stieg Anton aus.

Irgendwo klirrten Gläser. Zwei Männer in den Dreißigern, mit kurzgeschnittenen Haaren und in identischen Anzügen standen gleich vor dem Aufzug. Bei beiden ragte eine spiralförmige Leitung unter dem Hemdkragen hervor, die weiter zum Ohr hinaufführte. Der eine musterte Anton aufmerksam – offenbar war er in Jeans und Wildlederjacke nicht passend für diese Gesellschaft angezogen. Noch ehe die beiden nach seinem Namen fragen konnten, hatte Anton seinen Dienstausweis gezückt. Er hielt ihn hoch und bewegte sich dann weiter in den Saal hinein, wo Servicepersonal zwischen den Gästen hin- und herrannte. Am Ende des Raums war eine niedrige Bühne errichtet worden. Auf einem Großbildschirm wurden diverse Aufnahmen von Kinderheimen in verschiedenen Entwicklungsländern gezeigt. Sandra Locke war auf mehreren der Fotos zu sehen. Auf einem davon saß sie mit einem kleinen Jungen auf dem Schoß. Er schien nicht älter als drei oder vier Jahre zu sein. Um sie herum hatte sich ein Halbkreis aus älteren Kindern postiert. Ein weiteres Bild erschien. Ein kleines afrikanisches Mädchen ohne Vorderzähne grinste in die Kamera. Sie trug ein T-Shirt mit dem Aufdruck The Locke Foundation.

Anton passierte einen langen Tisch mit Fingerfood. Im Vorübergehen griff er nach einer kreisförmigen Weißbrotscheibe in Größe einer Zwanzig-Kronen-Münze, die mit einer Garnele und etwas anderem von undefinierbarer Herkunft belegt war. Er stopfte sie sich in den Mund und ließ den Blick über die etwa hundertfünfzig bis zweihundert gut gekleideten Gäste gleiten, die sich angeregt unterhielten. Anton nahm sich zwei weitere Kanapees, kaute langsam und bewegte sich in die Gesellschaft hinein.

Drüben an der Bühne entdeckte er Adrian Locke. Er unterhielt sich mit zwei Männern, die ebenso tadellos gekleidet waren wie er selbst. Formelle, maßgeschneiderte Anzüge mit Seidentuch in der Brusttasche. Adrian Locke warf den Kopf in den Nacken und lachte. Dann sah er Anton. Er entschuldigte sich bei den beiden Männern und trat auf Anton zu, der genussvoll das letzte Kanapee verschlang.

»Bist du gekommen, um etwas zu spenden, Brekke?«

Adrian Locke lächelte freundlich, nahm Antons Hand und schüttelte sie.

»Nein, ich bin Pate bei SOS Kinderdorf. Findest du nicht, dass das reicht?«

»Ich zitiere mal meinen Großvater: Man gibt, was man erübrigen kann. Aber was tust du hier?«

Ein Kellner lief mit einer Flasche Champagner an ihnen vorbei. Eine Frau von derselben Cateringfirma folgte ihm mit einem Tablett voll Gläser.

»Ich bin privat hier, aber du bist ja schlau genug, um zu verstehen, weswegen.« Die Kellnerin lächelte den Gastgeber an. Adrian Locke erwiderte das Lächeln. »Du kannst natürlich die beiden Gorillas da vorne bitten, mich hinauszubegleiten, aber ich würde es doch sehr schätzen, wenn du mir ein paar Minuten deiner Zeit schenken könntest.«

KAPITEL 52

Mittwoch, 10. Oktober

Die Beine zitterten, und in ihrer Brust brannte es, als Emily Solberg ihr Haus am Ende der kleinen Siedlung erreichte. Sie schloss die Tür hinter sich, verriegelte sie und beugte sich vor, während sie die Hände auf den Oberschenkeln abstützte. Ihr Atem ging schnell und schwer. Sie schluckte, räusperte sich und spürte, wie die Poren sich öffneten und Schweiß absonderten. Von der Küche aus sah sie durch das Fenster auf den Hof hinaus. Niemand war zu sehen. Doch was auch immer im Wald gewesen war, hatte sie in die Flucht getrieben. Denn sie war ganz sicher, dass dort etwas gewesen war.

Sie ging weiter ins Wohnzimmer, schaltete die Deckenspots ein und überprüfte die Verandatür. Verschlossen. Sie schaute in den Garten, ließ den Blick an der Thujahecke, am Apfelbaum und an der mit Laub gefüllten Schubkarre entlanggleiten.

Was, wenn nicht *etwas* im Wald gewesen war, sondern *jemand*? Sie schob die Hand in die Tasche ihrer Trainingsjacke, nahm das Handy heraus, durchquerte das Wohnzimmer und ging wieder in die Küche. Sie suchte die Nummer von Glenn heraus und rief ihn an.

»Hallo?«

»Hallo, Glenn«, sagte Emily. »Du … bist du gerade sehr beschäftigt?«

»Nein. Ist was passiert?«

Emily erzählte von dem Erlebnis im Wald.

»Ich weiß nicht, was da war«, fuhr sie fort, »aber ich musste sofort an das Mädchen in der Steinhütte denken, und …« Sie atmete schwer. »Ich weiß ja, dass er geschnappt wurde und es lange her ist, aber erst der Typ, der mir nachspioniert, während ich in der Wanne liege, und jetzt das. Ich weiß ganz einfach, dass da oben etwas oder jemand war, und jetzt möchte ich wirklich nicht allein sein.«

»Du kannst zu mir kommen«, entgegnete Glenn. »Soll ich dich abholen?«

»Aber ich hab noch nicht geduscht und so. Und jetzt renne ich hier rum und kontrolliere panisch, ob ich alles abgeschlossen habe, wobei ich doch genau weiß, dass dem so ist.«

»Ich kann zu dir kommen und Wache halten, damit du in Ruhe duschen kannst.«

Glenn war so süß. Aber dass er es völlig ernst meinte, ließ Emily lächeln.

»Ich kann in zwei Minuten da sein«, fuhr er fort.

»Ach, bist du gar nicht zu Hause?«

»Nein.«

Im Hintergrund konnte sie sein Auto näher kommen hören.

»Danke, Glenn.«

Sie legte auf und ging wieder ins Wohnzimmer, stellte sich an die Verandatür und spähte in die Dunkelheit. Sie dachte daran, was ihr Großvater gesagt hatte, als sie sieben war. Dass niemand sie sehen konnte, wenn sie selbst niemanden sah. Sie trat einen Schritt zurück und tastete nach dem Lichtschalter.

Denn nichts war so sicher wie die Dunkelheit.

KAPITEL 53

Mittwoch, 10. Oktober

»Ob's jetzt zweiundzwanzig Mal war, weiß ich nicht«, sagte Adrian Locke. »Aber es stimmt, dass er mich oft angerufen hat.«

Das 34th restaurant & bar war nach der Etage benannt, in der es lag, und bot einen prächtigen Panoramablick über die Hauptstadt. Am Horizont war die beleuchtete Sprungschanze am Holmenkollen erkennbar. Die beiden Rathaustürme lagen in schwachem Gelbschimmer unten im Zentrum. Adrian sah auf die Stadt hinunter, auf die elektrischen Lichter in verschiedenen Gelb-Nuancen.

Ein Kellner näherte sich mit einem freundlichen, entgegenkommenden Lächeln, das weder einstudiert noch künstlich wirkte. Er ging wieder, als Anton und Adrian nichts zu bestellen wünschten.

»Mein Beileid übrigens. Über die Presse habe ich mitbekommen, dass ihr beide vor seiner Pensionierung bei der Kripo eng zusammengearbeitet habt.«

»Danke«, sagte Anton.

»Wir sind immer gut miteinander ausgekommen, Brekke. Ich war nie sauer auf dich wegen allem, was damals passiert ist. Du hast das getan, was du tun musstest, nämlich Utengs Anweisungen befolgen. Aber er hat einfach eine rote Linie überschritten, als er mich nach Malins Beerdigung zum Verhör einbestellt hat. Ich war in tiefer Trauer und hätte eher einen Psychologen gebrauchen können als einen nach Verhaftung gierenden Ermittler.«

»Das war für alle ein schwieriger Tag.«

»Ich hatte an jenem Tag überhaupt nichts in diesem Lensmannbüro zu suchen, das siehst du vermutlich genauso.« Sein Gesicht wirkte für einen Moment sehr ernst, ehe er fortfuhr. »Ich habe übrigens die Todesanzeige und einen Nachruf gelesen, der in ziemlich blumigen Worten verfasst war, aber ich muss sagen, dass es mich nicht im Mindesten berührt hat. Tut mir leid. Ich möchte nicht respektlos oder unverschämt sein, aber ich kann hier nicht sitzen und dir was vormachen.«

»Harald meinte, das hättest du damals getan. Aus dem Grund konnte er dich auch nicht in Ruhe lassen.«

»Wir beide wissen, dass er sich geirrt hat. Aber ist sein Todesfall denn untersucht worden?«

»Wie ich eben schon gesagt habe, bin ich aus privaten Gründen hier. Dass ich von seinen Anrufen bei dir erfahren habe, war rein zufällig. Als ich sein Boot aufgeräumt habe, ist mir eine Telefonrechnung in die Hände gefallen. Da bin ich natürlich neugierig geworden, was er von dir wollte. Hast du überhaupt jemals mit ihm telefoniert?«

»Nein. Als ich das erste Mal Bescheid bekam, dass er versucht hatte, mich zu erreichen, erwog ich, ihn zurückzurufen. Dann dachte ich: Was habe ich überhaupt mit ihm zu bereden? Die Antwort lautete *nichts*. Deshalb ließ ich es bleiben. Er rief wieder an, und ich bat meine Sekretärin ihm auszurichten, dass ich kein Interesse an einem Gespräch hätte. Eines Nachmittags hatte der Vorstand der Locke-Stiftung ein Treffen mit der Entwicklungshilfeministerin in meinen Büros unten im Barcode. Plötzlich sah ich ihn dort im Gang stehen.«

»Was wollte er?«

»Er wollte, dass ich an der Liveübertragung eines Podcasts teilnehme. Um über Malin zu reden. Wusstest du etwas davon?«

»Nein«, sagte Anton. »Das ist mir völlig neu.«

»Ich habe rundweg abgelehnt.«

»Und der Podcast sollte live gehen?«

»Die erste Episode war bereits eingespielt, aber noch nicht publiziert. Er wollte Sandra und mich bei der dritten Episode dabeihaben – und *die* sollte live gesendet werden. Er meinte, das sei nur zu meinem Vorteil.« Adrian grinste. »Wie hätte so was gut für mich sein können? Der Mann wirkte etwas verrückt. Und nüchtern war er auch nicht.«

»Hast du die eingespielte Episode gehört?«

»Ja, ich fragte Paul, Malins Bruder, ob er davon gehört hätte, und das hatte er. Er schickte sie mir als E-Mail. Ich kann sie dir jederzeit weiterleiten«, sagte Adrian. »Falls dich das interessiert.«

»Ist schon gut. Ich komme da schon ran, wenn ich es will. Aber sonst hat Harald nichts weiter gesagt, als er bei dir war?«

»Doch, allerdings. Er hat ziemlich viel gesagt, aber an die Details erinnere ich mich nicht. Quintessenz war, dass er meinte, er hätte damals nicht alle Antworten bekommen. Gott weiß, worüber er alles gesprochen hat. Ich bin mir nicht sicher, ob er das überhaupt selbst wusste.«

»Es gibt Details, die uns sagen, dass wir tatsächlich nicht alle Antworten bekommen haben, Adrian.«

»Wie bitte?«

»In den letzten Tagen sind neue Informationen in dem Fall aufgetaucht. Erkenntnisse, die vermuten lassen, dass Espen Skaar irrtümlich verurteilt wurde.«

»Unsinn.«

»Nein.«

»Wenn Espen Skaar unschuldig ist, wer hat dann Malin umgebracht?«

»Es ist nicht sicher, dass wir darauf je eine Antwort bekommen werden«, sagte Anton. »Es war eine schwierige Ermittlung, damals im Jahr 1991. So viele Jahre später ist es vielleicht sogar unmöglich, noch mehr herauszufinden.«

»Kann in dem Fall denn überhaupt neu ermittelt werden? Wäre der nicht schon verjährt?«

Adrian nahm eine Serviette vom Tisch und spielte damit herum.

»Nein, das Parlament hat 2014 die Verjährungsfrist nach fünfundzwanzig Jahren abgeschafft. Was bedeutet, dass alle nach 1989 begangenen Morde jederzeit neu untersucht werden können.«

Adrian starrte konzentriert aus dem Fenster, als hätte er etwas entdeckt, das er nicht aus den Augen lassen konnte.

KAPITEL 54

Mittwoch, 10. Oktober

Emily zog das Handtuch enger um sich. Sie registrierte Glenn auf dem Sofa, als sie den Flur überquerte und ins Schlafzimmer trat.

»Alles in Ordnung?«, rief sie.

»Aber ja. Ich bin einmal ums Haus gelaufen. Die Wärmepumpe ist ja repariert, wie mir aufgefallen ist.«

»Ja, der Nachbar hat's heute Vormittag für mich erledigt.«

Sie öffnete die Schiebetür ihres Kleiderschranks, schlüpfte in frische Unterwäsche und zog ein T-Shirt über den Kopf.

»Ist dir noch eine Idee gekommen, wer das vielleicht gewesen sein könnte?«

»Ich habe keine Ahnung, Glenn. Kennst du jemanden in diesem Kaff, der krank genug wäre, so was zu tun?«

Die Antwort blieb aus. Emily ging in die Hocke und nahm eine Jogginghose aus dem untersten Fach.

»Ui«, sagte Glenn hinter ihr.

Emily drehte sich jäh um. Er wandte sich sofort von ihr ab. Sein breiter Rücken füllte fast die komplette Türöffnung.

»Ich habe nichts gesehen«, sagte er. »Versprochen.«

»Herrgott, Glenn«, sagte Emily lachend. »Ich bin doch nicht völlig nackt.«

»Nein, aber du trägst nur ein Hemd und so'n Stringdings.«

Emily zog die Jogginghose an.

»Ich dachte, du wärst angezogen.«

»Alles in Ordnung, Glenn. *So* schüchtern bin ich nicht. Und jetzt kannst du dich wieder umdrehen«, sagte sie und fügte schelmisch hinzu: »Wenn du dich traust.«

Emily setzte sich auf die Bettkante und klopfte einladend mit der Hand auf die ordentlich zusammengelegte Daunendecke. Glenn nahm neben ihr Platz. Sie legte die Hand auf seine und drückte sie. Er starrte auf den Fußboden.

»Warum bist du denn so nervös, Glenn?«

»Ich weiß nicht genau. Vielleicht weil ich seit Langem nichts gegessen habe.«

»Aber dir ging's doch gut, als du hier aufgetaucht bist. Mir ist auch nichts aufgefallen, als du im Wohnzimmer gesessen hast. Und dass du bei der Arbeit zitterst, habe ich auch nie gesehen.«

»Da bin ich ja auch meist mit etwas beschäftigt. Wenn ich zum Beispiel an der Kasse sitze, fühle ich mich nie so«, entgegnete Glenn.

»Weil du da sicher bist.«

»Ja.«

»Und wieso bist du jetzt hier bei mir so nervös? Hier sind doch nur wir beide.« Emily blickte schnell aus dem Fenster. »Hoffe ich jedenfalls.«

»Ich bin immer nervös in der Anwesenheit von Frauen. Ich kann nichts dafür. Ist so, seit mein Bruder gestorben ist.«

»Das musst du aber nicht sein, Glenn. Du bist ein lustiger und feiner Kerl, und ich vertraue dir. Ich traue mich, ich selbst zu sein, wenn ich mit dir zusammen bin. Bei der Arbeit, zum Beispiel, bin ich immer viel entspannter, wenn nur wir beide vor Ort sind.«

»Magst du Aslak nicht?«

»Doch, doch. Aber du bist irgendwie viel natürlicher. Du bist immer du selbst, und das ist so schön. Kann ich dich was Privates fragen?«

»Ja.«

»Warst du schon mal mit einem Mädchen zusammen? Du musst nicht antworten. Ich dachte nur, dass du vielleicht deshalb so nervös und unsicher bist.«

»Doch, war ich«, sagte er leise. »Einmal. Aber das ist lange her. Eine Ewigkeit.«

KAPITEL 55

Mittwoch, 10. Oktober

Die Uhr zeigte halb neun, als Anton mit dem Pappkarton aus Bryn das Cactus Café in Fredrikstad betrat. Er stellte ihn kurz auf dem Tresen ab und orderte ein Geflügelgericht und ein Bier.

Mit dem Karton und dem Bier setzte Anton sich ganz hinten in das Lokal. Mit Ausnahme eines jungen Liebespaars und einer älteren Frau, die sich am Buffet bediente, war das Café leer. Er zog sein Handy hervor und versuchte Alexander anzurufen, bekam ihn aber nicht an den Apparat. Nach einem Schluck Bier öffnete er den Karton und nahm den mit der Bezeichnung *Zeugenvernehmungen* beschriebenen Aktenordner heraus. Dann blätterte er bis zu den Vernehmungen der Gäste vor, die zu Adrian Lockes Geburtstagsfest gekommen waren. Gab es vielleicht etwas, das Harald und er damals übersehen hatten und das nun, nach fast dreißig Jahren, ganz offensichtlich war? Er fing an zu lesen.

Nachdem er vier Vernehmungsprotokolle durchgesehen hatte, kam das Essen. Die Kellnerin stellte einen Teller mit Hähnchenfilet, Pommes frites und ein paar Salatblättern auf den Tisch. Anton bestellte ein weiteres Bier, das umgehend gebracht wurde. Er las weiter und stopfte das Essen in sich hinein. Als er etwa die Hälfte aufgegessen hatte, ging er zum Tresen und holte sich Bier Nummer drei. Wieder am Tisch, gab er *Ragnhild Larsen Aremark* in das Suchfeld der Gelben Seiten auf seinem Handy ein und wählte die angezeigte Nummer.

»Hallo, hier ist Larsen«, meldete sich die Witwe des Lensmanns Trond Larsen.

Kaum hatte Anton sich vorgestellt, sagte die alte Dame, dass sie sich an ihn erinnere. Und obwohl Anton vom Tod ihres Ehemanns wusste, ließ er sie erzählen. Sie berichtete, dass ihr Mann 2002 seinen dritten Herzinfarkt erlitten habe und draußen auf dem Hof tot umgefallen sei. Dann folgte ein wenig Small Talk, bis Anton das Gespräch auf das Jahr 1991 und Malin Rekve brachte.

»Tja«, sagte Ragnhild Larsen und seufzte. »Da sieht man mal, wie schnell die Zeit vergeht. Damals hatte Trond doch gerade sein Bein in Gips.«

Anton tauchte ein paar Pommes frites in Ketchup und schob sie sich in den Mund.

»Er hat deine abendlichen Besuche sehr zu schätzen gewusst. ›Der Kleene is nich dumm‹, hat er immer gesagt, wenn du wieder weg warst«, sagte Ragnhild Larsen mit einem Kichern.

Anton schluckte.

»Aber sag mal, Ragnhild, erinnerst du dich vielleicht, ob Trond an dem Tag, nach dem wir Malin gefunden haben, einen Anruf bekommen hat? Von Tove Asp?«

Anton konnte gleichsam hören, dass sie nachdachte.

»Einen Anruf wegen der Zwillinge, Rolf und Glenn«, fuhr er fort.

»Ah ja, stimmt. Daran erinnere ich mich. Du weißt ja, Tove hat immer gern drauflos geschwatzt.«

»Ja, sie meinte anscheinend, sie hätte Rolf und Glenn am Mordabend draußen gesehen. Nachts. Sie hat sie von ihrem Fenster aus beobachtet.«

Ragnhild seufzte.

»Ich weiß noch, dass Trond damals nur den Kopf über Tove geschüttelt hat. Sie hat die beiden Jungs nie sonderlich gemocht, weil sie immer so viel Unsinn machten. Mari, die Mutter, hat ihr Bestes gegeben. Ist halt nicht leicht, solch hoffnungslose Fälle großzuziehen. Der Vater war ja immer lange weg, und darum ging's da wohl etwas drunter und drüber.«

»Was hat Trond sonst noch gesagt?«

»Eigentlich nur, dass er Mari nicht noch mehr Kümmernisse bereiten wolle, indem er den Verdacht äußerte, die beiden Jungen hätten womöglich dieses arme Mädchen umgebracht. Es ist doch klar, dass zwei zwölfjährige Jungen zu so etwas nicht imstande sind. Und es hat sich ja auch schnell herausgestellt, dass der Verdacht unbegründet war. Tja, Rolf ist ja auch nicht mehr unter uns.« Ragnhild Larsen seufzte. »Und Glenn hat es auch nicht so leicht, der Ärmste. Die Eltern kamen ja bei einem Autounfall ums Leben, drei oder vier Jahre, nachdem Rolf sich erhängt hatte.«

»Wann hat er sich denn das Leben genommen?«

»Ich meine 1996 … Doch ja, im Sommer 1996.«

»Hast du irgendeine Ahnung, weswegen?«

»Nein, er hat auch keinen Brief oder sonst was hinterlassen. Sie haben ihn hinter der alten Steinhütte gefunden. Man soll ja nicht schlecht über die Toten sprechen, aber … Rolf war ja nicht ganz normal.«

»Ach, nein?«

»Nein, Anton, das war er nicht, und er hat Glenn oft in irgendwas Idiotisches mit reingezogen. Wie damals, als sie den Wagen ihrer Eltern stahlen und nach Svinesund fuhren, um Chinaböller zu kaufen.«

»Wann war das?«

»Nach deiner Zeit hier. Ich weiß nicht mehr genau wann, aber da waren sie etwa dreizehn oder vierzehn. Und wenn sie der Zoll in Svinesund nicht angehalten hätte, wären sie womöglich überhaupt nicht entdeckt worden. Zwei richtige Lausebengel, die beiden, aber Rolf war der Anführer. Glenn war immer ein bisschen … ich will ja nicht sagen langsam, aber … schwerfällig. Dauerte alles etwas länger bei ihm, wie Trond immer sagte. Rolf war der Schlaukopf. Glenn ist ihm blind gefolgt. Weißt du das nicht mehr?«

»Ich kann mich überhaupt nicht erinnern, dass die beiden besonders auffällig waren. Sie hatten nie irgendwas mit mir zu tun, bis auf den Tag, an dem Malin gefunden wurde.«

»Nein, das ging wohl auch erst so richtig los, als sie Teenager waren. Die sind ja sogar in die Tankstelle eingebrochen. Haben aber nur diese ekligen Schmutzblätter und etwas Schokolade geklaut.«

»Rolf und Glenn sind in die Tankstelle eingebrochen? Wann war das?«, fragte Anton.

»Kurz bevor Trond pensioniert wurde, weiß ich noch. Im Herbst 1992.«

Kurz nachdem er selbst das Dorf verlassen hatte, dachte Anton.

»Sie wurden auch geschnappt«, fuhr Ragnhild Larsen fort, »aber da sie noch so jung waren, gab's nur ein Gespräch mit dem Jugendamt. Die haben schnell kapiert, dass es sich nicht um Vernachlässigung handelte. Die ganze Sache hatte keine Konsequenzen.«

»Und gab es da später noch mehr?«

»Nichts, wofür sie zur Rechenschaft gezogen wurden. Aber im Winter 93 und im Sommer 96 hat es hier mehrere Einbrüche im Dorf gegeben, besonders in Hütten. Trond hat den neuen Lensmann gebeten, die Zwillinge unter die Lupe zu nehmen.«

»Und, waren sie es?«

»Sie haben natürlich alles abgestritten. Und dieses Mal gab's eben auch keine Spur aus Schokoladenpapier, die man zu ihnen nach Hause hätte verfolgen können. Dennoch war Trond ganz sicher. Du weißt ja, Anton, auch nachdem er schon pensioniert war, konnte er nie ganz aufhören, Polizist zu sein.«

»Das kann ich gut verstehen. Aber wenn Rolf Ramm sich 1996 umgebracht hat, dann war er sechzehn oder siebzehn. Es muss doch einen Grund gegeben haben, und *so* groß ist Aremark nun auch nicht. Die Leute müssen doch geredet haben. War er vielleicht depressiv?«

»Nein, nicht depressiv. Wir haben eigentlich nie erfahren, weswegen er sich erhängt hat. Jedenfalls nicht offiziell.«

»Nicht offiziell?«

»Ja, na ja ... Trond hatte eine Theorie. Erinnerst du dich noch an diesen Exhibitionisten im Weihnachtswichtelkostüm?«

»Ja, ich erinnere mich. Du hast damals von ihm erzählt, als ich abends bei euch zu Besuch war.«

Ragnhild Larsen lachte.

»Weißt du noch, wie sauer Trond wurde?« Ihr Lachen wurde lauter. »Da hat er mich richtig ausgeschimpft. Allerdings war er sich nie sicher, ob die erste Episode da oben im Missionszentrum tatsächlich passiert ist oder nicht. Und wenn es nicht so war, dann war die zweite Episode am See vielleicht nur ein Scherz.«

Anton erinnerte sich gut an die Theorie des Lensmanns.

»Allerdings ist es noch mehrmals passiert. Dreimal, um genau zu sein. Nachdem du von hier fortgegangen bist und Trond pensioniert worden war. Ich weiß nicht mehr genau, wann das im Einzelnen war, aber das letzte Mal passierte es 1996. Da hat der Typ sich an der Landstraße 865 entblößt und ist dann durch den Wald zur Steinhütte geflüchtet. Als der damals zuständige Lensmann die Nachricht bekam, ist er sofort ausgerückt. Hinter der Steinhütte hat er dann Rolf an einem Baum hängend gefunden.« Ragnhild Larsen räusperte sich. »Trond ist das alles sehr nahe gegangen. Er hat nie aufgehört, darüber zu reden.«

»Und die Theorie?«

»Die Theorie lautete, dass es am Missionszentrum nie einen Exhibitionisten gegeben hat und dass die Episode am Knivtjern sechs Monate danach nur ein gedankenloser Scherz gewesen ist. Vergiss nicht, dass zwischen der ersten Episode im Jahr 88 und der nächsten mehrere Jahre lagen. Ich glaube, die zweite Geschichte passierte 1993, kann aber auch 1994 gewesen sein. Also etwa fünf oder sechs Jahre später.«

Anton wusste, dass Sexualverbrecher mitunter Monate, ja Jahre im Ruhemodus verblieben. Das beste Beispiel dafür war Dennis Rader, der Serienmörder, der zwischen 1974 und 1991 in Kansas zehn Personen getötet und die Polizei zum Narren gehalten hatte, indem er zur gleichen Zeit Briefe schickte und anrief. Dann hörten die Kontaktaufnahmen auf, und offenbar auch die Morde. 2004 beschloss er dann, das Spiel mit der Polizei weiterzuführen, und schickte am Computer verfasste Briefe auf Disketten. Allerdings hatte sich die Technologie inzwischen schneller entwickelt, als Dennis Rader klar war, sodass er aufgespürt, verhaftet und zu »lebenslänglich« verurteilt wurde.

Nichts davon war in diesem Augenblick von Belang. Doch Anton hörte weiter zu.

»Alle zwischen Ørje und Halden hatten zu diesem Zeitpunkt von dem Exhibitionisten im Weihnachtswichtelkostüm gehört. Trond dachte deshalb, dass Rolf hinter den letzten drei Episoden gestanden hätte. Dass die alten Gerüchte ihn irgendwie inspiriert hätten. Wir wussten ja von früher, dass er nicht ganz richtig tickte, und dachten uns, dass er nach dem letzten Vorkommnis vielleicht Angst davor hatte, geschnappt zu werden. Jemand ohne psychische Probleme entblößt sich doch nicht einfach vor anderen. Da stimmt immer etwas nicht. Aber darüber hat Trond nur hier zu Hause geredet. Er wollte aus Rücksicht auf die Eltern keinen neuen Staub aufwirbeln. Denn Rolf war ja nicht mehr. Aber was Tronds Theorie so interessant macht: Seit 1996 hat es keine weiteren Vorkommnisse dieser Art gegeben. Alles hörte auf. Einschließlich der Einbrüche.«

»Die Theorie enthielt also nicht mehr, als dass es nach Rolfs Tod keine weiteren Episoden gegeben hat?«

»Findest du nicht, dass das reicht?«

»Und das Wichtelkostüm? Ist das je gefunden worden?«

»Trond glaubte, dass Rolf es vor seinem Selbstmord vergraben hätte.«

»Vergraben? Wie ist er darauf gekommen?«

»Weil da, wo er sich aufgehängt hat, ein Spaten gefunden wurde.«

KAPITEL 56

Mittwoch, 10. Oktober

Anton beobachtete aus seinem Apartmentfenster, wie die Fähre von der Fredrikstader Innenstadt hinüber nach Gamlebyen tuckerte. Er konnte hinter den erleuchteten Fenstern nur wenige Fahrgäste erkennen. Die Altstadt war hinter dem tief über dem Fluss hängenden Nebel kaum zu sehen.

Anton blickte auf den Karton mit den Akten, der neben ihm stand. Er wusste nur zu gut, dass der ihn die restliche Nacht wachhalten würde. Kaum hatte er den Ordner mit den Vernehmungsprotokollen herausgenommen und die erste Seite überflogen, klappte er ihn wieder zu und rief Kristian Bolstad an.

»Gehen wir mal davon aus, dass das Foto bei Espen Skaar versteckt wurde«, sagte Anton. »Hat Harald Ihnen gegenüber noch *andere* Namen erwähnt? Hat er irgendwas gesagt, das Sie stutzig gemacht hat?«

»Da gab's so einiges, was mich stutzig gemacht hat.«

»Ja, aber ich meine all die Leute, mit denen Sie da unten gesprochen haben … Gab es darunter niemanden, der Ihnen besonders aufgefallen ist?«

»Ich würde ja gern Glenn Ramm sagen. Aber das nur, weil Tove Asp meinte, sie hätte ihn und seinen Bruder an dem Abend draußen gesehen. Haben Sie mit ihm gesprochen?«

»Nein, aber er steht oben auf meiner Liste. Sonst niemand? Haben Sie nicht mit dem halben Dorf geredet?«

»Wir haben mit vielen gesprochen, ja. Da war noch einer, der mir aufgefallen ist. Der Typ aus dem Dorfladen.«

»Aslak Rød?«

»Ja. Er hat so was wie einen Rückzieher gemacht, nachdem wir mit ihm gesprochen hatten. Er rief mich an und sagte, er wolle nicht, dass ich irgendwas von dem verwende, was er mir erzählt hatte. Als ich das dann Harald berichtete, sagte er bloß ›ja, kann schon sein, dass wir das verwenden, aber wir müssen ja nicht sagen, dass wir es von ihm wissen‹.«

»Was denn?«, fragte Anton.

»Aslak Rød erzählte, dass er eines Sommerabends im Kongens in Halden war. Irgendwann ist wohl Adrian Locke hereingekommen. Seine Frau war dabei und so ein paar Geldsäcke aus Oslo. Im Laufe des Abends ist Aslak Rød ziemlich betrunken gewesen und hat sich den anderen angeschlossen, ohne dass er dazu aufgefordert worden wäre. Und da hat er dann angefangen, über Malin Rekve zu sprechen. Dass Locke sie im Stich gelassen hätte. Dass nichts passiert wäre, wenn er sie an diesem Abend nach Hause begleitet hätte. Er hat angeblich dann weitergequatscht und die gute Stimmung ruiniert. Lockes Frau fing an zu weinen und stürzte hinaus. Locke ist total wütend geworden, hat sich Rød geschnappt und ihn gegen die Wand gedrückt. Und da, erzählte Rød, hat Locke so was gesagt wie ›Wenn du wüsstest, was ich später alles für Siw und Paul getan habe, hättest du dein dummes Maul gehalten.‹ Dann hat er die Security zu sich gewinkt und Aslak rauswerfen lassen.«

»Und was genau hat er für Siw und Paul getan?«

»Das hat mich auch interessiert.«

»Aber Harald nicht?«

»Doch, an dem Punkt waren wir beide gleich neugierig. Aslak Rød wusste nicht, was Adrian gemeint hatte, und seit damals hatte er ihn angeblich nie wieder gesehen. Am Tag, nachdem wir davon erfahren hatten, rief ich Paul Rekve an, und er erz…«

»Wieso haben Sie Paul angerufen und nicht seine Mutter?«

»Paul war der, mit dem man am einfachsten sprechen konnte. Jedenfalls ging es mir so. Harald hatte hingegen eine bessere Verbindung mit der Mutter. Jedenfalls erzählte Paul, dass sie seit Malins Ermordung eine kleine Aufmerksamkeit bekamen, und zwar immer um den dritten Adventssonntag herum. Geld. Wobei die Beträge wohl nach und nach höher wurden.«

»Wissen Sie wie viel?«

»Paul meinte, zu Beginn seien es 20 000 Kronen gewesen, später dann 30 000. Gegen Ende der Neunziger waren es dann 50 000. Jedes Jahr. Und in den letzten paar Jahren haben sie 100 000 bekommen, in bar.«

Anton dachte nach. In der zweiten Hälfte der Neunziger war Adrian Locke nicht mehr nur als wohlhabend zu bezeichnen gewesen, sondern als steinreich.

»In den letzten Jahren? Bekommen sie immer noch Geld?«

»Ja. Paul *wusste* nicht, ob es Adrian war, der ihnen das Geld gab. Aber wer sollte es sonst gewesen sein?«

»Weder Paul noch seine Mutter haben Adrian je danach gefragt?«

»Nein. Sie ahnen es aber wohl. Siw Rekve ist ja nach dem Verlust der Tochter nie wieder arbeitsfähig gewesen. Paul meinte, ohne das Geld sähe es ziemlich schlimm aus.«

»Und was hat Harald über Adrian gesagt?«

»Eigentlich erstaunlich wenig, wo er doch … *der* Adrian Locke ist. Aber wir fanden beide diese Geldgeschenke ziemlich seltsam. Als ich Harald vorschlug, dass wir Adrian ja danach fragen könnten, war die Antwort die gleiche wie im Hinblick auf Espen Skaar: Nicht zu diesem Zeitpunkt.«

»Verstehe.«

»Dann verstehen Sie vielleicht auch, warum ich ihn so weitermachen ließ, wie er wollte. Dass ich aufhörte, nach dem Inhalt der Live-Episode zu fragen, weil ich mir sicher war, dass da was Großes im Gange war.«

KAPITEL 57

Donnerstag, 11. Oktober

»Wisst ihr eigentlich, was man zu dem Mann sagt, der die Null erfunden hat?«, fragte Glenn. »Also die Zahl.«

Er stand zusammen mit Emily und Aslak Rød zwischen den beiden Kassen. Aslak Rød blätterte durch die aktuelle Ausgabe des *Halden Arbeiderblad*, das auf dem Kassenband lag. Es war halb elf, und schon seit fast drei Stunden waren sie mit den Umräumarbeiten beschäftigt. Sie hatten Waren aus den Gefriertruhen ins Kühllager gebracht und Regale und Ständer durch den Laden geschoben. Aslak Rød war mit dem Telefon am Ohr hin- und hergelaufen und hatte mit den Lieferanten telefoniert, die bald das Frischfleisch bringen sollten. Emily und Glenn hatten die meiste Arbeit erledigt und sich außerdem Aslak Røds Spekulationen darüber angehört, wie die Neueröffnung wohl aufgenommen würde.

»Nein«, sagte Emily.

»Und du, Aslak. Weißt du es?«

Aslak blickte Glenn gelangweilt an und blätterte weiter in der Zeitung.

»Danke für nichts«, sagte Glenn und lachte laut.

Emily grinste, während Aslak Rød resigniert den Kopf schüttelte. Glenn lachte noch lauter.

»Das ist nicht lustig«, sagte Aslak Rød. »*Du* bist nicht lustig.«

»Emily findet schon«, entgegnete Glenn, als er wieder zu Atem gekommen war. »Nur du hast hier keinen Humor.«

»Was hältst du davon, wenn du schon mal anfängst, die Wand einzureißen? An der Hintertür steht ein Vorschlaghammer.«

»Aber ich weiß gar nicht, wo ich anfangen soll«, sagte Glenn.

»Ich habe schon damit gerechnet, dass du das sagen würdest, und deswegen habe ich ein Kreuz draufgemalt. Du brauchst nur loszuschlagen. Und hör nicht eher auf, bis die Garderobe zu einem Teil des Ladens geworden ist.«

»Aber du hast doch gesagt, dass wir Pause machen sollen?«

»Und die haben wir …« – Aslak Rød sah auf die Uhr – »seit fast zwanzig Minuten. Jetzt komm schon. Beweg dich und benutz deinen Athletenkörper zu was Vernünftigem. Ich kann doch geradezu hören, wie dein Herz nach Bewegung schreit.«

Glenn nahm seine Limonadenflasche und entfernte sich. Aslak Røds Blick folgte ihm, bis er nicht mehr zu sehen war.

»So was Faules wie er ist mir wirklich noch nie begegnet.« Er legte die Zeitung zusammen und schob sie ein wenig von sich weg. »Wirklich ein Paradox: Das Einzige, wofür er sich aktiv einsetzt, ist, so wenig wie möglich aktiv sein zu müssen.«

Emilys Blick fiel auf die Zeitung. Die Schlagzeile lautete: PRINZ VON AREMARK SPENDET 30 MILLIONEN.

Ein Foto von Adrian und Sandra Locke schmückte die übrige Titelseite. Im Hintergrund wimmelte es von Menschen. Adrian Lockes Gesichtsausdruck wirkte ernst, während seine Gattin in die Kamera lächelte.

»Mein Gott, wie hübsch sie ist.« Emily starrte auf Sandra Locke. »Wenn da nicht stünde, dass sie fünfundvierzig ist, hätte ich sie für zehn Jahre jünger gehalten.«

»Jetzt lass mal gut sein«, sagte Aslak Rød. »Das ist alles mit viel Geld gekauft. Ihre Lippen sind genauso echt wie ihre Nase und ihre Brüste. An heißen Sommertagen besteht wohl die Gefahr, dass sie schmilzt.«

Emily klappte die Zeitung auseinander und überflog den Artikel.

»Dreißig Millionen … So viel Geld«, sagte sie und betrachtete das Foto, das laut Bildunterschrift anlässlich des zehnjährigen Bestehens der Locke-Stiftung gemacht worden war. »Komisch, sich vorzustellen, dass er von hier stammt.«

»Wieso?«

»Hallo? Weil er Milliardär geworden ist?«

»Das hätte wohl ein anderer, dem genauso wenig Widerstand entgegengebracht wurde wie ihm, auch schaffen können. Außerdem spendet nicht er persönlich das Geld, sondern seine Stiftung. Eine Stiftung, die von den reichsten Menschen in diesem Land finanziert wird. Die da …« – Aslak Rød klopfte mit dem Zeigefinger mehrmals auf die Festgäste im Hintergrund des Fotos – »haben das Geld gegeben. Nicht dieser Trottel Adrian.«

»In dem Artikel steht, dass zehn Millionen von ihm persönlich kommen. Hast du das nicht gesehen?«

»Der reinste Messias«, murmelte Aslak Rød.

»Trotzdem finde ich es toll, dass er von hier kommt.«

»Und wieso ist das so toll, Emily?«, fragte Aslak Rød spitz. »Glaubst du vielleicht, die Gemeinde Aremark profitiert davon?« Er schüttelte den Kopf. »Wenn er hier wenigstens seinen offiziellen Wohnsitz hätte, dann würden zumindest ein paar Kronen Steuergelder in die Kasse fließen, aber das hat er nicht. Abgesehen von der einen oder anderen Tankfüllung hat er seit Gott weiß wie vielen Jahren kaum eine Krone im Dorf gelassen. Weder er noch seine eingebildete Frau. Oder doch. Sandra war im Sommer einmal hier. Hat Zahncreme gekauft. *Zahncreme*, Emily. 32 Kronen und 90 Øre. Aremark und alle, die hier wohnen, interessieren Adrian einen Scheißdreck. Niemand kapiert, dass der einzige Grund, aus dem er noch nicht alle Brücken abgerissen hat, darin besteht, dass er seinen Heiligenstatus behalten möchte. Nur aus diesem Grund hält er an der Verbindung fest und kommt ein paarmal im Jahr vorbei, um hier das Wochenende oder ein paar Urlaubstage zu verbringen. Denn hier wird er immer ein Held sein. *Der Prinz von Aremark* …«, spottete Aslak Rød kichernd, packte die Zeitung und warf sie in Richtung des Mülleimers hinter der Kasse. Er verfehlte ihn. »Wenn die Leute, die für dieses Schmierblatt da schreiben, wenigstens etwas im Kopf hätten, dann würden sie über uns schreiben, die das Dorf zusammenhalten. Über mich. Oder dich. Oder über die an der Kreuzung oben, die mit ihren Hautcremes. Oder über Roger gegenüber.«

»Kennst du ihn? Adrian Locke?«

»Nein, er ist fünf oder sechs Jahre jünger als ich.«

»Ist ja nicht viel. Ich dachte irgendwie, dass hier jeder jeden kennt.«

»Ich hab nie mit ihm gesprochen. Er ist genauso arrogant und unangenehm wie sein Vater und Großvater es waren. Und vermutlich auch der Urgroßvater.«

Von draußen war ein rhythmischer Pfeifton zu hören. Emily trat einen Schritt zur Seite und sah zum Eingangsbereich hinüber. Ein Lastwagen mit einem Container kam rückwärts auf die Tür zugefahren.

»Aslak, da kommt ein Container.«

Aslak Rød drehte sich zum Lager um und rief: »Glenn!«

»Ja?«, kam es aus der anderen Ecke des Ladens.

»Sag mal, hast du ein Taxi bestellt?«

»Hä?«

»Verdammt, Aslak«, sagte Emily und sah ihren Chef streng an. »Das war aber wirklich nicht nett.«

»Nein, das war großartiger Humor, Emily. Was anderes als seine ewigen blöden Dänen- und Schwedenwitze.«

»Aber warum musst du so was sagen? Er ist doch total nett! Gestern hat er mir Abendessen gemacht, und …«

»Abendessen?«, unterbrach Aslak Rød. »Wieso?«

»Ich hab bei ihm geschlafen.«

»Was sagst du da?« Aslak Røds Stirn legte sich in kräftige, ernste Falten. »Du hast bei Glenn geschlafen?«

»Ja.«

»Wir reden von Glenn Ramm, der hier im Laden arbeitet?« Aus dem Lager ertönte ein lauter Knall. Glenn hatte anscheinend den Vorschlaghammer gefunden. Aslak Rød zeigte mit dem Daumen über seine Schulter. »*Der* Glenn?«

Emily erzählte, was sie bei der Joggingtour erlebt hatte. Dass sie sicher war, dort sei jemand gewesen. Dass Glenn ihr von dem Mann im Weihnachtswichtelkostüm erzählt habe, der sich vor vielen Jahren entblößt hatte, und dass sie nicht allein zu Hause hatte schlafen wollen, weil der Typ nie gefasst worden sei.

»Ach, Emily!«, sagte Aslak Rød und lachte laut. »Jetzt bist du aber naiv.« Er lachte noch lauter. »Nein, du bist geradezu dumm.«

»Wieso das denn?«

Aslak Rød senkte den Kopf und blickte Emily resigniert an.

»Du darfst nicht auf ihn hören.«

»Wieso denn? Stimmt das etwa nicht?«

»Doch. Aber liebe, süße Emily«, sagte er. »Das ist jetzt … wie lange … fünfundzwanzig oder dreißig Jahre her?« Er legte ihr eine Hand auf die Schulter. »Du kapierst doch wohl, dass Glenn dir diese Geschichte nur erzählt hat, *damit* du dich fürchtest?« Aslak Rød lachte wieder. »Hätte nicht gedacht, dass Glenn so ein guter Angler ist, aber du bist ihm direkt ins Netz gegangen.«

»Aber so ist er doch nicht.«

»Glaub mir, Emily. Glenn *ist* so. Der Fettmops und sein Bruder haben damals schon nichts anderes als Unsinn gemacht.«

»Ich finde, du solltest aufhören, seinen Körperbau zu kommentieren, das ist nicht nett – und auch nicht gerade charmant. Nur ein kleiner Tipp.«

»Jetzt bist du aber ganz schön vorlaut.«

»Kann schon sein, aber Glenn ist einfach nur nett.«

»Okay … Aber du solltest eines wissen, Emily.« Aslak Rød ging zur Eingangstür, wo der Lastwagenfahrer gerade dabei war, den Container herunterzulassen. »Glenn war nicht immer so nett.«

KAPITEL 58

Donnerstag, 11. Oktober

Magnus lenkte den Wagen durch die Innenstadt von Halden. Anton warf einen langen Blick auf die Holz- und Ziegelgebäude, die den Stadtkern ausmachten, und dachte dabei, dass er es schon viel früher hätte verstehen müssen. Die Antwort lag nicht in dem Pappkarton aus dem Archiv.

»Glaubst du, da gibt es mehrere?«, fragte Magnus, während sie am Tistakanal entlangfuhren, der die Stadt in zwei Hälften teilte.

»Mehrere was?«

»Fälle, bei denen Harald was Ähnliches getan hat.«

»Nein. Er hat alle Antworten in dem Podcast gegeben, Torp. Er war genauso sehr von Espen Skaars Täterschaft überzeugt, wie du davon, dass es Mona Vales Ehemann war, der sie umgebracht hat.«

»In Kristiansand hatten wir allerdings Beweise.«

»Du warst sicher, dass er es war, bevor uns die Beweise vorlagen. Die Frage, die du dir stellen kannst, lautet: Wie weit wärst du gegangen, wenn es in Kristiansand keine Beweise gegeben hätte?«

»Das ist nicht das Gleiche. Skaar war unschuldig.«

»Das hätte der Ehemann ja auch behaupten können!«, sagte Anton laut. »Was er im Übrigen ja auch getan hat, bis wir ihn mit den unwiderlegbaren technischen Beweisen konfrontiert haben. Es ist einfach so, dass Harald nicht noch mehr zerstörte Existenzen auf dem Gewissen haben wollte. Hör dir den Podcast noch mal an. Ich will nicht verteidigen, was er getan hat, in keiner Weise, aber ich kann es verstehen, und deswegen hat er von dem Mädchen in Trondheim erzählt, das vergewaltigt wurde. Damit die Hörer verstehen sollten, *weshalb*. Denn er war sich sicher. Genauso sicher wie du dir in Kristiansand warst. Punkt.«

»Hörst du eigentlich selbst, was du da sagst?«

Magnus fuhr in den Kreisverkehr und nahm die Ausfahrt in Richtung Aremark.

»Verstehst du das wirklich nicht?« Anton sah Magnus an. »Hast du unsere Unterhaltung mit Espen Skaar schon vergessen?«

»Was meinst du denn jetzt?«

»Er hat es doch direkt ausgesprochen. Er glaubte, es hätte Sinn ergeben, dass er im Gefängnis gelandet war. Er war von Geburt an ein Taugenichts, Torp. Vermutlich hat ihm das Gefängnis das Leben gerettet.«

»Könntest du so was tun?«

»Nein.«

»Ganz ehrlich?« Magnus spähte aus dem Augenwinkel zu Anton hinüber.

»Ja, ganz ehrlich.«

»Du hast nie so was Ähnliches getan?«

»Niemals.«

»Und wie nennst du dann das, was du mit Hugo Babsvik getan hast?«, fragte Magnus.

»Du willst die Fälle doch jetzt nicht miteinander vergleichen?«

»Jedenfalls geht es in die gleiche Richtung.«

»Jetzt redest du Müll, Torp. Babsvik war nie in Gefahr. Das war ein wasserdichter Bluff. Und daher nein, es geht nicht in die gleiche Richtung.«

Magnus schüttelte protestierend den Kopf, runzelte die Stirn und drehte das Radio lauter.

Paul Rekve stand mit Sandra Locke vor dem Stall, als Anton und Magnus auf den mit Kopfsteinen gepflasterten Hofplatz von Gut Locke einbogen. Sie fuhren halbwegs um die Fontäne herum, die rhythmisch Wasser in die Höhe spitzte, und parkten vor dem Hauptgebäude.

Dann stiegen sie aus und gingen nebeneinander zum Stall hinunter. Die Mittagssonne wärmte leicht. Sandra Locke trug enge beige Reithosen, eine kurze dunkle Jacke und hielt einen Helm in der Hand. Ihr blondes Haar war nach hinten gekämmt und zu einem Pferdeschwanz gebunden. Sie löste sich von Paul und kam ein paar Schritte auf die beiden Polizisten zu.

»Du meine Güte«, sagte sie und lächelte. »Das ist ja lange her. Bist du zurück in deinen alten Gefilden?«

»Gar nicht schlecht, dass du mich wiedererkennst«, entgegnete Anton. »Mir sieht man das Alter nämlich an.«

»Ach, jetzt hör aber auf.« Tiefe Lachfalten erschienen auf Sandra Lockes Wangen. »Du hältst dich doch ziemlich gut«, gluckste sie.

Sie traten auf ein Pferd zu, das an einem Pfosten festgemacht war.

»Hallo, Paul«, sagte Anton.

Paul hob zur Antwort den Arm. In etwa so beiläufig, wie er es getan hatte, als Anton ihn und seine Mutter vor zwei Tagen besucht hatte. Dann drehte er sich um und fuhr fort, das Pferd zu striegeln.

»Das ist übrigens Magnus Torp, mein Kollege.«

Sandra und Magnus reichten einander die Hand zur Begrüßung.

»Ist Adrian da?«, fragte Anton.

»Er schwimmt.«

»Drüben in der Schwimmhalle?«

»Nein, hier. Im Keller. Aber … stimmt was nicht? Ist was passiert?«

»Hast du mitbekommen, dass Harald Uteng gestorben ist?«

»Ja.« Sandras Miene wurde ernst. »Mein Beileid. Aber … willst du deswegen mit Adrian sprechen?«

»Harald ist vor seinem Tod noch mal hier gewesen und hat ein bisschen recherchiert.«

»Ja, das habe ich mitbekommen. Er war auch im Büro und hat mit Adrian geredet. Etwas über einen Podcast.«

»Genau. Ich besuche nächste Woche Haralds Vater, und da wird er mir tausend Fragen darüber stellen, was sein Sohn in der letzten Zeit so getrieben hat. Die beiden hatten leider nicht so viel Kontakt, vermutlich wird er sehr neugierig sein. Deswegen bin ich hier. Also nicht in offizieller Mission, sondern um Informationen zu sammeln, sodass ich Uteng senior ein paar Fragen beantworten kann. Adrian und ich sind uns zwar gestern schon begegnet, aber ich habe vergessen, ihn etwas zu fragen.«

»Gestern?«

»Ja. Hat er es nicht erwähnt?«

»Nein«, entgegnete Sandra nachdenklich. »Wann denn?«

»Ich habe ihn im Plaza getroffen. Während eurer Veranstaltung.«

»Du bist da gewesen? Das habe ich gar nicht mitbekommen.« Wie um sich zu überzeugen, dass sie auch noch da waren, drehte sie sich zu Paul und dem Pferd um. »Aber nein. Er hat nichts gesagt.«

»Ist es okay, wenn ich mal …« Magnus deutete auf das Pferd. »Darf man ihn mal begrüßen?«

»Aber natürlich. Ich freue mich immer, wenn Männer unsere Pferde kennenlernen möchten. Sonst kommen fast nur junge Mädchen hierher.«

»Adrian interessiert sich wohl nicht für sie?«, fragte Anton. »Die Pferde.«

»Überhaupt nicht. Deshalb haben wir auch nur zwei. Lucy steht im Stall. Sie ist als Nächste mit Striegeln dran.«

Magnus stellte sich neben Paul und streichelte vorsichtig Billys Flanken. Er fuhr mit der Hand über seinen Hals und kraulte ihn am Kopf. Das Pferd wieherte und zeigte seine Zähne. Magnus sagte etwas, das Paul zum Lachen brachte.

»Hübscher Hengst, Torp«, sagte Anton. »Da kommst du nicht mit.«

Sandra Locke grinste.

»Wallach«, entgegnete Magnus und überhörte den Scherz.

»Du siehst doch wohl, dass das ein Hengst ist«, sagte Anton. »Falls nicht, solltest du mal deine Augen untersuchen lassen.«

»Er hat recht«, meinte Sandra Locke. »Billy ist kastriert und somit ein Wallach. Keine großen Eier mehr übrig bei ihm.« Sie drehte Anton den Rücken zu und fragte an Magnus gewandt: »Haben Sie was mit Pferden zu tun?«

»Nein, gar nicht«, erwiderte Magnus. »Aber ich hatte mal eine Freundin, die jede freie Minute im Pferdestall verbrachte. Manchmal bin ich mitgegangen. Zu Beginn war ich nicht so begeistert, aber nach einer Weile hat mir das Reiten Spaß gemacht.«

»Von der hast du gar nichts erzählt«, meinte Anton. »Wer war sie?«

»Madeleine.« Magnus sah zu Anton und Sandra. »The one who got away. Das war, bevor du und ich uns kennengelernt haben.«

»Kommen Sie einfach vorbei, wenn Sie mal Lust haben, zu reiten«, sagte Sandra. »Meistens ist jemand hier. Jedenfalls tagsüber.«

»Ich werde dran denken«, entgegnete Magnus.

Anton schob die Hände in die Taschen und sagte:

»Ich hätte Adrian natürlich auch anrufen können, aber ohne

Telefonnummer ist das schwierig. Die einzige Nummer, die ich finden konnte, ist die von seinem Büro.«

»Durch die Haupttür«, erklärte Sandra, »und die erste links. Dann die Treppe runter und dritte Tür rechts.«

Es war zehn Jahre her, seit Hugo Babsvik im Büro des Abteilungsleiters für Infrastruktur und Dienstleistungsproduktion gesessen hatte. Auch damals war es ein Donnerstag gewesen, doch die einzige weitere Ähnlichkeit, die dieser Termin mit dem zurückliegenden hatte, war die Tatsache, dass die Sonne schien und die Glasfassade des Telenor-Hauptgebäudes auf Fornebu zum Glühen brachte. Damals war Hugo hier gewesen, um die Schweigepflichtvereinbarung sowie den Arbeitsvertrag zu unterzeichnen – gefolgt von einem trockenen, festen Händedruck und einem »Willkommen bei Telenor« von Seiten des Abteilungsleiters.

Jetzt saß er hier und verspürte exakt das Gleiche wie am Morgen zuvor, als er von den beiden Cowboys angehalten worden war. Er bekam kaum mit, was der Abteilungsleiter zu ihm sagte. Er sah nur die schmalen Lippen, die sich unter der spitzen Nase bewegten.

Hugo Babsvik war in einen Zustand panikartiger Starre verfallen, als er eine knappe halbe Minute zuvor die Worte »interne Kontrolle« und »Recherche und Ausdrucke ohne Befugnis« von dem Mann auf der anderen Seite des Schreibtischs vernommen hatte.

Jetzt starrte er auf das Dokument neben der Computertastatur des Abteilungsleiters. Hugo Babsvik war kein Meister im Verkehrtherumlesen, wobei er dies auch gar nicht sein musste. Denn was dort stand, war wohl sonnenklar.

Mit zwei Fingern schob der Abteilungsleiter das Papier über den Schreibtisch und drehte es gleichzeitig in Hugos Richtung.

»Bekomme ich die Gelegenheit, es zu erklären?«, fragte Hugo.

»Was gibt es da zu erklären?«, entgegnete der Abteilungsleiter. »Das hier ist ein ernster Vertrauensbruch, Hugo, und zwar der schlimmsten Art. Ich habe gar nicht erst versucht, es gegenüber dem Sicherheitschef zu entschuldigen, denn das wäre nutzlos gewesen. Tut mir leid.« Er griff nach einem Kugelschreiber und legte ihn auf das Dokument. »Das hier ist – wie du siehst – dein Entlassungsgesuch. Ich kann dich natürlich nicht zwingen, es zu unterschreiben, aber dann hätte ich keine andere Wahl als dich zu feuern.« Der Abteilungsleiter lehnte sich zurück und setzte ein freundliches Gesicht auf. »Ökonomisch gesehen ist das vielleicht das Beste? Dann hättest du jedenfalls Anspruch auf staatliche Unterstützung.«

Hugo Babsvik griff nach dem Stift und blickte auf den maschinengeschriebenen Text. Die Buchstaben flossen ineinander. Er wischte sich die Wangen. Dann fing er an zu erzählen. Von den Polizisten, die ihn zu alldem gezwungen hatten, sofern er nicht wollte, dass Anzeige wegen Drogenbesitzes gegen ihn gestellt würde.

»Ich schwöre, dass die mich in eine Falle gelockt haben«, sagte Hugo Babsvik tränenerstickt. »Ich weiß ja nicht mal, wer dieser Harald Uteng überhaupt ist. Weswegen sollte ich dann vertrauliche Informationen über ihn heraussuchen?«

»Das spielt keine Rolle, Hugo.«

Hugo Babsvik fuhr fort. Er berichtete, er habe am Abend zuvor mit seinem Kumpel Steinar Svingen gesprochen, der das Kokain, das er glaubte, verloren zu haben, wiedergefunden hatte. Und dass es deshalb unmöglich Steinars Pulver gewesen sein konnte, das sie unter seinem Beifahrersitz hervorgezogen hatten. Es konnte eigentlich überhaupt niemandem gehört haben.

»Der Bulle hat mir das untergeschoben!«, sagte Hugo Babsvik

mit lauter Stimme. »Verstehst du? In dem Augenblick hab ich's nicht kapiert, aber es ist doch ganz offensichtlich. Er hat es mir untergejubelt, um mich zu zwingen, ihm Informationen zu geben.« Der Abteilungsleiter hob die Hand und sagte: »Hör auf, Hugo. Tu mir den Gefallen und hör einfach auf.«

KAPITEL 59

Donnerstag, 11. Oktober

Feuchtschwüle Luft, gepaart mit dem Geruch von Chlor, schlug Anton und Magnus entgegen, als sie das Schwimmbad im Keller von Gutshof Locke betraten. Sie musterten den mit Shorts bekleideten Mann, der sich routiniert und mit gleichmäßigen Zügen durch das Becken bewegte. Anton zog seine Jacke aus, während sie fortfuhren, Adrian Locke beim Hin- und Herschwimmen zu beobachten. Er musste sie gesehen haben, machte allerdings keine Anstalten, darauf zu reagieren. Stattdessen schwamm er weiter, als befände er sich allein in der Halle.

Nach acht Minuten legte Adrian Locke schließlich die Unterarme auf den Beckenrand, blickte seine Zuschauer an und sagte: »Hier drinnen sind Schuhe nicht erlaubt, Brekke.«

Adrian stieg aus dem Becken und nahm seine Schwimmbrille und seine Badekappe ab. Das Wasser tropfte an ihm herunter.

»Wo steht das?«, fragte Anton.

»Auf dem Schild mit der Aufschrift *Gesunder Menschenverstand*«, erwiderte Adrian Locke, nahm sich ein Handtuch von einem Stapel an der Wand und fing an sich abzutrocknen. »Hast du eine Badehose dabei?«

»Ich schwimme nur, wenn es um Leben oder Tod geht.«

»O. k.?«

»Ich war nicht mehr in einer Schwimmhalle, seit ich 1987 im Kongstenbad gewesen bin.«

»Ach ja?« Adrian Locke steckte sich einen Finger ins Ohr und legte den Kopf schräg. »Ist da was passiert?«

»Kann man wohl sagen. Ich wurde ertappt, als ich ins Wasser gepinkelt habe. Der Bademeister hat mich derart angeschrien, dass ich fast wieder ins Becken gefallen wäre.«

Es dauerte ein paar Sekunden, bis Adrian Locke in Lachen ausbrach. Er stellte sich direkt vor Anton und Magnus und trocknete sich weiter ab.

»Adrian«, sagte Anton. »Siw Rekve hat seit dem Mord an ihrer Tochter jedes Jahr um den dritten Adventssonntag herum eine beträchtliche Summe in bar erhalten. Von einem anonymen Spender. Weißt du was darüber?«

»Ja. Ich bin das.«

»Und wieso?«

»Weil ich die Möglichkeit dazu habe, und weil ich weiß, dass sie knapp bei Kasse waren und es immer noch sind. Malin erzählte mir damals, dass sie seit dem Tod ihres Vaters gerade so über die Runden kamen. Siw hat schwer darunter gelitten. Laut Malin hat sie schon zum Frühstück Valium geknabbert. Und es wurde nun auch nicht besser, nachdem Malin … ja …«

»Knapp war es ganz bestimmt«, entgegnete Anton. »Ich weiß ja nicht, wie lange Paul schon arbeitsunfähig ist und Unterstützung erhält. Ich vermute aber mal, dass das nicht erst seit gestern der Fall ist, und somit dürften sie sich die Kosten ja teilen. Mit anderen Worten verfügen sie also über zwei Einkommen, und das ist mehr als genug, um klarzukommen. Du hast ihnen dennoch weiter geholfen.«

»Das spielt doch keine Rolle. Ich möchte ihnen den Alltag etwas erleichtern.« Adrian warf sich das Handtuch über die Schulter. »Wenn Uteng jetzt hier wäre, würde er mich wohl beschuldigen, wegen irgendetwas ein schlechtes Gewissen zu haben.«

»Sowohl Harald als auch alle anderen Ermittler.«

»Einschließlich dir?«

»Einschließlich mir. Du bist nämlich sehr großzügig. Trotz der Unterstützung, die er bekommt, gibst du Paul auch noch einen Job.«

»Ist es verboten, anderen zu helfen?«

»Nein, das ist es nicht. Dann hättest du nämlich ein Problem. Weil du gern hilfst, Adrian. Pauls Job, das Geld, das du ihm und seiner Mutter gibst, die Locke-Stiftung … Mit Haralds Worten: Hast du denn ein schlechtes Gewissen wegen irgendetwas?«

»Nein.«

»Was hast du am Freitagabend, dem 7. September, gemacht?«

»Mir gefällt nicht recht, wie sich deine Besuche bei mir entwickeln«, sagte Adrian. »Ich schlage vor, dass du dich an meinen Anwalt wendest. Oder noch besser: Ich kann ihn bitten, deinen Chef zu kontaktieren. Denn das hier erinnert so langsam an Schikane.«

»Wo warst du?«

Adrian Locke setzte sich in Bewegung.

»Eine letzte Frage, Adrian. Warum hat Harald wohl so lange gewartet, Kontakt mit dir aufzunehmen und dich – als Einzigen, soweit ich weiß – zu fragen, ob du nicht an der letzten Podcast-Episode teilnehmen willst?«

Adrian Locke ging weiter und sagte: »Ihr findet sicher allein hinaus. Ich kann den Gedanken nicht ertragen, dass du auch in dieses Schwimmbecken pisst.«

Nachdem Anton und Magnus eine halbe Stunde später den Wagen im Zentrum von Halden abgestellt und das Polizeigebäude betreten hatten, wurden sie von einem Ermittler in Magnus' Alter begrüßt. Er führte sie in ein Büro in der zweiten Etage. Neben einem kleinen Kaktus, einem Bildschirm und einer Tastatur befanden sich sechs Fallmappen auf dem L-förmigen Schreibtisch. Der junge Ermittler fand es interessant, dass Anton ausgerechnet nach den Fällen gefragt hatte, bei denen es um Entblößung in der Öffentlichkeit ging.

»Kürzlich ist eine Streife nach Aremark ausgerückt«, sagte er, »nachdem sie die Meldung einer gewissen Emily Solberg bekommen hatten. Jemand hat die junge Frau anscheinend beobachtet, als sie in der Badewanne lag.«

Der Ermittler berichtete weiter, dass sich der eigentliche Vorfall wohl am Sonntagabend zugetragen hätte, da Emily Solberg zu diesem Zeitpunkt ein lautes Geräusch gehört habe. Offenbar hatte sich die Wärmepumpe ihres Hauses von der Wand gelöst.

»Allerdings gibt es vorläufig noch keinen Verdächtigen«, sagte er.

»Hat es mehrere solcher Vorfälle gegeben?«, fragte Anton.

»Nicht, dass ich wüsste.« Der Ermittler deutete in Richtung der Mappen auf dem Schreibtisch. »Hier sind die Akten, um die ihr gebeten habt. Alle Vorfälle, bei denen sich jemand entblößt hat. 87, 88, 93, 94 und 96. Und der Selbstmord von Rolf Ramm. Meldet euch einfach, wenn irgendwas ist.«

Der Ermittler verließ den Raum.

»So …« Magnus sah von den Mappen zu Anton und wieder zurück. »Und was jetzt?«

»Was jetzt?« Anton griff nach der Mappe über den Vorfall beim Fangekasa Missionszentrum. »Jetzt fangen wir an zu lesen.« Er zeigte auf die Mappe, die mit *Exhibitionist, Knivtjern 1988* beschriftet war. »Fang doch mit der hier an.«

Magnus nahm sich die dickste Mappe, wog sie in den Händen und blätterte sie dann schnell durch.

»Also wirklich. Hier gibt es über dreißig Vernehmungen. Was erwartest du denn zu finden? Und wenn es stimmt, was der ehemalige Lensmann vermutet hat, dann ist dieser Fall überhaupt nicht real. Denn wie alt können die Zwillinge 1988 gewesen sein? Sieben oder acht?«

»Lies einfach, Torp.« Anton zog mit dem Fuß einen Stuhl heran und setzte sich vor den Schreibtisch, während Magnus dahinter Platz nahm. »Du kennst jetzt die Geschichte von Aremark. Tu einfach so, als ob das alles hier« – er deutete auf die Mappen – »nicht vor vielen Jahren geschehen wäre, sondern erst gestern. Und vergiss, dass alle Spuren kalt sind.«

Nach etwa drei Stunden hatte Magnus fast drei Viertel der Akten über den Knivtjern-Fall gelesen, während Anton die Fälle der Jahre 87, 93 und 94 durchgearbeitet hatte.

Magnus stöhnte. Anton konnte seinen Blick gleichsam fühlen und blickte von den Papieren auf.

»Was?«

»Ich hab Hunger«, sagte Magnus.

»Ich auch.« Anton blätterte eine Seite weiter und sah auf Magnus' Panerai. Die zeigte halb vier. »Besorgst du uns was?«

Noch ehe Anton den Satz zu Ende gebracht hatte, war Magnus aufgesprungen. Zwei uniformierte Beamte passierten den Gang, als er die Tür öffnete.

»Was willst du haben?«

»Egal«, gab Anton zurück. »Ich nehme das Gleiche wie du. Und eine Cola.«

Magnus entfernte sich und ließ die Tür offen stehen. Irgendwo auf der Etage lachte jemand laut.

In allen Fällen hatte es *eine* betroffene Person gegeben, dachte Anton. Abgesehen vom Jahr 1993, in dem der Exhibitionist seinen Mantel geöffnet und seine Juwelen vor zwei vierzehnjährigen Mädchen entblößt hatte, die am Klartjern ein abendliches Bad genommen hatten. Anna aus Schweden war allein gewesen, als sie sich 1987 beim Missionszentrum zum Pinkeln zurückgezogen hatte. 1994 hatte der Täter sich entblößt und versucht, eine Fünfzehnjährige zu überfallen, die mit dem Fahrrad über die Landstraße 21 gekommen war. In ihrer Zeugenaussage stand, er sei ihr hinterhergerannt, habe dann aber nach kurzer Zeit aufgegeben. Der letzte Vorfall hatte sich 1996 südlich des zur Steinhütte hinaufführenden Waldwegs zugetragen. Gleich in der Nähe der Stelle, wo Aslak Rød Malin am Abend ihrer Ermordung beobachtet hatte. Das dreizehnjährige Mädchen hatte berichtet, der Täter habe versucht, sie zu würgen, woraufhin sie ihn getreten und geschlagen habe und sich schließlich losreißen konnte. Sie war zum nächsten Haus gerannt, von wo aus der Lensmann verständigt wurde, der nach einer Viertelstunde vor Ort war und die Umgegend absuchte. Zwanzig Minuten danach hatte er die Leiche gefunden.

Anton schloss die Mappe, legte sie auf den Stapel mit den anderen, die er bereits gelesen hatte und griff nach der letzten: ROLF RAMM, 18. AUGUST 1996 – SELBSTMORD.

KAPITEL 60

Donnerstag, 11. Oktober

Rolf Ramms Fallmappe war dünn und enthielt lediglich ein Schreiben vom Rechtsmedizinischen Institut, einen Bericht über die kriminaltechnischen Untersuchungen im ehemals so bezeichneten Polizeidistrikt Halden, verschiedene Fotos vom Fundort hinter der Steinhütte sowie eine kurze Erklärung von Rolfs Mutter Mari und seinem Bruder Glenn.

Als Anton den Obduktionsbericht zu Ende gelesen hatte, kam Magnus mit einer Tüte zurück, aus der es nach Knoblauch und Chili duftete. Er nahm zwei Portionen Kebab heraus, reichte eine davon Anton und legte eine Gabel und eine Serviette dazu. Magnus schien gar nicht schnell genug anfangen zu können. Er öffnete die Verpackung und begann, den Imbiss in sich hineinzuschaufeln, noch ehe sein Hintern die Sitzfläche des Schreibtischstuhls gefunden hatte. Anton hielt die Gabel zwischen den Lippen fest, während er die Verpackung aufriss. In einem Pitabrot lagen Salat, Tomaten, Zwiebeln und Gurken in ein paar Zilitern Kebabsoße neben ein paar Fleischklößchen. Anton stach die Gabel in eines davon, tauchte es in die Soße und führte alles zum Mund. Er kaute erst schnell, dann langsamer und langsamer, bis seine Kiefer zu mahlen aufhörten. »Schmecken irgendwie komisch, diese Fleischklößchen, findest du nicht?«

»Das sind keine Fleischklößchen«, entgegnete Magnus und sah Anton an, »sondern Falafel.«

Anton schluckte und ließ die Gabel fallen. Magnus zuckte leicht zusammen.

»Hast du auf dem Weg zur Imbissbude 'nen kleinen Schlaganfall erlitten, oder machst du das nur, um besonders fies zu sein?«

»Du hast gesagt, du wolltest das Gleiche wie ich.«

»Das war allerdings, bevor mir klar wurde, dass du im Laufe des Vormittags Vegetarier geworden bist.«

»Bin ich gar nicht. Ich versuche nur, etwas weniger Fleisch zu essen.«

»Ach wirklich?«, sagte Anton laut. »Denk gern mal darüber nach, wenn du deinen scheiß Wagen mit den eine Million Pferdestärken anwirfst.«

Magnus lachte und nahm noch einen Happen.

»Und die Cola?«

»Die hab ich vergessen, tut mir leid.«

»Gut, dass du so hungrig bist, du darfst meine Portion nämlich auch essen.« Anton schob das Falafel-Pitabrot über den Schreibtisch und griff nach den Fotos aus Rolf Ramms Fallmappe. »Lies weiter.«

»Ich esse doch.«

»Das ist mir scheißegal. Du kannst doch wohl zwei Dinge auf einmal erledigen?«

»Jesus«, entgegnete Magnus und rollte seinen Stuhl näher an den Schreibtisch. Er spähte auf die geöffnete Mappe mit dem Knivtjern-Fall und sagte schmatzend: »Manchmal bist du echt wie ein kleines Kind.«

»Das ist mir ebenfalls scheißegal«, gab Anton zurück, ohne aufzublicken.

Er blätterte durch die Fotos. Das erste zeigte Rolf Ramms toten Körper auf dem Obduktionstisch des Rechtsmedizinischen Instituts. Der tote Junge war lang und dünn, sein Mund stand offen.

Die angeschwollene Zunge ragte zwischen den Lippen hervor. Die Spur, die das Seil um seinen Hals hinterlassen hatte, war tief und rotviolett. Das zweite, dritte und vierte Foto zeigten den hängenden Körper aus verschiedenen Blickwinkeln. Seine Füße befanden sich etwa zwanzig Zentimeter über dem Boden. Die nächsten beiden Aufnahmen waren aus kürzerer Distanz aufgenommen worden und zeigten die halbe Brust sowie den blauvioletten Kopf. Die Augäpfel sahen aus, als hätten sie wie die Zunge versucht, dem Körper zu entkommen. Um seinen Hals lag eine Schlinge aus goldfarbenem Hanfseil, das zu einem dicken Ast hinaufführte. Das siebte und letzte Foto zeigte einen an die Hüttenwand gelehnten Spaten.

Anton legte die Fotos nebeneinander auf den Schreibtisch und sah zu Magnus, der unbeirrt weiterkaute.

»Ja, ich lese«, sagte der mit vollem Mund.

Anton betrachtete die Fotos erneut, griff nach dem mit dem Spaten und behielt es fest in der Hand.

»Was wollte er wohl damit?«

Anton hielt das Foto hoch. Magnus spähte kurz herüber, ehe sein Blick wieder auf seine eigene Fallmappe fiel.

»Keine Ahnung. Wo war denn sein Bruder, als es passierte?«

»Zu Hause. Aber solange man nicht gerade nicht ganz richtig tickt, läuft man doch nicht einfach mit ’nem Spaten durch die Gegend. Was also wollte er damit?«

»Vielleicht weiß das Mädchen, das ihm da beim letzten Mal entkommen ist, gar nicht, wie viel Glück sie hatte?«

Magnus kratzte mit der Gabel über den Boden der Pappschachtel, führte den Rest der Mahlzeit zum Mund und zog die Nahaufnahme von Rolf Ramms Gesicht näher zu sich heran.

»Das Seil.« Magnus zeigte auf das goldfarbene Tau um Rolf Ramms Hals. »Mein Großvater trug so eines zu seinem Wichtelkostüm, als ich klein war. Gleiche Farbe.«

Anton nahm das Foto an sich. »Genauso eines, wie die alten Römer es um ihre Gewänder trugen.«

»Ja«, sagte Magnus. »Was die Theorie des alten Lensmanns untermauert. Ergibt Sinn, finde ich.« Er nahm eine Serviette und wischte sich den Mund ab. »Rolf Ramm hatte beschlossen, dass die Person, der gegenüber er sich entblößt hatte, niemals Gelegenheit bekommen sollte, jemandem davon zu erzählen. Aber es kam ganz anders. Stattdessen wird ihm ein Knie in die Eier gerammt, und er hat eine Scheißangst, weil sie es geschafft hat, ihm zu entkommen. Dann rennt er in den Wald, um das Ganze ein für alle Mal zu beenden.«

»Nein, das ist viel zu simpel. Und genau das irritiert mich. Wieso bringt er sich um. Es war doch nicht das erste Mal, dass er sich entblößt hatte. Aber was ist, wenn Rolf«, – Anton wedelte mit dem Foto – »und sein Bruder Malin Rekve ermordet haben?«

»Wieso war Glenn am Abend des Selbstmords denn zu Hause?«

»Er hat nur eine ganz einfache Erklärung abgegeben.«

»Und die Mutter?«

»War bei ’ner Freundin in Halden. Und der Vater war bei der Arbeit.«

»Glenn muss demnach nicht unbedingt zu Hause gewesen sein?«

»Nein«, sagte Anton leise. »Willst du andeuten, dass er seinen eigenen Bruder erhängt hat?«

»Ich spiele nur so mit den Gedanken. Aber vergiss das alles. Gesetzt den Fall, Glenn war zu Hause und seine Aussage stimmt. Was ich dann nicht verstehe, ist, wieso Rolf das Wichtelkostüm vergräbt, bevor er sich aufhängt.«

»Das ist doch ziemlich offensichtlich«, sagte Anton. »Um den Eltern und seinem Bruder die Scham zu ersparen. Dass er der Exhibitionist war. Aber genauso gut kann es Glenn gewesen sein, nachdem er Rolf erhängt hat. Ich neige eher zu dieser Möglichkeit, als dass Rolf sich umgebracht hat, weil das letzte Mädchen ihm entkommen konnte. Das ergibt nämlich keinen Sinn.«

»Einverstanden. Aber ... um noch mal darauf zurückzukommen ... Können zwei zwölfjährige Jungs Malin wirklich umgebracht haben?«

»Durchaus«, sagte Anton und nickte. »So was ist auch schon früher passiert, und es wird wieder passieren. Der Gedanke ist damals weder Harald noch mir gekommen, aber da wussten wir auch noch nicht, dass die Jungen am Abend beobachtet worden sind. Uns wurde erzählt, sie hätten sich um zehn ins Bett gelegt. Die Mutter hat um Viertel nach elf nach ihnen geschaut, ehe sie selbst zu Bett ging. Und da schliefen sie.«

»Oder sie haben so getan, als schliefen sie«, sagte Magnus. »Aber wieso bringt man den eigenen Bruder um?«

»Ich habe nicht die geringste Ahnung.«

»Du hast doch gesagt, Glenn sei derjenige gewesen, der immer hinterhergedackelt ist. Vielleicht hatte er genug davon?«

»Vielleicht.«

»Oder«, sagte Magnus, »Glenn wusste von Rolfs Entblößungen und begriff, dass es nur eine Frage der Zeit wäre, bis er geschnappt würde. Und wenn das passiert wäre, hätte Rolf vielleicht mehr ausplaudern können. Er hätte zum Beispiel erzählen können, dass es Glenn war, der in der Steinhütte das Messer geschwungen hat.« Magnus rollte mit dem Schreibtischstuhl vor und zurück. »Gehen wir davon aus, dass die beiden in der Mordnacht draußen unterwegs sind. Sie streifen durch den Wald. Vielleicht brechen sie ja zu diesem Zeitpunkt schon in irgendwelche Hütten ein?«

»Mhmh.«

»Gibt es irgendwelche anderen Hütten nahe der alten Steinhütte?«

»Nicht direkt, aber besonders weit laufen muss man auch nicht.«

»Genau. Also, die beiden sind draußen unterwegs. Vom Wald aus entdecken sie Malin, die leicht angetrunken ist. Sie redet mit sich selbst, kichert, singt vielleicht. Vielleicht ist sie auch ganz still, als sie da langgeht. Jedenfalls werden die beiden auf sie aufmerksam. Vielleicht erzählen sie ihr sogar, dass sie Alkohol in der Hütte haben, und sie kommt freiwillig mit. Allerdings wartet da kein Alkohol. Und während der eine sie vergewaltigt, denkt der andere schon an die Konsequenzen. Er traut sich nicht. Zieht sich zurück. Bittet den anderen womöglich, aufzuhören. Aber dann ist es zu spät. Weil derjenige, der sich an Malin vergreift, schon beschlossen hat, dass sie sterben soll.«

KAPITEL 61

Donnerstag, 11. Oktober

Der Fußboden vor Glenns Badezimmer im ersten Stock schien einen Wasserschaden erlitten zu haben. Es knirschte laut und scharf, als sie ihren Fuß auf das leicht wellige Parkett setzte.

Emily schloss die Tür hinter sich und ließ die schwere Tasche krachend auf die Fliesen fallen. Sie zog ihre Arbeitskleidung aus, drehte den Wasserhahn an der Dusche auf und schlüpfte aus Unterhose und BH. Danach nahm sie Shampoo, Haarspülung und Duschgel aus ihrer Kulturtasche und stopfte die schmutzige Wäsche in eine Tüte, die in der Tasche lag. Mit einer Hand überprüfte sie die Wassertemperatur und stellte sich dann unter die Dusche. Die Glaswand der Duschkabine beschlug. Emily presste etwas Shampoo aus der Flasche und rieb sich damit Haare und Kopfhaut ein. Sie schloss die Augen, wiederholte den Prozess und griff zur Flasche mit der Haarspülung. Dann reduzierte sie den Wasserstrahl und seifte den ganzen Körper ein, während sie gleichzeitig überlegte, Glenn vorzuschlagen, dass sie später am Abend nach Halden fahren und Pizza essen könnten. Sie hatte selbst Lust darauf, wusste aber auch, dass Glenn den Vorschlag lieben würde.

Ein lautes Geräusch ertönte. Es war das gleiche Knirschen, das sie selbst vor einigen Minuten verursacht hatte. Mit der Hand wischte sie über die beschlagene Glasscheibe. Durch den Spalt unter der Tür konnte sie auf der anderen Seite die Schatten von zwei Füßen sehen.

»Glenn?«

Keine Antwort. Im selben Moment, in dem sie das Wasser abdrehte, hörte sie vor dem Haus das Geräusch eines Motors sowie von Autoreifen auf Kies.

»Glenn?«, wiederholte Emily.

»Hast du schon von dem Amateurkartenspieler gehört, der achtgeben sollte, aber dann nachlässig wurde und einen König ausspielte?«

»Naheeiiin«, rief sie lachend. »Muss so ziemlich der blödeste Witz sein. Aber sag mal, ich habe draußen einen Wagen gehört. Erwartest du Besuch?«

Emily wischte erneut über die Scheibe und blickte Richtung Türspalt. Glenn war fort.

Sie spülte Shampoo und Duschgel ab und stieg aus der Dusche. Stimmen ertönten aus dem Erdgeschoss. Sie riss die Tür auf und lauschte. Glenn klang so wie im Pausenraum des Dorfladens, als Aslak gesagt hatte, dass sie schließen müssten. Unsicher und ängstlich. Emily trocknete sich rasch ab, wickelte sich ein Handtuch um den Kopf und zog den Bademantel an, der in der Tasche gelegen hatte. Dann griff sie nach ihrem Handy auf dem Waschbecken.

Sie lief die Treppe hinunter. Glenn saß mit zwei Männern im Wohnzimmer, die sie noch nie zuvor gesehen hatte. Der eine schien Mitte vierzig zu sein. Er hatte kurze blonde Haare, trug Jeans und eine Lederjacke. Der andere war jünger und hatte dunkle, mit der Maschine geschnittene Haare. Hübsch. Sowohl was Kleidung als auch was alles andere anging. Glenn hatte sich hingesetzt und fühlte sich anscheinend unwohl mit den beiden, die vor ihm standen.

»Glenn?«

Alle drei sahen zu ihr.

»Die beiden sind von der Polizei, Emily.«

»Oh«, entfuhr es ihr. »Haben Sie ihn geschnappt?«

»Wen?«, fragte der Blonde. »Sind Sie die Lebensgefährtin?«

Sie schüttelte den Kopf, trat einen Schritt ins Wohnzimmer und begrüßte die beiden mit Handschlag.

»Emily Solberg …«, sagte der Mann, der sich als Anton Brekke vorgestellt hatte. »Waren Sie das, die vorletzte Nacht die Polizei gerufen hat?«

»Ja. Ich dachte, Sie sind deswegen gekommen.«

»Die sind nicht deswegen hier«, meinte Glenn. »Die wollen wissen, wo ich am Freitag, dem 7. September, abends gewesen bin, aber ich kann mich nicht erinnern. Weißt du, ob ich spät oder früh gearbeitet habe?«

»Nein.« Emily blickte den jüngeren Polizisten an. »Wieso wollen Sie das wissen? Ist was passiert?« Sie schob Glenns Hand von der Sofalehne und setzte sich darauf. »Wenn ich das fragen darf?« Sie sah Glenn an. »Überprüf den Schichtplan auf deinem Handy.«

Mit zitternden Fingern zog Glenn sein Telefon aus der Hosentasche. Emily legte eine Hand auf seine und flüsterte: »Entspann dich.«

»Stimmt was nicht, Glenn?«, fragte der Ältere.

»Er hat einen essenziellen Tremor«, entgegnete Emily.

»Ich habe spät gearbeitet«, sagte Glenn nach einer Weile. »Von zwölf bis zwanzig Uhr.«

»Wissen Sie noch, wo Sie nach der Arbeit gewesen sind?«, fragte der Hübsche.

»Nein, aber ich bin ziemlich sicher, dass ich direkt nach Hause gefahren bin. Das tue ich meistens.«

»Sie sind nicht die Lebensgefährtin«, fragte der Blonde erneut und blickte Emily an. »Die Geliebte vielleicht?«

»Nein, nur eine Freundin«, erwiderte Emily. »Außerdem arbeiten wir zusammen.«

»Eine Freundin und Kollegin, die hier wohnt?«

»Oh.« Sie schüttelte den Kopf. »Nein, nein. Ich … oder … ich habe hier übernachtet, weil ich mich nicht getraut haben, zu Hause zu schlafen.«

»Und warum nicht? Wegen des Vorfalls an Ihrem Haus?«

Je mehr Emily über die unbehagliche Episode im Wald erzählte, desto interessierter wirkten die beiden Polizisten.

»Sie haben ihr also von dem Exhibitionisten im Weihnachtswichtelkostüm erzählt«, sagte der Hübsche zu Glenn.

»Ja.«

Die beiden Beamten blickten einander an.

»Wissen Sie, wer der Wichtel war?«, fragte der Blonde.

»Nein, sind Sie verrückt?«, sagte Glenn. »Niemand weiß das.«

»Aber Glenn«, sagte Anton Brekke, »in den letzten Tagen sind Informationen aufgetaucht, die wir 1991 noch nicht hatten.«

»Welche denn?«

Glenn starrte den Ermittler an.

»Uns wurde berichtet, dass Sie und Ihr Bruder abends öfter unterwegs waren und sich bis spät in die Nacht hinein im Dorf herumgetrieben haben.«

»Ist schon mal vorgekommen.«

»Und dass Sie das auch an dem Abend getan haben, als Malin Rekve ermordet wurde.«

»Das stimmt nicht«, wandte Glenn schnell ein. »Wir waren zu Hause.«

»Was, wenn ich Ihnen sage, dass Sie von einer Zeugin beobachtet wurden?«

»Dann lügt die Zeugin. Aber wieso fragen Sie überhaupt danach?«

»Weil vieles darauf hindeutet, dass damals während der Ermittlungen Fehler begangen wurden. Sind Sie sicher, dass Sie und Rolf an jenem Abend nicht unterwegs waren?«

»Ja.« Glenn stopfte das Handy zurück in die Hosentasche und schob die Hände unter die Oberschenkel. »Wir haben uns an dem Abend davor rausgeschlichen, aber nicht in der Nacht, als Malin umgebracht wurde.«

»Daran erinnern Sie sich also. Aber welche Schicht Sie vor einem Monat hatten, mussten Sie erst nachsehen?«

Emily wollte schon sagen, dass das nichts Ungewöhnliches sei. Dass sich so ein ernstes Geschehen auf ganz natürliche Weise im Gedächtnis festsetze. Allerdings vermutete sie, dass die Ermittler das selbst sehr genau wussten und dass es nur die Art war, wie sie ihre Arbeit machten.

Glenn gab keine Antwort.

»Glenn«, die Stimme des Blonden klang sanft, »es ist wichtig, dass Sie ganz ehrlich zu uns sind.«

»Das bin ich. Wer hat denn eigentlich behauptet, dass wir draußen unterwegs waren?«

»Das kann ich Ihnen nicht verraten. Aber die betreffende Person hat keinen Grund, deswegen zu lügen. Ich frage Sie also ein letztes Mal: Haben Sie und Ihr Bruder sich am besagten Samstagabend hinausgeschlichen?«

Glenn schüttelte den Kopf.

»Okay. Dann würde ich jetzt gern mit Ihnen über Rolf sprechen.«

»Worüber genau?«

»Über den Abend, an dem er starb. Wo waren Sie da?«

»Hier zu Hause.«

»Wissen Sie, warum er sich das Leben genommen hat?«

»Nein.«

»Haben Sie sich öfter gestritten?«

»Nein.«

»Aber wenn Sie es mal getan haben, wie schlimm konnte das werden? Kam es vor, dass Sie sich mal geprügelt haben?«

»Nur als wir klein waren.«

»Dann schätze ich mal, dass Sie gewonnen haben. Sie waren doch bestimmt immer der Größere und Stärkere?«

»Allerdings.«

»Rolf hatte an jenem Abend einen Spaten dabei. Wissen Sie, was er damit vorhatte?«

Erneutes Kopfschütteln.

»Und wenn Sie raten müssten?«

»Keine Ahnung.«

»Oder waren Sie es, der den Spaten dabeihatte, Glenn?«

»Ich soll einen Spaten dabeigehabt haben?« Glenns Stimme wurde lauter. »Ich war doch zu Hause!«

»In Ordnung. Es könnte sein, dass wir in den nächsten Tagen noch mal mit Ihnen sprechen müssen. Wenn Sie mehr über das wissen, was wir Ihrer Meinung nach vielleicht wissen möchten, dann wäre es jetzt an der Zeit, es zu erzählen. Beim nächsten Mal kann es schon zu spät sein. Ich bin nämlich nicht so sicher, dass mich dann noch interessiert, was Sie zu sagen haben. Verstehen Sie das?«

Glenn nickte und starrte zu Boden.

»Sie können sich gern meine Nummer notieren«, sagte der Hübsche zu Emily und richtete dann wieder den Blick auf Glenn. »Rufen Sie mich an, falls etwas passieren sollte, das Sie als unbehaglich empfinden.«

Emily speicherte seine Nummer unter *Magnus Polizei* auf ihrem Handy ab und legte es sich dann in den Schoß.

»Und wenn Sie möchten«, fuhr der Blonde fort, »können wir

Sie jetzt nach Hause fahren. Oder auch zu Ihren Eltern, falls Sie nicht allein sein möchten.«

»Meine Eltern wohnen in Tønsberg. Aber mir geht es gut hier bei Glenn.« Sie richtete den Blick auf Glenns ernste Miene und lächelte, aber er reagierte nicht.

»Haben Sie im Wald überhaupt irgendjemanden gesehen?«, fragte Magnus Torp.

»Nein«, erwiderte Emily. »Aber manchmal weiß man eben, dass man nicht allein ist, verstehen Sie? Und dann war das mit der Wärmepumpe. Bevor mir Glenn davon erzählt hat, wusste ich nichts von diesem Exhibitionisten, und das war nach der Sache im Wald. Aber wenn hier in den Neunzigerjahren so ein Irrer rumgerannt ist, tja … weswegen sollte es nicht noch einmal passieren?«

»Die Sache im Wald möchte ich für sich genommen erst mal nicht überbewerten«, sagte Magnus »Das mit der Wärmepumpe interessiert mich viel mehr, denn es scheint ja kein Zweifel daran zu bestehen, dass da jemand gewesen ist. Nicht wahr, Anton?«

»Ja. Das im Wald kann irgendwas gewesen sein.« Anton sah Glenn an. »Wenn ich ganz ehrlich bin, glaube ich eigentlich, dass es diesen Wichtel nicht mehr gibt. Was meinen Sie, Glenn?«

Glenn zuckte mit den Schultern und sagte: »Es ist ja so lange her, dass er zum letzten Mal gesehen wurde, vielleicht gibt es ihn wirklich nicht mehr.«

Glenn blieb sitzen, bis die Polizisten gegangen waren und der Wagen draußen angelassen wurde. Er stand auf, trat ans Fenster und blieb dort stehen, bis sie losgefahren und aus seinem Blick verschwunden waren.

»Fandest du ihn hübsch?«, fragte Glenn, ohne sich umzudrehen. »Den jungen Bullen?«

Emily grinste. »Nein?«

»Du hast seine Nummer abgespeichert.«

»Aber doch nur, damit ich ihn anrufen kann, falls wieder was passiert. Das ist doch viel besser. Jetzt ist da einer, den ich ansprechen kann.«

»Du kannst auch mich anrufen. Ich komme schneller als der da.«

»Ich verspreche, dass ich dich anrufe, bevor ich mich bei ihm melde.«

»Ich glaub, er mochte dich.«

»Wieso denkst du das?«

»Weil es so schien, als wollte er nicht, dass du hier bist. Er hat ja sogar gesagt, dass er dich zu deinen Eltern fahren könnte.«

»Aber Glenn …« Emily seufzte. »Die …«

»Hättest du dich auf ein Date mit ihm eingelassen?«, fiel ihr Glenn ins Wort und wandte sich um. »Wenn er dich gefragt hätte?«

»Er hätte die gleiche Antwort wie du bekommen.«

»Ist das wirklich wahr?«

»Ich glaube, ich hätte ihm überhaupt nicht geantwortet.«

Der kleine Mund in Glenns Riesengesicht formte sich zu einem Lächeln.

»Wieso bist du eigentlich so nervös geworden?«

Glenn wurde wieder ernst. »Ich weiß nicht.«

»War da was dran?«, fragte Emily und erhob sich von der Armlehne.

»Ich habe heute ganz vergessen zu sagen, dass ich dich gernhabe.«

»Aber nein«, erwiderte Emily. »Das hast du heute Morgen gesagt. Aber da war was dran an dem, was sie gesagt haben, oder?«

Emily sah ihn abwartend an, doch Glenn stand nur reglos da.

»Als du mir vorgestern die Hütte gezeigt hast«, fuhr Emily fort, »da hattest du auch einen Spaten bei dir.«

»Ja …«
»Was wolltest du denn damit?«
Er sah wieder weg. Blickte zur Straße hinaus.
»Glenn … ich glaube, ich sollte jetzt mal nach Hause fahren.«
»Ich wünschte, Rolf wäre hier.«
»Wieso das?«
»Weil er gewusst hätte, was wir tun sollen.«

KAPITEL 62

Donnerstag, 11. Oktober

»Das ist ja das Schlimmste, was ich je gehört habe.« Roger stand hinter dem Tresen der Tankstelle und sah Aslak Rød mit offenem Mund an. Dessen Blick wich zur Seite aus. Er starrte auf die Regale mit der Schokolade. »Aber er muss sie ja platt drücken?«

Aslak Rød verzog das Gesicht. »Keine Details, bitte.«

Roger senkte die Stimme. Als ob nicht nur sie beide anwesend wären, sondern eine ganze Fußballmannschaft.

»Natürlich vögeln die. Überleg mal, wie viel Pulver Glenn in sich aufgestaut hat, nach all den Jahren im unfreiwilligen Zölibat. Armes Mädchen. Vermutlich brutzelt sie wie Bacon in der Pfanne.«

»Roger. Es reicht.«

»Mir wird ganz übel.« Roger drückte sich den Handrücken auf den Mund. »Bei der Nummer fange ich beinahe an zu kotzen.«

»Ich kann nicht mal einen von beiden rausschmeißen. Da kriege ich sofort Ärger mit der Gewerkschaft«, meinte Aslak Rød.

»'ne Wurst?«

»Hm.« Aslak Rød spähte auf den Wurstkocher. »Liegen die da schon seit heute Morgen?«

»Aber nein. Erst seit zwei Stunden.«

»Dann zwei im Brot. Mit ordentlich Röstzwiebeln.«

Aslak Rød ging in die andere Ecke des Verkaufsraums, griff nach einem Hocker und zog ihn zu sich heran, wodurch ein kreischendes Geräusch entstand. Er setzte sich an die Theke und nahm die beiden Würstchen im Brot entgegen. Er roch an den Zwiebeln und nahm einen großen, krachenden Bissen. Er kaute, schluckte, drehte die erste Wurst herum und biss das andere Ende ab.

»Ab sofort erwarte ich, dass du deine Würstchen bei mir kaufst.«

»Machst du die jetzt selbst?«

»Nein, aber sie werden natürlich absolut erstklassig sein. Wie alles andere.«

»Wie geht's denn voran da drinnen?« Roger sah zum Laden auf der gegenüberliegenden Straßenseite. »Schafft ihr es, bis Montag fertig zu werden?«

»Ja. Ich hab Glenn noch nie so arbeiten sehen wie heute. Die reinste Maschine. Ein Tier, Roger. Hat die Wand eingerissen, als hätte sie aus Pappe bestanden.«

»Nicht weiter verwunderlich. Er wollte wohl schnell fertig werden, damit sie wieder nach Hause konnten.«

Aslak Rød kaute langsam weiter und sagte: »Glaubst du wirklich, dass die vögeln?«

»Wie Kaninchen.«

Aslak Rød biss erneut ab. Seine Kiefer arbeiteten schneller, während er auf den Kocher deutete und noch zwei Würste orderte. Roger nahm ein Papier, griff damit nach einem Brötchen und spähte in den Kocher. Dann kratzte er sich mit zwei Fingern seinen Backenbart, sah Aslak Rød an und fragte: »Weißt du, ob sie auch heute dort übernachtet?«

Hinter der verschlossenen Badezimmertür hockte Emily und packte ihre Tasche. Sie nahm ihre Flaschen aus der Dusche, legte sie zusammen mit der Zahnbürste in die Kulturtasche und sprühte sich dann Deodorant in die Achselhöhlen. Sie rollte den Bademantel zusammen und legte ihn obenauf in die Tasche. Gerade als sie den Reißverschluss zuziehen wollte, hörte sie schnelle schwere Schritte auf der Treppe. Die von Feuchtigkeit beschädigten Parkettbretter knirschten. Emily bückte sich zu dem Spalt unter der Tür hinunter. Niemand zu sehen. Die Schritte setzten sich in die andere Richtung fort. Nach ein paar Sekunden kamen sie zurück. Neues Knirschen. Dann wieder Geräusche auf der Treppe. Emily richtete sich auf und legte das Ohr an die Tür. Unten war jemand an der Haustür zu hören. Sie trat an die Toilette, klappte den Deckel herunter und kletterte hinauf. Sie hielt sich am Wasserbehälter fest und schaute aus dem kleinen Fenster, das auf den Hof hinausging. Glenn ging an seinem Wagen vorbei und bewegte sich weiter zur Straße.

Emily rannte die Treppe hinunter, zog sich im Flur die Schuhe an und öffnete die Haustür. Glenn überquerte gerade die Straße. Emily ging hinaus, spähte zu ihm hinüber und hielt sich auf dem Rasen, um keine Geräusche zu verursachen. Am Ende des Hofes ging sie langsamer. Glenn bewegte sich in den Wald hinein, auf der anderen Seite der Landstraße 865. Er hielt einen Spaten in der Hand.

KAPITEL 63

Donnerstag, 11. Oktober

Die Dämmerung hatte eingesetzt. Am Horizont oberhalb der Bäume schien der Himmel in Flammen zu stehen.

Anton und Magnus hatten auf dem Seitenstreifen nahe beim Sportverein geparkt. Jetzt standen sie neben dem Wagen und sahen quer über den See zum Gutshof Locke hinüber. Die Beleuchtung rund um das Grundstück hatte sich eben eingeschaltet.

»Was hat Harald deiner Meinung nach an Adrian Locke so interessant gefunden?«, fragte Anton.

»Ich bin mir da nicht sicher«, erwiderte Magnus. »Aber ich glaube, dass wir ein gutes Stück weitergekommen sind.«

»Mit Glenn?«

»Ja. Essenzieller Tremor hin oder her. Er hat aber nur deshalb gezittert, weil alles, was er gesagt hat, dummes Zeug ist.«

»Er sagt nicht die Wahrheit, nein. Aber die Freundin muss das auch kapiert haben.« Anton bewegte sich einen Schritt in Richtung Straßengraben und starrte angestrengt das Gras an. »Was mich allerdings stört, ist, dass Harald eine ganz andere Richtung eingeschlagen hatte.«

»Das wissen wir doch gar nicht.«

»Doch. Weil er zweiundzwanzigmal versucht hat, Adrian Locke zu erreichen. Und weil er ihn bei der Livesendung im Studio dabeihaben wollte. Eine Livesendung, die laut Kristian Bolstad alle Fragen beantworten sollte.«

Anton entfernte sich wieder von dem Graben, stellte sich an die Beifahrertür und spähte über das Autodach.

»Adrian und seine Frau sind am Sonntag nach Aremark gekommen. Das hat mir Paul erzählt. Und was ist hier am Sonntag passiert, Torp?«

»Jemand hat Emily Solberg nachspioniert … Meinst du, dass Harald vielleicht beide Fälle gelöst hat?«

»Torp, die Sache ist die: Wenn es sich bei dem Exhibitionisten um Rolf Ramm handelte, dann hat, wie der Lensmann schon vermutete, dieses schwedische Mädchen im Jahr 1987 alles nur erfunden. Die Zwillinge waren damals nämlich erst acht. Was wiederum bedeutet, dass die Geschichte am Knivtjern nur ein schlechter Scherz von jemandem war, der nie gewagt hat, irgendwem davon zu erzählen. Ergo: Die erste Theorie des Lensmanns ist richtig. Aber was anderes: Du hast vorhin vier oder fünf Stunden gebraucht, um die dreißig verschiedenen Aussagen der Jugendlichen zu lesen, die damals am Knivtjern dabei waren. Bis jetzt hast du nichts dazu gesagt. Wieso?«

»Ich habe nichts gelesen, was mir besonders aufgefallen ist. Allerdings wusste ich auch nicht, dass ich auf etwas Bestimmtes hätte reagieren sollen. Aber jetzt weiß ich, dass da offenbar etwas war.«

»Denk genau nach, Torp. Und nimm alle Aspekte in die Gleichung mit auf.«

Magnus blickte auf die Straße, dann auf das Wasser und schließlich wieder hinüber zum Gutshof Locke.

»Die Uhr tickt«, sagte Anton.

»Adrian Locke? Er taucht in den Papieren über den Knivtjern-Fall gar nicht auf. Wurde er nicht vernommen?«

»Adrian lag an jenem Abend krank zu Hause. Jedenfalls hat der Lensmann mir das erzählt, als ich ihn fragte, wieso er nicht vernommen worden war. Es war ja logisch, dass ein lokaler Star wie Adrian an so einem großen Fest teilgenommen hätte. Vermutlich wäre er auch dort der Mittelpunkt gewesen.«

»Wie schaffst du das eigentlich, dich an all diese Details zu erinnern?«

»Du klingst so, als wäre das positiv.« Anton setzte ein schiefes Lächeln auf. »Ist es aber nicht unbedingt. Weil es nämlich meist nur diese Art von Informationen sind, die ich mir merken kann. Aber egal. Ich habe diese Mappe 1991 gelesen. Harald übrigens auch.«

»Und was hat er damals gesagt?«

»Er hat Adrian ausgequetscht. Aber der sagte das Gleiche wie der Lensmann – dass er krank gewesen sei. Seine Eltern haben es bestätigt. Das kann natürlich stimmen, aber wenn er nicht krank war …«

»Er wird anscheinend gern krank, wenn er kein anderes Alibi hat. Er war doch auch krank, als Malin ermordet wurde, oder?«

»In der Tat …«

»Wie alt war Adrian 1991?«

»Zwanzig.«

»Woraus folgt, dass er im Jahr 1987 sechzehn war. Haben seine Eltern womöglich gelogen, um ihn zu beschützen?«

»Das ist selbstverständlich möglich. Niemand lügt so gut wie Eltern. Und weißt du auch warum?«

»Weil sie selbst daran glauben«, erwiderte Magnus. »Sie weigern sich zu glauben, dass ihre Sprösslinge irgendetwas angestellt haben könnten.«

»Exakt. Und taucht die Variable X jetzt in deinem Rechenstück auf?«

»Ich glaube schon.« Magnus lehnte sich an den Wagen, verschränkte die Arme vor der Brust und spähte zum Sportverein hoch, der hinter den Bäumen lag. Ein älterer Mann am Steuer eines langsam fahrenden Wagens sah neugierig zu ihnen hinüber und fuhr dann weiter. »Harald hat doch gesagt, der Exhibitionist und der Mörder seien zwei verschiedene Personen.«

»Drei Dinge waren laut Harald damals bombensicher«, entgegnete Anton. »Erstens das, was du eben gesagt hast. Zweitens, dass Adrian gelogen hat – wobei wir nie herausfinden konnten, in welcher Hinsicht. Und das dritte weißt du ohnehin.«

»Espen Skaar.«

»Ja. Die Variable, die am Ende Espen Skaar hieß, war falsch, wie wir heute wissen. Damit war auch die *Lösung* falsch, was wiederum bedeutet, dass auch die anderen Variablen falsch gewesen sein können. Und daraus folgt, dass Haralds komplette Berechnung wertlos ist. Es spricht nämlich überhaupt nichts dagegen, dass Malins Mörder der Mann im Wichtelkostüm ist. Das habe ich schon damals gedacht.« Anton öffnete die Beifahrertür und setzte sich in den Wagen, ließ die Füße aber weiter auf der Straße stehen. »Und wie weiter, Torp?«

»Okay, eine weitere Variante: 1988 war Adrian nicht krank. Der Vorfall am Missionszentrum sechs Monate zuvor ist tatsächlich passiert, Knivtjern war kein Scherz, und er stand hinter den Episoden 93, 94 und 96. Und dann hat er einfach aufgehört?«

»Wir wissen nicht, ob er es vielleicht an anderen Orten getan hat.« Anton zog sein Handy hervor. »Sieh mal hier.«

Er rief ein PDF auf, das einen alten Artikel aus dem *Halden Arbeiderblad* enthielt. Er zeigte ein Foto des jungen Adrian Locke, der an einem Computerbildschirm mit verschiedenen Grafiken saß. Die Überschrift lautete: PRINZ VON AREMARK VERDIENT 100 MILLIONEN AN DER BÖRSE.

»Heute ist er Milliardär«, sagte Magnus.

»Er war sehr geschickt, kein Zweifel. Er hat die platzende IT-

Blase vorausgesehen. Als alle anderen Geld verloren, verdiente er an fallenden Aktienkursen. Dann hat er neue Investitionen getätigt, wobei einige sicher besser waren als andere, aber den Vogel abgeschossen hat er dann mit Algeta.«

»Was ist das?«

»Eine norwegische Arzneimittelfirma, die von der deutschen Bayer aufgekauft wurde. Adrian war der größte private Teilhaber. Er wurde dadurch so megareich und unangreifbar, wie man es in diesem Land allenfalls als Politiker werden kann. Und seitdem ist seine Geldbörse nur immer dicker und dicker geworden. Aber egal. Lies den Artikel zu Ende.«

Während Magnus las, erzählte Anton, dass er diese Informationen gegoogelt habe, während sie im Polizeigebäude in Halden gesessen hatten. Abgesehen davon gebe es kaum Interviews, die mit Adrian persönlich geführt worden waren. Die meisten Einträge bezögen sich auf den Bereich Entwicklungshilfe und die Locke-Stiftung.

»Hier steht, dass er nach Oslo zieht und dass er und seine Frau ein Haus auf Bygdøy gekauft haben.«

»Und jetzt schau mal, wann der Artikel erschienen ist.«

»Oktober 1996 …« Magnus gab Anton das Handy zurück.

»1996 war das Jahr, in dem der Exhibitionist hier unten zum letzten Mal zugeschlagen hat.«

»So langsam näherst du dich der einen Variablen.«

»Und dann ist er am Sonntag hergekommen, um seinen Herbsturlaub in Aremark zu verbringen.« Magnus bestätigte seine eigene Schlussfolgerung mit einem Nicken. »Und am selben Abend spioniert jemand Emily Solberg aus, die nackt in der Badewanne liegt.« Er wandte sich um und sah zum Gutshof hinüber. Die orangen Flammen am Horizont waren erloschen. »Wir fahren jetzt da hin.«

»Nein.«

»Warum nicht?«, fragte Magnus enttäuscht. »Das ist doch kein Zufall. Kann es nicht sein.«

»Bravo, sehr gut! Du hast Variable X gefunden. Nur hast du dabei leider Y vergessen.«

»Y? Wovon redest du?«

»Gesetzt den Fall, das alles stimmt. Dann können ihm seine Eltern ein falsches Alibi für den Abend gegeben haben, an dem Malin starb.«

»Ja! Genau deshalb sollten wir jetzt dahin fahren.«

»Y ist vermutlich Glenn oder Rolf Ramm, Torp. Okay, wir haben genug, um Adrian damit konfrontieren zu können, aber das werden wir nicht tun. Wir belassen es erst mal dabei. Ich werde auf dem Rückweg Skulstad anrufen und ihm alles durchgeben, was wir haben. Und sobald er mit dem Distrikt Øst gesprochen hat, werden die Ermittlungen zum Tod von Malin wieder aufgenommen. Dann *müssen* sie sich auch Haralds Tod näher ansehen. Denn der hat uns hierhergeführt.«

»Wir können doch jetzt nicht aufgeben?«

»Wir können, wir müssen, und wir werden. Wenn wir jetzt weitermachen, wird das gegen uns verwendet. Besonders dann, wenn Adrian Locke seine Anwälte einschaltet. Er hat alles Geld der Welt, Torp. Folge ich jetzt nicht den Regeln, ist nicht sicher, ob der Fall überhaupt vor Gericht landet. Steig ein.«

»Aber w…«

»Nein«, unterbrach Anton. »Kein *Aber*. Wir sind hier fertig. Noch vor Mitternacht wird dieser Fall wieder geöffnet. Und zwar von neuen Ermittlern, denen man keine Voreingenommenheit vorwerfen kann. Und wir fahren jetzt nach Hause.«

KAPITEL 64

Donnerstag, 11. Oktober

»Er ist zurück. Der Typ, der damals noch ein junger Bulle war. Erinnerst du dich?«

Glenn stand hinter der Hütte und redete mit sich selbst. Er lief ein paar Schritte hin und her, ehe er sich auf das Hüttendach setzte, das fast nahtlos in den Abhang überging. Er lehnte sich an den Spaten und starrte auf den Boden. Hinter einem Busch hockte Emily und hielt den Atem an. Sie nahm ihr Handy hervor, um zu überprüfen, dass der Ton ausgeschaltet war. Der Empfang schwankte zwischen null und einem Strich.

Glenn beugte sich leicht vor und sagte mit lauter Stimme: »Sie sagten, dass sie vielleicht zurückkommen würden.«

Er stand auf und zog den Spaten über den Boden hinter sich her. Dann rammte er ihn in die Erde und fing an zu graben. Er wischte sich die Stirn an der Schulter ab, spähte durch die Bäume auf den grauen Abendhimmel und grub weiter, ehe er schließlich den Spaten fallen ließ. Dann sank er auf die Knie und wühlte mit beiden Händen in der Erde. Emily machte sich ganz klein und bewegte sich mit Minischritten und gebeugtem Nacken vorsichtig weiter, während sie zu erkennen versuchte, was er da trieb.

Glenn kam wieder auf die Beine. In den Händen hielt er einen kleinen Kasten. Er setzte sich wieder auf das Hüttendach, zog die Beine an und legte sich den Kasten auf den Schoß. Er öffnete den Deckel. Es klirrte und raschelte, als er darin herumwühlte. Er nahm etwas heraus und hielt es in der Hand, doch Emily konnte nicht erkennen, was es war. Er stellte den Kasten neben sich auf den Boden, lief ein paar Schritte hin und her, ging zum nächsten Baum und stützte sich mit der Hand daran ab. Er ließ den Kopf sinken, machte plötzlich drei Riesensprünge und war wieder neben dem Kasten. Ein leises Geräusch von Metall auf Metall, als er den Deckel schloss. Wieder ging er auf die Knie, legte den Kasten zurück in das Loch, schaufelte Erde darüber und klopfte sie mit dem Spatenblatt fest.

Emily wartete, bis Glenn gegangen war. Mit schnellen Schritten lief sie zur Rückseite der Hütte. Deutlich erkannte sie, wo er den Spaten angesetzt hatte. Sie hockte sich hin und fing mit bloßen Händen an zu graben, spürte, wie sich feuchte Erde an die Finger heftete und unter den Nägeln sammelte.

In knapp dreißig Zentimetern Tiefe stießen ihre Finger auf Metall. Sie grub kräftiger, fegte die Erde beiseite, griff nach dem Kasten und nahm ihn heraus.

Er enthielt eine Plastiktüte. Emily öffnete sie, fischte ihr Handy aus der Hosentasche und schaltete die Taschenlampe ein. Auf den ersten Blick sah alles nach Schrott und Müll aus. Wie eine der Schachteln, die sie zu Hause auf dem Dachboden liegen hatte. Eine Schachtel, in die sie Dinge legte, weil sie glaubte, sie eines Tages wieder gebrauchen zu können, die sie aber genauso gut auch hätte wegwerfen können.

Als Erstes fiel ihr ein Zippo-Feuerzeug mit der amerikanischen Flagge in die Hände. Sie ließ es wieder fallen, steckte die Hand abermals in die Tüte und griff nach dem Erstbesten. Anscheinend eine Seite, die aus einem alten Pornoheft herausgerissen war. Emily leuchtete in die Tüte. Es mussten etwa zwanzig oder dreißig Doppelseiten mit nackten Frauen sein. Sie kramte weiter.

Eine Perlenkette und ein Silberarmband mit eingraviertem

Namen. Sie nahm beides heraus. Das Armband erinnerte an das, was ihr jüngerer Bruder von Tante und Onkel zur Taufe bekommen hatte. Emily legte es zurück, leuchtete abermals in die Tüte und steckte ihr halbes Gesicht in die Öffnung. Sie sah zwei Goldringe und eine kleine Schmuckschatulle, nahm sie heraus und öffnete sie. Das Licht ihres Handys ließ die Steine auf dem Schmuckstück glitzern. Emily klappte die Schatulle wieder zu und ließ sie in die Tüte fallen.

Es war Diebesgut. Deswegen war Glenn so nervös geworden. Darum musste es gegangen sein, als Aslak gesagt hatte, Glenn sei nicht immer nett gewesen. Sie schaltete die Taschenlampe aus und rief *Magnus Polizei* auf dem Handy auf.

Irgendwo knackte ein Zweig. Genau wie tags zuvor oben im Wald. Ein Zittern kroch Emily von den Händen und durch die Arme bis zum Herzen, das den Taktschlag zu ändern schien. Sie erschauderte.

Dieses Mal musste sie sich nicht umdrehen, um nachzuschauen, ob da jemand war. Denn sie spürte bereits Glenns Atem im Nacken.

Völlig außer Atem stellte er sich vor sie. In der Hand hielt er ein Messer.

»Ich habe deinen Geruch wahrgenommen«, sagte er. »Von deinem Duschgel. Das riecht so gut.«

KAPITEL 65

Donnerstag, 11. Oktober

»Überleg mal, was dich jetzt alles erwartet«, sagte Magnus. »Mit so was warst du doch nie zuvor beschäftigt, oder?«

Anton hatte die Augen geschlossen. Seine Finger krallten sich an den Haltegriff über der Tür. Im Radio wurde ein Popsong gespielt, den er unzählige Male gehört hatte, an dessen Namen er sich aber nicht erinnerte.

»Auf mich wartet gar nichts«, entgegnete Anton.

»Aber sicher doch. Espen Skaar? Sobald du mit Skulstad gesprochen hast, geht die Nachricht raus. Chaos vorprogrammiert. Vermutlich wird es Streit darum geben, wer sich um die Wiedergutmachung kümmern darf.«

»Ich habe nichts damit zu tun, Torp.«

»Ich weiß, aber du warst ja mittendrin in dem Fall. Und Harald ist nicht mehr da. Also bekommst du die Verantwortung.«

»Das wird sich schon regeln. Außerdem w…«

Magnus' Handy klingelte. Eine Nummer, die er nicht gespeichert hatte, wurde auf dem Display angezeigt. Er drückte auf eine Taste am Lenkrad und meldete sich: »Torp.« Aus den Lautsprechern kam nur ein schwaches Rauschen.

»Hallo?« Er blickte auf das Display. Die Verbindung war nicht unterbrochen. Ein paar Sekunden vergingen. »Hallo?«

Magnus wollte schon auflegen, als Anton die Hand hob und sagte: »Stell mal lauter.«

Magnus drehte die Lautstärke hoch. Weit entfernte Stimmen waren zu hören. Als ob das Telefon in einer Hosentasche steckte. Anton drehte den Ton noch lauter.

»… altes Blut, oder? Das ist das Blut des Mädchens, das hier ermordet wurde.«

Anton und Magnus wechselten einen schnellen Blick.

»Was hast du getan, Glenn?«

»Das ist Emily Solberg«, sagte Magnus.

Anton musste sich am Armaturenbrett abstützen, als Magnus den Fuß auf die Bremse rammte. Der Wagen schaltete in einer Sekunde komplett herunter. Mit beiden Händen riss Magnus das Lenkrad herum.

»Du hast ja fast nichts an«, sagte Glenn.

»Glenn. Was hast du getan?«

»Wir gehen in die Hütte.«

Der Motor heulte auf. Anton wurde in den Sitz gedrückt.

»Die sind an der Steinhütte.« Anton spitzte erneut die Ohren.

»Antworte mir, Glenn«, sagte Emily.

»Ich wollte dir das Kästchen eigentlich zeigen, als wir hier oben waren. Aber dann habe ich es mir anders überlegt.«

»Was hast du getan?«, rief Emily verzweifelt. *»Leg das Messer weg, Glenn. Glenn!«*

»Gib Meldung an die Einsatzzentrale«, sagte Magnus.

»Mach ich. Aber das dauert 'ne Ewigkeit, bis die da oben sind.« Anton legte das Ohr an den Lautsprecher, lauschte konzentriert, hörte aber nichts anderes als den Motor auf Hochtouren.

»Scheiße! Scheiße! Scheiße!«

»Anton …«

Magnus zeigte auf das Display. Die Verbindung war unterbrochen.

KAPITEL 66

Donnerstag, 11. Oktober

Magnus fuhr in den holprigen Waldweg hinein, bis die Vegetation sie am Weiterkommen hinderte. Sobald er den Motor ausgeschaltet und den Schlüssel abgezogen hatte, war es fast völlig dunkel.

»Licht?«, sagte Magnus.

»Nimm die Taschenlampe mit, aber schalte sie nicht ein.«

Anton erhob sich vom Beifahrersitz und griff nach der Taschenlampe und dem Holster mit seiner Waffe. Als er den Pistolenkolben in der Hand hielt, zog er den Schlitten zurück. Ein metallisches Klicken ertönte. Anton wartete, bis Magnus neben ihm war, dann gingen sie gemeinsam die Anhöhe hinauf. Eine Eule rief. Dann noch eine. Als ob sie einander davor warnten, dass sich jemand näherte.

»Ich sehe fast nichts«, sagte Magnus leise.

»Ich auch nicht. Halt dich hinter mir.«

Magnus ließ Anton einen Schritt vorgehen.

Der blieb alle fünf Meter stehen, um nach Stimmen oder Bewegungen zu lauschen, doch nur das Schweigen des Waldes umgab sie. Langsam gewöhnten sich die Augen an die Dunkelheit, aber es gab nichts, worauf sie ihren Blick hätten richten können.

Sie stapften ein paar Minuten weiter, bis Anton unsicher wurde. Hatte der Weg zur Hütte so weit hinaufgeführt? Er blieb stehen, drehte sich einmal um die eigene Achse und fluchte leise.

»Warte mal«, flüsterte Magnus. »Hörst du das?«

Es waren leise Stimmen. Eine helle und eine dunkle. Anton lief langsam, aber zielstrebig auf die Stimmen zu, hob die Pistole ein Stück an und bahnte sich mit der freien Hand einen Weg durch die Vegetation.

Da. Anton ging in die Hocke. Magnus folgte seinem Beispiel. Sie spähten auf den offenen Platz vor der Hütte. Damals hatte es hier Spuren von Glenn und Rolf Ramm im Schnee gegeben. Anton richtete den Blick auf die geöffnete Tür. Ein Spaten stand gleich daneben. Die Stimmen kamen aus dem Inneren der Hütte.

»Licht«, flüsterte Anton.

Magnus gab ihm die Taschenlampe. Falls Glenn Ramm jetzt aus der Tür schaute, würde er sie entdecken. In den wenigen Sekunden, die sie von ihrem Standort bis zur Hüttentür brauchten, könnte Glenn unermesslichen Schaden anrichten.

»Was machen wir?«, fragte Magnus leise. »Auf Delta warten?«

»Die sind frühestens in einer Stunde hier.«

»Gibt es auf der anderen Seite noch weitere Fenster?«

»Ich glaube nicht.« Anton überlegte, dachte an die Fotos vom Tatort, die er sich am Tag zuvor sowie am Vormittag angesehen hatte. »Wir wagen es.«

Er machte sich so klein wie möglich und rannte mit vorsichtigen Schritten los. Er drehte sich nicht um, hörte aber Magnus gleich hinter sich. Sie folgten dem äußeren Rand des offenen Platzes, wurden langsamer, je näher sie an die Hütte herankamen. An der einen Ecke des Platzes blieben sie stehen. Anton tippte Magnus mit einem Finger auf die Brust und zeigte dann auf den Boden. Magnus nickte. Anton bückte sich, drückte den Rücken an die Wand und glitt unter das Fenster neben der Tür.

»… ich will nach Hause«, sagte Emily Solberg. »Warum kannst du nicht einfach das Messer weglegen?«

»Das kann ich nicht«, erwiderte Glenn Ramm. »Ich hatte mir geschworen, es niemandem zu zeigen oder davon zu erzählen. Nicht, ehe ich jemanden hätte, dem ich vertrauen kann. Wie einer Liebsten.«

»Wolltest du es mir deshalb am Dienstag zeigen? Als du den Spaten mit hierhergebracht hast?«

»Ja. Aber dann wolltest du ja nicht.«

»Ich wollte was nicht?«

»Meine Liebste werden.«

»Das habe ich nicht gesagt, Glenn«, schluchzte sie. »Ich sagte, dass du vielleicht ein wenig zu alt wärst, aber mein Gott, natürlich können wir ein Date ausmachen.«

»Das sagst du doch jetzt nur, Emily. *So* dumm bin ich nicht.«

»Ab…«

»Weißt du«, unterbrach Glenn sie, »abgesehen von Mama und Papa gibt's eigentlich nur drei Menschen, die jemals nett zu mir waren. Rolf. Du …«

Er verstummte. Irgendwo schabte etwas. Stahl auf Holz. Wie ein Messer, das über einen Tisch gezogen wurde.

»Und wer ist der dritte?«, fragte Emily.

»Malin. Sie ist immer stehen geblieben, wenn sie vorbeilief und ich im Garten war. Hat mich gefragt, wie es mir geht und so.«

Anton hob die Pistole und die Taschenlampe. Er verstärkte den Griff um beides und trat einen Schritt zur Seite, während er sich gleichzeitig umdrehte und die Lampe einschaltete. Das Innere der Hütte wurde in helles Licht getaucht. Glenn saß dicht neben Emily auf der Steinbank. In der Hand, die auf dem alten Holztisch ruhte, hielt er ein Tapetenmesser.

»Polizei!«, rief Anton. »Wir sind bewaffnet. Messer fallen lassen!« Er trat einen Schritt vor und brüllte mit Nachdruck: »Messer fallen lassen!«

Glenns zitternde Hand presste sich um den Schaft. Anton richtete den Lichtstrahl auf Glenns Gesicht. Seine Stirn und seine Wangen glänzten.

»Torp!«, rief Anton.

Schwere Schritte näherten sich. Magnus trat ein und stellte sich neben ihn. Anton sah ihn im Augenwinkel und nickte Emily zu.

»Glenn«, sagte Anton. »Sie müssen jetzt das Messer weglegen.«

»Ich kann nicht.« Glenn schüttelte energisch den Kopf. »Es geht nicht.«

»Doch«, sagte Anton und ließ den Lichtstrahl auf den Tisch sinken. Auf den ersten Blick hätte das Messer rostig sein können, doch die Farbe war zu dunkel. Es war altes, getrocknetes Blut. »Sehen Sie mich an, Glenn.«

Glenn hob den Kopf. Im Licht der Taschenlampe kniff er die Augen zusammen.

»Ich halte eine geladene Pistole in der Hand, und ich mache mir Sorgen um Emily. Anders ausgedrückt: Wenn Sie das Messer nicht fallen lassen, schieße ich auf Sie.« Er hob die Lampe wieder an, blendete Glenn und machte einen winzigen Schritt vorwärts. Dann ließ er den Lichtstrahl abermals sinken. »Verstehen Sie das, Glenn?«

»Der Kasten ist das Einzige, was mir von Rolf noch geblieben ist.«

»Welcher Kasten?«

»Der hier vergraben ist. Den Emily gefunden hat.«

»Was ist denn in dem Kasten, Glenn?«

»Geheimnisse. Unsere Geheimnisse.«

»Was für Geheimnisse?«

»Eigentlich alle möglichen.« Glenn klopfte mit dem Messer leicht auf den Tisch. »Ich will nicht ins Gefängnis, Brekke.«

»Warum sollten Sie ins Gefängnis kommen, Glenn?«

»Wegen dem, was wir getan haben. Und da Rolf tot ist, muss ich die Schuld allein übernehmen.«

Diskret streckte Anton den Zeigefinger aus. Magnus verstand den Wink und bewegte sich zentimeterweise weiter.

»Möchten Sie mir davon erzählen?«, sagte Anton. »Von dem, was Sie und Rolf getan haben?«

»Nein.«

»Verstehen Sie, dass ich schießen muss, wenn Sie das Messer nicht weglegen? Möchten Sie das, Glenn? Wollen Sie deshalb nicht tun, was ich sage?«

Glenns Gesicht war über den Tisch geneigt. Er verdrehte die Augen und blickte Anton dann an.

»Nein, das möchte ich nicht.«

»Ich bin schon vielen Menschen begegnet, die etwas getan hatten und wünschten, sie hätten es nicht getan, und die dann glaubten, es gäbe keinen Ausweg. Aber es gibt eine Lösung, Glenn.«

Glenn zuckte mit den Schultern.

»Wir werden diese Hütte gemeinsam verlassen. Auf die eine oder auf die andere Art. Sie haben die Wahl.«

Glenn schabte mit der Messerspitze über das Holz des Tisches.

»Der Kollege hier neben mir heißt übrigens Magnus Torp. Erinnern Sie sich an ihn?«

»Ja.«

Antons Blick fiel wieder auf das Messer.

»Darf er Emily nach draußen bringen? Denn es geht ihr nicht so gut, wie Sie sehen können, wenn Sie sie anschauen.«

»In Ordnung.«

Anton trat noch einen Schritt näher und richtete die Pistole auf Glenns Brust. Magnus war fast bei Emily, als Anton ihn aufforderte, sie hinauszubringen. Magnus legte den Arm um sie.

»Hören Sie mich, Emily?«, fragte Magnus.

»Ja …«, erwiderte sie mit heiserer Stimme.

Sie stand auf und lehnte sich an Magnus.

»Emily«, sagte Glenn.

»Gehen Sie einfach weiter«, sagte Anton. »Nicht stehen bleiben.«

Im nächsten Augenblick waren Anton und Glenn allein. Anton atmete auf und setzte sich ans Ende der Bank. Er hielt die Pistole und die Taschenlampe weiter auf Glenn gerichtet.

»Werde ich sie wiedersehen?«, fragte Glenn.

»Darüber habe ich nicht zu entscheiden. Aber wenn sie das will, spricht nichts dagegen.«

Mit einem Finger ließ Glenn das Messer auf dem Tisch kreisen, als spielte er Flaschendrehen. Es drehte sich ein paarmal, ehe es zur Ruhe kam. Die Klinge zeigte auf Anton.

»Wollen wir eine Abmachung treffen, Glenn?«

»Welche denn?«

»Wenn ich das Messer bekomme, werde ich alles Erdenkliche tun, damit Sie Emily wiedersehen können. Ich glaube nämlich, dass sie Ihnen viel bedeutet.«

»Würden Sie das für mich tun?«

»Ja.«

Langsam schob Glenn das Messer über den Tisch, streckte den Arm aus und schob es die letzten Zentimeter zu Anton hinüber. Dann richtete er seinen massigen Oberkörper wieder auf und faltete die großen Pranken auf dem Tisch. Anton nahm das Messer und schob es bis zum Anschlag zurück in den Schaft.

»Das ist das Messer, mit dem Malin Rekve ermordet wurde, oder?«

Glenn nickte.

KAPITEL 67

Freitag, 12. Oktober

»Geht's euch gut?«, fragte Anton.

Er lag auf dem Sofa und unterhielt sich über FaceTime mit seinem Sohn. Sowohl Alexander als auch Birthe waren auf dem Bildschirm zu sehen. Sie gingen einen Kiesweg entlang.

»Ja«, erwiderte Alexander, während seine Freundin gleichzeitig nickte. »Wir waren beim Kiosk und haben Süßigkeiten gekauft«, sagte sie und hielt eine Tüte in die Kamera. »Und, hast du deine Urlaubswoche genossen?«

»Ich musste doch wieder arbeiten«, erwiderte Anton. »Ich bin vor einer Stunde nach Hause gekommen. Hab den ganzen Tag in Meetings verbracht.«

»Echt?« Alexander hielt das Handy so, dass nur er zu sehen war. Sein Gesicht füllte den ganzen Bildschirm. »Was war denn los?«

»Ein alter Fall, der noch nicht ganz abgeschlossen war, wie sich zeigte. Aber jetzt ist er das.«

»Sehr gut. Ich dachte, du hättest vielleicht Gelegenheit gehabt, dir ein Auto zu kaufen.«

Anton grinste in die Kamera und sagte: »Nein, so schnell geht das nicht bei deinem alten Vater. Hab mir übers Wochenende einen Wagen von der Arbeit ausgeliehen. Ich werde nämlich nicht einen Meter gehen.«

Alexander lächelte.

»Was hältst du davon, wenn Birthe, du und ich am Sonntag

irgendwo essen gehen?«, fuhr Anton fort. »Falls ihr nicht erst sehr spät nach Hause kommt.«

»Meine Eltern haben schon darüber gesprochen, morgen nach Hause zu fahren«, sagte Birthe, während gleichzeitig ihr Gesicht wieder auf dem Bildschirm erschien. »Papa glaubt nämlich, wir könnten dann den schlimmsten Verkehr vermeiden.«

»Klingt vernünftig«, meinte Anton. »Soll ich am Sonntag also nach Oslo kommen?«

Alexander und Birthe sahen einander an und nickten.

»Gern«, sagte Alexander. »Dann telefonieren wir Sonntagvormittag noch mal?«

»Jep«, sagte Anton. »Und diesmal verlass ich mich drauf.«

Alexander verdrehte die Augen, verabschiedete sich und legte auf.

Mit dem Handy auf der Brust blieb Anton liegen. Dann hing er wieder seinen Gedanken nach. Der Kreis in Aremark war geschlossen. Schon bald würde ein neuer Fall ihn beschäftigen. Vielleicht schon Montagmorgen, wenn er zurück ins Büro fuhr. Wieder eine Leiche. Wieder Angehörige, deren Leben auf den Kopf gestellt wurde. Siw Rekve hatte gefragt, wie er es schaffte, von einer Tragödie zur anderen zu gehen. Er hatte ihr keine gute Antwort geben können. Das konnte er noch immer nicht. Es gab lediglich das, was Harald damals im Büro des Lensmanns zu ihm gesagt hatte. Dass auch die Toten gehört werden müssten.

Und die Toten waren nun angehört worden. Auch wenn es noch immer viele ungeklärte Fragen gab. Fragen, auf die Anton allerdings keine Antworten mehr finden musste.

Er setzte sich auf. Der Karton aus dem Archiv stand noch immer auf dem Tisch. Die Ordner darin befanden sich in wildem Durcheinander. Anton räumte auf und stellte sie in eine Reihe. Er blickte auf das Foto in dem Plastikumschlag, hielt es eine Weile in der Hand und dachte an den Nachmittag zurück, an dem er es bei Espen Skaar gefunden hatte. Harald war etwas früher am selben Tag im Archiv gewesen. Das Protokoll bewies es. 2. Januar 1992. Anton atmete tief aus und warf den Umschlag zurück in den Karton. Dann schob er die Hand in die braune Papiertüte und nahm die Überreste von Malins Handtasche heraus. Er hielt sie vor sich, während er die alten, eingetrockneten Blutflecken betrachtete, die den ganzen unteren Teil verfärbt hatten. Er stellte sie auf eine Zeitung, die einige Tage alt war und die er aus purer Faulheit noch nicht in den Müll geworfen hatte. Er nahm die Geldbörse heraus und verteilte den Inhalt auf dem Tisch. Lange starrte er darauf, ehe er Per Fyllings Nummer heraussuchte und ihn anrief. Der Kollege, der den Fall Malin betreute, nahm sofort ab.

»Gibt noch nichts Neues, Brekke.«

Es war eine sechsköpfige Arbeitsgruppe aus Kollegen von der Kripo und vom Polizeidistrikt Øst gebildet worden, um die alten Pfade des Aremark-Falls erneut zu betreten. Nicht primär, um den Täter zu finden; der Teil war so weit klar. Sondern um herauszufinden, wie alles so furchtbar schiefgehen konnte. Und ob das Verbrechen von beiden Brüdern Ramm begangen worden war oder nur von dem einen.

»Hat er immer noch nichts gesagt? Glenn Ramm?«

»Er behauptet, dass er und sein Bruder das Messer in dem Moment entdeckt haben, als sie Malin fanden. Und dass sie nicht wagten, es der Polizei zu übergeben.«

»Mehr nicht?«

»Nur Gefasel.«

»Was denn für Gefasel?«

Per Fylling erläuterte, wie Glenn Ramm versuchte, den Fragen nach dem eigentlichen Mord auszuweichen, und dass er bei der Aussage blieb, sein Bruder und er hätten sich am Abend *vor* der Ermordung Malin Rekves nach draußen geschlichen. »Glenn meint, dass Tove Asp sich falsch erinnerte, dass die alte Frau sie auf dem Kieker gehabt hätte, seit die beiden Silvester 1989 ihren Briefkasten in die Luft gesprengt hatten.«

»Und in Bezug auf Harald? Hat Glenn dazu etwas gesagt?«

»Nein. Er bestreitet, am Jachthafen Oksval gewesen zu sein. Er wüsste nicht mal, wo der sich befände. Als ich Harald zum dritten Mal erwähnt habe, hat er um einen Anwalt gebeten. Den bekommt er jetzt auch.«

»Ist das lange her?«

»Etwa eine Stunde. Ich hoffe, wir können morgen weitermachen, wenn der Anwalt dabei ist.«

»Du hoffst?«

»Ja. Ich fürchte ein wenig, dass der Anwalt die Psychiatriekarte ausspielt und erst mal Glenns Kopf untersuchen lässt. Es wird wohl alles aufwendiger, als wir uns vorgestellt haben. Wie geht's dir denn eigentlich. Alles okay?«

»Aber sicher«, erwiderte Anton. »Bin nur etwas erschöpft.«

Per Fylling brauchte etwa zwei Minuten, um aus seinen Notizen vorzulesen, was Glenn Ramm über den hinter der Hütte vergrabenen Kasten gesagt hatte. Anton sah auf die Uhr. 20:04. Er steckte den Inhalt der Geldbörse in die Fächer zurück.

»Ich habe mir überlegt, jetzt gleich noch mal nach Aremark zu fahren«, sagte Anton.

»Und wieso?«

»Um dem Ganzen ein für alle Mal ein Ende zu setzen.«

KAPITEL 68

Freitag, 12. Oktober

»Dein Vater und ich möchten, dass du nach Hause kommst«, sagte Emilys Mutter. »Er kann dich noch heute Abend abholen.«

»Ist schon gut, Mama«, entgegnete Emily und band sich die Schuhe zu, während sie das Telefon zwischen Ohr und Schulter festklemmte. »Die Neueröffnung des Ladens nächste Woche bedeutet viel Arbeit. Das ist genau das, was ich gerade brauche: etwas Konkretes zu tun. Und nicht in Tønsberg auf dem Sofa liegen.«

Ein kalter Luftzug drang in den Flur, als sie die Haustür öffnete. Sie verband das Handy mit den Ohrstöpseln.

»Gehst du jetzt raus?«, fragte die Mutter, die anscheinend die Türklinke gehört hatte.

»Ich brauche etwas frische Luft.«

Emily trat auf die Vortreppe, schob die Hand in die Jackentasche und zog den Schlüssel hervor.

»Aber wohin willst du denn?«, fragte die Mutter. »Wohin gehst du so spät abends? Es ist doch gleich schon halb zehn.«

»Ich weiß nicht. Ich will mich nur ein bisschen bewegen. Vielleicht gehe ich zum Laden runter. Da herrscht gerade totales Chaos. Ich versuche jedenfalls müde zu werden, damit ich schlafen kann.«

»Aber überleg mal, wenn du jetzt den Kerl von neulich abends im Wald triffst?«

»Mama!« Emilys Stimme klang entschieden. »Jetzt hör aber auf. Das war Glenn. Und mehr Verrückte gibt es hier nicht.«

Die Mutter gab keine Antwort. Emily steckte den Schlüssel ins Türschloss, drehte ihn um und überprüfte, ob die Tür verschlossen war.

»Und ihn werde ich für eine ganze Weile nicht wiedersehen«, fuhr Emily fort. »Du, hör mal, ich lege jetzt auf. Ich möchte etwas Musik hören, okay?«

»Hast du deine Reflexweste an?«

»Ja.« Emily grinste. »Lass gut sein, Mama.«

»Dein Chef hat sicher Verständnis dafür, dass du ein paar freie Tage brauchst. Ich kann ihn auch anrufen, wenn du nicht willst. Mir macht das nichts aus.«

»Mama … ich brauche das nicht. Ich rufe dich morgen früh wieder an, wenn ich wach werde.«

Die Mutter seufzte.

»Und denk immer dran, dass wir dich lieb haben. Papa lässt grüßen.«

»Und ich euch. Bis dann.«

Während Emily den Hof verließ, rief sie Spotify auf ihrem Handy auf. Sie bog am Ende der Hecke auf die Straße und ging weiter, während sie mit dem Daumen ihre Playlist herunterscrollte.

»Hallo, Emily.«

Sie blieb stehen und drehte sich zu der Stimme um. Es war der Nachbar. Der alleinerziehende Vater. Der Wärmepumpenreparateur. Er stand auf der Treppe vor seinem Haus und starrte Emily an. Dann kam er die Stufen hinunter und trat bedächtig in seine Auffahrt, während er an einer Zigarette nuckelte.

»Hallo, Roger«, sagte Emily. »Ich hab dich nicht vergessen.«

»Mich vergessen?« Roger klopfte die Asche ab. »Was meinst du denn?«

»Dass du die Pumpe für mich repariert hast.«

»Ach, so. Nein, ich will nichts dafür haben«, sagte er und wippte auf den Absätzen. »Was hast du denn so spät noch vor?«

»Ich brauche nur ein bisschen frische Luft.«

Er musterte sie. Emily trat einen Schritt zur Seite, um das Ende des Gesprächs anzudeuten.

»Wenn du nicht zu lange wegbleibst«, fuhr Roger fort, »kannst du gleich gern noch vorbeikommen. Mein Ältester und ich wollen uns den neuen Jurassic-Park-Film anschauen. Nach dem, was dir passiert ist, solltest du dich besser nicht zu Hause vergraben. Wie geht's dir eigentlich?«

»Es geht mir gut«, erwiderte Emily. Sie starrte wieder auf ihr Handy und scrollte weiter. »Dann gehe ich mal los.« Sie blickte auf. »Vielleicht sehen wir uns ja später noch.«

»Wunderbar.«

Sie lächelten einander kurz an. Emily drehte sich um und ging weiter. Ihr Daumen traf auf Lady Gagas »Million Reasons«. Als sie zur Kurve kam, warf sie einen schnellen Blick über die Schulter. Sie konnte die Glut der Zigarette zwischen Rogers Lippen sehen.

Er stand noch immer da und sah ihr nach.

KAPITEL 69

Freitag, 12. Oktober

»Vielen Dank«, sagte Paul Rekve. »Mama wird sich sicher darüber freuen.« Mit der Geldbörse seiner Schwester ging er ins Wohnzimmer. »Sie ist bald zurück. Wahrscheinlich ist sie nur zur Tankstelle runter. Weiter als bis dorthin fährt sie abends nie.«

Er ließ sich aufs Sofa fallen. Anton setzte sich neben ihn. Paul Rekve legte die Geldbörse auf den Tisch, griff nach der Schüssel Kartoffelchips und machte da weiter, wo er unterbrochen worden war, als Anton geklingelt hatte: Er sah fern.

»Wie geht's dir denn, Paul?«

»Alles okay«, erwiderte der junge Mann und zerkaute ein paar Chips.

»Und deiner Mutter?«

»Mama glaubt nicht so recht daran. Und das tue ich eigentlich auch nicht.«

»Woran denn? Dass es Glenn Ramm war?«

»Ja.«

»Wundert mich nicht«, entgegnete Anton. »Fast dreißig Jahre lang habt ihr geglaubt, dass es Espen Skaar war. Wie alle anderen auch. Und wenn ich ehrlich bin, konnte ich mir auch nicht so einfach vorstellen, dass Espen Skaar unschuldig ist. Ich habe lange Zeit dafür gebraucht. Zu lange.«

»Mama meinte, er muss nicht unbedingt unschuldig sein.«

Anton dachte nach. Ausgehend von der kompletten Beweislage – sofern man von dem Foto absah, das Harald ihm untergejubelt hatte – lag Siw Rekve gar nicht falsch. Theoretisch konnte Espen Skaar noch immer der Mörder sein, denn die einzige Aussage, die sie von ihm hatten, war seine eigene. Was Anton indes so sicher machte, war die Live-Entlarvung, die Harald für Kristian Bolstads dritte Podcast-Episode gleichsam angekündigt hatte. Anton glaubte nämlich, der Podcast sollte nicht nur dazu dienen, Harald die Gelegenheit zu geben, die Verantwortung für seine Tat zu übernehmen, sondern er sollte auch den eigentlichen Täter dazu auffordern, seinem Beispiel zu folgen. Wäre Harald von Espen Skaars Unschuld nicht derart überzeugt gewesen, hätte er weiter gar nichts unternommen. Alles wäre so weitergegangen wie zuvor.

Harald musste demnach absolut sicher gewesen sein.

»Ihr ging es also heute nicht so gut?«, fragte Anton.

»So schlecht wie heute ist es ihr schon lange nicht mehr gegangen«, erwiderte Paul.

»Inwiefern?«

»Sie steht unter Stress und ist … fast ein bisschen böse.«

»Auf wen? Auf dich?«

»Nein, Mama ist nie böse auf mich.« Er stopfte sich eine weitere Handvoll Chips in den Mund. »Sie war in Malins Zimmer«, sagte er mit vollem Mund. »Zum ersten Mal seit zwanzig Jahren.«

Anton starrte auf die geschlossene Tür.

»War sie lange da drin?«

»Eine Weile. Ich hab angeklopft und gefragt, ob sie nicht bald rauskommt, um fernzusehen.«

»Und was hat sie geantwortet?«

»Nichts. Da wollte ich sie nicht nerven. Ich dachte, sie bräuchte das vielleicht nach all dem, was in den letzten Tagen passiert ist.«

»War das heute Morgen?«

»Nein, kurz bevor du gekommen bist. Sie ist rausgerannt und sagte, sie käme bald zurück. Gut möglich, dass du ihr unterwegs sogar begegnet bist.« Paul sah Anton an. »Hast du irgendwelche Autos gesehen?«

»Eins«, sagte Anton. »Aber es fuhr so schnell, dass ich nicht sehen konnte, was für ein Wagen das war.«

»Mama drückt gern mal aufs Gaspedal. ›Hier gibt's doch eh kaum Polizei‹, sagt sie immer.« Er blickte wieder auf den Fernseher. »Stimmt ja auch.«

Anton trat auf die geschlossene Tür zu. Siw Rekve hatte es anscheinend eilig gehabt, denn der Schlüssel steckte noch im Schloss. Er drückte die Klinke herunter und schob die Tür auf. Die Deckenlampe war noch immer eingeschaltet. Das Zimmer sah ansonsten genauso aus wie beim letzten Mal, abgesehen davon, dass der Schreibtischstuhl etwas vorgezogen war und an der Tischplatte lehnte. Anton ließ die Tür offen und trat ein.

Auf dem Bett, zwischen Kopfkissen und Bettdecke, lag ein Buch, das am Dienstag noch nicht dort gelegen hatte. In verschlungener Schrift stand *Tagebuch* darauf. Anton hob es auf.

»Paul?«, rief er.

Er hörte, wie die Schüssel mit den Kartoffelchips auf dem Tisch abgestellt wurde. Schwere Schritte folgten.

»Ja?«, sagte Paul und stellte sich an die Türschwelle.

»Was ist das hier?« Anton hielt das Buch hoch.

»Ach ... früher, als ich klein war, hab ich Malin immer geärgert und ihr Tagebuch versteckt. Ich konnte noch nicht lesen, aber sie hatte immer eine furchtbare Angst davor, dass ich es gelernt haben könnte. Sie hat mich immer ausgeschimpft und durchs ganze Haus gejagt. Und an diesem Tag ... als sie nicht mehr nach Hause kam, da war ich hier drinnen und hab's an mich genommen. Ich hab's in meinem Zimmer versteckt, und dann ... dann passierte eben, was passiert ist, und ich hab mich nicht getraut, Mama zu sagen, dass ich es habe. Erst viele Jahre später.«

»Wann hast du es zurückgestellt?«

»Mama hat das vor zwanzig Jahren getan. Das war das einzige Mal, dass sie nach Malins Tod in dem Zimmer gewesen ist. Dann erst heute Abend wieder.«

Anton dachte an 1991 zurück, als Harald und er hier gewesen waren. In der Hoffnung, etwas zu finden, das ihnen weiterhalf, hatten sie das Zimmer dreimal gemeinsam durchsucht. Doch keiner der Versuche hatte irgendetwas gebracht.

»Mama wollte es damals nicht lesen«, fuhr Paul fort. »Und ich sollte es natürlich auch nicht. Es war privat. Obwohl Malin nicht mehr da war, stand es uns nicht zu, in ihren Sachen herumzuschnüffeln. Da hat Mama es ins Regal gestellt.«

Anton klappte das Tagebuch auf. Das Vorsatzpapier zierten jede Menge Herzchen in verschiedenen Größen und Farben. Der erste Eintrag stammte vom 10. Dezember 1990 und umfasste ein paar Zeilen, aus denen hervorging, dass es Malins erstes Tagebuch war und sie fleißig hineinschreiben wolle. Anton blätterte weiter und überflog die ersten Seiten. Einige Einträge erstreckten sich über eine, zwei oder drei Seiten, während andere aus nur wenigen Zeilen bestanden. Es handelte sich meist um typische Dinge, über die junge Mädchen so schrieben. Mehrere Einträge berichteten von jemandem, der ihr sehr gefiel, der aber stets nur als *er* bezeichnet wurde. Sie schrieb, dass sie es nicht wagte, ihn anzusprechen. Der Rest betraf Freundinnen und die Schule. Eine bestimmte Lehrerin wurde immer wieder erwähnt, weil Malin glaubte, sie hätte sie auf dem Kieker.

18. November 1991
Heute Abend habe ich ihn im Laden getroffen. Er hatte gerade eingeparkt, als ich herauskam, und bot mir an, mich nach Hause zu fahren. Ich kam gar nicht auf die Idee, dass etwas passieren könnte. Anstatt mich nach Hause zu fahren, ist er zur alten Steinhütte hochgekurvt. Plötzlich streichelte er meinen Oberschenkel und sagte, er wisse genau, dass ich ihn schon länger toll fände. Dass er es daran gemerkt hätte, wie ich ihn ansah. Ich habe alles abgestritten, glaube aber, dass er mich durchschaut hat, denn ganz zum Schluss hat er mir einen Kuss gegeben. Und ich habe es zugelassen. Ich habe seinen Kuss sogar erwidert. Dann legte er einen Finger auf meine Lippen. Als ob es unser Geheimnis bleiben müsste. In diesem Moment fühlte es sich toll an, aber jetzt kommt es mir falsch vor.

»Das Tagebuch hat also in diesem Zimmer gestanden, als Harald zuletzt hier war?«

»Jaja. Steht da seit Ende der Neunzigerjahre.«

Anton blätterte weiter.

28. November 1991
Er hat mich gefragt, ob ich Lust hätte, am Samstagabend zu ihm zu kommen. Ich sagte, ich wüsste nicht genau, obwohl ich es sehr genau weiß. Ich weiß, dass ich Lust dazu habe. Aber jetzt bin ich unsicher, was ich tun soll. Und ich traue mich auch nicht, Mama davon zu erzählen. Gleichzeitig kann ich an nichts anderes als an ihn denken. Vielleicht sollte ich einfach Ja sagen. Wenn auch nur, um mit ihm zu reden. Um rauszufinden, was er eigentlich will. Denn ich weiß es wirklich nicht. Werde nicht schlau aus ihm. Er gibt mir so undeutliche Signale. Manchmal sieht er mich an, als ob das im Wagen nie passiert wäre. Doch, ich fahre am Samstag zu

ihm. Wir sprechen uns aus und vergessen, was passiert ist. Ich werde versuchen, ihn zu vergessen. Das ist das einzig Richtige.

1. Dezember 1991

Gestern haben wir miteinander geschlafen, und ich möchte gerne schreiben, dass das alles war – denn mehr ist eigentlich nicht geschehen. Zuerst haben wir kaum ein Wort gewechselt. Er fing bloß an, mich zu küssen und zu umarmen, als ich zu ihm kam, und ich konnte ihn nicht aufhalten. Es war wie der Kuss im Auto. Es hat sich so richtig angefühlt, aber jetzt, während ich das hier schreibe, heule ich. Denn nichts, was ich mir vorgenommen hatte, ihm zu sagen, wurde gesagt. Ich überlege, es Mama zu erzählen, aber dann ist sie bestimmt enttäuscht und wütend auf mich. Ich bin selbst enttäuscht und wütend.

11. Dezember 1991

Adrian. Es kommt mir seltsam vor, seinen Namen zu schreiben. Ich tue das zum ersten Mal. Ich bin heute nach der Schule zu ihm gefahren, um es zu beenden. Ich habe versucht, ihn zu zwingen, Sandra zu erzählen, was zwischen uns vorgefallen ist. Da wurde er so wütend, dass er anfing, gegen die Wand zu treten und zu schlagen. Er hat mich in eine Zimmerecke gedrückt und mich gewürgt. Er sagte, wenn ich auch nur daran dächte, das zu tun, dann würde ich es bereuen. Ich würde es heftig bereuen. Dann war es so, als ob in ihm alles schwarz wurde. Denn plötzlich hat er mich losgelassen, mich umarmt und um Entschuldigung gebeten.

Es folgten zwei lange Einträge über Weihnachten. Dass sie Schuhe für Paul und Ohrringe für ihre Mutter gekauft hatte. Über sechs Seiten betrauerte sie den Verlust ihres Vaters. Unten auf einer der Seiten hatte sie ein vierzeiliges Gedicht für ihn geschrieben.

Adrian wurde auf diesen Seiten nicht mit einer Silbe erwähnt. Als wäre Malin schon dabei gewesen, ihn aus ihrem Bewusstsein zu tilgen. Anton blätterte weiter zum letzten Eintrag. Der war am 14. Dezember 1991 verfasst worden. Einen Tag vor dem dritten Adventssonntag. Das war der Tag, an dem sie sterben sollte.

Anton spürte, wie sich seine Gesichtsmuskeln anspannten, als er die drei letzten Sätze las. Er blickte Paul an, sah erst zum und dann aus dem Fenster. Vor seinem geistigen Auge sah er Malin am Straßenrand stehen und in den Wald starren, während Aslak Rød vorbeifuhr. Dann blickte Anton wieder auf das Tagebuch.

»Paul«, sagte Anton, ohne den Blick von den drei letzten Sätzen zu nehmen. »Dein Revolver ...«

»Ja?«

»Wo bewahrst du den auf?«

»Im Waffenschrank auf dem Dachboden.«

Anton las den letzten Eintrag abermals.

Im nächsten Augenblick stürzte er zu seinem Wagen hinaus und wiederholte leise die drei letzten Sätze aus dem Tagebuch. Paul Rekve folgte ihm und sagte etwas, aber Anton verstand nicht was, und er hatte keine Zeit, etwas zu erklären. Er wusste, dass der Revolver nicht mehr im Waffenschrank lag und dass Siw Rekve nicht zur Tankstelle gefahren war.

KAPITEL 70

Freitag, 12. Oktober

Bretter, Isolationsmaterial und zerbrochene Gipsplatten ragten aus dem Container vor dem Haupteingang.

Emily überquerte den Parkplatz vor dem Dorfladen, bog um die Ecke und trat auf den Hintereingang zu. Das Licht in Aslak Røds Büro brannte, aber er war nicht da. Sie schloss auf und betrat das Lager. Hinter ihr fiel die Tür krachend zu. Emily zog ihre Jacke aus und legte sie auf eine Palette mit Limonadenkästen. Dann sah sie zur Papppresse, wo Glenn jeden Morgen vor Beginn der Öffnungszeit gestanden hatte.

Emily ging an dem summenden Kühlraum vorbei und stellte sich an die Tür zum verdunkelten Laden. Sie betätigte den Lichtschalter, und die Leuchtstoffröhren an der Decke summten und sprangen nacheinander an.

Ohne zu wissen, warum, drehte Emily eine Runde durch den Laden. Als ob sie sich überzeugen wollte, dass sonst niemand da war, obwohl sie es eigentlich wusste.

Sie nahm eine Flasche Wasser aus dem Kühlschrank, gab den Betrag in die Kasse ein und klebte die Quittung auf das Etikett. Dann begann sie mit der Arbeit. Sie sah sich um und rechnete dabei aus, wie der Platz am effektivsten genutzt werden könnte. Sie versetzte Regale und schob Schränke hin und her, schuf Platz für die drei Gefriertruhen, die im Augenblick zusammengequetscht in einer Ecke des Ladens standen. Am liebsten hätte sie sie selbst woanders hingerückt, aber sogar im leeren Zustand waren sie zu schwer.

Emily ging hinüber zu der Stelle, wo bis zum Vortag noch eine Wand gestanden hatte. Aslak musste hier im Laufe des Tages gearbeitet haben, denn die neue Wand, die die Garderobe viel kleiner machte, war fast fertig. Aber das war in Ordnung, die Garderobe wurde nur selten überhaupt benutzt. Während ihrer Schichten hatte Emily weder Glenn noch Aslak jemals etwas anderes als Arbeitskleidung tragen sehen.

Sie blickte auf die vier Garderobenschränke, die da standen, wo sie immer gestanden hatten: mitten im Raum. Wenn sie die in die Ecke rückte, würde dadurch mehr Freiraum entstehen.

Sie trat an die Schränke. Der eine, auf dem *Aslak* stand, war mit einem alten, schweren Vorhängeschloss versehen. Der andere Schrank, an dem ein Schild mit *Marit* befestigt war, stand mit offener Tür ganz rechts. Nur ein Regenschirm hing darin. Emily hatte Marit kurz kennengelernt, als sie im Laden angefangen hatte. Eine knappe Woche später war die Kollegin wegen Rückenschmerzen krankgeschrieben worden.

Emily verschob die Bank, die vor den Schränken stand, und stieß sie mit dem Fuß weiter weg. Dann machte sie sich daran, den Rahmen zu verschieben, der die vier Garderobenschränke umschloss. Er rührte sich nicht. Sie ging in die Hocke und überprüfte, ob er verbolzt oder festgeschraubt war, aber das schien nicht der Fall zu sein. Emily stellte sich auf die Rückseite der Schränke, stemmte den Rücken dagegen und presste. Die Garderobenschränke mussten nur etwa zwei Meter versetzt werden, damit sie an der Wand und nicht mitten im Raum standen. Wenn sie die Schränke nur so weit bewegen könnte, dass sie sich von dem Dreck, in dem sie anscheinend festgewachsen waren, lösen würden, könnte sie die ganze Schrankreihe in jede beliebige Richtung verschieben.

Emily rammte die Absätze in den Boden und drückte. Nein. Nicht *ein* Zentimeter. Sie fluchte, musterte erneut die Schränke und dachte, dass sie vielleicht eher nachgeben würden, wenn sie den Druck an einer höheren Stelle ausübte. Sie zog die Bank wieder zu sich heran, stellte sich darauf, legte die Hände an die obere Kante der Schrankreihe und drückte. Nichts. Ein dunkler metallischer Klang war zu hören, als sie die Handflächen entnervt auf die Oberseite hämmerte.

Sie schob die Bank noch dichter heran und unternahm einen neuen Versuch. Emily lehnte sich so weit zurück, dass sie fast das Gleichgewicht verlor. Dann warf sie sich mit voller Kraft gegen die Garderobenschränke. Irgendwo auf dem Fußboden knackte es. Die Metallbeine brachen, und die Schränke kippten um. Emily schrie erschrocken auf und stürzte nach vorn.

Ein lauter Knall ertönte, als die vier Schränke mitsamt Emily auf den Fußboden krachten. Sie drehte sich auf den Rücken, blieb eine Weile erschöpft liegen und grinste über ihre eigene Ungeschicklichkeit. Sie rappelte sich wieder auf, schob die Bank abermals beiseite, trat wieder an die Schränke und hob sie an. Sie prüfte das Gewicht und stellte fest, dass die Schränke gar nicht schwer waren. Wo sie gestanden hatten, waren vier in den Boden eingesunkene Punkte zu sehen. Dreck und Staub hatten sich darum angesammelt.

Emily holte feuchtes Papier und wischte so gut es ging den Dreck weg. Dann griff sie abermals nach der Schrankreihe und hob sie an. Da ertönte ein scharfes Metallgeräusch. Die Rückwand löste sich und fiel auf den Boden. Emily fluchte laut und ließ die Schränke wieder sinken.

Plötzlich schoss ihr Puls in die Höhe. Nicht so, als sei sie mehrere Kilometer schnell gelaufen, sondern so, als sei sie zehn Kilometer um ihr Leben gerannt. Und genau das zu tun, versuchte ihr Gehirn ihr in diesem Moment zu vermitteln, als sie auf das Weihnachtswichtelkostüm und die Skimaske starrte, die in dem mit *Aslak* markierten Schrank lagen. Emily war allerdings nicht in der Lage, irgendetwas zu tun. Sie konnte nur ganz still und ruhig auf der Stelle verharren, weil ihr plötzlich klar wurde, dass sie nicht mehr allein war.

»Du hast mich Mittwochabend im Wald unmittelbar angestarrt«, sagte Aslak Rød, stellte sich hinter Emily und legte ihr die Hände auf die Schultern. »Das Kostüm liegt in dem Schrank, seit ich Glenns Bruder oben an der alten Steinhütte aufgehängt habe.«

Emily fing an zu weinen. Ihre Schultern zitterten, und ihre Zähne klapperten.

»Ich bin direkt in ihn hineingerannt«, fuhr Aslak Rød fort. »Er stand mitten in der Steinhütte, als ich da hochgelaufen kam und das Kostüm und die Maske ablegen wollte.« Er ließ das Kinn auf Emilys Schulter ruhen und flüsterte: »Rolf hätte nicht dort sein dürfen, weißt du. Genauso wie du jetzt nicht hier sein dürftest.«

Aslak Rød lockerte den Griff und ließ seine Hände zu ihrem Nacken weitergleiten. Emily spürte gleichsam, wie ihr Puls unter der groben Haut seiner Hände pochte, während er den Griff um ihren Hals nach und nach verstärkte.

Als Emily sich am Vortag allein mit Glenn in der Hütte aufgehalten hatte, war sie unsicher gewesen, wenngleich sie in ihrem Inneren genau gewusst hatte, dass er ihr nichts antun würde. Nun hingegen war sie sich absolut sicher.

Sicher, dass sie sterben würde.

KAPITEL 71

Freitag, 12. Oktober

»Oh, hallo Siw«, sagte Sandra Locke, als sie die Tür öffnete.

»Ich dachte schon, es wäre Paul.« Sie schob die Tür ganz auf. »Ist was passiert?«

»Ich würde gern mit Adrian reden. Ist er zu Hause?«

»Ja. Wir wollten gerade essen.« Sie wich einen Schritt zurück. »Komm doch rein.«

Siw Rekve trat über die Schwelle und schloss die Tür hinter sich. Sandra war einen Schritt weitergegangen. Siw Rekve blieb stehen und sah sie ausdruckslos an.

»Darf ich dir deine Jacke abnehmen?«, fragte Sandra und kam wieder auf Siw zu.

»Nein«, erwiderte Siw und bewegte sich vorwärts. »Mir ist etwas kalt.«

Sie betraten die Küche. Es duftete nach Kräutern und gebratenem Fleisch. Auf dem Herd stand ein Topf, worin etwas blubberte. Eine Flasche Rotwein stand zum Atmen auf der Kücheninsel. Adrian saß am Esstisch, der für zwei Personen gedeckt war.

»Siw«, sagte er lächelnd und blickte von dem iPad auf, das er in den Händen hielt. »Das ist ja eine nette Überraschung.«

Siw Rekve trat näher auf ihn zu, während Sandra einen dritten Teller holte und Besteck aus einer Schublade nahm.

»Wo möchtest du sitzen?«

»Gerne da«, sagte Siw Rekve und deutete auf das Tischende.

Sandra stellte den Teller hin, legte das Besteck zurecht und holte eine Serviette und ein Glas. Sie legte kurz die Hand auf Siws Schulter, als sie auf dem Weg zum Herd an ihr vorbeikam.

»In den USA hat sich der Trend jedenfalls umgekehrt«, sagte Adrian mit Blick auf das iPad. »Scheint wohl im Plus zu enden.«

»Jetzt haben wir Besuch«, sagte Sandra und rührte im Topf. »Kannst du das Ding da nicht weglegen?«

Adrian schaltete das Gerät aus und legte es auf den Tisch. Er stand auf und trat an die Kücheninsel, griff nach der Flasche und setzte sich wieder hin.

»Lass ihn noch etwas stehen«, sagte Sandra.

»Nein«, entgegnete Adrian und schenkte Siw ein Lächeln. »Länger warten wir jetzt nicht. Oder was meinst du, Siw?« Er hielt ihr die Flasche hin. »Möchtest du?«

»Ich muss noch fahren.«

»Ah.« Er schenkte sich selbst ein. Die rote Flüssigkeit kreiste in dem großen Glas. »Ich dachte, Paul wäre im Stall und würde dich fahren.«

»Nein. Ich bin heute Abend allein gekommen.«

»Willst du was anderes trinken?«, fragte Sandra vom Herd. »Wir haben auch alkoholfreies Bier.«

Siw schüttelte den Kopf und schob die Hand in die tiefe Jackentasche.

»Gutshof Locke?«, fragte die Frau von der Einsatzzentrale. »Gibt es dazu eine Adresse?«

Das Blaulicht des Zivilfahrzeugs zuckte über die wogenden Bäume auf beiden Seiten der Landstraße 865.

»Nein«, erwiderte Anton in Richtung Beifahrersitz, wo sein Handy lag. »Auf der anderen Seite des Sees am Sportverein in Aremark.«

»Verstanden«, sagte die Frau. »Die nächste Streife kommt gerade aus Halden. Der Einsatzleiter bittet darum, dass Sie abwarten und nichts unternehmen, bis die Kollegen bei Ihnen sind.«

Anton drückte das Gaspedal durch. Die Tachonadel zeigte hundert Stundenkilometer.

»Sie bitten mich, zu warten? Wie lange, zwanzig Minuten?«

»Berechnete Ankunftszeit in achtzehn …«

Anton unterbrach die Verbindung, während er gleichzeitig an der Steinhütte vorbeifegte, die drinnen im dunklen Wald lag. Er konzentrierte sich auf die Straße, die immer schmaler zu werden schien, je mehr der Motor an Fahrt aufnahm. Vor seinem geistigen Auge sah er den toten halb nackten Körper in der Steinhütte. Er dachte an Espen Skaar, der so laut und wütend protestiert hatte, dass man ihn während des Berufungsverfahrens aus dem Gerichtssaal entfernen musste. Und er dachte daran, wie sicher Harald gewesen war, dass Adrian in den Vernehmungen gelogen hatte.

Jetzt wusste Anton, worüber er gelogen hatte.

Denn genau wie Rosemarie Holtermann an einem Frühlingsmorgen im Jahr 1942 Quislings Sturmtrupp gefolgt war, ohne ein Wort zu sagen, hatte Malin das Gleiche getan. Wenngleich die Bebauung an der Landstraße 865 nur vereinzelt gewesen war, hätte sich das Geräusch panischer Angstschreie in der Gegend ausgebreitet. Aber niemand hatte etwas Derartiges gehört.

Anton war sicher, dass die beiden jungen Frauen aus so unterschiedlichen Zeitaltern um ihr Leben gekämpft hätten, wenn sie gewusst hätten, was sie erwartete. Das Ergebnis wäre vermutlich zwar das Gleiche gewesen, aber immerhin hätten sie gekämpft.

Denn was Malin Rekve und Rosemarie Holtermann verband, war die Tatsache, dass beide in den Tod gegangen waren, ohne sich dessen bewusst zu sein.

»Du bist ja ganz blass«, sagte Sandra und stellte den Topf auf einen Untersatz auf dem Tisch. »Geht es dir nicht gut?« Sie goss Wein in ihr Glas.

»Es ist so viel passiert in den letzten Tagen«, entgegnete Siw.

»Du meine Güte, ja.« Sandra setzte sich und nahm einen Schluck. »Und dann noch dieser Ramm.«

Adrian schob seinen Teller näher an den Topf heran, griff nach dem Löffel, füllte den Teller und reichte ihn Sandra.

»Möchtest du auch etwas?«, fragte Sandra.

Siw antwortete mit einem Kopfschütteln. Adrian und Sandra fingen an zu essen.

»Da gibt es etwas, was ich noch nie gesagt habe«, erklärte Siw.

Die beiden blickten sie an.

»Die ganzen Weihnachtsabende, an denen ihr Paul und mich eingeladen habt, sowohl hier als auch in Oslo … und ich habe immer abgelehnt, habe gesagt, dass wir zu meinen Eltern fahren würden. Aber die Wahrheit ist, dass ich es nicht über mich bringen konnte. Ich konnte es nicht ertragen, zu sehen, wie die Dinge hätten sein können. Denn jedes Mal, wenn ich dich sehe, Sandra, dann sehe ich Malin.«

»Siw …«

Sandra rutschte ein Stück näher an Siw heran und streichelte ihren Arm. Siw fuhr sich mit dem Handrücken über die Wange. Schniefte. Adrian aß weiter, starrte dabei aber ausdruckslos auf seinen Teller. Siw fing an zu lächeln, während sie ihr Gesicht trocknete, dann sagte sie:

»Weißt du noch, als ihr euch überlegt hattet, nach Kopenhagen zu türmen?«

»Ach, ja.« Sandra lächelte wehmütig. »Wir sind gerade mal bis Halden gekommen.«

»Dein Vater war so wütend, dass er dich fast verprügelt hätte.«

»Ja …«

»Aber Adrian«, sagte Siw. »An dem Abend, als Malin getötet wurde …«

Er hörte auf zu kauen.

»Ja?«

Das Geräusch eines hochtourig fahrenden Motors war plötzlich zu hören. Alle drei sahen aus dem Fenster. Ein Wagen kam auf den beleuchteten Hofplatz gerast. Eine rötliche Staubwolke folgte ihm. Der Wagen bremste und blieb neben Siws Auto stehen.

»Um Himmels willen«, sagte Adrian und sah auf die Uhr. »Wer ist das denn?«

Sandra stand auf, reckte den Hals und spähte zu dem Fahrer hinaus, der sich bereits der Haustür näherte.

»Das ist Anton Brekke«, sagte sie.

Adrian ließ die Gabel klirrend auf den Teller fallen. Sandra trat in den Gang.

Die Tür öffnete sich im selben Moment, als Anton die drei Stufen erklommen hatte.

»Wo ist sie?«, fragte er. »Siw.«

»Mit Adrian in der Küche«, erwiderte Sandra. »Was ist denn los?«

»Ich muss mit ihr reden.«

Anton zeigte in Richtung Küche. Sandra drehte sich um und ging voran. Anton folgte ihr und führte die Hand zum Rücken. Seine Fingerspitzen glitten über die Handschellen, ehe sie den Pistolenschaft berührten. Anton zog die Waffe, richtete sie aber auf den Boden.

»… all den Jahren«, ertönte Siws Stimme aus der Küche, »hast du mich für eine Idiotin gehalten. Und weißt du was, Adrian?

Das ist völlig in Ordnung. Denn ich war tatsächlich eine Idiotin. Aber jetzt habe ich alles kapiert. Die Geldgeschenke. Dass du immer so nett zu Paul warst. Ganz zu schweigen von der Locke-Stiftung.«

Sandra blieb abrupt in der Türöffnung stehen und sah Anton verschreckt an, der neben ihr innehielt.

Siw zielte mit einem Revolver auf Adrian.

»Siw …«, sagte Anton und trat einen Schritt vor. Er stellte sich an die Kücheninsel. »Sieh mich an.«

»Nein, Anton«, sagte sie leise. »Bring Sandra von hier weg. Sei so gut. Das geht euch nichts an.«

»Das kann ich nicht tun. Bitte leg den Revolver weg. Für mich«, entgegnete er.

»Ich weiß noch, dass Sandra an dem Nachmittag vorbeikam und Malin abholte. Sie hatten vereinbart, das Fest später gemeinsam zu verlassen, weil du krank warst. In so schlechter Form, dass du Sandra gesagt hattest, sie könnte nicht bei dir übernachten. Du hast ihnen nicht mal angeboten, sie nach Hause zu fahren, oder?«

»Mir ging es nicht gut, Siw.«

»Du warst überhaupt nicht krank. Das hast du nur gesagt, weil du eine Ausrede dafür haben wolltest, nüchtern bleiben zu können. Und damit Sandra nicht über Nacht bei dir wäre, sodass du mit dem Wagen losfahren konntest.«

»Ich wollte Malin nie etwas tun.«

»Ach nein? Du hast ihr wohl auch nie den Hals zugedrückt?«

»Ich verstehe gut, dass du es nicht einfach hast.« Sandras Stimme klang sanft. »Was ist denn heute Abend eigentlich passiert? Die Polizei hat ihn doch geschnappt?«

»Ich habe nie geglaubt, dass es Glenn war. Paul übrigens auch nicht.« Siw richtete den Revolver erneut auf Adrian, ließ ihn dann aber wieder sinken. »Er war es.«

»Was redest du denn da, Siw?« Sandras Mund wurde zu einem schmalen Strich. Sie atmete laut durch die Nase aus. »Jetzt musst du aber aufhören, Liebes.«

Sie blickte ihren Ehemann auffordernd an. Ihre Blicke trafen sich kurz, ehe er wieder wegsah.

»Siw.« Antons Ton war entschieden. »Leg den Revolver weg.«

»Ich habe ihr Tagebuch gelesen, Anton. Es hat zwanzig Jahre im Regal gestanden, doch ich war zu feige. Mein ganzes Leben bin ich zu feige gewesen. Genauso feige war ich, als ich sein Blutgeld angenommen habe. Jahr für Jahr. Ich wusste genau, dass es von ihm kam, und ich glaubte, er täte es, um zu helfen. Aber das stimmte nicht. Das alles steht im Tagebuch, Anton.«

»Ich weiß. Ich habe es auch gelesen.«

»Hast du?« Ihre Stimme versagte. »Bin ich eine schlechte Mutter, weil ich das Tagebuch nicht früher geöffnet habe?«

»Nein«, sagte Anton. »Du hast getan, was alle guten Mütter tun würden. Du hast Malin ihren Frieden gelassen. Bis heute Abend. Länger konntest du es nicht. Denn plötzlich ist alles wieder zu einer offenen, schwärenden Wunde geworden. Ich hätte das Gleiche getan wie du, aber was meinst du wohl, wie es Paul ergehen wird, wenn er plötzlich allein dasteht? Dann hat er nämlich alle verloren, Siw.«

»Es ist Paul, für den ich das hier tue. Für Paul und für Malin. Denn wenn Paul wüsste, was ich jetzt weiß, wäre er hier, und er hätte bestimmt nicht auf irgendein Geständnis gewartet.«

Sie beugte sich etwas vor und rief: »Du warst es die ganze Zeit! Und genau das hat Harald Uteng schließlich begriffen. Aber dann hast du ihn auch umgebracht!«

Adrian atmete hörbar aus.

»Eines wusste Harald jedenfalls die ganze Zeit«, sagte Anton. »Sogar nach Espens Skaars Verurteilung wollte Harald nicht davon abrücken. Er war sicher, dass du gelogen hattest, Adrian. Und ich weiß jetzt auch, warum.«

Adrian räusperte sich.

»Ich würde es nicht Lüge nennen.«

»Und wie würdest du es dann nennen? Es unterlassen, die Wahrheit zu sagen? Du hast nie erwähnt, dass du mit Malin ein Verhältnis hattest.«

»Was sagst du da?« Sandras Blick wanderte zwischen Anton und ihrem Ehemann hin und her. »Adrian?«

»Ich glaube, der Grund dafür ist ganz einfach«, fuhr Anton fort. »Immerhin warst du damals schon der Prinz von Aremark. Oder vielleicht eher Aremarks *Hoffnung*. Eine Mordermittlung hätte jedenfalls den Traum von einem Studium in Wharton zerstört. Deswegen wolltest du nicht in die Sache verwickelt werden. Und außerdem stand Sandra für dich im Mittelpunkt. Ich glaube nicht, dass du jemals in Malin verliebt warst. Es ging bloß darum, das zu bekommen, worauf du gerade Lust hattest. Denn deinen Willen hast du schließlich immer bekommen.«

Siw Rekve gab ein Keuchen von sich und wischte sich mit dem Jackenärmel die Nase ab.

»Aslak Rød fuhr auf der Landstraße 865 an Malin vorbei.« Anton legte eine Hand auf Sandras Schulter. Er stupste sie leicht an und deutete auf den Tisch. »Dürfen wir etwas näher kommen, Siw?«, fragte er.

»Ja«, erwiderte sie schwach. »Sandra soll sich da hinsetzen.« Siw sah zu dem Platz, der am weitesten von ihr entfernt war. Sandra setzte sich neben Adrian. Anton zog es vor, stehen zu bleiben.

»Und an diesem Punkt wird es interessant. Laut Aslak Rød stand Malin an der Straße, hatte sich aber dem Wald zugewandt. Er glaubte, sie hätte mit jemandem gesprochen. Erst dachten wir, Espen Skaar hätte etwas damit zu tun. Oder die Brüder Ramm, denn die entscheidende Frage lautet: *Wen hat Malin im Wald gesehen?* Aber Espen Skaar ist vermutlich nie an der 865 gewesen. Und Glenn Ramm bestreitet weiterhin, dass er und sein Bruder sich an jenem Abend von zu Hause fortgeschlichen haben. Ich habe mit dem Ermittler gesprochen, der den Fall übernommen hat. Er meint, dass alles, was Glenn bei den Vernehmungen gesagt hat, Unsinn ist. Aber ich weiß, dass Glenn auch die Wahrheit gesagt hat. Glenn hat nämlich erzählt, dass er und sein Bruder das Messer fanden, als sie auch Malin gefunden haben. Sie haben es einfach mitgenommen. Später haben sie es dann bereut, brachten es aber nicht über sich, damit zur Polizei zu gehen. Stattdessen landete das Messer in diesem geheimen Kasten. Der Kasten, in dem sie später ihr Diebesgut und andere Sachen aufbewahrten. Der Kasten, von dem nur sie beide wussten. Der heilige Gral der Zwillingsbrüder, den sie später dann bei der Steinhütte vergraben haben. Siw …« Mit ruhigen Bewegungen hob Anton die Pistole, richtete sie aber an die Decke. »Siw!«

Sie sah ihn an.

»Ich lege die hier jetzt weg. Und du tust dann das Gleiche, okay?«

Tränen liefen an Siws mageren Wangen herab, während Anton seine Dienstwaffe zurück in das Holster steckte. Mit der freien Hand strich sich Siw über das Gesicht. Behutsam ging Anton auf sie zu.

»Siw.«

Sie nickte, überlegte es sich dann aber anders und schüttelte den Kopf. Anton legte eine Hand auf den Revolverlauf und schloss die Finger darum.

»Lass los, dann erzähle ich dir den Rest.«

KAPITEL 72

Freitag, 12. Oktober

Siw leistete keinen Widerstand, als Anton den Lauf des Revolvers packte und Richtung Zimmerdecke drehte. Er legte die freie Hand um ihr Handgelenk, und Siws schmale Finger lösten sich von der Waffe.

»Danke.« Anton nahm den Revolver, kippte die Trommel zur Seite und ließ die Patronen auf seine Handfläche fallen. »Zweiundzwanzig Mal, Adrian«, sagte er und steckte die Patronen in die Jackentasche. Dann legte er die Waffe auf den Tisch und setzte sich neben Siw.

»Zweiundzwanzig Mal …« Er starrte Adrian an.

»Zweiundzwanzig Mal.«

»Ja«, entgegnete Adrian. »Ich hab dich gehört.«

»Es war nicht Espen Skaar, den Malin an jenem Abend gesehen hat. Auch nicht Glenn Ramm oder dessen Bruder«, fuhr Anton fort.

»Er war es.« Siw starrte Adrian an.

»Malin hat als Letztes drei Sätze in ihr Tagebuch geschrieben. Weißt du noch, wie die lauten, Siw?«, fragte Anton.

»Ich konnte nicht weiterlesen, als sie anfing von ihrem Vater zu schreiben. Aber ich habe genug gelesen.«

»Nein, das hast du nicht«, sagte Anton. »Drei Sätze stehen da am Ende, geschrieben am 14. Dezember. Malins letzte Worte: *Sandra und ich haben vereinbart, Adrians Fest heute Abend gemein-*

sam zu verlassen. Dann sind wir beide allein. Und dann werde ich ihr alles erzählen.« Anton befeuchtete die Lippen. »Adrian, du als erfolgreicher Börsianer musst doch auch ein verdammt guter Taktiker sein. Kapierst du jetzt, warum Harald euch bei dem Podcast dabeihaben wollte?«

Adrian nickte stumm.

»Du warst die Tarnung, die er brauchte«, fuhr Anton fort. »Er wollte nämlich gar nicht dich im Studio dabeihaben« – Anton verlagerte seinen Blick auf Sandra –, »sondern dich.«

Sandra grinste verlegen und griff nach ihrem Weinglas.

»Ach, wirklich?«, sagte sie. »Erst war es Espen, und dann war er es doch nicht. Dann war es Glenn Ramm. Aber nein, er war es ja auch nicht. Und jetzt bin ich es?« Sie grinste erneut, trank einen Schluck und spähte zu Adrian hinüber. »Willst du nichts dazu sagen?«

Irgendwo in der Ferne erklang ein Heulen. Anton drehte sich zu dem großen Fenster um. Auf der anderen Seite des Sees war das Blaulicht eines Streifenwagens zu sehen. Ein Rettungswagen folgte dichtauf.

»Adrian braucht gar nichts zu sagen«, sagte Anton. »Er hat nämlich die Zeichen am Mittwoch verstanden. Warum hat er wohl seit meiner Ankunft hier so gut wie nichts gesagt?« Er ließ Sandra nicht zu Wort kommen und fuhr fort: »Nachdem ihr euch an der Kreuzung getrennt habt, bist du nach Hause gegangen und hast deinen Eltern gesagt, du seist wieder da. Aber da endet auch schon deine Version der Wahrheit. Du bist nämlich wieder rausgegangen, nachdem du dir aus der Werkzeugkiste deines Vaters oder sonst woher ein Tapetenmesser genommen hattest. Du musst schnell gerannt sein. Du musst dich wirklich beeilt haben, um Malin wieder einzuholen. Und das ist dir dann auf Höhe der Steinhütte auch gelungen. Aber dein Plan ging nicht auf, weil Aslak Rød zufällig vorbeigefahren kam. Da hast du dich zwischen den Bäumen versteckt, um nicht gesehen zu werden. Aslak sah also nur Malin. Deswegen meinte Aslak auch, sie hätte dagestanden und mit jemandem gesprochen – tja, das tat sie auch. Sie sprach mit dir, Sandra. Was hast du zu ihr gesagt, als du dich versteckt hast? Dass du pinkeln müsstest?«

Als keine Antwort kam, fuhr Anton fort: »Vielleicht ist dir die Idee, Malin die Hose runterzuziehen und es wie einen Sexualmord aussehen zu lassen, ja erst gekommen, als du Espen Skaar an der Straße getroffen hattest. Das war ganz einfach, weil du den Verdacht auf einen zufällig daherkommenden, unbekannten Mann lenken konntest, der an jenem Abend durch Aremark fuhr. Allerdings war es kein Sexualmord, wie wir damals dachten. Die Obduktion zeigte zwar, dass sie kurz zuvor Sex gehabt hatte, aber das bewies keine Vergewaltigung.« Anton blickte Adrian an. »Den Sex hatte sie nämlich mit dir. Ihr habt euch noch während der Party ein paar Minuten fortgeschlichen. Ins Haus, weil da niemand war. Und dann in dein Zimmer. Habe ich recht?«

Adrian hatte die Zähne in die Unterlippe gerammt und die Augen geschlossen.

»Und vermutlich hat Malin es auf dem Heimweg von der Party Sandra erzählt«, fuhr Anton fort. »Was ist dann später in der Steinhütte passiert, Sandra?«

Sandra starrte auf das Weinglas in ihrer Hand. Adrian öffnete die Augen. Sandra legte die Hand auf seinen Unterarm. Er zog seinen Arm zurück.

»Antworte ihm«, fauchte Adrian. »Antworte ihm, verdammt noch mal.«

»Ihr habt euch auf den Boden gelegt«, sagte Anton. »Der Erdboden war wärmer als die kalte Steinbank, stimmt's?«

Anton konnte alles vor sich sehen. Wenn Siw nicht anwesend

gewesen wäre, hätte er auch den naheliegenden Handlungsverlauf schildern können. Dass sie dort gelegen, sich unterhalten und an die Decke gestarrt hatten. Dass Sandra vermutlich um Einzelheiten gebeten hatte. Und als Malin sich davon überzeugt hatte, dass es richtig war, der Freundin alles zu erzählen, hatte Sandra ihr die Kehle durchgeschnitten, ohne dass Malin es hatte kommen sehen.

»Adrian, du hast Sandra nie erzählt, dass wir uns am Mittwoch am Rande der Stiftungsveranstaltung unterhalten haben. Der Grund dafür ist vermutlich, dass der Polizist, der beim letzten Mal bei dir erschien, um über diesen Fall mit dir zu sprechen, am Ende tot war.«

Anton stellte sich hinter Adrians Stuhl und legte die Hände auf die Rückenlehne. Langsam und nachdenklich trank Sandra ihren Wein aus und blickte Anton an. Sie wischte sich über den Mund. Ihre Wangen waren leicht rot geworden. Siw saß regungslos da. Sie starrte Sandra an, schien sie aber gar nicht wahrzunehmen, als ob sie nur ihrem Gedankenchaos ausgeliefert wäre. Ihr Gesicht war so grau geworden wie das ihrer Tochter auf den Fotos aus der Gerichtsmedizin.

Die heulenden Sirenen kamen näher. Adrian verbarg das Gesicht in den Händen.

»Ich habe es für uns getan«, sagte Sandra schließlich.

»Für uns?«, fragte Adrian.

»Sollte ich diesem alten Säufer etwa erlauben, alles zu zerstören, was wir uns aufgebaut haben?«

Adrian blickte sie mit glänzenden Augen an.

»Was wir uns aufgebaut haben? *Wir?*«

Sandra griff nach der Weinflasche und gab den letzten Schluck in ihr Glas.

»Genau«, sagte Anton. »Du wolltest einfach nicht riskieren, das alles hier zu verlieren. Genauso wie du Angst davor hattest, dass Malin dir den Prinz von Aremark wegschnappen könnte.«

Sandra führte ihr Glas zum Mund.

»Harald war ein robuster Mann«, sagte Anton. »Und er muss auf der Hut gewesen sein, weil er das alles viel früher kapiert hatte als ich.«

Sandra kippte den Wein in einem Zug in sich hinein.

»Er war so betrunken ...« Sandra sah ihn an. »Glaubst du mir, wenn ich sage, dass ich nicht vorhatte, ihn zu töten, als ich dort hinfuhr? Ich wollte nur reden. Wollte ihn dazu bringen, dass er das alles vergisst. Ich hatte gehofft, dass er vielleicht auf mich hören würde.«

»Ich glaube, du hattest dir überlegt, ihn zu erstechen. Aber dann vor Ort bist du auf die Idee gekommen, dass du es auch wie einen Unfall aussehen lassen könntest.«

Der Hof wurde von dem ankommenden Streifenwagen in zuckendes blaues Licht getaucht.

»Wie konntest du es nur all diese Jahre mit dir selbst aushalten?«, fragte Siw tonlos. »Die ganzen Sommer, in denen du mit Paul und mir hier draußen gesessen und erzählt hast, was du und Malin euch alles ausgedacht habt.« Sie hatte aufgehört zu weinen. »Und die ganze Zeit warst du es.« Siws Blick hatte sich in Sandras Augen gebohrt. »Willst du mir nicht antworten?«

Sandra schüttelte stumm den Kopf. Alle hörten, dass die Haustür geöffnet wurde. Das laute Trampeln von Stiefeln kam näher. Anton nahm Sandra das leere Glas aus der Hand, stellte es auf den Tisch und griff nach den Handschellen an seinem Hosenbund.

TEIL V

VIER TAGE DANACH

KAPITEL 73

Dienstag, 16. Oktober

Kristian Bolstad hatte alle sechs überirdischen Stockwerke des Ziegelsteingebäudes in der Brynsallé besichtigt. Anton und Magnus hatten ihm die verschiedenen Abteilungen der Kripo gezeigt.

Jetzt öffneten sich die Aufzugtüren im ersten Kellergeschoss. Er folgte den beiden Ermittlern durch den Gang und filmte, während sie weitergingen. Anton blieb vor einer unscheinbaren Tür stehen und hielt seinen Dienstausweis vor das Lesegerät. Das Schloss klickte, er zog die Tür auf und trat zur Seite. Der sterile Raum, der sich vor ihnen öffnete, hätte genauso gut in einem Krankenhaus liegen können. Computer, Maschinen und Apparate standen auf einer hufeisenförmigen Bank vor der Wand.

Auf dem Tisch mitten im Raum lag ein zerknautschter schwarzer Müllsack. Er war so weit wie möglich geglättet worden. Verfärbte Stellen, Risse und Löcher waren gut zu erkennen. Gleich daneben lag eine Rolle mit unbenutzten Müllsäcken.

»Was passiert hier?«, fragte Kristian Bolstad, zeigte auf den Tisch und hob die Kamera. Plötzlich wurde ihm klar, was er sah. Automatisch trat er einen Schritt zurück, während seine Kinnlade herunterklappte.

Direkt vor ihm lag der Sack, der Mona Vales Kopf enthalten hatte.

»Ist es wirklich der da?«, fragte Kristian Bolstad.

»Ja. Und die da«, Magnus zeigte auf die Rolle daneben, »haben wir bei Familie Vale zu Hause gefunden.«

»Aber davon muss es doch allein in Norwegen eine Million geben. Können Sie wirklich erkennen, ob genau dieser Sack von dieser Rolle stammt?«

»Im Plastik gibt es übereinstimmende Spannungsmuster und Abrissspuren. Die Perforierungskanten passen an den Stellen zusammen, wo ein Sack vom anderen abgerissen wird«, erklärte Magnus.

»Und deshalb hat er gestanden. Weil er wusste, dass er am Ende war«, fasste Kristian Bolstad zusammen.

»Das Gedächtnis des Ehemanns kam plötzlich zurück, als wir ihn mit den Übereinstimmungen konfrontiert haben.«

Kristian Bolstad führte die Kamera ans Auge und drückte auf den Aufnahmeknopf. Langsam ging er um den Tisch herum und filmte weiter.

»Haben Sie ihn zu dem Geständnis gebracht, Torp?«

Magnus warf einen Blick auf den älteren Kollegen. Anton nickte.

»Ja.«

»Und wie?«

»Um ehrlich zu sein, habe ich in dem Moment nicht viel darüber nachgedacht. Ich wusste einfach, dass er es war. Und wir hatten Beweise. Ich verspürte also keine Erleichterung oder so. Es war nur gut, mit dem Fall zu Ende zu kommen.«

»Hat er gesagt, wieso?«

Magnus sah wieder Anton an.

»Hören Sie, Bolstad«, sagte Anton. »Alles, was Sie hier sehen und filmen, und alle Informationen, die Sie bekommen haben, dürfen Sie in keiner Weise für irgendetwas verwenden. Weil ein rechtskräftiges Urteil ergangen ist. Haben wir uns verstanden?«

»Selbstverständlich.«

Anton nickte Magnus abermals zu.

»Sie wollte ihn verlassen«, erklärte Magnus. »Die beiden waren fast dreißig Jahre verheiratet, und sie war immer Hausfrau und Mutter gewesen. Sie hat die Kinder großgezogen, während er gearbeitet und Geld verdient hat. Und das sogar ziemlich gut.«

»Ich habe gehört, er besitzt fast einhundert Mietwohnungen in drei Bezirken?«

»Stimmt. Er fand heraus, dass es billiger war, sie in Streifen zu schneiden und an die Fische zu verfüttern, als ihr die Hälfte seines Besitzes zu überlassen.«

Anton sah auf die Uhr auf seinem Handy.

»Musst du irgendwohin?«, fragte Magnus.

»Vortrag an der Polizeihochschule.«

»Hattest du nicht Nein gesagt?«

»Hab's mir anders überlegt.«

Anton schloss die Tür hinter sich. Kristian Bolstad filmte noch etwas weiter, ehe er die Kamera auf die Arbeitsbank legte und sagte: »Ich war sicher, dass Brekke ihm das Geständnis abgerungen hat.«

»Das denken wohl die meisten.«

»Hat er Ihnen erzählt, woran ich arbeite?«

»Ja«, erwiderte Magnus.

»Wäre das nicht was für Sie? Natürlich würde ich Sie bezahlen. Gut sogar.«

»Tut mir leid«, erwiderte Magnus und setzte ein schiefes Lächeln auf. »Aber Anton ist da ziemlich strikt. Er mag so etwas nicht. Er hat mir die Hölle heißgemacht, als ich mich das letzte Mal interviewen ließ. Er meint, es bringt uns nichts ein, wenn wir uns gegenüber den Medien äußern. Erst recht nicht, wenn es dabei um laufende Ermittlungen geht.«

»Klingt nach Harald Uteng.«

»Da gibt es durchaus Ähnlichkeiten.«

»Aber kann ich Sie denn gar nicht in Versuchung bringen? Die Finanzierung steht bereits. Ich hatte gestern einen Termin, der milde gesagt sehr gut verlaufen ist. Ich werde nicht mehr von Investoren abhängig sein, um es so auszudrücken, habe quasi einen Blankoscheck bekommen. Und jetzt jemanden von der Kripo dazu zu bekommen, der außerdem noch den Ehemann zu einem Geständnis bewegt hat, würde die Dokumentation nicht nur besser machen. Es würde die ganze Dokumentation *ausmachen*. Sagen Sie einfach, was Sie haben wollen.«

»Es geht nicht ums Geld.«

»Fragen Sie mich wenigstens, wen ich gestern getroffen habe.«

»Okay, Bolstad.« Magnus grinste, verschränkte die Arme vor der Brust und lehnte sich an die Wand. »Mit wem haben Sie sich gestern getroffen?«

»Fängt mit Net an und endet auf flix. Die Doku wird ein Riesenpublikum erreichen, Torp. Enorm. Erst hier im Norden, dann überall auf der Welt. Sie werden sich im Laufe einer Woche ein Renommee verschaffen können, von dem selbst die ältesten und erfahrensten Ermittler hier im Haus ein ganzes Leben lang nur träumen konnten. Überlegen Sie mal. Sie sind jung, tüchtig und gutaussehend. Ihr Name wird das gleiche Gewicht haben wie Harald Utengs in den Neunzigerjahren.«

Magnus kaute leicht auf seiner Unterlippe, während er über den Müllsack hinweg Kristian Bolstad anstarrte. Sein Blick sank langsam zu Boden. Er streckte einen Fuß aus und bewegte ihn hin und her, als ob er eine Zigarette ausdrückte.

»Netflix, sagen Sie?«

KAPITEL 74

Dienstag, 16. Oktober

»Und zum Abschluss möchte ich Ihnen etwas erzählen, das nicht in den Lehrbüchern steht, allerdings ganz klar ein Teil des Unterrichts sein sollte, dem Sie hier drei Jahre lang folgen. Nämlich genau das, was den Unterschied zwischen Polizisten und fähigen Polizisten ausmacht.«

Anton ließ den Blick über die hundertsiebzig Zuhörer gleiten, die gekommen waren, um seinen Vortrag im Auditorium der Polizeihochschule anzuhören.

»*Triftige Verdachtsgründe* ist ein Begriff, mit dem Sie inzwischen gut vertraut sein sollten. Anders ausgedrückt, sprechen wir von einer überzeugenden Beweislage. Wollen wir Zwangsmittel anwenden wie etwa die Durchsuchung einer Wohnung, eines Fahrzeugs oder einer Person, benötigen wir dafür eine gesetzliche Grundlage. Eine gesetzliche Grundlage besteht dann, wenn einundfünfzig Prozent Wahrscheinlichkeit dafür gegeben sind, dass eine strafbare Handlung begangen wurde. Stellen Sie sich Folgendes vor: Es ist spät am Abend. Ein gewöhnlicher Wochentag. Kein Funkverkehr. Die meisten Menschen schlafen. In Ermangelung einer besseren Tätigkeit parken Sie und Ihr Partner das zivile Dienstfahrzeug vor der Wohnung einer Person, die angeblich Drogen verkaufen soll, wie Sie aufgrund eines Tipps erfahren haben. Ein Tipp allein ist kein triftiger Verdachtsgrund. Kein Polizeijurist würde Ihnen nur aufgrund eines Tipps grünes Licht für irgendeine Aktion geben – es sei denn, es besteht Gefahr für Leben oder Gesundheit Dritter.« Anton schob eine Hand in die Hosentasche und fuhr fort, während er zwischen den Stuhlreihen umherging. »Was Sie brauchen, ist ein *Schubser*. Etwas, das den Schneeball Geschwindigkeit aufnehmen lässt, wenn er den Hügel herunterrollt, sodass er immer größer und größer wird, ehe er schließlich das Haus zerschmettert, auf das er zurollt – in diesem Fall wäre das also das Drogennest.«

Anton stellte sich an die Tafel, nahm ein Stück Kreide und zeichnete einen Kreis. In die Mitte schrieb er *Rechtsgrundlage*. Dann legte er die Kreide wieder weg und wischte sich die Hand an der Jeans ab.

»Ein Wagen kommt angefahren und bleibt draußen stehen. Der Fahrer steigt aus und verschwindet in der Wohnung. Nach zwei Minuten kommt er wieder heraus, setzt sich in den Wagen und fährt weg. Was ist *wahrscheinlich* gerade passiert?«

Ein Dutzend Hände schossen in die Höhe. Anton nickte einem jungen Mann in der zweiten Reihe zu.

»Er hat Stoff gekauft«, sagte der Student.

»Ja«, erwiderte Anton. »*Wahrscheinlich* hat er das getan. Aber Sie können sich nicht *sicher* sein. Weil Sie keine Transaktion beobachtet haben. Der Mann trug weder beim Betreten noch beim Verlassen des Hauses etwas bei sich. Es kann durchaus sein, dass der Tipp, den Sie erhalten haben, von jemandem stammt, der seinem Kumpel – also dem vermeintlichen Drogenhändler – einen Streich spielen will. Einen Streich, der dazu führt, dass bewaffnete Polizei die Tür einschlägt und die Wohnung stürmt. Schräger Humor, aber …«

Die Studenten kicherten.

»Gleichzeitig«, fuhr Anton fort, »war der Besuch zu kurz, als dass der Mann gekommen sein kann, um mit dem Wohnungsinhaber eine Tasse Kaffee zu trinken. Sie wollen sich demnach mit dem Betreffenden unterhalten und hängen sich an ihn. Ein ganzes Stück von der Wohnung entfernt schalten Sie die Blaulichter ein, und der Mann hält an.« Anton trat wieder an die Tafel und zeigte auf die Mitte des Kreises. »Weiterhin basieren Ihre Handlungen *hierauf*. Die Rechtsgrundlage steht im Zentrum Ihres Tuns. Der Fahrer lässt das Fenster herunter. Sie sagen, Sie führen eine zufällige Routinekontrolle durch. Der Fahrer reicht Ihnen Führerschein und Fahrzeugpapiere. Selbstverständlich völlig ungerührt, denn der Führerschein ist gültig, und der Wagen ist auf den Fahrer angemeldet. Sie allerdings sind der Ansicht, seine Pupillen seien etwas erweitert, und fragen, wo er gewesen ist. ›Bei einem Freund‹, erwidert er, ›und jetzt bin ich auf dem Weg nach Hause.‹ Er wirkt ganz ruhig. Nicht nervös. Er ist höflich und verhält sich völlig normal. Aber er ist ein alter Fuchs. Er wird nämlich nicht zum ersten Mal angehalten und weiß, wie das Spiel funktioniert. Doch da ist also noch die Sache mit den Pupillen …« Anton blickte in die letzte Reihe. »Was tun Sie?«

Wieder gab es Wortmeldungen. Anton nickte einer Frau mit braunen Haaren zu.

»Ich frage ihn, ob er etwas eingenommen hat, was er nicht hätte einnehmen dürfen«

»Die Antwort ist natürlich *nein*. Und dann?«

»Ich frage ihn, ob es okay ist, wenn ich einen Blick in sein Fahrzeug werfe.«

»Wieso das?«, fragte Anton in künstlich unbeteiligtem Ton. »Ich habe nichts Schlimmes getan.«

»Ich finde, Ihre Pupillen sehen etwas erweitert aus«, fuhr die Frau fort und spielte das Rollenspiel weiter. »Ich glaube, Sie stehen unter Drogen, was mir den triftigen Grund liefert, zu überprüfen, ob Sie Rauschmittel bei sich haben.«

»Gut«, sagte Anton. »Im Wagen finden Sie eine kleine Tüte mit ein paar Gramm weißen Pulvers. Und jetzt fängt der Schneeball zu rollen an. Sie haben eine Beschlagnahme bei jemandem durchgeführt, der gerade von einer Adresse kommt, wo *angeblich* Drogen verkauft werden. Jetzt haben Sie genug in der Hand, damit der Polizeijurist Ihnen die Erlaubnis erteilt, die betreffende Wohnung zu überprüfen. Alle sind glücklich. Natürlich mit Ausnahme des Fahrers und des Wohnungsinhabers. Denn der Letztgenannte wird nun davon überzeugt sein, dass der Mann, den Sie angehalten haben, ihn verraten hat. Er weiß nicht, dass die Razzia aufgrund tüchtiger Polizeiarbeit erfolgt ist. Genau solche Dinge lassen Unruhe im kriminellen Milieu entstehen. Und Unruhe mögen wir. Denn Unruhe erzeugt Stress, und unter Stress werden Fehler begangen. Und plötzlich fegt nicht ein einzelner Schneeball den Hang hinunter, sondern es kommt zu einem Erdrutsch.«

Eine andere Studentin meldete sich zu Wort. Anton sah sie an.

»Waren seine Pupillen denn tatsächlich erweitert?«, fragte sie.

»Es wurde ja etwas gefunden, da kann man wohl davon ausgehen.«

»Und wenn wir nichts finden?«

»Dann lag es wohl nur daran, dass die Dunkelheit seine Pupillen erweitert hat«, erwiderte Anton mit einem schiefen Lächeln.

»Aber dürfen wir das? Ich meine, d…«

»Wenn Sie mich fragen, lautet die Antwort *ja*«, unterbrach Anton sie. »Sie brauchten einen Schubser.« Er ging wieder zurück zu dem Kreis an der Tafel. »Es gibt drei Methoden, um Ganoven das Handwerk zu legen.« Anton konnte hören, wie Kugelschreiber klickten und Papier raschelte. »Die weiße Methode – bei der man sklavisch den Vorschriften folgt. Die schwarze Methode – bei der man alles andere tut, als den Vorschriften zu folgen –, weswegen man sich natürlich niemals darauf einlassen sollte.« Er grinste die Studenten an, die mit einem Lachen antworteten. »Und die letzte Methode, die graue, die meine Lieblingsmethode ist.« Anton legte einen Finger auf die Linie, die den Kreis an der Tafel markierte. »Diese Linie dürfen Sie *niemals* mit beiden Füßen übertreten. Vermutlich werde ich jetzt einige Ihrer Dozenten verärgern ...« Anton sah zur letzten Reihe, wo Professor Jens Lunder mit einigen Kollegen saß. »Denn, wie schon gesagt, das steht nicht in den Lehrbüchern. Aber wenn Sie die Gauner zur Strecke bringen wollen, müssen Sie von Zeit zu Zeit mit einem Fuß – ich betone: nicht mit beiden – über diese Linie hinwegschreiten. Sie dürfen bei der Jagd nach Verbrechern niemals das Gesetz brechen, doch Sie dürfen es ein wenig dehnen. Denn wenn Sie sich stets nur im Zentrum dieses Kreises bewegen wollen, werden Sie nicht gewinnen. Sie werden nie andere Beute als kleine Fische machen. Denn die Hintermänner und Drahtzieher in den kriminellen Kreisen unterscheiden sich letztlich nicht wesentlich von Topmanagern und Führungskräften in der übrigen Gesellschaft.« Anton tippte sich mit dem Zeigefinger an die Stirn. »Sie sind schlau. Du kannst den Strick dehnen, aber niemals so weit, dass er reißt. Denn wer muss es dann ausbaden?«

»Man selbst«, sagte die halbe Versammlung im Chor.

»Korrekt.« Anton stellte sich wieder ans Rednerpult. »Du kannst auf dem Strich balancieren. Aber achte darauf, ihn niemals mit allen zehn Zehen zu übertreten. Mit einem Fuß ist es in Ordnung, weil du dich dann in der Grauzone bewegst. Ich weiß, einige meiner Kollegen meinen, dass wir uns dort gar nicht aufhalten sollten. Doch meist sind das Menschen, die in ihrem Dienstleben niemals eine Entscheidung im Bruchteil einer Sekunde treffen mussten. Es gibt hier an der Hochschule zweifellos viele fähige Lehrer, aber ein guter Polizeibeamter oder Ermittler wird man nicht, indem man regelmäßig zu Vorlesungen erscheint. Das wird man nur auf der Straße, wo man gezwungen ist, den Strick mitunter zu dehnen. Denn, und ich zitiere hier einen alten Freund: ›Die Gesellschaft muss stets Vorrang haben.‹«

Anton klatschte in die Hände. »Fragen?«

KAPITEL 75

Dienstag, 16. Oktober

Als Hugo Babsvik vor dem Wochenende mit Michelle Billing telefoniert hatte, war vor seinem geistigen Auge eine Frau in den Fünfzigern mit kurzen grauen Haaren erschienen. Sie war autoritär gewesen. Kristallklar. Hatte die Führung übernommen. Und als er nach etwa der Hälfte des Gesprächs einen Witz zu machen versuchte, war der gar nicht gut angekommen. Als er ihr jetzt gegenübersaß, wurde ihm klar, dass sein erster Eindruck völlig falsch gewesen war.

Michelle Billings Büro war erstaunlich klein und erstaunlich unordentlich. Zwischen Dokumentenstapeln und Aktenordnern auf dem Schreibtisch stand ein gerahmtes Foto, das sie in den Armen eines pakistanisch anmutenden Playboys zeigte, dessen schwarzes kurzes Haar vor lauter Haarwachs förmlich funkelte. Das Foto war irgendwo an einem Strand aufgenommen, einem Strand, der nichts Norwegisches an sich hatte. Bestimmt in Pakistan. Gab es überhaupt Strände in Pakistan, oder war das eines dieser Länder, die von anderen völlig umringt lagen? Hugo Babsvik dachte nach. Doch, ja, Pakistan hatte eine Küste.

Die größte Überraschung war allerdings nicht, wie das Büro aussah oder dass sie mit einem Pakistaner liiert war, sondern wie *sie* aussah. Michelle Billing erinnerte an Ploy, doch zweifellos verfügte sie über einen doppelten IQ und weitaus mehr Stil und Eleganz. Auch hatte sie keine schräg stehenden Augen wie Ploy, war allerdings ebenso wenig rein norwegischer Herkunft. Hugo Babsvik war sich dessen ziemlich sicher. Ein norwegischer Vater oder eine norwegische Mutter, dachte er. Vermutlich der Vater. Bestimmt ein alter Seemann, der die sieben Weltmeere bereist und in jedem Hafen seinen Schwanz in etwas Warmes gesteckt hatte.

Sie war etwa Anfang dreißig und maximal eins sechzig groß. Das kleine Kinn passte zu dem kleinen Mund mit den vollen Lippen. Zwischen denen würde er groß wirken, dachte Hugo. Noch größer würde er zwischen ihren Brüsten aussehen, die allenfalls Körbchengröße A benötigten. Aber das spielte keine Rolle. Denn sie passten zu ihrem übrigen Körperbau. Den athletischen Armen. Den geraden Schultern. Dem kleinen Kopf auf dem schlanken, herrlichen Hals. Abermals warf Hugo einen Blick auf das Foto. Der Scheich mit seinem geölten Bürstenschnitt hatte sie bestimmt gevögelt. Auf dem Schreibtisch. An der Wand. Auf dem Stuhl, auf dem Hugo jetzt saß. Vermutlich auch auf der Fensterbank. Hugo sah zum Fenster. Doch, ihr kleiner süßer Hintern würde gut da draufpassen.

Wenn Hugo Babsvik allein aufgrund der Hautfarbe eine Einordnung hätte vornehmen müssen, hätte er auf Südamerika getippt. Nahm er die Hüfte als Berechnungselement dazu, brauchte er allerdings nicht allzu tief in den Süden vorzudringen. Venezuela oder Kolumbien? Vielleicht. Er nickte in sich hinein, derweil ihre Finger über die Tastatur flogen.

Sie strich sich eine Haarlocke aus dem Gesicht. Die Lippen bewegten sich lautlos, als sie las, was sie geschrieben hatte.

Nein, weiter nördlich, dachte Hugo Babsvik. Mexiko.

Sie könnte aus Mexiko stammen. Dort wimmelte es von ihnen. Schweinegeile, klein gewachsene Frauen nicht über eins fünfzig. Er legte den Kopf schräg zur Seite und musterte sie. Dann fügte er die Augen hinzu. Nein … Mexico war not even close and sure as shit no cigar.

Wir müssen über den großen Teich, dachte er. Nicht in das Land des Lächelns, sondern weiter östlich.

»Sie sind aber keine echte Norwegerin, oder?«

»Wie bitte?«

Zum ersten Mal, seit sie zu tippen angefangen hatte, sah sie ihn an. Hugo Babsvik grinste kurz und winkte beschwichtigend ab.

»Ich bin bloß neugierig. Ein bisschen an Geografie interessiert, um es so zu sagen.«

»Aha.«

»Ich tippe auf Vietnam.«

»Nein.«

»Laos …?«

Sie schüttelte den Kopf.

»Thailänderin sind Sie jedenfalls nicht. Oder …? Nein?« Hugo rückte den Stuhl näher an den Schreibtisch heran, legte die Unterarme darauf und beugte sich vor. »Verraten Sie es mir?«

»Das ist nicht wichtig.« Sie drückte auf ein paar weitere Tasten und stand dann auf. »Okay, Hugo. Jetzt bin ich erst mal zufrieden. Und Sie hören dann bis Ende nächster Woche wieder von mir.«

»Aber …« Hugo schob den Stuhl zurück und stand gleichzeitig auf. »Was passiert denn jetzt?«

»Im Laufe der Woche werde ich Anton Brekke und Magnus Torp zur Befragung einbestellen. Dann sehen wir, was dabei herauskommt, und machen entsprechend weiter.«

»Aber es wird doch jetzt nicht so sein, dass ich mit dem Schwarzen Peter sitzen bleibe, wenn die alles abstreiten? Denen glaubt man doch bestimmt mehr, als man mir glaubt, weil sie eben Polizisten sind.«

»Nein«, erwiderte Michelle Billing. »Dafür sind wir ja da. Damit so etwas vermieden wird.«

»Aber Sie sind doch auch bei der Polizei. Kennen Sie die beiden?«

»Die Innenrevision ist kein Teil der Polizei. Wir sind eine unabhängige Organisation, die dem Justizministerium und dem Generalstaatsanwalt unterstellt ist.« Sie trat hinter ihrem Schreibtisch hervor, streckte die Hand aus und reichte sie Hugo Babsvik. »Alles wird gut. Und nein, ich kenne keinen von beiden.«

»Es kann aber Konsequenzen für sie haben, oder?«

»Natürlich kann es Konsequenzen haben«, erwiderte Michelle Billing. »Wenn das, was Sie mir erzählt haben, der Wahrheit entspricht, handelt es sich um eine ernste Angelegenheit.«

Sie trat an die Tür und öffnete sie.

»Aber was riskieren die eigentlich?«

»Alles.«

KAPITEL 76

Dienstag, 16. Oktober

Das Einzige, das in Glenns verdunkeltem Wohnzimmer leuchtete, war das Laptop auf seinem Schoß. Emily sah ihn vom Bildschirm aus an. Sie war auf der Titelseite von *VG*. Ein Bild von ihr, das er noch nie zuvor gesehen hatte. Es schien im Garten der Eltern zu Hause in Tønsberg aufgenommen worden zu sein. Sie lächelte in die Kamera. Offenes Haar. In der Hand hielt sie ein Glas Saft. Im Hintergrund stand ein Rasensprenger und befeuchtete den Boden.

Mit abgehackten Bewegungen fuhr Glenn mit dem Mauszeiger über das Bild und klickte auf das Foto. Eine neue Seite erschien. Es war dasselbe Bild, nur größer. Jetzt füllte es fast den ganzen Bildschirm. Darunter stand:

Emily noch immer vermisst
Drei Tage sind nach dem Verschwinden von Emily Solberg (23) vergangen, und noch immer hat die Polizei keine Spur. Freunde und Familienmitglieder sind aus Tønsberg nach Aremark gekommen, um die Polizei, das Rote Kreuz sowie andere Freiwillige bei der Suche nach der jungen Frau zu unterstützen.

Verbrechen nicht ausgeschlossen

– Wir haben keine Anhaltspunkte für ein Verbrechen, können aber nicht ausschließen, dass sie gegen ihren Willen einer kriminellen Handlung ausgesetzt wurde, erklärt der Polizeichef des Polizeidistrikts Øst gegenüber VG.

– VG: Sehen Sie den Fall im Zusammenhang mit den zurückliegenden Geschehnissen in Aremark?

– Vorläufig haben wir nichts, was diese Vermutung untermauern könnte. Wir haben es mit zwei Ereignissen zu tun, die diese kleine Gemeinde unabhängig voneinander betreffen. Beide erfordern bestimmte Ressourcen, weswegen wir die Kripo um Hilfe ersucht haben.

Ex-Liebhaber erneut vernommen

Die Polizei bestätigt, dass der Exfreund (33) noch am Tag von Emily Solbergs Verschwinden vernommen wurde. VG hat erfahren, dass er heute Abend erneut zu Befragungen einbestellt wurde.

– Dazu möchte ich keinen Kommentar abgeben, erklärte der Polizeichef.

Es klingelte. Glenn fuhr zusammen. Erneutes Klingeln, gefolgt von hartem Klopfen an der Tür.

»Glenn!«

Er erkannte die Stimme. Es klingelte abermals. Glenn klappte das Laptop zu, ging zur Tür und öffnete.

»Wieso gehst du nicht ans Telefon?«, fragte Aslak Rød.

Er trug kräftige Stiefel, Handschuhe und eine Reflexweste über der Jacke sowie eine Stirnlampe. In der Hand hatte er eine Flasche.

»Ich will mit niemandem sprechen.«

Aslak Rød schob den Kopf ein wenig vor und starrte Glenn in die Augen.

»Hast du geweint?«

Glenn nickte.

»Kann ich etwas Wasser von dir bekommen?«, fragte Aslak Rød und hob die leere Flasche. Glenn ließ ihn ein. Sie gingen in die Küche. Aslak Rød schaltete das Licht über der Arbeitsplatte ein, drehte den Wasserhahn auf und zog den Handschuh an seiner rechten Hand aus. Dann drehte er den Verschluss ab und hielt die Flasche unter den Wasserstrahl.

»Ihr Ex wird noch mal verhört«, sagte Glenn. »Ich hab's gerade gelesen. Wenn der was damit zu tun hat, Aslak … Ich bring den Kerl um. Ist mir scheißegal, ob ich dann in den Knast gehe. Ich würde sowieso am liebsten sterben.«

Aslak warf einen kurzen Blick auf Glenn, ehe er wieder den Wasserstand in der Flasche überprüfte. Er sagte etwas, das Glenn aber nicht mitbekam. Seine Aufmerksamkeit war auf die fünf kleinen, eiternden Wunden auf Aslaks Handrücken gerichtet. Als hätte ihm jemand die Fingernägel in die Hand gerammt.

»Oder was meinst du?«

»Hm?« Glenn blinzelte. »Was?«

»Zieh dir 'ne Jacke an und hilf bei der Suche nach Emily. Roger ruft mich an, sobald er die Tankstelle zugemacht hat.« Er sah auf die Uhr. »Höchstens eine Stunde. Ich dachte, wir könnten zum Knivtjern gehen und von dort aus weiter südlich. Es sind schon andere auf dem Weg dahin.«

Glenn starrte Aslak Rød wortlos an. Der erwiderte seinen Blick. Das Wasser lief über. Aslak Rød drehte den Hahn zu und schaltete das Licht aus.

»Aslak?«

»Ja.«

»Weißt du, wo sie ist?«

»Natürlich weiß ich das nicht, Glenn«, erwiderte Aslak Rød im Dunkeln. »Wenn ich es wüsste, würden da jetzt nicht an die hundert Leute beim Zelt vom Roten Kreuz vor unserem Laden stehen. Wieso fragst du mich so was Blödes?«

Glenn zuckte mit den Schultern und trat in den Gang. Aslak Rød folgte ihm und drehte seine Wasserflasche zu. Glenn zog seine Schuhe an. Aslak Rød ging hinaus und stellte sich draußen an die Vortreppe, während er gleichzeitig zur Landstraße 865 und zu dem Wald hinüberblickte, der sich dahinter erstreckte. Glenn nahm die Jacke vom Garderobenständer.

»Kommst du?«, fragte Aslak Rød und setzte sich in Bewegung.

Glenn legte den Kopf schräg, sah seinen Chef von hinten an und überlegte, ihn zu fragen, wie er sich die Wunden auf dem Handrücken zugezogen hatte, ließ es aber bleiben. Stattdessen fragte er: »Hast du Roger erzählt, dass du zu mir wolltest?«

»Nein, wieso sollte ich?«, rief Aslak Rød und ging weiter. »Du fragst aber viel heute.«

»Ich war nur neugierig.«

Glenn hängte die Jacke zurück an die Garderobe. Lautlos griff er nach dem Spaten in der Ecke, ging aus dem Haus und stieg die Treppe hinab. Er legte auch die freie Hand um den Schaft und hob den Spaten.

Dann lief Glenn Ramm mit schnellen Schritten auf Aslak Rød zu.

NACHWORT

Zuerst möchte ich Sølvi M. Harjo von der Kripo sowie Martin Fjeld und Anders Strømsæther vom Polizeidistrikt Øst dafür danken, dass sie ihr Wissen und ihre Erfahrungen so großzügig mit mir geteilt haben.

Ein großer Dank geht an Stian Borgen, Kenneth Aspestrand, die Ärztin Helene Lyngstad, an Morten Lindstad, Torstein Gamst, Marius Engebretsen, Ole Martin Gurandsrud, Øivind Strand, Jørgen Søderberg Jansen, Alexandra Knoph, Martin Riseng, Lars William Edvardsen, Egil Landstad, Anette Steen, Kim André Vang-Johansen, Anders Hauge Olsen, Julie Eikemo Prestø, Nina Juul, Anne Fløtaker und an die übrige Gang bei Strawberry Publishing, an meine Agentin Jenni Brunn und ihre tüchtigen Kollegen bei Grand Agency, und schließlich an: Madelen Gretland Olsen, die mich freudig und unaufgefordert an ihrem Repertoire unglaublich schlechter Witze teilhaben ließ, von denen einige nun endlich zu ihrem Recht gekommen sind.

Dunkelhaus begann zu entstehen, als ich meinen guten Freund Stian Borgen besuchte. Ich war zum ersten Mal in Aremark, und Stian gab mir eine *Geführte Tour* durch die kleine Gemeinde. Er zeigte mir das stillgelegte Büro des Lensmanns, das alte Kolonialwarengeschäft, das heute zu einer Ladenkette gehört, die Tankstelle und die Schmugglerrouten aus Schweden, um nur einiges zu nennen. Ein paar Stunden lang folgten wir den gewundenen Straßen, die sich durch die Landschaft schlängeln und an großen, herrschaftlichen Gutshöfen vorbeiführen. Als ich nach einer gewissen Zeit wieder nach Hause fahren wollte, sagte Stian, es gebe noch einen Ort, den er mir zeigen müsse und der perfekt zur gerade einbrechenden Dämmerung passe: die Steinhütte.

Ein gewisser Rugkallen hatte dort in alten Tagen gelebt. Groß wie ein Turm und dünn wie ein Strich. Bitterarm und angeblich so stark wie ein Ochse auf anabolen Steroiden. Rugkallen ging nachts von Hof zu Hof und stahl Roggenmehl. Mehrmals wurde er entdeckt, kam aber jedes Mal ungeschoren davon. Er rannte mit einem hundert Kilo schweren Mehlsack auf dem Rücken durch den Wald und entkam den Bauern. In der Steinhütte briet er Fleisch von Schweinen, die angeblich schon tot gewesen waren, als er sie in Stücke geschnitten hatte.

Ich möchte betonen, dass ich mir, was Aremark anbetrifft, kleine künstlerische Freiheiten genommen habe. Das Bild, das ich von den dort lebenden Menschen gezeichnet habe, wurzelt nicht in der Wirklichkeit.

Ein besonderer Dank geht an meine Lektorin, das Rückgrat meiner schriftstellerischen Arbeit: Anne-Kristin Strøm.

Jan-Erik Fjell

Autor

Jan-Erik Fjell wurde 1982 geboren und wuchs bei Fredrikstad im Osten des Oslofjords auf. Er studierte Informatik, heute ist er als Radiomoderator tätig und widmet sich dem Schreiben von Kriminalromanen. Er zählt zu den erfolgreichsten Krimiautoren Norwegens und wurde mit dem renommierten Preis des norwegischen Buchhandels und dem Frederik-Preis ausgezeichnet. Seine Thriller um den Kommissar Anton Brekke stürmen in Norwegen regelmäßig die Bestsellerlisten.
Weitere Informationen unter www.jefjell.no und www.instagram.com/jefjell

Jan-Erik Fjell im Goldmann Verlag:

Nachtjagd. Thriller
Dunkelhaus. Thriller

(Beide auch als E-Book erhältlich)